ro
ro
ro

ro
ro
ro

MANUELA INUSA

LAKE PARADISE

Ein Zuhause für das Glück

ROMAN

Rowohlt Taschenbuch Verlag

Originalausgabe
Veröffentlicht im Rowohlt Taschenbuch Verlag,
Hamburg, Oktober 2022

Covergestaltung ZERO Werbeagentur, München
Coverabbildung Shutterstock
Satz aus der DTL Documenta
bei Pinkuin Satz- und Datentechnik, Berlin
Druck und Bindung GGP Media GmbH,
Pößneck, Germany
ISBN 978-3-499-00748-4

Für Sibah, Leila und Hakim –
meine Familie, mein Zuhause, mein Glück

I

Es war ein gewöhnlicher Montagmorgen in Lake Paradise, Nebraska, einem Viertausend-Einwohner-Ort inmitten von Maisfeldern und mit einem idyllischen See, dem er seinen Namen verdankte. Murielle, Delores und Sadie saßen wie jeden Morgen um acht im *Paradise Café* und tauschten sich über den neuesten Klatsch aus, wobei sie kein noch so kleines Detail ausließen.

«Ich habe gehört, sie haben wieder gestritten. Ganz böse sogar. Man hat es bis ans Ende der Straße gehört», erzählte Sadie, die mit dreiundsechzig Jahren die Jüngste der drei und hauptberuflich Eisverkäuferin im *Ice Cream Paradise* war.

«Wer hat sich gestritten?», fragte Delores. Sie war zweiundsiebzig und manchmal ein wenig schwer von Begriff.

Murielle und Sadie sahen sie mit gekräuselter Stirn an, bis Delores den Mund auftat und ein stummes «Aaah» herausließ.

Selbstverständlich ging es um Savannah Keller, Sadies Nichte und Inhaberin des einzigen Hotels der Stadt, des *Paradise Inn*. Die junge Frau führte ganz offensichtlich nicht die glücklichste aller Ehen und war des Öfteren Thema in dieser Morgenrunde.

«Ich wünsche ihr so, dass er sich bald mal einkriegt und zu dem Mann wird, den sie verdient», meinte die mollige und dauergewellte Murielle, die unverheiratet war und zu Hause acht Katzen hatte.

Sadie und Delores stimmten ihr nickend zu, als eine aufgebrachte Stimme sie im Einklang zur Theke herumfahren ließ, hinter der Nolan stand und telefonierte. «Was soll das heißen, Sie können mir den Karamellsirup erst am Donnerstag liefern? Wie soll ich denn einen Karamell-Macchiato ohne Karamellsirup zubereiten?», fragte er fast schon hysterisch und wedelte sich dabei mit der Hand Luft zu.

Das kannte man schon. Jede Mücke wurde zum Elefanten für Nolan, was Murielle wieder einmal den Kopf schütteln ließ.

«Wir müssen dringend jemanden für ihn finden», beschloss sie.

«Das könnte sich aber als schwierig erweisen», gab Sadie zu bedenken. Immerhin war Nolan der einzige offen schwule Einwohner von Lake Paradise.

«Mein Neffe Paul, der in Lincoln wohnt, hat ein paar homosexuelle Freunde», erzählte Delores.

«Wir wollen aber nicht, dass Nolan in die Hauptstadt zieht. Er macht den besten Kaffee weit und breit», erinnerte Murielle sie.

Da mussten die anderen beiden ihr recht geben. Seit Nolan vor zwei Jahren hergezogen war, bekam man endlich einen richtigen Kaffee und musste sich nicht mehr mit diesem wässrigen Gebräu von der Tankstelle oder dem ökologischen, koffeinfreien Landkaffee aus der Bio-Bäckerei zufriedengeben.

Nolan hatte gar nicht vorgehabt zu bleiben, als er seine kranke Großtante Alma damals besuchte. Doch das Café stand leer, er verliebte sich sofort in die Ladenräume und hatte eine Vision, die er innerhalb von nur vier Wochen umsetzte. Seitdem war der zentrale Stadtplatz nicht nur um ein Geschäft reicher, sondern Lake Paradise auch um einen wertvollen Einwohner.

Nolan beendete sein Telefonat, stützte sich mit den Händen auf dem Tresen ab und seufzte tief. Dann sah er urplötzlich auf, als merkte er, dass er beobachtet wurde. Schnell widmeten die drei Frauen sich wieder ihrem Kaffee, den Bananenmuffins und ihrem vorherigen Gesprächsthema. Doch Nolan ließ sich nicht in die Irre führen.

Ehe sie es sich versahen, stand er schon an ihrem Tisch und sagte: «Na, Ladys, was gibt es heute für wichtige Dinge zu bereden? Ich habe ja so das Gefühl, als ob es dabei um mich gehen würde.»

«Ach, mein Guter, wir finden nur, dass du einen Partner an deiner Seite brauchst», sagte Delores und wurde gleich unterm Tisch von Murielle angestupst.

«Ihr seid ja reizend», erwiderte Nolan. «Tja, wenn ihr einen netten schwulen Mann bei der freiwilligen Feuerwehr kennt, schickt ihn gerne zu mir. Ich hatte nämlich schon immer was übrig für Feuerwehrmänner.»

«Wir werden unsere Augen und Ohren offen halten», versprach Sadie.

Und gerade als Delores wieder von ihrem Neffen Paul in Lincoln anfangen wollte, wurde die Tür geöffnet, die Ladenglocke erklang, und Lexi Dawson betrat das Café. Sie winkte ihnen lächelnd zu und ging zur Theke, wo sie von Rhonda bedient wurde, die heute eine leopardengemusterte Cappy trug.

Murielle, Delores und Sadie starrten Lexi unauffällig an, die ihr lockiges blondes Haar zu einem hohen Pferdeschwanz gebunden hatte und Bluejeans trug sowie einen kuscheligen hellblauen Pullover und weiße Turnschuhe. Nolan setzte sich zu ihnen an den Tisch und starrte ebenfalls zu der jungen Frau hinüber. «Was habt ihr Neues über sie zu berichten?», fragte er flüsternd.

«Rein gar nichts», erwiderte Sadie.

«Absolut tote Hose», meinte Murielle.

«Die Arme scheint noch einsamer zu sein als du», gab Delores von sich, woraufhin Nolan ihr einen missbilligenden Blick zuwarf.

«Du weißt, was mit ihr passiert ist, ja?», fragte Murielle, und Nolan nickte.

«Es war vor gut zwei Jahren, oder? Ein paar Wochen bevor ich hergezogen bin.»

«Ja.» Sadie senkte kurz den Blick. «Ein tragischer Unfall. Die Hochzeit war schon geplant, das Kleid angepasst, das Geschirr ausgesucht, die Blumen bestellt, der Caterer engagiert ... Arme, arme Lexi. Das hat wirklich niemand verdient.»

Alle vier sahen die junge Frau bedauernd an. Sie bezahlte, nahm ihren Coffee to go entgegen und wünschte ihnen beim Rausgehen einen schönen Tag.

«Arme, arme Lexi», wiederholte Delores Sadies Worte. Und der Rest am Tisch konnte ihr nur zustimmen.

2

Lexi trat aus dem Café und schüttelte belustigt den Kopf. Dass die Tratschtanten der Stadt gerade über sie geredet hatten, war offensichtlich, und das war auch nichts Neues, doch dass Nolan so langsam zu einem von ihnen wurde, war wirklich witzig. Na, sie gönnte es ihm. Wenn es ihm Spaß bereitete, über die Leute zu tratschen, sollte er doch. Sie war der Meinung, solange man niemandem wehtat, durfte man ruhig machen, was man wollte. Und verletzen tat das Trio ja niemanden, und das würde sich auch als Quartett nicht ändern. Sie waren eben wie eine wandernde Zeitung, in der jeder lesen konnte, der sich für die Neuigkeiten in Lake Paradise interessierte.

Lexi nahm einen Schluck ihres Caffè Latte und spazierte, weil es so ein schöner, sonniger Septembermorgen war, einmal über den Stadtplatz. Sie kam am Zeitungskiosk, am Tiersalon und an Rupert vorbei, der gerade dabei war, draußen vor seinem Supermarkt Maiskolben aufzutürmen. Weiter ging es an der Boutique ihrer Mutter vorbei, die noch geschlossen hatte, am Rathaus mit der großen Uhr, die immer drei Minuten zu spät war, und an der Post, die gleichzeitig auch als Bank, Notariat und Rechtsanwaltskanzlei diente. Dann begegnete sie Buddy, einem kleinen untersetzten Mann um die fünfzig, der sich selbst als «Stadtpoet» bezeichnete und jeden Morgen ein neues Gedicht verteilte, das ein aktuelles Thema aus Lake Paradise behandelte. Er reichte ihr einen Zettel, und Lexi schlenderte weiter an dem mit Rasen bewachsenen Mittelstück des Platzes entlang, auf dem die amtierende Maisprinzessin Lindsay gerade ihren morgendlichen Yogakurs für Senioren anbot. Lexi winkte den älteren Herrschaften und ging auf das alte Haus im Kolonialstil zu, das Bürgermeister Doyle vor zwei Jahren in ein Maismuseum umgewandelt hatte, da er der Meinung war, die Stadt brauche unbedingt eins. Damals war Lexi das ganz recht gekommen. Sie hatte nach Keiths Tod überhaupt keinen Sinn mehr im Leben gesehen und war froh gewesen, als bei der Stadtversammlung nach Freiwilligen gesucht wurde, die Lust und Zeit hatten, das Museum einrichten zu helfen. Zeit hatte sie mehr als genug gehabt, denn nicht nur die Hochzeit sowie die Flitterwochen waren dahin, sondern auch alles, was sie sich für die nächsten Jahre ausgemalt hatte. Das Leben als Ehefrau und Mutter, das sie sich erträumt hatte. Stattdessen hatte sie im Museum Wände gestrichen, Böden gebohnert, Möbel gerückt, Vitrinen dekoriert, Plakate aufgehängt und schließlich sogar angeboten, in dem Museum mitzuarbeiten. Als Führerin, Kassiererin, Mädchen für alles, als was auch immer, Hauptsache, es lenkte sie von dem Schmerz ab, der so überwältigend war, dass sie nicht wusste, wie sie fortan damit leben sollte. Alles, was sie davon abbrachte, weiter über Keith und ihre verlorenen Chancen nachzudenken, war willkommen.

Lexi schloss das Museum auf, hängte das «Geöffnet»-

Schild in die Tür und stellte sich hinter den Empfangstresen, der sich direkt am Fenster befand. Von hier aus hatte sie einen fantastischen Blick auf den gesamten Stadtplatz, auf all die Geschäfte und die Menschen, die sie kannte, so lange sie sich erinnern konnte.

Lexi, oder auch Alexis Ursula Dawson, war in Lake Paradise geboren und aufgewachsen, hatte den Ort niemals verlassen und freute sich darauf, hier alt zu werden. Ihre Familie lebte hier, ihre beste Freundin Trish und jeder, der ihr wichtig war. Ausgenommen von ihrer älteren Schwester Helena, die mit Mann und Kindern in Kansas City wohnte, und ihrem jüngeren Bruder Tommy, der sich ans College nach Omaha aufgemacht hatte.

Keith war auch von hier gewesen, Lexi und er waren seit der Vorschule immer in eine Klasse gegangen, hatten sich mit siebzehn ineinander verliebt, mit neunzehn verlobt und mit zwanzig die Hochzeit geplant. Alles war schon vorbereitet, und sie freuten sich darauf, den Rest ihres Lebens miteinander zu verbringen. Sie beschlossen beide, nicht ans College zu gehen, sondern in Lake Paradise zu bleiben. Keith arbeitete in der Tortilla-Fabrik seines Vaters mit, und Lexi fand eine Aushilfstätigkeit in der Bio-Bäckerei. Außerdem lernte sie Backen und Kochen und richtete ihnen das Haus ein, in dem einst ihre Großeltern Murphy und Ursula gelebt hatten. Zwei Wochen vor der Hochzeit fragte Keith sie, ob es okay wäre, wenn er einen Trip in den Wald unternehmen würde, um ein bisschen zu wandern und ein, zwei Nächte zu campen. Das war Keiths Art, den Kopf frei zu bekommen – wie hätte sie es ihm ausschlagen können? Und wie hätte sie ahnen sollen, dass er nicht zu ihr zurückkehren würde?

Lexi seufzte und sah hinüber zur Paradise Lane, einer kleinen Seitenstraße, in der das zweitpompöseste Haus der Stadt stand. Es war viktorianisch, blau-weiß angestrichen und wurde bewohnt von einer ehemaligen Hollywood-Diva namens Ava Garland, die dort mit ihrem Papagei Sinatra wohnte. Das Haus war wunderschön, doch gar kein Vergleich zu dem Anwesen des reichsten Mannes der gesamten Umgebung: Vincent Highmore, der endlose Maisfelder besaß und mit seinem Maisimperium Millionen gemacht hatte. Seine imposante Villa befand sich am Rande der Stadt, was den meisten Bewohnern von Lake Paradise ganz recht war, denn Vincent Highmore war zwar ein angesehener, doch kein sehr beliebter Mann, und in Lake Paradise war man froh, wenn er einem nicht zu nahe kam.

Lexi nahm nun den Zettel aus der Hosentasche, den Buddy ihr vorhin gereicht hatte, und las das heutige Gedicht. Wie immer war es handgeschrieben und auf einen gelben Zettel gedruckt.

Oh, du leerer Kirschjoghurtbecher
Wie machst du mich traurig
Noch eben warst du voller Leben
Geschmack und Unversehrtheit
Jetzt bist du nur noch leer
Leer
Für immer leer

Sie musste schmunzeln. *Oh, Buddy, deine Themen werden auch immer belangloser,* dachte sie. Und sie überlegte, was der Joghurtbecher wohl für ein aktuelles Thema widerspiegeln sollte. Vielleicht war er ja eine Metapher für etwas ganz anderes und für Buddy von großer Bedeutung, wer wusste das schon? Während Lexi noch grübelte, wofür er wohl stehen könnte, bimmelte die Ladenglocke, und sie sah zur Tür. Edda betrat das Museum, sie war die Leiterin und einzige weitere Angestellte hier. Lexi kannte sie schon ewig, da sie eine Freundin ihrer Großeltern war.

Die ältere Frau bedachte sie mit einem unglaublich bedauernden Ausdruck, und Lexi ahnte bereits, worum es ging. Insgeheim wartete sie seit Monaten auf diese Hiobsbotschaft. Und nun war es wohl so weit.

«Lexi, Liebes, es tut mir so leid, aber es wurde wohl noch gestern Abend im Stadtrat beschlossen, und ich habe es eben selbst erst erfahren», begann Edda. Ihr weißes Haar hatte sie sich zu einem Dutt gesteckt, ihre tiefen Falten erzählten eine lange und interessante Lebensgeschichte.

«Ich packe meine Sachen», sagte Lexi sogleich, um es für Edda nicht noch schwerer zu machen.

«Es tut mir so leid», sagte diese erneut. «Aber du siehst ja, dass hier überhaupt nichts los ist. Das Budget reicht einfach nicht mehr für zwei Mitarbeiter.»

Lexi nickte. Sie wunderte sich, dass man das Museum überhaupt aufrechterhalten konnte, denn in der gesamten letzten Woche hatten sie gerade mal zwölf Besucher gehabt. Und bei einem Eintritt von vier Dollar pro Person konnte man sich ausrechnen, dass das nicht einmal die laufenden Kosten deckte, geschweige denn den Lohn der Mitarbeiter. Vor zwei Jahren, direkt nach der Eröffnung, hatten alle neugierigen Stadtbewohner vorbeigeschaut, doch warum sollte man mehr als einmal ein Maismuseum besuchen? Und es kamen zwar hin und wieder Schulklassen aus Lake Paradise und auch aus den Nachbarstädten herbei, doch es verirrten sich nur selten mal ein paar Touristen her, die auf der Durchreise waren oder die das *Paradise Inn* beherbergte. Es schienen sich einfach nicht allzu viele Leute für die Geschichte des Mais zu interessieren, und Lexi befürchtete sogar, dass das Museum bald ganz schließen musste.

Sie sah Edda an. «Ich verstehe das schon. Es ist okay, ich finde bestimmt eine neue Aufgabe.»

«Da bin ich mir sicher. Du bist doch so ein freundlicher Mensch. So fröhlich.»

Fröhlich, ja, das war sie mal gewesen. In letzter Zeit allerdings gab es Tage, an denen sie Schwierigkeiten hatte, überhaupt noch ein Lächeln über die Lippen zu bekommen. Es war einfach alles so aussichtslos, ihr fehlte jegliche Perspektive.

Das Einzige, was ihr noch Freude bereitete, war das Zeichnen. Schon immer hatte sie gern Porträts gefertigt, und sie nahm auch hin und wieder Aufträge an. Leider konnte sie davon allein aber nicht leben.

Lexi trank ihren letzten Schluck Kaffee, der bereits kalt war, und warf den Pappbecher in den Mülleimer. Dann nahm sie sich eine der mit kleinen Maiskolben bedruckten Papiertüten, in die sie sonst die Souvenirs taten, die im Museum zu kaufen waren, und packte ihre wenigen Sachen zusammen: ein Keramikbecher mit der Aufschrift *Beste Tochter der Welt*, den ihre Mutter ihr eines Nachmittags vorbeigebracht hatte, ein paar Stifte, ihr Hygienegel, zwei *Hershey's*-Schokoriegel, die Packung Ingwerbonbons und … das war's auch schon. Mit der Tüte in der Hand wünschte sie Edda alles Gute und versprach, hin und wieder reinzuschauen. Dann ging sie aus der Tür.

Und wieder war sie ohne Beschäftigung mit ganz viel freier Zeit, vor der es ihr jetzt schon graute.

3

«Du brauchst nicht zufällig Unterstützung im Laden, oder?»

Lexi sah ihre Mutter fragend an, die zwischen den Kleiderständern der Boutique herumwuselte und Blusen einsortierte. Sie schenkte ihr einen von diesen mitleidigen Blicken, von denen sie in den letzten zwei Jahren, drei Monaten und siebzehn Tagen sicher an die fünfundachtzigtausend erhalten hatte, und erwiderte: «Im Laden helfen kannst du mir gerne jederzeit, ich würde mich über deine Gesellschaft sogar sehr freuen, zahlen kann ich dir aber leider nichts dafür.»

Ja, das hatte sie sich schon gedacht. Die *Paradise Boutique* war genauso ein Ein-Mann-Unternehmen – oder vielmehr Ein-*Frau*-Unternehmen – wie die meisten anderen Geschäfte der Stadt. Es konnte ihre Eltern über Wasser halten, weil es immerhin das einzige Bekleidungsgeschäft weit und breit war, doch viel mehr gab es leider nicht her.

«Schon okay, ich werde bestimmt etwas anderes finden.»

Wieder dieser Blick. Ihre Mutter, die ihr Ebenbild war, nur dreißig Jahre älter, strich eine Bluse mit Blumenmuster glatt, die an einem der Ständer hing. «Wie schade, dass sie dich im Museum nicht mehr brauchen. Wirst du über die

Runden kommen? Dein Dad und ich könnten dir etwas leihen, bis du was Neues gefunden hast.»

«Schon gut, ich hab ein bisschen was beiseitegelegt.» Und zur Not hatte sie auch immer noch das Geld von den weiter entfernten Verwandten, das diese ihr zur Hochzeit geschickt hatten. Lexi hatte es zurückschicken wollen, doch davon hatten ihre gebrechliche Großtante Betsy in Orlando und Ludwig, ihr Cousin zweiten Grades in Düsseldorf, nichts hören wollen. Bisher hatte sie es nicht angerührt, es nicht gekonnt, doch wenn sie bald nicht einmal mehr in der Lage wäre, sich etwas zu essen zu kaufen, würde sie es wohl müssen. Denn ganz so leicht, wie sie es ihrer Mutter gegenüber klingen ließ, würde es nicht sein, in Lake Paradise einen neuen Job zu finden. Vielleicht könnte sie ein paar ältere Bewohner der Stadt pflegen, immerhin half sie oft ehrenamtlich im Seniorenheim aus. Allerdings war sie sich nicht sicher, ob das als nicht ausgebildete Pflegekraft überhaupt möglich war. Aber vielleicht suchte ja einer der beiden konkurrierenden Supermarktbesitzer Hilfe im Laden, sie könnte Regale auffüllen oder Ähnliches. Und wenn sich gar nichts anderes fand, würde sie eben auf einer der Farmen rund um Lake Paradise arbeiten müssen.

In diesem Moment bereute Lexi es richtig, nach der Highschool nicht aufs College gegangen zu sein und nichts gelernt zu haben. Sie hatte sich ihr Leben nun mal immer so vorgestellt: den Schulabschluss machen, Keith heiraten, zwei bis vier Kinder bekommen, kochen, backen, gärtnern, lesen, die Kinder in die Schule oder zu den Pfadfindern fahren, ehrenamtliche Tätigkeiten ausüben, weiterhin zeichnen, ab und zu ein Bild verkaufen und rundum zufrieden sein. So, wie ihre eigene Mutter es viele Jahre gehalten hatte, ehe die Kinder groß geworden waren und sie sich irgendwann gelangweilt und die Boutique eröffnet hatte.

Wie naiv sie doch gewesen war, dachte Lexi.

Sie kaute nervös auf ihrer Unterlippe herum und wusste schon jetzt, dass ihr am Ende wahrscheinlich nur eine Möglichkeit bleiben würde – und davor hatte sie sich bisher erfolgreich gedrückt.

«Wie wäre es denn, wenn du Trish nach einem Job fragst?», meinte ihre Mom in dem Augenblick, als könnte sie ihre Gedanken lesen.

Lexi starrte sie an. Wie machte sie das nur immer?

«Ja, vielleicht», antwortete sie halbherzig.

Was blieb ihr denn anderes übrig?

Nachdem sie noch ein wenig herumgefragt hatte und absolut überhaupt nichts dabei herausgekommen war, außer dass sie dem Geheimnis des Kirschjoghurtbechers auf die Spur gekommen war – Rupert bot diese Woche Kirschjoghurt für neunundvierzig Cent an, wie ein Plakat in seinem Schaufenster verkündete –, stand Lexi ein paar Stunden später vor Trishs Tiersalon. Ihre beste Freundin hatte das *Animal Paradise* vor gut einem Jahr eröffnet, nachdem sie ein paar Kurse in Tierpflege belegt hatte. Und sie war der festen Meinung, dass ein Tiersalon das wohl lukrativste Geschäft von ganz Lake Paradise werden könnte, da fast die Hälfte aller Bewohner ein Haustier hatte. Die Tierhandlung in der Paradise Avenue machte unglaublich guten Umsatz, und all die Tiere, die dort gekauft oder mit Futter versorgt wurden, mussten doch auch gebadet und frisiert werden, ihnen mussten die Nägel und die Schnäbel gekürzt, sie mussten entlaust werden und sonst was alles. Als Lexi das Wort «entlaust» das erste Mal aus dem Mund ihrer Freundin gehört hatte, hatte sie eine Grimasse gezogen und Trishs Angebot, bei ihr einzusteigen, dankend abgelehnt.

Nun jedoch ... wusste sie keinen anderen Ausweg.

Sie betrat den Salon und erblickte Trish, die gerade dabei war, einen Hund einzushampoonieren. Wenn sie sich nicht täuschte, handelte es sich dabei um Howies Collie Flax. Howie war der andere Supermarktbesitzer in Lake Paradise, der mit Rupert seit Jahren einen hitzigen Konkurrenzkampf ausfocht. Kein Wunder, denn beide Supermärkte befanden sich direkt am Stadtplatz: der von Howie auf der Westseite, der von Rupert auf der Ostseite. Sie hätten einander zuwinken können, wenn sie es gewollt hätten. Aber selbstverständlich wären sie nie auf die Idee gekommen, vielmehr waren sie damit beschäftigt, sich anzufeinden, einander preislich zu unterbieten, die neuesten und exklusivsten Produkte anzubieten und sich die bösesten Beleidigungen zuzurufen. Als Howie dann Rupert auch noch die Freundin ausgespannt hatte, war das Fass übergelaufen. Seitdem hassten sie sich aus tiefstem Herzen – sehr zum Leidwesen ihrer Kunden, die sich ständig irgendwelche Geschichten anhören mussten, wenn sie doch eigentlich nur eine Salatgurke kaufen wollten.

Manchmal war Lexi deshalb sogar schon zum großen Discounter gefahren, aber der befand sich eine halbe Stunde weit entfernt, was es ihr dann doch nicht wert war. Sie musste schließlich kaum Lebensmittel einkaufen, immerhin lebte sie allein, und das würde sich sicher so bald auch nicht ändern.

«Hey, Lexi, was für eine Überraschung», hörte sie Trish sagen, während der Hund sich schüttelte und ihre Freundin, die über ihrem schwarzen Outfit eine rosa Plastikschürze trug, mit Schaum bespritzte. Trish lachte.

Lexi sah sie hoffnungsvoll an. «Hi, Trish. Wie geht es dir?»

«Mir geht es blendend. Und dir?»

«Leider nicht so berauschend. Ich wurde heute gefeuert.»

Trish sah auf. «Im Museum? Wieso denn das?»

«Sie können sich zwei Mitarbeiterinnen einfach nicht mehr leisten.»

«Oh, das tut mir leid, aber der Job war doch eh total öde. Und du kannst jederzeit bei mir anfangen, mein Angebot steht.»

«Du hast doch aber längst Rebecca eingestellt.» Rebecca war Trishs 16-jährige Schwester, die oft nach der Schule und an den Samstagen im Salon mithalf.

«Becky ist nur eine Aushilfe. Ich könnte wirklich eine Vollzeitmitarbeiterin gebrauchen, weil mir die Arbeit langsam über den Kopf wächst.»

«Ehrlich? Und das kannst du dir auch leisten?»

«Kann ich. Wenn du mit einsteigst, könnten wir sogar noch mehr Aufträge annehmen. Es lohnt sich, Lexi, das hab ich dir von Anfang an gesagt, aber du wolltest ja lieber in einem verstaubten Museum herumsitzen, in das sich täglich höchstens ein Besucher verirrt.»

«Ein paar mehr sind es schon», stellte sie richtig. «Letzte Woche waren es zwölf.»

«Ach, zwölf? So viele? Bitte entschuldige, dass ich es so falsch eingeschätzt habe», sagte Trish sarkastisch.

«Haha.»

«Weißt du, ich finde, dass du da rausgeflogen bist, ist das Beste, was dir passieren konnte. Also, willst du den Job, oder nicht?» Ihre Freundin sah sie fragend an.

«Ich will. Allerdings hab ich keine Ahnung von Tierpflege. Du wirst mir einiges beibringen müssen», gab sie zu bedenken, denn obwohl sie Tiere wirklich gernhatte, wusste sie nur wenig über deren Gepflogenheiten. Als Kind hatte sie mal einen Hamster gehabt, sie erinnerte sich aber nicht, ob ihre Mutter den jemals in einen Tiersalon gebracht hatte.

«Das bekommen wir schon hin.» Trish lächelte sie breit an. «Ach, ich freu mich», sagte sie dann und kam mit ausgebreiteten Armen auf sie zu. Da überall an ihr Schaum hing, war auch Lexi gleich voll davon, doch gerade machte ihr das nicht das Mindeste aus. Hauptsache, sie würde nicht Mais pflücken gehen müssen.

«Danke, Trish, ich weiß echt zu schätzen, dass du das für mich tust.» Sie war ehrlich erleichtert.

«Kein Problem.» Trish fing an, den Hund trocken zu rubbeln. «Ich freu mich, dass du endlich zur Besinnung gekommen bist. Das wird bestimmt großen Spaß machen, wir beide hier im Salon und …» Weiter kam Trish nicht, denn in diesem Moment wurde die Tür aufgestoßen, und eine aufgeregte Murielle rief: «Es gibt große Neuigkeiten!»

Trish sah auf. «Ja, ich weiß bereits, dass Lexi ihren Job im Museum verloren hat.» Sie deutete auf Lexi, die außerhalb von Murielles Sichtfeld stand.

Murielle sah um die Ecke und sagte kopfschüttelnd: «Nein, nein, das ist doch Schnee von gestern.»

Lexi runzelte die Stirn. «Wie kann es Schnee von gestern sein, wenn es doch heute erst passiert ist?»

«Wollt ihr es nun wissen, oder nicht?», fragte Murielle, und man konnte sehen, dass sie es eilig hatte weiterzukommen und auch allen anderen die Neuigkeiten zu verkünden, bevor ihr jemand zuvorkam.

«Ja, klar», sagte Trish. «Erzähl schon!»

«Der alte Highmore ist letzte Nacht verstorben», posaunte Murielle hinaus und sah sie beide mit großen Augen an, gespannt auf ihre Reaktion.

«Was, Vincent Highmore ist tot?», fragte Lexi schockiert.

«Nein, nicht der!», korrigierte Murielle sie gleich. «Sein Vater, Alfred Highmore.»

«Wow», sagte Trish. «Das heißt dann wohl, dass Vincent noch mehr Maisfelder erben wird und bald die komplette Stadt aufkauft.» Der Mann besaß schon gut ein Viertel aller Immobilien in Lake Paradise, inklusive ihrer Ladenräume.

«Kann gut sein. Ich muss weiter», rief Murielle und war bereits wieder aus der Tür.

Die beiden Freundinnen sahen durch das Ladenfenster, wie auch Delores über den Stadtplatz eilte, und Lexi war sich sicher, dass es in einen Wettkampf ausarten würde, wer wohl am Ende die meisten Leute informiert hatte. Bestimmt stand auch Sadie in der Tür ihrer kleinen Eisdiele und rief den Leuten zu, dass der alte Highmore letzte Nacht verschieden war.

Alfred Highmore war tot. Das bedeutete nicht nur, dass Lake Paradise jetzt nur noch 4018 Einwohner hatte, sondern auch, dass bald wieder eine Beerdigung stattfinden würde. Eine, zu der wahrscheinlich nicht viele hingehen würden, außer den Tratschtanten, und das auch nur, damit sie wieder etwas zu erzählen hatten. Denn Alfred war nicht sehr viel geschätzter als sein Sohn Vincent gewesen. Den beiden war es immer nur um Profit gegangen. Sie hatten in all den Jahren kein einziges Mal an einem Stadtfest oder einer Parade teilgenommen. Und allein damit waren sie bei den meisten Bewohnern unten durch. Im Gegensatz zu Vincents verstorbener Frau Mathilda. Sie war eine von ihnen gewesen, ehe sie reich geheiratet hatte und in die schicke Villa gezogen war, und sie war es bis zu ihrem Tod vor sechs Jahren geblieben.

Lexi sah Trish an. «Hast du vor, zur Beerdigung zu gehen?»

«Nein, du?»

«Nein. Ich kannte ihn ja kaum.» Sie blickte wieder aus dem Fenster, wo Murielle und Delores einander anrempelten, um zuallererst bei Nolan im Café zu sein. «Glaubst du ...», begann sie.

«Was denn?»

«... dass Aaron Highmore zur Beerdigung kommt?»

Aaron war das einzige Kind von Vincent und Mathilda Highmore. Er war mit dreizehn Jahren aufs Internat geschickt worden, und man hatte seitdem nie wieder etwas von ihm gesehen. Allerdings kursierten die wildesten Geschichten, was aus ihm geworden war.

«Nee, das denke ich nicht», meinte Trish, gerade in dem Moment, als Murielle mit einem letzten großen Schritt zuerst die Tür des Cafés erreichte. «Der war doch nicht mal zur Beerdigung seiner Mutter in der Stadt.»

«Ja, wahrscheinlich hast du recht», sagte Lexi. Insgeheim

wünschte sie sich aber etwas anderes. Nämlich, dass Aaron doch eines Tages zurück nach Lake Paradise kommen würde, damit sie mit eigenen Augen sah, was aus ihm geworden war. Denn sie konnte sich nicht vorstellen, dass er wirklich zu diesem drogenabhängigen, sexsüchtigen, volltätowierten, kriminellen Biker geworden war, der schon einige Jahre Gefängnis hinter sich hatte. Für sie war er nämlich noch immer der Junge mit der Stupsnase, der ihr in der vierten Klasse ihre neue pinke Lunchbox zurückgeholt hatte, nachdem Rich Snider sie ihr weggenommen hatte. Damals hatte sie sich geschworen, Aaron auf ewig dankbar dafür zu sein, und bis heute hatte sie es nicht vergessen.

4

Er stieg aus dem Mietwagen und blickte sich um, konnte noch immer nicht fassen, dass er wirklich hier war. Ungläubig sah er ein paar kleinen Mädchen in Maiskolben-Kostümen dabei zu, wie sie in der Mitte des Stadtplatzes einen Tanz einstudierten.

Es war noch ganz genau so wie früher, nichts hatte sich verändert. Nur der offizielle Slogan des Staates Nebraska, der ein großes Banner schmückte, das zwischen zwei altmodischen Straßenlampen aufgespannt war – der war neu. Er lautete: *Nebraska. Honestly, it's not for everyone.*

Das konnte doch nur ein schlechter Scherz sein, oder?

It's not for everyone? Nebraska war nicht für jeden geeignet? Schon klar, nur Hinterwäldler und Dorftrottel konnten sich hier wohlfühlen. Aber warum musste man es auch noch so deutlich machen und groß auf ein Banner schreiben?

Aaron Highmore schloss die Tür des schlichten schwarzen BMW, den er sich am Flughafen von Omaha gemietet hatte, und konnte nur den Kopf schütteln. Ohne Ziel ging er den Paradise Boulevard entlang und bog dann in den Paradise Walk ein. Alles hier trug das Wort *Paradise* im Namen. Und das Thema von allem schien nach wie vor der Mais zu sein. Nicht nur die kleinen tanzenden Mädchen zu seiner Rechten sahen aus wie lebendig gewordene Maiskolben, auch der Platz war mit Maiskolben geschmückt, und zwar für das anstehende *Corn Festival*, das alljährliche Maisfest, wie ihm einige Plakate verrieten. Er entdeckte sogar ein paar Maiskolbengirlanden. Und in den Schaufenstern herrschte ebenfalls eine auffällige Maisdekoration.

Himmel, warum hatte sein Großvater sich denn ausgerechnet die Maiserntezeit aussuchen müssen, um sich zu verabschieden?

Während er eine der Schaufensterauslagen anstarrte, erinnerte Aaron sich an den Anruf zurück, der ihn zwei Tage zuvor erreicht hatte …

Es war gegen Mittag gewesen. Er hatte noch im Bett gelegen, in seinem Apartment an der trendigen Upper West Side in New York. Nur ein paar Seitenstraßen entfernt von dem berühmten Dakota Building, vor dem John Lennon Anfang der Achtziger erschossen worden war. Neben ihm hatte eine Frau gelegen, an deren Namen er sich nicht mehr erinnern konnte. Es war eine wilde Partynacht mit viel Alkohol gewesen, und am Ende hatte Aaron sie mit zu sich nach Hause genommen. Der Sex war gut gewesen, doch sie war nichts Besonderes, völlig austauschbar, und in wenigen Stunden würde er nicht nur ihren Namen, sondern auch sie vergessen haben. Wie all die anderen Frauen, die er in den letzten Jahren kennengelernt hatte und die ihm ebenso wenig bedeuteten.

Natürlich hatte Aaron schon von dieser Sache namens Liebe gehört. Er hatte Freunde, die sie praktizierten, doch er selbst wusste nichts damit anzufangen. Er hatte nie gelernt, was es hieß zu lieben, und es war für ihn etwas, das genauso gut von einem anderen Planeten stammen könnte.

Der einzige Mensch, den er je geliebt hatte, war seine Mutter gewesen. Doch auch sie hatte nicht verhindern können, dass sein Vater ihn im Alter von dreizehn Jahren fortschickte, auf ein Jungeninternat in New Jersey, wo er niemanden mehr hatte außer seinen Mitschülern, mit denen er schon bald jede Menge Unfug trieb. Seine Mom war auch die Einzige, die ihn die folgenden Jahre besuchen kam. Und ihn immer wieder bat, die Ferien doch zu Hause in Nebraska zu verbringen. Doch Lake Paradise war so unendlich weit weg – nicht nur geografisch –, und Aaron hatte absolut nicht das Bedürfnis, seinen Vater zu sehen. Weshalb er lieber auf dem Internat blieb, um mit den anderen Jungen, die auch nicht nach Hause wollten oder konnten, noch viel mehr Unfug anzustellen.

Er wurde ein richtiger Rabauke, machte ständig Ärger und hoffte insgeheim, seinen Vater damit auf die Palme zu bringen. Ihm zurückzuzahlen, was er Aaron angetan hatte, indem er ihn von seiner Mutter und seinen besten Freunden getrennt hatte. Oder vielleicht endlich mal ein wenig Aufmerksamkeit zu bekommen. Doch seinen Vater schien es überhaupt nicht zu interessieren, was er tat. Er ließ ganz genau zweimal im Jahr von sich hören, und das war an Aarons Geburtstag und zu Weihnachten, wenn er der Mutter kurz den Hörer abnahm, um ein paar Worte hineinzunuscheln. Aaron war sich sicher, seine Mom musste seinen Vater regelrecht zwingen, mit ihm zu sprechen. Und irgendwann war es ihm einfach nur noch egal. Sein Vater war ihm egal. Er ließ sich weiterhin die teure Schule von ihm bezahlen und war schließlich froh, in Yale angenommen zu werden, was bedeutete, er würde nicht zurück nach Nebraska müssen. Überhaupt hatte er nicht vor, jemals wieder dorthin zurückzukehren.

Dann erlag allerdings im Jahr darauf seine liebe Mutter ihrem Krebsleiden, das sie ihm bis dahin verheimlicht hatte, und Aaron war sich sicher, dass sie vor allem aus Kummer so früh gestorben war. Weil sie dieses Leben führen musste, das er so abgrundtief verabscheute. In diesem schrecklichen, großen, isolierten Haus, ohne ihr geliebtes einziges Kind. Mit einem Mann an ihrer Seite, der genauso gut aus Eis hätte sein können, so kalt und herzlos, wie er war. Nur so erinnerte Aaron sich an den großen Vincent Highmore, und eigentlich hatte er ihn nicht wiedersehen wollen. Nie mehr. Dennoch wollte er unbedingt zur Beerdigung gehen und seiner Mutter die letzte Ehre erweisen. Sich von ihr verabschieden. Also flog er nach Nebraska und fuhr nach Lake Paradise, er blieb jedoch keine zwei Stunden. In dem Mietwagen mit den getönten Scheiben fuhr er zum Friedhof, versteckte sich während der Beisetzung hinter einem Baum und weinte stille Tränen. Dann fuhr Aaron zurück zum Flughafen und stieg in den nächsten Flieger zurück an die Ostküste, wo sein Leben weiterging. Und wo er sich seitdem einsamer fühlte als je zuvor.

Das war sechs Jahre her. Damals war er neunzehn gewesen, kein richtiges Kind mehr und doch auch noch kein Mann. Heute jedoch war er erwachsen, verdiente sein eigenes Geld und wusste ganz klar, was er wollte. Nun, zumindest hatte er das noch bis vor Kurzem gedacht. Bis jener Anruf kam – nicht von seinem Vater, sondern von der Haushälterin Vera, die er immer gern gemocht hatte und zu der er bis heute Kontakt hielt. Aaron hatte neben dieser Fremden gelegen, und ihm war schlagartig etwas klar geworden: Er war genau wie sein soeben verstorbener Großvater.

Er war wie sein Vater!

Kein Funke Mitgefühl. Keine Emotionen. Nichts als Kälte. Kein Verständnis für Familie. Und keine Ahnung davon, was es hieß, einen anderen Menschen zu lieben.

Kurzerhand hatte er die Namenlose allein gelassen und war durch die Straßen von Upper Manhattan gestreift. Hatte über sein Leben nachgedacht und darüber, was es ihm bisher beschert hatte. Ja, er hatte es beruflich weit gebracht, hatte als Architekt mehrere New Yorker Gebäude entworfen, zuletzt ein Stadthaus, das er nur zu gern selbst bewohnen würde, hätte er die dazu passende Familie. Aber plötzlich hatte er sich vollkommen verloren gefühlt. Und da war ihm klar geworden: Er musste zurück nach Lake Paradise. Einigen Dingen auf den Grund gehen. Mit anderen abschließen. Das Gespräch mit seinem Vater suchen. Ihm sagen, dass er nur wegen ihm zu diesem unmenschlichen, gefühllosen Wesen geworden war.

Als er zurück in sein Apartment kam, war die Frau nicht mehr da, und auch seine Rolex, die er auf dem Nachttisch vergessen hatte, war weg. Aber es war ihm egal. Aaron öffnete seinen Laptop, buchte einen Flug nach Nebraska und saß die nächsten vierundzwanzig Stunden da, ohne sich zu rühren. Irgendwann packte er ein paar Sachen zusammen, aß etwas, schlief ein paar Stunden, nahm ein Taxi zum Newark Airport und machte sich auf die schwerste Reise seines Lebens.

«Dir scheint die Deko aber zu gefallen», hörte er jemanden sagen und rüttelte sich aus seiner Trance.

Zu seiner Linken entdeckte er eine junge Frau mit langen blonden Locken in einer kurzen Jeansjacke. Zu ihren Wildlederimitatstiefeln trug sie eine Strumpfhose und ein braunes Kleid. Breit lächelte sie ihn an.

«Ich … äh …», stotterte er und fragte sich, wieso er keinen vernünftigen Satz herausbekam. Wahrscheinlich war es diese überwältigende Freundlichkeit im Gesicht der Frau, die ihn aus dem Konzept brachte. Dann aber rief er sich ins Gedächtnis, wo er war. Einfach jeder in dieser Kleinstadt war doch so, oder? Hier kannte jeder noch jeden, interessierte sich für den anderen und nahm aufrichtig Anteil – gewisse Familienangehörige natürlich ausgenommen.

Ob diese Frau wohl wusste, dass sein Großvater gestorben war? Ob sie Alfred Highmore gekannt hatte? Wobei Aaron sich da ziemlich sicher war, schließlich handelte es sich bei seinem Großvater um den wohl reichsten Mann der Gegend. Oder den zweitreichsten. Er wusste nicht, ob sein Vater ihn inzwischen überholt hatte. Wahrscheinlich schon, schließlich hatte Alfred nur einen Haufen Maisfelder besessen, während Vincent dazu auch noch Eigentümer mehrerer Fabriken und Immobilien war. Zumindest war das sein letzter Stand.

«Du bist nicht aus der Umgebung, oder?», fragte die junge Frau ihn. «Sonst wärst du sicher nicht so fasziniert von all dem Mais.»

Fasziniert? Oh Mann, das sah sie aber völlig falsch. Aaron verabscheute Mais, hatte es schon immer getan. Nicht nur weil sein Vater sich seit jeher mehr für das blöde Getreide interessiert hatte als für ihn, sondern auch weil seine Familie mit dem Maisanbau dazu beitrug, dass die Umwelt nachhaltig zerstört wurde. Der hohe Nitratgehalt im Grundwasser, die eingesetzten Insektizide, die noch sehr viel mehr als nur schädliches Ungeziefer töteten, und die Genmanipulation mitsamt ihren gesundheitlichen Folgen waren Themen, über die er sich stundenlang aufregen konnte. Natürlich tat er das in diesem Moment nicht. Stattdessen sah er die junge Frau, die einen Strauß Sonnenblumen in der Hand hielt, etwas spöttisch an.

«Hier dreht sich noch immer alles um den Mais, hm?» Endlich brachte er einen vollständigen Satz heraus.

«Oh, du warst also schon mal hier? Ja, das siehst du ganz richtig. Hier dreht sich alles um den Mais.» Sie lächelte erneut und deutete mit den Blumen auf die Mitte des Stadtplatzes, wo gerade noch mehr Maisgirlanden aufgehängt wurden. «Am Wochenende findet hier das große Maisfest statt. Es gibt ein Maiskolbenwettessen, die neue Maisprinzessin wird gekürt, und man kann jedes nur erdenkliche Gericht mit Mais schlemmen. Meine Mom und ich werden den Stand mit der Maissuppe betreuen, die machen wir selbst. Wenn du dann noch da bist, schau doch mal vorbei.»

«Ich bin mir nicht sicher ...»

«Du musst ja nicht unbedingt am Wettessen teilnehmen.» Sie grinste und hielt sich dann die Sonnenblumen vors Gesicht, als würde sie daran riechen wollen.

«Nein, ich meinte, ich bin mir nicht sicher, ob ich dann noch da bin.» Es war Mittwoch Nachmittag. Am Freitag würde die Beerdigung stattfinden, und dann gab es eigentlich nichts mehr, das ihn hier noch hielt.

«Oh. Na, falls doch …» Sie sah ihn mit strahlenden Augen an, und irgendwie kam sie ihm in diesem Moment bekannt vor. Diese Sommersprossen, die über die ganze Nase verteilt waren, erinnerten ihn an irgendjemanden.

«Maissuppe, hm? Hört sich ziemlich eklig an.» Er verzog das Gesicht.

Sie lachte. «Die ist aber wirklich lecker. Wenn du kommst, gebe ich dir eine aus.»

«Na, dann überlege ich es mir vielleicht», sagte er und hakte seine Daumen in die Jeanstaschen. Auf einmal fühlte er sich merkwürdig, nervös irgendwie, und er wusste gar nicht warum. Etwa wegen dieser Maissuppe kochenden Dörflerin?

Er räusperte sich. «Also, ich muss dann weiter.»

«Viel Spaß noch in Lake Paradise. Und falls du noch nicht weißt, was du unternehmen sollst, kann ich dir das Maismuseum empfehlen. Oder den See, es ist wirklich hübsch da.»

Ach du Schreck, es gab inzwischen ein Maismuseum? Das wurde ja immer schlimmer. Den See allerdings hatte Aaron immer gemocht, daran hatte er ein paar echt gute Erinnerungen.

«Danke», sagte er noch und ging zurück in Richtung Auto. Er musste jetzt dringend einen Ort zum Übernachten finden. Wenn er richtig informiert war, gab es hier noch immer nur ein einziges Hotel. Er hoffte wirklich, dass dort ein Zimmer frei war, denn wenn nicht, wäre er aufgeschmissen. In der Familienvilla würde er bestimmt nicht nächtigen, und er war sich sicher, sein Vater würde ihn auch gar nicht lassen. Natürlich konnte er jederzeit bei seinem besten Freund Jonah unterkommen, der noch immer in Lake Paradise wohnte, doch der war eine richtige Quasselstrippe und würde ihn nicht zur Ruhe kommen lassen. Dabei war es genau das, was Aaron jetzt am meisten brauchte: Ruhe und Zeit, um seine Gedanken zu ordnen. Er musste einfach ein bisschen für sich sein.

Dennoch fragte er sich, was er eigentlich hier machte, in Lake Paradise, am Ende der Welt, wenn er doch genauso gut gerade im Central Park sitzen und ein Buch lesen oder ein Bauprojekt skizzieren könnte. Es war eine dumme Idee gewesen herzukommen. Eine richtig, richtig dumme Idee.

Doch dann drehte er sich noch einmal um und sah der blonden Frau dabei zu, wie sie über die Straße hüpfte, fast als wäre sie ein Kaninchen. Unwillkürlich musste er schmunzeln. Vielleicht schmeckte diese Maissuppe ja doch. Ja, vielleicht sollte er sie am Wochenende wirklich mal probieren gehen.

Aaron sah ihr nach, bis sie in einem Laden namens *Animal Paradise* verschwand. Und er fragte sich, wer sie wohl war und ob er sie eventuell sogar von früher kannte. Er versuchte sich alte Zeiten ins Gedächtnis zu rufen, den See, den Spielplatz, den Schulhof ... und plötzlich hatte er ein Bild vor Augen.

Da waren sie, die Sommersprossen, nur dass es damals noch viel mehr gewesen waren. Sie befanden sich im Gesicht eines kleinen Mädchens, das ihn strahlend anlächelte und ihm sagte: «Danke, dass du mir meine Lunchbox zurückgeholt hast.»

Und jetzt machte sich auch auf seinem Gesicht ein Lächeln breit.

5

«Ja, ich habe ihn bei Howie im Supermarkt gesehen», erzählte Delores ganz aufgeregt. Sie war gestern beim Friseur gewesen und trug ihr weißes Haar nun zu einem modischen Bob geschnitten. «Er hat sich ein paar Äpfel gekauft.»

«Und ich habe vorhin mit Savannah telefoniert», berichtete Sadie. «Sie sagt, er wäre gestern mit einem schicken schwarzen Wagen vorgefahren und hätte sich bei ihr im Hotel eingemietet.»

Man konnte Murielle ansehen, wie betrübt sie war, weil sie als Letzte erfuhr, dass Aaron Highmore zurück in der Stadt war. Er war das Gesprächsthema Nummer eins an diesem Donnerstagmorgen.

«Er ist also tatsächlich gekommen», sagte sie und starrte aus dem Fenster des *Paradise Café*, in der Hoffnung, er könne jeden Moment über den Platz spazieren. «Das hätte ich nicht gedacht. Da muss ihm sein Grandpa wohl doch am Herzen gelegen haben.»

«Es ist alles ein großes Rätsel», meinte Sadie. «Immerhin war er bei Mathildas Beerdigung *nicht* anwesend.»

«Da war er noch ein Teenager. Vielleicht hat er inzwischen begriffen, wie wichtig die Familie ist», überlegte Delores.

«Die Familie?», fragte Sadie. «Die Highmores kann man wohl kaum als solche bezeichnen. Sie sind eher ein Haufen überheblicher Einzelgänger, die nichts als Macht und Geld im Sinn haben, oder?»

«Ja», stimmte Murielle ihr zu. «Mit Mathilda ist auch das letzte bisschen Herzlichkeit der Highmores gestorben.»

«Ich habe gehört, dass Vincent Highmore im Grunde gar nicht so kalt und skrupellos ist, wie jeder denkt», erzählte Delores.

«Von wem hast du das gehört?», wollte Murielle sogleich wissen.

«Von Vera, der Haushälterin. Sie arbeitet immerhin seit beinahe zwanzig Jahren für ihn. Und sie hat mir erst neulich bei einem guten Brandy erzählt, dass er manchmal ganz traurig in seinem Lesesessel sitzt und grübelt. Als wäre er voller Reue.»

«Das sollte er auch sein», fand Murielle.

«Den Brandy hat Vera übrigens von ihm zum Geburtstag geschenkt bekommen. Eine teure Flasche, aus Übersee.»

«Oh. Ich hätte nicht gedacht, dass er überhaupt mal irgendwem etwas schenkt», sagte Sadie überrascht.

«Er scheint sich eben zu ändern.» Delores zuckte die Schultern. «Wir sollten die Menschen nicht vorzeitig aufgeben. Jeder kann eines Tages aufwachen und erkennen, welche Fehler er in der Vergangenheit begangen hat.»

«Vincent Highmore tut das ganz bestimmt nicht.» Murielle schüttelte den Kopf. Sie konnte den Mann nicht ausstehen, vor allem, weil er ihre Schwester Beverly aus ihrem Haus gejagt hatte, um dort einen Wohnblock mit teuren Apartments zu bauen, gleich außerhalb der Stadt. Dass er

Beverly einen guten Preis bezahlt und zudem eine Abfindung von fünfundzwanzigtausend Dollar draufgelegt hatte, zählte für sie nicht.

«Glaubt ihr, sein Sohn ist hier wegen seines Erbes?», brachte Sadie das Gespräch wieder zurück auf Aaron Highmore. «Der Alte wird ihm doch sicher etwas hinterlassen haben, oder?»

«Ich habe gehört, der Junge wurde schon vor Jahren enterbt», erzählte Delores.

Wieder sah Murielle ganz neidisch aus. «Wo hast du das gehört?»

«Von Vera natürlich. Sie hat es aber auch nur vom Butler.»

«Also, wenn etwas an dem Bankraub dran ist, dann braucht Aaron auch gar kein Erbe», sagte Sadie.

«Er wurde doch aber erwischt, das Geld ist futsch», erinnerte Murielle sie.

«Ich habe aber gehört, das Geld hätten sie niemals gefunden», widersprach Sadie.

«Wo hast du das ge…?»

«Darf ich euch noch Kaffee nachfüllen, Ladys?», fragte in dem Moment Nolan, der wie aus dem Nichts an den Tisch getreten war. Eigentlich hatte ihn aber nur keine der drei Damen bemerkt, weil sie alle aus dem Fenster gestarrt hatten.

Alle drei hielten ihm ihre Tassen hin, und er füllte nach.

«Was gibt es denn da draußen so Spannendes?», erkundigte er sich.

«Wir erhoffen uns einen Blick auf Aaron Highmore», informierte ihn Sadie.

«Aaron Highmore … Der verschollene Sohn?»

«Exakt!», sagte Murielle.

«Sieht er gut aus?», fragte Nolan.

«Ach, mein Lieber, bei dem brauchst du dir gar keine Hoffnungen zu machen, der ist nämlich ein ganz Schlimmer. Ein Weiberheld, wie er im Buche steht», klärte Delores ihn auf.

«Ah ja?»

«Ja. Und kriminell ist er auch», meinte Murielle.

«Und am ganzen Körper tätowiert», erzählte Sadie.

Nolan lachte, und ihm fiel eine rotblonde Haarsträhne ins Gesicht, die er beiseiteschob. «Ist das alles bewiesen, oder sind das nur wieder irgendwelche Klatschgeschichten?»

Die drei wandten ihm gleichzeitig ihre Gesichter zu und funkelten ihn böse an. «Zweifelst du etwa an unserer Glaubwürdigkeit?», fragte Murielle, die heute einen lila Jogginganzug trug.

«Ich würde es nie wagen», beschwichtigte Nolan sie schnell.

«Na, dann ist ja gut.»

In dem Moment kam Buddy ins Café und ging von Tisch zu Tisch, um sein heutiges Gedicht zu verteilen. Sadie nahm es entgegen und las laut vor:

Sonnengelber Mais
Sachte schaukelt er im Wind
Wie ein Sohn in den Armen seiner Mutter
Mein süßes kleines Kind
Am besten schmeckt er mit Butter

Sadie runzelte die Stirn, Nolan musste schmunzeln, und Murielle sagte das, was sie alle dachten: «Buddy, du solltest vorsichtig sein, denn das könnte man auch falsch verstehen.»

Verwirrt sah Buddy sie an.

«Na, man könnte dich für einen Kannibalen halten.»

Buddy schüttelte entgeistert den Kopf und ging aus der Tür.

Delores sah ihm nach. «Der Arme. Er fühlt sich stets so missverstanden.»

«Also, ich finde, es ist das beste Gedicht seit Langem», meinte Nolan, der sich nur zu gut an die Verse über Schimmel in der Mülltonne hinter Howies Supermarkt, den linken Schuh der Maisprinzessin oder einen leeren Joghurtbecher erinnerte.

«Ja, wir sollten seine Kunst wirklich mehr zu schätzen wissen», fand Delores. «Er gibt sich doch so viel Mühe.»

«Kunst?», fragte Murielle. «Also, so kann man das doch wohl nicht nennen, oder?»

«Nun, es ist die einzige Kunst, die wir in Lake Paradise haben», meinte Delores achselzuckend, und da konnten die anderen ihr dann doch nur recht geben.

6

Lexi betrat den Tiersalon und wurde ganz aufgeregt von Trish empfangen. «Erzähl, erzähl, ich will alles wissen!»

Sie musste lachen. «Was willst du denn wissen? Es ist rein gar nichts passiert.»

«Na, du bist ihm doch aber begegnet, hast dich mit ihm unterhalten, oder etwa nicht?»

«Ja, das stimmt», bestätigte Lexi, die noch spät am gestrigen Abend eine Handynachricht von Trish erhalten hatte. Die Freundin hatte geschrieben:

Kannst du es glauben! Aaron Highmore ist zurück in Lake Paradise!!!

Ja, ich weiß.

Das hatte sie geantwortet, während sie sich in ihrem gemütlichen Häschen-Pyjama unter die Bettdecke gekuschelt hatte.

Ich bin ihm heute begegnet, und wir haben ein paar Worte gewechselt.

Oh mein Gott, ist das dein Ernst? Ich will Details!!!!!!!!!!

Und ich will schlafen. Es ist fast Mitternacht. Morgen erfährst du alles, okay?

Ja, lass mich nur zappeln. Gemein bist du! Morgen lasse ich dich zur Strafe alle Hunde einshampoonieren.

Lexi hatte schmunzeln müssen, das Smartphone beiseitegelegt und schließlich das kleine Nachtlicht ausgeschaltet. Und sie hatte nicht verhindern können, beim Einschlafen an eine bestimmte Person zu denken.

Jetzt sah Trish sie mit großen Augen an. «Na, dann erzähl schon! Ich will alles wissen, und lass nichts aus.»

«Da gibt es wirklich nicht viel zu erzählen. Ich bin ihm vorm Supermarkt begegnet und ...»

«Vor welchem? Vor Ruperts oder Howies?»

«Ist das wirklich von Bedeutung?»

«*Alles* ist von Bedeutung!», stellte Trish klar. Sie zog sich eine dunkelbraune Haarsträhne aus der locker sitzenden Hocksteckfrisur und spielte daran herum.

«Okay, okay. Also, es war vor Howies Supermarkt. Er hat doch diese hübsche Deko im Fenster, mit Maiskolben, Kürbissen und so weiter.»

«Ja, die ist toll. Und er ist früh dran dieses Jahr. Es ist ja erst Ende September. Rupert sollte sich sputen, es ihm gleichzutun.»

Lexi stemmte die Hände in die Hüften. «Lässt du mich nun erzählen, oder nicht?»

«Ja, na klar. Fahr fort!»

«Okay. Also, er stand da und …»

«Howie oder Aaron Highmore?»

Lexi musste erneut lachen. Trish war so was von heiß auf die Neuigkeiten über Aaron Highmore, sie mochte sich gar nicht vorstellen, wie es erst Murielle, Sadie und Delores ging. Oje, wenn die erst herausfanden, dass sie mit Aaron gesprochen hatte!

«Na, Aaron natürlich! Er betrachtete das Schaufenster, und da hab ich ihn angesprochen. Hab zu ihm gemeint, dass er wohl nicht von hier sein könne, da er so fasziniert von der Maisdeko sei.»

Trishs Augen weiteten sich nur noch mehr. «Du hast ihn einfach angesprochen?»

«Ja.»

«Und hast du ihn denn nicht erkannt?»

«Nein, das hab ich tatsächlich nicht. Ich meine, überleg doch mal, was die Leute sich über ihn erzählen! Ich hatte natürlich eine komplett andere Vorstellung von ihm.» Erst später hatte sie erfahren, dass es sich bei dem Fremden um Aaron handelte, weil die ganze Stadt darüber redete, dass er zurück war. Da hatte sie eins und eins zusammengezählt.

«Er sieht also nicht aus wie ein Knasti?»

Lexi schüttelte den Kopf. «Nein, überhaupt nicht.»

«Und wie sieht er dann aus?» Trish drehte und zog jetzt so sehr an ihrer Haarsträhne, dass Lexi befürchtete, ihre Freundin würde sie sich noch ausreißen.

«Lass das!», sagte sie und haute Trish auf die Hand. Dann musste sie erst mal überlegen. «Also, er sah ganz normal aus. Dunkles Haar, Lederjacke, warme Augen … Eigentlich sah er sogar richtig nett aus.»

«Richtig nett, ja?», fragte Trish mit einem großen Grinsen im Gesicht.

«Ja, nett. Und mehr auch nicht.»

«Soso. Du, sag mal, wann war denn das eigentlich? Wann bist du gestern auf ihn gestoßen? Nach der Arbeit?»

«Nein. Als ich nachmittags kurz in den Supermarkt gegangen bin, um mir etwas Obst und dir Blumen zu besorgen.» Sie war Trish so dankbar, dass sie ihr den Job gegeben hatte, dass sie ihr jetzt schon drei Tage in Folge etwas mitgebracht hatte. Heute war es eine Schachtel von Trishs Lieblingspralinen, die Lexi nun aus der Handtasche fischte und ihrer Freundin überreichte.

Trish nahm sie lächelnd entgegen. «Sosehr ich mich über all die Geschenke freue – es ist wirklich nicht nötig, Süße. Ich hab dich gerne eingestellt und freue mich, dass wir jetzt zusammenarbeiten.»

«Ja, ich freu mich ja auch, aber dennoch …»

«Moment! Du bist Aaron schon am Nachmittag begegnet und hast es mit keinem Wort erwähnt, als du zurück im Salon warst?», fragte Trish plötzlich empört.

Lexi seufzte. «Wie gesagt, ich wusste zu dem Zeitpunkt nicht, dass er es war. Und jetzt genug von Aaron Highmore. Wir sollten uns an die Arbeit machen.»

Sie hängte ihre Jacke hinten an den Haken und band sich eine der rosafarbenen Plastikschürzen um, die man hier wirklich brauchte, wie Lexi die letzten beiden Tage am eigenen Leib erfahren hatte. Trish hatte sie eingearbeitet, und jeder einzelne Hund hatte sie beim Baden nassgespritzt, von den anderen Tieren ganz zu schweigen.

«Aber es ist doch noch gar kein Kunde da», entgegnete

Trish, als Lexi zu ihr zurückkehrte. «Der erste kommt erst um Viertel vor zehn. Das wird übrigens Wyatt sein, der das Meerschweinchen seiner Tochter zum Krallenschneiden vorbeibringt.» Ihre Freundin sah ein wenig beunruhigt aus.

Und bei dem Namen Wyatt zog sich bei Lexi tatsächlich alles zusammen. Denn Wyatt war der Sheriff von Lake Paradise, und er war derjenige gewesen, der ihr damals die schlimme Nachricht überbracht hatte.

«Alles okay?», fragte Trish besorgt.

«Ja, ja, alles gut. Manchmal kommen nur alte Erinnerungen hoch.»

«Ja, das kann ich mir denken. Es ist ja auch erst zwei Jahre her.» Trish legte ihr eine Hand auf den Arm und streichelte sie leicht. «Irgendwann wird es bestimmt besser werden. Irgendwann wirst du dich vielleicht sogar wieder verlieben. Womöglich ja in einen *richtig netten* Mann.» Trish schmunzelte, und Lexi warf einen Gummiball nach ihr, den sie zum Spielen für die Hunde dahatten.

Trish wich aus und versteckte sich hinter dem Kratzbaum für Katzen.

«Dann erzähl mir doch mal, wie es bei *dir* so läuft», sagte Lexi und war gespannt auf Neuigkeiten aus Trishs Liebesleben. Nur weil sie selbst im Moment keins hatte, bedeutete das ja nicht, dass sie sich nicht für die der anderen interessierte.

Trish schüttelte jedoch den Kopf. «Sehr aufregend ist es zurzeit nicht, wenn ich ehrlich sein soll. Steven hat sich gestern Abend die Fußnägel im Bett geschnitten.»

Unwillkürlich musste Lexi lachen. «Und was genau willst du mir damit sagen?»

«Dass die Luft raus ist. Dass er mich abtörnt. Ich glaube, ich werde demnächst Schluss machen.»

«Weil er sich die Fußnägel im Bett geschnitten hat?»

Trish sah sie mit einem Ausdruck an, der sagte: *Wenn du das nicht verstehst, verstehst du die Welt nicht.*

«Okay, okay, du musst es ja wissen.» Es sollte sie eigentlich nicht wundern, schließlich hatte es schon weitaus belanglosere Gründe gegeben, weshalb Trish sich von einem Mann getrennt hatte. Ihre Freundin hielt es nie sehr lange bei jemandem aus. Dabei wünschte Lexi ihr so sehr, sie würde eines Tages den Einen treffen und so hin und weg sein, dass sie den Rest ihres Lebens mit ihm verbringen wollte. Mittlerweile war sie sich aber gar nicht mehr so sicher, ob es Happy Ends im wahren Leben überhaupt gab. Sie lebten halt nicht im Märchen, damit mussten sie sich abfinden.

Wenig später ging die Tür auf, und der Sheriff betrat den Laden mit einem kleinen Käfig in den Händen. Lexi betrachtete den gut gebauten Mann Anfang dreißig, der nicht nur attraktiv war, weil er eine Sheriffuniform trug, sondern vor allem, weil er ein ganz fantastischer alleinerziehender Vater war, der seiner kleinen Tochter die Welt zu Füßen legte. Und sie fragte sich, ob er nichts anderes zu tun hatte an einem Donnerstagmorgen, als Abigails Meerschweinchen zum Krallenschneiden zu kutschieren. Klar, in Lake Paradise passierte fast überhaupt nie irgendetwas, das den Einsatz eines Gesetzeshüters erforderte, doch ein bisschen merkwürdig kam es ihr schon vor. Die Verwirrung hielt jedoch nicht lange an, denn als sie Trish die nächsten zwanzig Minuten beim Krallenschneiden über die Schulter schaute, entgingen ihr Wyatts Blicke nicht. Und da wusste sie, dass er gar nicht ausschließlich wegen des Meerschweinchens hier war, sondern vielmehr, weil er ihre beste Freundin sehen wollte.

Sie musste lächeln. Vielleicht wurde ja wenigstens für Trish doch noch ihr Märchen wahr.

7

Aaron schauderte. Er stand vor dem angsteinflößendsten Gebäude, das er kannte: dem Haus seiner Kindheit. Endlich gab er sich einen Ruck und ging auf die Tür zu. Sie war aus schwerem Ahornholz und mit einem Türklopfer in Form eines Drachens versehen. Ein Butler, den er nicht kannte, öffnete.

«Guten Tag. Ich bin Aaron Highmore. Ich möchte zu meinem Vater. Ist er da?»

Der Butler stand stocksteif da und verzog keine Miene. «Ich bedaure, aber Mr. Highmore befindet sich auf dem Golfplatz.»

«Oh.» Aaron überlegte kurz, was er jetzt tun sollte. «Kann ich dann reinkommen und auf ihn warten?»

Der Butler starrte ihn an. Eine dumme Frage, schien er zu finden. Er konnte doch nicht einfach einen Fremden ins Haus lassen, denn das war Aaron ja quasi.

«Kann ich dann zu Vera?», fragte er. Seit seiner Kindheit sorgte die Haushälterin nicht nur für den Glanz, sondern auch für das leibliche Wohl im Hause Highmore, und sie war neben seiner Mutter die Einzige gewesen, die ihm am Herzen gelegen hatte. Bei jedem Besuch seiner Mom hatte Vera ihr eine große Dose voll mit Aarons Lieblingskeksen – selbst gebackene Chocolate-Chip-Cookies – mitgegeben. Und zu Weihnachten hatte sie ihm stets ein kleines Geschenk geschickt. Er hatte ihr das nie vergessen und schickte ihr im Gegenzug jedes Jahr eine Weihnachtskarte und irgendeine Aufmerksamkeit, über die sie sich jedes Mal riesig freute, wie sie ihm berichtete, wenn sie ihn am Weihnachtstag anrief. Besonders hatten ihr die silbernen *Tiffany*-Ohrringe im letzten Jahr gefallen, noch mehr als die kristallene Obstschale aus dem Jahr davor. Er hatte eben einen guten Geschmack und wusste, was Frauen gefiel, das hatten ihm schon etliche seiner Eroberungen gesagt.

Und doch hatte er eines noch nie verschenkt: sein Herz.

Der Butler verzog seinen Mund zu einem kleinen Lächeln und bat ihn, durch den Seiteneingang einzutreten. Aaron nahm es ihm nicht übel, der Mann hatte seine Vorschriften. So gut kannte er seinen strengen Vater immerhin.

Er nickte nur, umrundete das riesige Haus und klopfte an die Tür, die sich an der Ostseite befand und direkt zur Küche führte. Sie war für die Angestellten gedacht, für die Lieferanten und den Postboten. Für alle also, die es in den Augen seines Vaters nicht wert waren, den Haupteingang zu benutzen.

Keine fünf Sekunden nachdem er geklopft hatte, stand Vera bereits lächelnd in der Tür und fiel ihm in die Arme. «Oh, Aaron, wie sehr ich mich freue, dich zu sehen.»

«Ich freue mich auch.» Er konnte nicht anders, als zurückzulächeln.

Vera betrachtete ihn eingehend. «Du bist so erwachsen geworden, Aaron. So ein gut aussehender junger Mann.»

Tränen traten in ihre Augen, sie schien ehrlich glücklich, ihn zu sehen. Sie bat ihn herein, deutete ihm, sich an den Küchentisch zu setzen, und fing an, ihm sein Lieblingsessen von damals zuzubereiten: eine Pilz-Kartoffel-Pfanne, ein Gericht aus Veras alter Heimat Polen. Er sagte ihr nicht, dass er inzwischen ganz andere Dinge gerne aß, wie zum Beispiel Sushi oder Thai-Suppen. Leichte Küche, frische Zutaten, Proteine, Vitamine. Andererseits freute er sich auch auf sein altes Leibgericht, er hatte es seit gefühlten Ewigkeiten nicht mehr genießen dürfen. Eine weitere Sache, um die sein Vater ihn beraubt hatte.

In der nächsten Stunde musste er Vera alles über sein Leben in New York erzählen. Und dann berichtete sie ihm von ihrer Familie, ihrem Mann Stanislaw, der bis vor wenigen Tagen der Gärtner von Aarons Großvater gewesen war und nun nicht wusste, ob man ihn weiterhin benötigte und er seine Stelle behalten würde. Außerdem erzählte sie von ihren Kindern und den drei Enkelkindern, die sie inzwischen hatte. Sie zeigte ihm gerade ein paar Fotos auf ihrem Handy, als es klingelte. Es war der Hausherr, der sich ankündigte. Vincent Highmore würde in dreißig Minuten eintreffen und wollte dann sein Essen auf dem Tisch haben: einen Braten, der bereits seit Stunden im Ofen vor sich hin schmorte, mit Röstkartoffeln und Rosenkohl.

Vera entschuldigte sich bei Aaron, weil sie sich jetzt sputen musste und keine Zeit mehr für ihn hatte, woraufhin er sagte, dass er ein bisschen durchs Haus spazieren wolle. Das tat er dann auch, stets auf der Hut vor dem Butler, der ihn besser nicht dabei erwischen sollte.

Leise ging er hoch in den zweiten Stock, wo sich neben

den Räumen für die Bediensteten früher sein Kinderzimmer befunden hatte. Vorsichtig drückte er die Tür auf und war überrascht, dass es noch genau so aussah wie damals. Sogar seine Pokale fürs Wettrudern auf dem See und für all die gewonnenen Buchstabierwettbewerbe standen noch an Ort und Stelle.

Danach streifte Aaron durch den ersten Stock, wo sich das Elternschlafzimmer befand, außerdem das Gästezimmer, das Fernsehzimmer, das alte Nähzimmer seiner Mutter, die Ahnengalerie und die obere Bibliothek – die mit den Kriminalromanen und den Klassikern. Unten befand sich neben dem Salon, dem Speisesaal und dem Büro seines Vaters eine weitere Bibliothek, die mit Sachbüchern – vor allem wirtschaftlichen – vollgestellt war.

Er trat nun in die obere Bibliothek ein und ging auf eines der Regale zu. Poe und Doyle beherrschten diese Seite des Raums, während Dickens, Sartre, Voltaire und Hesse die andere Seite einnahmen. Es gab ein weiteres Regal, in dem sich die Bücher seiner Mutter befanden: Jane Austen, die Brontë-Schwestern und zwei Reihen mit Romanen von Danielle Steel. Der Anblick dieser Bücher machte ihn traurig, denn Aaron wusste von seiner Mutter, dass es darin immer um große Liebesgeschichten ging, wie sie sich eine solche sicher auch für sich selbst gewünscht hätte.

In den unteren beiden Fächern entdeckte er Fotoalben. Ein weiteres lag auf dem kleinen runden Tisch zwischen den beiden Lesesesseln. Es war aufgeschlagen auf einer Seite mit Fotos aus seiner Kindheit. Der kleine Aaron am See, im Ruderboot, mit seiner Mutter …

Er wunderte sich ernsthaft und fragte sich, ob wohl Vera

sich die Bilder angesehen hatte. Sein Vater konnte es doch nicht gewesen sein, oder? Allerdings wäre Vera ganz sicher nicht so unbedacht gewesen und hätte das Album zurück an seinen Platz gestellt.

Plötzlich hörte Aaron eine tiefe Stimme, die von unten zu kommen schien, und er schlich die hintere Treppe hinunter. Als Vera seinem Vater das Essen servierte, trat Aaron hinter ihr ins Speisezimmer. Sein alter Herr sah auf und schien kein bisschen überrascht, und Aaron fragte sich, ob der Butler ihn schon vorgewarnt hatte oder ob er einfach nur er selbst war: emotionslos wie ein Stein.

«Hallo, Vater», sagte Aaron und trat auf den Tisch zu, an dem der große Vincent Highmore saß. Sein Haar war unglaublich grau geworden, und er sah irgendwie mager und blass aus. Trotz seiner Größe wirkte er plötzlich ganz klein.

Aaron hoffte, sein Vater würde ihn auffordern, sich zu setzen, damit er nicht weiter so dumm herumstehen musste. Doch er tat nichts dergleichen.

«Was machst du hier?», fragte er stattdessen, nahm seine Gabel in die Hand und stach sie in einen Rosenkohl.

«Nun … Großvater ist gestorben. Ich bin zur Beerdigung hier.»

Falls Vincent Highmore sich wunderte, woher er vom Tod Alfreds wusste, ließ er sich nichts anmerken. Er kaute auf seinem Rosenkohl herum und sagte dann: «Die Beerdigung ist morgen.»

«Ja, ich weiß.»

«Wo bist du untergekommen?» Aaron konnte die Sorge heraushören, er könnte in seinem Elternhaus wohnen wollen.

«Ich schlafe im Hotel.»

Eine gewisse Erleichterung spiegelte sich auf Vincents Gesicht wider. «Gut. Dann sehen wir uns morgen auf dem Friedhof. Um zehn. Sei pünktlich.» Sein Vater widmete sich nun vollends seinem Essen, das Gespräch schien für ihn beendet zu sein.

Aaron dachte an das aufgeschlagene Fotoalbum. «Ich bin noch ein paar Tage im Ort. Nur für den Fall, dass du reden willst.»

Statt einer Antwort bekam er jedoch nur ein schwaches Nicken, also verließ er das Speisezimmer und schloss die Tür hinter sich.

Als er draußen war, musste Aaron erst einmal tief durchatmen. Das war einer der schwersten Gänge seines Lebens gewesen, und morgen würde ein weiterer folgen. Er brauchte jetzt ganz dringend was zu trinken. Ein Bier oder, besser noch, einen Whiskey.

Kurz entschlossen fuhr er ins Zentrum und suchte nach einem Laden, der Alkohol anbot. Die einzige Kneipe im Ort, die *Paradise Tavern*, hatte noch nicht geöffnet. Am Stadtplatz, gleich neben dem Café, gab es ein Restaurant mit dem Namen *Jamie's Food Paradise*, vor dem ein paar Tische standen, die alle besetzt waren mit fröhlich wirkenden Stadtbewohnern. Doch darauf hatte er nun wirklich keine Lust, also ging er den Paradise Boulevard entlang und suchte weiter.

Fündig wurde Aaron schließlich bei einer Pizzeria, die draußen ein Schild hängen hatte: Sie besaß eine Lizenz zum Alkoholausschenken. Der Laden war nicht sehr gut besucht und auch nicht zu grell. Aaron nahm am Tresen Platz, bestellte sich einen Bourbon und ein Bier. Er kippte den Whiskey in einem Zug runter und nahm dann die Bierflasche in die Hand.

«Aaron Highmore, richtig?», hörte er eine Stimme neben sich. Er drehte sich zu dem Mann, der ihn angesprochen hatte, und erkannte ihn sofort wieder, da er noch fast genauso aussah wie in der siebten Klasse: groß, stämmig, hohe Stirn, knubbelige Nase.

«Hunter Edison!», rief Aaron erfreut aus. Erfreut einfach deshalb, weil er ein bekanntes Gesicht sah. «Wie geht es dir? Bestell dir, was du willst, geht auf mich.»

«Oh, danke sehr.» Hunter bestellte ebenfalls ein Bier und dazu eine Salamipizza, wenn er schon auf diese Weise eingeladen wurde.

Aaron deutete der Frau hinterm Tresen, ihm noch einen Bourbon zu bringen. «Was machst du so, Hunter? Was ist aus dir geworden?»

«Ich bin Maisfarmer», antwortete sein alter Schulkamerad, und Aaron musste unwillkürlich lachen. Maisfarmer, was auch sonst? «Und du?»

«Architekt», sagte er kurz und knapp.

«Oh, das trifft sich ja gut. Könntest du dir vielleicht mal meine Scheune ansehen? Die ist nicht mehr die stabilste, es müssten vermutlich ein paar neue Balken angebracht werden.»

«Na klar, mein Guter», erwiderte Aaron und nahm ein paar große Schlucke Bier. Er vermisste New York jetzt schon.

8

«Und, wie gefällt dir die Arbeit im Tiersalon?», fragte ihre Mutter bei Kaffee und Kuchen im *Paradise Café*.

Lexi hatte sich ihre einstündige Pause für den Nachmittag aufgehoben, weil sie ihrer Mom versprochen hatte, mit ihr Kuchen zu essen. Heute war Donnerstag, und da gab es im *Paradise Café* immer Tiramisu-Torte, in die ihre Mom sich am liebsten hineingesetzt hätte.

«Es macht Spaß und ist gar nicht so anstrengend, wie ich gedacht hatte. Die meisten Tiere sind ganz lieb und lassen sich ohne großen Widerstand waschen und föhnen oder sich die Haare und die Krallen schneiden. Entlausen mussten wir allerdings noch keins, und davor graut es mir dann doch immer noch.»

«Das hört sich ja aber gar nicht schlecht an. Und das Tolle ist, du kannst mit deiner besten Freundin zusammenarbeiten.»

«Ja, das ist echt toll», stimmte Lexi zu.

«Wie geht es denn Trish?»

«Ihr geht es gut. Na ja, mit Steven läuft es nicht ganz so super. Er hat sich die Fußnägel im Bett geschnitten.» Schnell sah sie sich um, ob auch keine der Tratschtanten oder Buddy in der Nähe waren. Sonst wären Stevens Fußnägel gleich morgen früh Gesprächsthema oder, schlimmer noch: Buddy würde ein Gedicht drüber schreiben und an alle Stadtbewohner verteilen.

«Ach, das ist doch gar nichts», sagte ihre Mom zu Lexis Überraschung. «Neulich hat in einer *The-Middle*-Folge Frankie die Fußnägel ihres Sohnes Axl *gegessen*, der sie nach dem Schneiden in eine leere Chipstüte gegeben hatte. Frankie dachte, es handele sich dabei um Chipskrümel.»

Lexi verzog das Gesicht. «Ist ja eklig.» Sie sah ihre Mutter an. «Wann hast du denn Zeit zum Fernsehen?»

«Ach, dein Vater spielt neuerdings ständig Skat oder Poker mit seinen Freunden, da langweile ich mich schon mal.»

«Oh. Na, ist doch aber schön, dass Dad eine Beschäftigung gefunden hat, oder?» Nachdem er sehr lange als Vorarbeiter in einer der Maisfabriken der Gegend gearbeitet hatte, war Lexis Vater vor ein paar Jahren entlassen und durch einen jüngeren Mitarbeiter ersetzt worden. Natürlich hatte Vincent Highmore dahintergesteckt, dieser skrupellose Kerl, der kein Herz für irgendwen besaß und ihrem Vater seine wichtige und erfüllende Aufgabe genommen hatte.

«Ja, schon», sagte Donna.

«Warum gehst du nicht Grandpa besuchen, wenn du dich langweilst?», fragte Lexi. «Oder du schließt dich wieder der Handarbeitsgruppe an.»

«Ach, seit Mathilda nicht mehr dabei ist, ist es nicht dasselbe. Jetzt bringen Lindsay und Ashleigh ständig neue Ideen mit ein, und ich habe wirklich keine Lust, rosa-gelb gestreifte Stulpen zu stricken oder eine Banana zu nähen.»

Lexi musste lachen. «Ein Bandana meinst du wahrscheinlich, oder?»

«Wie auch immer. Es ist nicht mehr dasselbe. Und deinen Grandpa besuche ich bereits sehr häufig. Du ja auch, wie ich immer wieder von den anderen Heimbewohnern erfahre, hm?»

Sie nickte. «Ja. Ich will auch heute Abend wieder hin», erzählte sie. «Ich lese Grandpa gerade *Die Schatzinsel* vor, und ich weiß, er ist schon ganz gespannt darauf zu erfahren, wie es weitergeht.» Das glaubte sie zumindest, sagen konnte ihr Großvater es ihr leider nicht, da er seit einem Schlaganfall vor acht Jahren nicht mehr sprach. Es machte Lexi traurig, dass sie sich nicht mit ihm unterhalten konnte wie mit den anderen Bewohnern des Altenpflegeheims, und es machte sie ebenfalls traurig, die Senioren beim Yoga, Zeichnen oder Singen zu beobachten und zu wissen, dass ihr Grandpa nicht mitmachen konnte. Aber so war es nun mal, sie und ihre Mutter arrangierten sich mit den Tatsachen, sie hatten ihn trotzdem lieb, und dann übernahmen sie in einer Unterhaltung eben auch seinen Part und erzählten einfach doppelt so viel.

Als Lexi am Abend die letzten Sätze aus *Die Schatzinsel* gelesen hatte, sah sie ihren Grandpa Murphy an, der ihr in seinem Rollstuhl gegenübersaß und sie anlächelte. Und dieses Lächeln sagte mehr als tausend Worte. Ihm hatte das Buch gefallen.

Lexi lächelte ebenfalls, gab ihm einen Kuss auf die Wange und sagte: «Es ist Zeit fürs Abendessen. Ich bringe dich in den Speisesaal, ja?»

Sie schob ihn aus seinem Einzelzimmer, in dem überall Fotos von der Familie aufgehängt und aufgestellt waren, damit seine Liebsten immer bei ihm waren, den langen Flur entlang und an seinen Platz im Speisesaal. Es war noch nicht ganz sieben Uhr, doch es saßen bereits ein paar andere Bewohner an den Tischen und begrüßten sie.

«Hallo, Lexi. Wie geht es dir?»

«Mir geht es sehr gut.» Lexi lächelte in die Runde. «Und euch?»

«Gut, gut.»

«Wir haben gehört, dass du nicht mehr im Museum arbeitest?», sagte Rose, die fast jeden Morgen beim Yoga mit dabei war. Sicher nicht nur, um in Bewegung zu bleiben, sondern vor allem, um mal rauszukommen und zu erfahren, was es in der Stadt Neues gab.

«Ja, aber das macht überhaupt nichts», erwiderte Lexi. «Ich arbeite jetzt im Tiersalon und bade Hunde.»

Rose und die anderen lachten.

«Das hört sich nach einem richtig guten Job an», sagte Mona, eine Zweiundsiebzigjährige, die kein Jahr älter aussah als sechzig. Allerdings wusste Lexi nicht so genau, ob sie ihre Worte ernst meinte oder eher sarkastisch. Mona war nämlich früher Mathelehrerin an der örtlichen Middle School gewesen, auf die Lexi natürlich auch gegangen war. Mathe war jedoch ein Fach gewesen, das Lexi immer gehasst hatte. Wahrscheinlich erinnerte Mona sich noch heute an ihre schlechten Noten und hatte auch nicht viel mehr von ihr erwartet, als dass sie eines Tages Hunde baden würde.

Sie hätte sich ja auch ein anderes Leben gewünscht. Eigentlich sollte sie jetzt in ihrem hübschen kleinen Haus in ihrer heimeligen Küche stehen, ein Abendessen für die Familie zubereiten und danach ihrem ersten Kind eine Gutenachtgeschichte vorlesen. Vielleicht wäre sie sogar schon schwanger mit dem zweiten. Ja, sie wusste natürlich, dass das ein sehr schlichtes, nicht wirklich anspruchsvolles Leben gewesen wäre, doch sie hatte nie eine Karriere oder Ähnliches angestrebt, alles, was sie immer gewollt hatte, war eine eigene kleine Familie – glücklich sein.

Leider hatte das Schicksal andere Pläne gehabt.

Sie wurde richtig traurig, legte Grandpa Murphy von hinten die Arme um die Schultern und drückte ihn leicht. «Ich hab dich lieb, Gramps. Bis ganz bald.»

Anschließend verabschiedete sich Lexi auch von den anderen Heimbewohnern und versprach ihnen, wie gewohnt am Freitagnachmittag zum Zeichenunterricht zu kommen. Sie hatte es bereits mit Trish geklärt: Da Becky freitags nach der Schule mit im Tiersalon half, konnte Lexi getrost ein paar Stunden früher gehen.

Sie trat aus dem Gebäude, vor dem ein hübscher Garten mit etlichen Rosenbeeten und schattenspendenden Bäumen angelegt war. Das *Paradise Assisted Living Center* befand sich gar nicht weit vom See, und irgendwie verspürte Lexi mit einem Mal das Verlangen, sich dorthin zu begeben und ein bisschen spazieren zu gehen. Luft zu schnappen, den Kopf freizubekommen. Deshalb radelte sie noch nicht gleich nach Hause, sondern ging in Richtung des Lake Paradise.

Da es bereits dämmerte, befanden sich keine Leute mehr am See. Die Kinder, die hier gern badeten oder picknickten, waren bereits nach Hause gegangen, die Jogger ebenfalls. Auch die älteren Paare, die man hier oft Hand in Hand entlangschlendern sah, saßen sicher längst bei einer Quizsendung oder einer alten Folge *Columbo* vor dem Fernseher und tranken einen Tee. Selbst die Vögel hatten sich in ihre Nester verzogen. Lexi konnte lediglich ein paar Fledermäuse entdecken, die im Abendlicht von Baum zu Baum flogen und nur darauf warteten, dass die Dunkelheit alles einhüllte.

Sie ging den Steg entlang, setzte sich an dessen Ende und ließ die Beine baumeln, darauf bedacht, dass ihre Schuhe nicht nass wurden. Und dann flossen auch schon die Tränen.

An den meisten Tagen hatte sie den Schmerz unter Kontrolle, da war sie stark und tapfer und versuchte nicht allzu viel über das Leben nachzudenken. Über Keith, der ihr noch immer so schrecklich fehlte. Keith, der doch nur wandern gehen wollte und diesen Wunsch mit dem Tod bezahlen musste. Es fühlte sich an, als wäre es erst gestern gewesen, dass der Sheriff an ihre Tür geklopft, sie mitleidig angesehen und ihr so sensibel wie möglich beigebracht hatte, dass Keith von anderen Wanderern tot aufgefunden worden war. Was genau damals passiert war, konnte man nur erahnen. Es musste sich um Jäger gehandelt haben, die Wild schießen wollten und stattdessen Keith erwischt hatten. Anscheinend hatten sie es nicht einmal mitbekommen, denn sonst hätten sie doch die Polizei informiert, oder? So schlecht konnte doch kein Mensch sein, ein solches Unglück einfach nicht zu melden und wieder nach Hause zu fahren, als wäre nichts geschehen.

Oder?

«Hi», hörte sie es plötzlich hinter sich und erschrak. Schnell wischte sie sich mit den Handrücken die Tränen weg, obwohl sie nicht glaubte, dass man sie im Halbdunkeln erkennen konnte.

Sie fürchtete sich nicht. Hier in Lake Paradise gab es keine Kriminellen, die nachts einsamen Frauen auflauerten. Und doch wunderte sie sich, wer zu so später Stunde noch am See unterwegs war.

Sogleich erhielt sie die Antwort, als sie sich nämlich umdrehte. Vor ihr stand Aaron Highmore. In Joggingkleidung.

«Hi», erwiderte sie. «Du gehst um diese Zeit joggen?»

«Ja. Ich musste den Kopf frei bekommen», sagte er. «Ich wohne im Hotel dort vorne, da hat es sich einfach angeboten.» Er deutete zum *Paradise Inn* auf der anderen Seite des Sees, als würde es hier mehr als nur ein Hotel geben.

«Ja, so ähnlich ging es mir auch», entgegnete sie. «Der See ist ein guter Ort, um den Kopf frei zu bekommen.»

«Darf ich mich zu dir setzen?», fragte er, und sie nickte.

«Ja, klar, Aaron.»

Er kam auf sie zu und nahm neben ihr Platz. Seine Beine waren länger als ihre und berührten das Wasser, das sah sie im Licht der Laterne, die sich zu Beginn des Stegs befand. Da, wo die Bänke standen. Doch hier saß man viel besser, hatte sie schon immer gefunden.

Falls Aaron bemerkte, dass sie geweint hatte, ließ er es sich nicht anmerken.

«Du weißt also inzwischen, wer ich bin, hm?», sagte er, und sie glaubte, in seinem Atem Alkohol zu riechen.

«Ja. Du bist das Gesprächsthema Nummer eins in der Stadt.»

«In der Stadt? Lake Paradise kann man wohl kaum eine Stadt nennen, oder?»

Sie zuckte die Achseln. «New York ist es nicht.»

«Nein. Ganz im Gegenteil.»

Sie lachte. «Ein paar Tage in Nebraska, und dir fehlt die Großstadt jetzt schon, was?»

«Bin ich so durchsichtig?»

«Allerdings.»

Er sah sie an. «Du weißt also sogar, wo ich wohne. Ich bin gespannt, was du noch auf Lager hast, Lexi Dawson.»

«Oh, du weißt also auch, wer ich bin?», fragte sie, ehrlich überrascht.

«Ich wusste es schon, als wir neulich aufeinandergestoßen sind.»

«Tatsächlich?» Verblüfft starrte sie ihn an.

«Ja. Vielleicht erinnerst du dich nicht, aber da war mal so eine Sache in der Schule. Ich hab dir deine Brotdose von einem Jungen zurückgeholt, der sie dir weggenommen hatte.»

Sie musste lächeln. «Rich Snider. Natürlich erinnere ich mich. Ich war in der vierten Klasse, du in der sechsten, und danach warst du mein großer Held. Ich war total verknallt in dich», gestand sie lachend.

«Ach, ehrlich?» Er schmunzelte.

«Ja. Bis du eines Tages plötzlich weg warst.»

Er sah auf den See hinaus, sagte nichts weiter.

Sie betrachtete ihn, so gut das im Laternenlicht möglich war. Sein schwarzes Haar hing ihm ins Gesicht, und er trug auch bei der abendlichen Kälte nur ein T-Shirt. «Du bist ja gar nicht von oben bis unten tätowiert», stellte sie fest.

«Wie bitte?» Er lächelte sie an, und dieses Lächeln war einfach umwerfend.

Ihr lief ein kleiner Schauer über den Rücken. Und sie war sich nicht sicher, ob es die Kälte der Nacht war, Aarons Lächeln oder doch ein wenig Furcht. Furcht vor dem, was sie nun von ihm erfahren sollte.

«Na, das erzählt man sich über dich», sagte sie. «Dass du tätowiert bist und kriminell und ein Weiberheld. Und dass du wegen eines Bankraubs im Gefängnis gesessen hast.»

Jetzt lachte er laut auf, so richtig aus dem Bauch heraus. «Lieber Himmel, wer kommt denn auf so etwas?»

«Ich hab ehrlich keine Ahnung. Aber das ist das, was man von dir so hört. Ist etwa nichts davon wahr?» Sie sah ihm direkt ins Gesicht.

Er antwortete nicht gleich. «Das meiste nicht», sagte er dann, und sie ahnte schon, welcher der Punkte vielleicht doch wahr sein könnte. Die Sache mit dem Weiberhelden. Sie konnte es sich gut vorstellen, so blendend, wie er aussah. Wahrscheinlich hatte er schon einigen Frauen das Herz gestohlen. Und in diesem Moment wusste Lexi, sie musste gut aufpassen, dass er nicht auch ihres stahl.

9

Aaron starrte auf den dunklen Sarg, in dem sein toter Großvater lag, der für ihn ein Fremder war, mit dem er in den letzten zwölf Jahren keinen Kontakt gehabt und kein einziges Wort gewechselt hatte. Von dem er nicht einmal die Lieblingsfarbe kannte oder wusste, welche Musik er gern gehört hatte. Er konnte sich vage erinnern, dass sein Großvater gern Trüffel gegessen hatte, die aus der Erde, nicht die aus der Pralinenschachtel.

Seine Mom hatte Aaron vor vielen Jahren erzählt, dass Alfred sich sein Maisimperium ganz allein aufgebaut hatte. Er war wohl als ziemlich armer Junge aufgewachsen und hatte als Kind nicht viel mehr als Maisgrieß und Maisbrot zu essen gehabt. Seine Eltern hatten ein kleines Maisfeld besessen, und in den schweren Zeiten der Arbeitslosigkeit war es ihre einzige Nahrungsquelle gewesen. Aaron wusste nicht, warum sein Großvater sich später ausgerechnet dafür entschieden hatte, dieses Getreide anzubauen. Vielleicht hatte er sich gedacht, dass das öde Getreide, das ihm sicher schon zum Hals heraushing, ihm dann doch wenigstens eine gute Sache bescheren sollte. Auf jeden Fall hatte Alfred, sobald er erwachsen wurde, angefangen, Mais im großen Rahmen anzubauen – zuerst Getreidemais, dann auch Zuckermais. Und als er Jahre später selbst einen Sohn bekam, holte er diesen mit hinauf auf seinen Mais-Thron, auf dem er zu dem Zeitpunkt bereits saß und herrschte. Natürlich aß er da selbst schon lange kein Maisbrot mehr und knabberte auch an keinem Kolben. Stattdessen genoss er das Leben, das Geld und die Macht – und Delikatessen wie Trüffel, Kaviar, Wachteln und alles, was stinkreiche Leute sonst so aßen.

Aaron wusste, dass sein Großvater nie sonderlich viel für ihn übriggehabt hatte. In seinen Augen war er ein Nichtsnutz. Während Alfred selbst schon in jungen Jahren auf dem Feld seiner Eltern geholfen und sich mit Schuheputzen im Ort ein paar Cent verdient hatte, verbrachte der junge Aaron seine Zeit damit, faul zu sein, Unsinn anzustellen und die Erwachsenen zu missachten. Er konnte sich nicht genau erinnern, aber wahrscheinlich hatte sein Großvater bereits vor seiner Abreise zum Internat aufgehört, mit ihm zu reden. Vielleicht war das Ganze sogar seine Idee gewesen.

Am Himmel waren jetzt ein paar dunkle Wolken zu entdecken. Aaron sah zu seinem Vater, der vor dem Grab stand und sich selbstverständlich niemals dazu herablassen würde, eine Träne zu vergießen – nicht vor den Leuten und ganz bestimmt nicht vor ihm. Es waren, wie Aaron es sich gedacht hatte, nicht viele gekommen. Lediglich das Hauspersonal und eine Handvoll Einwohner aus Lake Paradise, und die waren höchstwahrscheinlich auch nur da, um später darüber zu tratschen, dass eben niemand gekommen war. Es geschah ihm recht, Alfred Highmore war kein sehr angenehmer Geselle gewesen.

Lexi war nicht da.

Als Aaron am Morgen aufgewacht war und sich den schwarzen Hugo-Boss-Anzug angezogen hatte, hatte er sich kurz gewünscht, dass er sie heute hier sehen würde. Doch was hätte sie für einen Grund haben sollen, der Beerdigung beizuwohnen?

Während der Himmel sich immer mehr bewölkte, drifteten seine Gedanken ab, und er musste an den gestrigen Abend denken. An den See und an sie. Lexi Dawson.

Wie wunderschön sie geworden war, die kleine Sommersprossige von damals. Er musste beinahe lächeln, als er daran dachte, dass sie sich ebenfalls noch an den Vorfall mit der Brotdose erinnerte. Sie sei sogar verliebt in ihn gewesen, hatte sie gesagt. Ob sie ihn wohl nur necken wollte oder es sogar der Wahrheit entsprach? Sie waren damals so jung gewesen, noch Kinder, die nichts von der Welt wussten. Er fragte sich, was wohl gewesen wäre, wenn er in Lake Paradise geblieben wäre. Ob er und Lexi wohl eines Tages zusammengekommen wären? Als sie älter wurden? Na, wahrscheinlich hätte sie sich eine bessere Partie gesucht als ihn, den ewigen Bad Boy. Denn obwohl genau das viele Frauen anzog, glaubte Aaron doch, dass Lexi nach etwas anderem suchte. Und dass sie Besseres verdient hatte.

Als sie ihn da auf dem Steg gefragt hatte, ob die Gerüchte über ihn wahr seien, hatte er sie nicht anlügen können und geantwortet, dass das meiste davon nicht der Wahrheit entsprach. Sie hatte ihn fragend angeschaut, und er hatte etwas in ihren Augen gesehen, eine Art Hoffnungsschimmer, und da hatte er gelacht und gesagt: «Na, ein paar Banken hab ich über die Jahre schon ausgeraubt.»

Er war sich nicht sicher, ob sie wusste, welches der Gerüchte wirklich wahr war. Denn es war ja sein Ruf, der ihm vorauseilte. In New York war bekannt, dass er nichts anbrennen ließ und dass er nur die schönsten Frauen abbekam. Seine Freunde waren mächtig neidisch, auch weil er sogar schon Dates mit einigen Berühmtheiten gehabt hatte. Wie zum Beispiel mit der Sängerin Carrie Carson, die für ein paar Tage in New York gewesen war und dort einen Auftritt bei *Good Morning America* gehabt hatte. Sie waren sich auf der Party eines Künstlers an der Upper East Side begegnet, und Carrie hatte ihn später mit in ihr Hotel genommen. Tja, anscheinend war sein Ruf bis hierher in die Einöde Nebraskas getragen worden. Es störte Aaron nicht, er würde sowieso ganz bald wieder verschwunden sein, denn er hatte kaum Hoffnung, dass sein Vater noch auf ihn zukommen würde. Vincent Highmore hatte ihn heute keines einzigen Blickes gewürdigt, geschweige denn ihn mit einem freundlichen Nicken oder ein paar Worten bedacht.

Die Therapeutin, zu der Aaron kurz nach seiner Ankunft in New York ein paarmal gegangen war, hatte ihm dazu geraten, sich mit seinem Vater auszusprechen. Doch was sollte er tun, wenn der partout nicht wollte? Am Ende würde Aaron es wohl aufgeben, genauso wie er die Therapie nach nur wenigen Sitzungen aufgegeben hatte. Das brachte ja doch alles nichts.

Wieder bahnte Lexi sich einen Weg in seine Gedanken. Sie hatte ihn dazu eingeladen, am Maisfest teilzunehmen und bei ihr am Stand vorbeizuschauen. Um Maissuppe zu essen, dachte Aaron und musste nun doch schmunzeln. Also, falls er wirklich noch ein oder zwei Tage bleiben sollte, dann nur, um ihr wieder zu begegnen. Und um vielleicht ein wenig mehr über sie zu erfahren.

Gestern Abend hatte er sie weinen gesehen. Sie hatte sich schnell die Tränen weggewischt, und er hatte nichts gesagt, doch am liebsten hätte er sie gefragt, was passiert war. Sie in den Arm genommen. Sie mit in sein Bett genommen.

Doch so eine war Lexi nicht.

Lexi war Girlfriend-Material, und er war nicht bereit für eine ernsthafte Beziehung. Würde es wahrscheinlich niemals sein. Mal ganz davon abgesehen, dass er es ja kaum erwarten konnte, zurück nach New York zu kommen.

Aaron blickte in die kleine Friedhofsrunde. Ihm gegenüber stand Vera, schwarz gekleidet neben ihrem Stanislaw, und lächelte ihn warm an. Er lächelte zurück und war froh, sie hier zu wissen. Dann sah er noch einmal hinüber zu seinem Vater, der jetzt die Augen geschlossen hatte. Er wirkte tatsächlich sehr betrübt. Ob er wohl doch so etwas wie Liebe empfinden konnte, der alte Eiszapfen Vincent Highmore?

Aaron spürte einen Blick auf sich und sah nach rechts. Eine Frau in einem dunkelblauen Kostüm und mit kurzen grauen Haaren schaute ihn mit einer Mischung aus Mitleid und Überraschung an. Er meinte, in ihr eine Freundin seiner Mutter zu erkennen, hatte aber ihren Namen vergessen, es war einfach zu lange her. Aber als sie ihm ein Lächeln schenkte, lächelte er zurück. Doch so langsam sehnte er das Ende der Zeremonie herbei. Worüber sprach der Pfarrer eigentlich noch immer? Was gab es schon über seinen Großvater zu sagen? Aaron wurde klar, dass er kein Wort von der langen Rede aufgenommen hatte. Der Pfarrer hätte erzählen können, dass Alfred Highmore einmal ein Baby aus dem Feuer gerettet hatte, und ihm wäre es entgangen.

Er zwang sich, den letzten Sätzen aufmerksam zuzuhören, doch es ging nur um die Jagdliebe seines Großvaters, und Aaron schüttelte angewidert den Kopf. Als der Pfarrer geendet hatte, verließ Aaron als Erster den Friedhof, noch bevor der Sarg hinabgelassen wurde. Er hatte keine Lust, ans Grab zu treten und Erde hineinzuschütten, und auch nicht darauf, sich von irgendwem die Hand schütteln zu lassen und sich Worte der Trauer anzuhören, die ja doch nur geheuchelt waren.

Für ihn war es das gewesen. Sein Großvater war tot, die Beerdigung vorbei, und er rechnete nicht damit, irgendetwas zu erben. Und das wollte er auch gar nicht. Er war die letzten Jahre gut allein klargekommen. Gleich nach dem Studium, das er sich noch von seinem Vater hatte finanzieren lassen, war er ein selbstständiger Mann geworden, der mit zweiundzwanzig schon auf eigenen Füßen stand und erwachsener war, als man es in dem Alter eigentlich sein sollte. Doch er musste es.

Er war schließlich ganz allein auf der Welt.

Eine Stunde später hatte Aaron sich umgezogen und fuhr ins Zentrum, wo der ganze Ort mit den Vorbereitungen für das Maisfest beschäftigt zu sein schien. Es waren noch mehr Maisgirlanden aufgehängt worden, und auf dem Platz standen jetzt die Buden, an denen in den nächsten beiden Tagen Maisspezialitäten angeboten werden würden. Etliche Bewohner wirbelten hin und her und dekorierten jeden noch freien Platz mit frischen oder getrockneten Maiskolben, mit bemalten Schildern und Popcorngirlanden. Er hoffte nur, dass es bis morgen nicht regnete, sonst würde das eine schön matschige Angelegenheit ergeben.

Aaron bog in die Paradise Lane ein, passierte das imposante Haus von Ava Garland, die er persönlich nicht kannte, von der seine Mom ihm aber manchmal geschrieben hatte. Und er meinte, sogar ihren Papagei irgendwas durchs offene Fenster rufen zu hören. Wahrscheinlich verbreitete er die Kunde, dass das *Corn Festival* bald beginnen würde, falls es irgendjemand im Umkreis von hundert Meilen noch nicht mitbekommen hatte, was Aaron sich kaum vorstellen konnte.

Er hielt vor Jonahs Haus und klingelte an der Tür. May öffnete ihm. Er kannte sie von Fotos und von Erzählungen seines Freundes, der mächtig stolz auf seine hübsche junge Frau war. Sie streckte Aaron einen extrem runden Bauch entgegen, und er erinnerte sich daran, dass Jonah ihm vor ein paar Monaten freudig berichtet hatte, er würde bald Vater werden.

Jonah war schon seit der ersten Klasse sein bester Freund. Er war nicht nur der Einzige aus seinem alten Leben, zu dem Aaron noch Kontakt hatte (von Vera einmal abgesehen), er war auch der Einzige, der ihn je in New York besucht hatte. Das war vor knapp drei Jahren gewesen. Jonah hatte schon immer davon geträumt, den riesigen Weihnachtsbaum am Rockefeller Center zu sehen, und Aaron hatte ihm vorgeschlagen, ihn doch einfach in der Weihnachtszeit besuchen zu kommen. Er könnte bei ihm pennen, sie könnten die Nächte durchfeiern, und er würde ihm all seine Lieblingsplätze in der Stadt zeigen, die er sich als sein Zuhause auserkoren hatte. Jonah hatte das Angebot angenommen, und sie hatten eine ganz fantastische Woche miteinander verbracht, ehe sein Freund wieder nach Lake Paradise zurückgekehrt war, wo er damals bereits begonnen hatte, sein eigenes kleines Unternehmen aufzubauen.

«Aaron!», rief May aus und umarmte ihn, obwohl sie sich zuvor noch nie begegnet waren.

Aaron hatte ein wenig Sorge, er könnte das Baby verletzen, und machte sich vorsichtig von May und ihrem dicken Bauch los.

«Hi», sagte er grinsend. «Schön, dich mal kennenzulernen.»

«Wir haben schon gehört, dass du in Lake Paradise bist, es aber für ein Gerücht gehalten. Jonah meinte, wenn du wirklich schon seit Mittwoch hier wärst, hättest du dich sicher längst bei ihm gemeldet», sagte May ein wenig vorwurfsvoll.

Er betrachtete sie. Sie war wirklich hübsch, hatte schulterlanges braunes Haar, das sie offen trug, rosige Wangen und himmelblaue Augen.

«Ja, tut mir auch ehrlich leid. Ich hatte einiges zu tun, die Beerdigung und so ...», versuchte er sich rauszureden.

May nickte verständnisvoll. «Alles gut, niemand ist dir böse. Komm doch herein!» Sie trat zur Seite und ließ ihn in das kleine Haus eintreten, das aus höchstens drei Zimmern bestehen konnte.

Nach wenigen Schritten befand Aaron sich auch schon in der Küche, wo er sich auf einen Barhocker setzte. May goss ihm einen Eistee ein und bot ihm ein Stück selbst gebackenen Feigenkuchen an. Aus Höflichkeit nahm er an, biss ab und musste feststellen, dass der Kuchen wirklich gut schmeckte. Jonah hatte anscheinend alles richtig gemacht. Hatte sich nicht nur eine Frau gesucht, die hübsch war, sondern die auch backen und wahrscheinlich genauso gut kochen konnte. Eine Frau, die ihm ein Kind und eine Familie schenkte. Die machte, dass er nicht mehr allein war. Dass er für den Rest seines Lebens jemanden hatte, der morgens neben ihm aufwachte …

Aaron musste schlucken, schob es aber auf den Kuchen, der ihm plötzlich doch ganz schön trocken vorkam. Er leerte das Glas Eistee in einem Zug, May schenkte ihm nach.

«Schade, dass Jonah noch nicht zu Hause ist», sagte sie und biss in eine Karotte, die sie sich aus einer Dose im Kühlschrank genommen hatte.

«Er ist um diese Uhrzeit wohl noch in der Fabrik, hm?»

«Oh ja, eigentlich ist er ständig dort. Ich hab ihm schon gesagt, dass er das nicht mehr machen kann, wenn erst mal unser kleiner Aaron auf der Welt ist. Aber ich denke, das wird er dann schon von selbst verstehen und in die Vaterrolle reinwachsen.»

Aaron starrte May an. Was hatte sie da gerade gesagt?

«Was ist?» May betrachtete ihn stirnrunzelnd. «Du siehst aus, als hättest du ein Gespenst gesehen.»

«Ich … äh … wusste nur nicht, dass … ähm …», stotterte er und konnte den Satz nicht beenden. Er musste sich verhört haben, oder?

«Oh. Jonah hatte dir noch gar nicht erzählt, dass wir den Kleinen nach dir benennen wollen? Ups. Dann sollte es wohl eine Überraschung sein. Bitte tu so, als hättest du nichts gehört, ja?»

Er nickte, verstand aber noch immer nicht. «Aber warum?», fragte er.

«Na, damit wir ihm die Überraschung nicht verderben.»

«Nein, das meine ich nicht. Warum wollt ihr euer Baby nach mir benennen?»

Verwundert sah May ihn an. «Na, weil du doch sein bester Freund auf der ganzen Welt bist.» Sie schenkte ihm ein warmes Lächeln und fügte hinzu: «Und weil es ein wirklich schöner Name ist.»

«Oh», machte er. Mehr fiel ihm dazu im Moment nicht ein, das würde er erst mal sacken lassen müssen.

«Willst du noch ein Stück Kuchen?», fragte May und nahm sich eine weitere Karotte. Sie grinste schräg. «Ich weiß auch nicht, warum, aber seit das letzte Schwangerschaftsdrittel begonnen hat, bin ich ganz verrückt nach den Dingern.»

«Wann ist es denn so weit?», erkundigte Aaron sich.

«In einundzwanzig Tagen.»

«Wow. Das ist ja schon bald.»

«Bist du dann noch hier?»

«Nein, ich muss bald wieder zurück nach New York.» Er starrte auf die Karotte in Mays Hand. «Magst du mir sagen, wie ich zur Fabrik komme?»

«Na klar. Das ist ganz einfach. Du fährst auf der Paradise Avenue Richtung Osten raus aus dem Ort und biegst in den Paradise Grove ein. Oh, sorry, du weißt natürlich, wo das ist. Dort befindet sich ja dein Elternhaus.» May grinste schief, und er fragte sich, ob sie wohl von seinem zerrütteten Verhältnis zu seinem Vater wusste. Falls ja, erwähnte sie es nicht, sondern fuhr einfach fort: «Also, du fährst am

See vorbei und nach etwa einer halben Meile siehst du die Fabrik dann auch schon. Es ist ein rechteckiges dunkles Gebäude mit einem riesigen Schild, auf dem buntes Popcorn abgebildet ist.»

Aaron atmete tief durch und bedankte sich. Dann verabschiedete er sich, stieg wieder in seinen Wagen und befolgte Mays Anweisungen. Sie hatte recht, die Fabrik war nicht zu übersehen, buntes Popcorn sprang ihm schon von Weitem entgegen.

Buntes Popcorn. Eine verrücktere Idee hätte Jonah nicht haben können.

Er schüttelte den Kopf. Konnte noch immer nicht so richtig fassen, dass sogar sein bester Freund ein Sklave des Mais geworden war. Gab es denn in diesem verdammten Ort nichts anderes als das?

Aaron parkte und stieg aus, sah zu dem riesigen Schild hoch. Die Schrift PARADISE POPPING CORN wurde von rotem, grünem und orangefarbenem Popcorn umrahmt. Er schloss die Augen und musste ein paarmal tief durchatmen, bevor er durch die eiserne Tür treten konnte.

Jonah hätte alles werden können. Im Gegensatz zu ihm war er nämlich immer ein Einser-Schüler gewesen, und damals hatte sein Freund auch ganz andere Pläne gehabt. Zahnarzt hatte er werden wollen. Doch als er bei ihm in New York gewesen war und ihm von seiner Idee einer Popcornfabrik vorgeschwärmt hatte und Aaron ihn daraufhin gefragt hatte, was aus seinem Traum vom Zahnarzt geworden war, hatte Jonah nur die Achseln gezuckt und gesagt: «Es gibt schon einen in Lake Paradise.»

Zu dem Zeitpunkt war Jonah bereits mit dem College in

Omaha fertig und mit May verlobt. Und Mais war nun mal das Hauptanbauprodukt der Gegend und eine sichere Sache, das wusste auch Aaron. Er hatte nichts weiter dazu gesagt, da er nicht wollte, dass sie im Streit auseinandergingen. Und er wusste, wenn er erst einmal anfing, würde er sich so hineinsteigern in seine Abscheu gegen den Mais, dass es ausartete. Er hatte gelernt zu schweigen, auch wenn es ihn manchmal auffraß.

Jonah erwartete ihn bereits und kam freudig auf ihn zu, um ihn zu umarmen. May musste ihn angerufen und ihm mitgeteilt haben, dass Aaron auf dem Weg zu ihm war.

«Du bist es tatsächlich!», sagte er überrascht. «Aaron Highmore zurück in Lake Paradise, ich kann es kaum glauben.»

«Ja.» Er zuckte die Achseln. «Da bin ich.»

Jonah strahlte ihn an. Seine braunen Haare waren ein wenig kürzer, sein Bauch ein wenig runder. «Wo bist du untergekommen? Im *Paradise Inn*?»

Er nickte.

«Da ziehst du sofort aus. Du kannst die nächsten Nächte bei uns unterkommen.»

In der kleinen Bude? Etwa auf der ausziehbaren Couch?, dachte Aaron und schüttelte den Kopf. «Nein, nein, schon gut. Es ist ganz gemütlich im *Paradise Inn*, und ich bleibe eh nicht mehr lange.»

«Wie lange denn?»

Das war eine sehr gute Frage. Ihm fiel wieder das *Corn Festival* ein, und er sagte: «Bis Sonntag wohl.»

«Cool! Dann können wir zusammen auf das Maisfest gehen. Das wird ein Spaß!»

Obwohl er davon noch nicht allzu sehr überzeugt war, nickte Aaron. «Ja, ein Spaß.»

Innerlich fragte er sich jedoch, was er sich da nur eingebrockt hatte. Tanzende Maiskolben, das alljährliche Maiswettessen und Maissuppe – das konnte ja heiter werden.

10

Samstagmorgen im *Paradise Café*. Ava Garland saß an einem Tisch mit Ashleigh Amos, Kassiererin in Howies Supermarkt, und erzählte ihr Geschichten aus Hollywood. Ashleigh, deren braune Augen beinahe dieselbe Farbe hatten wie ihr stylisher Bob, hatte ihr Gesicht aufs Kinn gestützt und hörte Ava gebannt zu. Sie hatte schon immer ein Faible für Mode, Prominente und Glamour gehabt, und da war sie bei der einstigen Schauspielerin genau an der richtigen Adresse, denn diese hatte so viele spannende Storys auf Lager, dass sie ein ganzes Buch darüber hätte schreiben können.

Vor achtundsiebzig Jahren hatte Ava Garland das Licht der Welt erblickt, und zwar in Lake Paradise, bevor sie mit Mitte zwanzig nach Hollywood gegangen war. Gerüchte besagten, dass sie sich damals auf und davon gemacht hatte, weil Alfred Highmore ihr das Herz gebrochen hatte. Kaum einer hätte es gedacht, doch sie konnte tatsächlich einige große Filmrollen ergattern und Erfolge feiern – bis hin zu einer Oscarnominierung für ihre Nebenrolle in *Der blaue Schwan*. Und auch wenn sie die begehrte Trophäe letztendlich nicht gewonnen hatte, war die ganze Stadt stolz, solch eine berühmte Tochter zu haben. Vor acht Jahren war Ava dann hierher zurückgekehrt, nachdem sie beschlossen hatte, dass sie genug Filme für ein Leben gedreht hatte und es Zeit war, sich zur Ruhe zu setzen.

Am Nachbartisch sah Murielle zu Ava und Ashleigh und flüsterte ihren beiden Freundinnen zu: «Wahrscheinlich war doch nichts dran an der angeblichen Affäre mit Alfred Highmore. Sonst wäre sie gestern wohl auf der Beerdigung erschienen, oder?»

Delores blickte ebenfalls unauffällig hinüber und fragte sich wieder einmal, wie Ava, die sechs Jahre älter war als sie, es nur schaffte, so auszusehen. Schlank wie eh und je, und das Haar braun wie zu Schulzeiten. Natürlich wusste Delores, dass es gefärbt sein musste, und doch sah es nicht danach aus. Sie selbst hatte ihr inzwischen weißes Haar ebenfalls ein paarmal versucht zu färben, doch die Ansätze waren jedes Mal bereits nach zwei Wochen weiß nachgewachsen, und das war noch schlimmer anzusehen gewesen, also hatte sie es gelassen. Ihr Mann George hatte ihr gesagt, es mache ihm nichts aus, er liebe sie genau so, wie sie war, und irgendwann hatte sie sich damit abgefunden, dass sie nun mal älter wurde. Aber Ava …

«Hey! Hörst du uns überhaupt zu?», zischte Sadie flüsternd durch die geschlossenen Zähne.

«Wie bitte?» Delores rüttelte sich wach.

«Ich habe von Aaron Highmore erzählt, der doch tatsächlich gestern auf der Beerdigung gewesen ist.»

«Oh. Ja, das hatte ich mir schon gedacht, dass er hingehen würde. Wozu sollte er sonst zurück in Lake Paradise sein?»

«Na, wegen seines Erbes?», sagte Sadie hinter vorgehaltener Hand.

«Er bekommt doch überhaupt nichts. Das hat jedenfalls Vera gesagt, hatte ich euch das nicht erzählt?» Delores war unsicher.

«Na, der Kleine kann ja trotzdem sein Glück versuchen, oder?», meinte Murielle. «Wenn mein millionenschwerer Grandpa abgetreten wäre, hätte ich mich auch aufgemacht, um zu schauen, ob dabei was für mich rausspringt.»

«Der arme Mann ist gerade erst unter der Erde, ich finde, da sollten wir nicht so über ihn sprechen», flüsterte Delores und sah sich dabei um, als befürchtete sie, der gute alte Alfred Highmore könnte als Geist unterwegs sein und sie belauschen – und gegebenenfalls heimsuchen.

«Ich hab doch nichts Schlimmes gesagt. Das sind die Fakten, oder etwa nicht?»

«Nun hört schon auf, ihr beiden», sagte Sadie und versuchte zu schlichten. «Lasst uns lieber über das Maisfest sprechen. Ich stehe ja heute wie gewohnt in der Eisdiele und freue mich schon richtig darauf.» Während des *Corn Festivals* wurden die Eiskugeln stets in einer Maiswaffel angeboten. «Und was habt ihr vor?»

«Ich werde wohl einfach mit George herumschlendern und schauen, was es dieses Jahr Schönes gibt», erzählte Delores.

«Gibt es nicht jedes Jahr dasselbe?», fragte Murielle. «Also, ich bin äußerst gespannt, wer die neue Maisprinzessin wird. Ihr nicht?»

«Oh doch», stimmte Sadie ihr zu. «Ich glaube ja, Ashleigh hat gute Chancen.» Sie deutete zum Ecktisch.

«Meint ihr? Ich glaube eher, Lexi könnte das Rennen machen.»

«Ach, Delores … Lexi nimmt doch überhaupt nicht teil. Bei so etwas würde sie niemals mitmachen», entgegnete Murielle.

«Wieso denn nicht? Sie ist so hübsch.»

«Oh ja, da kann ich dir nur zustimmen. Meiner Meinung nach ist sie sogar die hübscheste Bewohnerin von Lake Paradise», verriet Sadie ihren Freundinnen. «Doch Murielle hat recht, Schönheitswettbewerbe sind nichts für Lexi.»

«Na gut.» Delores gab sich geschlagen. «Worauf freut ihr euch noch?»

«Auf die leckere Maispfanne, die Liz jedes Jahr anbietet», meinte Murielle.

«Oh ja! Und auf die Maissuppe von Donna», sagte Sadie.

«Und ich kann es kaum erwarten, das karamellisierte Popcorn von Edda zu kosten», gestand Delores. Die Leiterin des Museums bot seit ein paar Jahren dieses leckere, zu Bällchen geformte, zuckersüße Popcorn an, das zwar ganz widerlich an den Zähnen klebte, das aber absolut köstlich war.

Murielle und Sadie nickten zustimmend. Dann lachte Murielle und sagte: «Ich bin außerdem sehr gespannt auf das Maiswettessen. Was glaubt ihr, wie es dieses Jahr ausgeht?»

Sadie und Delores schüttelten amüsiert die Köpfe, als sie an die Szenarien dachten, die sich in den Vorjahren abgespielt hatten. Seit einigen Jahren nämlich lieferten sich Howie und Rupert einen regelrechten Kampf, wer die meisten Kolben innerhalb der gegebenen dreißig Minuten abknabbern konnte. Jedes Jahr war beiden am Ende so schlecht, dass sie sich übergeben mussten. Und doch schaffte es keiner von ihnen, je zu gewinnen. Denn den Sieg holte immer wieder Buddy, der beim letzten Mal seinen eigenen Rekord von siebenunddreißig Maiskolben gebrochen hatte.

«Na, Buddy wird gewinnen, und Howie und Rupert werden sagen, dass sie nie wieder mitmachen und nie wieder einen Maiskolben anrühren wollen – wie jedes Jahr», lachte Sadie.

«Wenn man vom Teufel spricht …» Murielle deutete zum Fenster.

Sie sahen alle drei hinaus, zu Buddy, der gerade Aaron Highmore sein heutiges Gedicht in die Hand drückte. Delores wusste nicht, wen von beiden Murielle mit dem Teufel meinte. Doch sie sah Aaron beim Weitergehen den Zettel mit gerunzelter Stirn inspizieren, ihn zerknüllen und in Richtung Mülleimer schnipsen. Er verfehlte jedoch sein Ziel, und das Papier fiel zu Boden. Als Aaron sich danach bückte und dabei ihren und die Blicke ihrer Freundinnen wahrnahm, grinste er verlegen und hob das Gedicht wieder auf. Er steckte es sich in die Jackentasche und ging weiter.

«So ein schlimmer Junge», sagte Murielle empört, als hätte Aaron gerade das Rathaus in Brand gesteckt.

Delores überhörte die Worte ihrer Freundin geflissentlich. «Sagt, habt ihr heute schon Buddys Gedicht gelesen? Ich habe noch keins bekommen.»

«Aber ja», erwiderte Sadie und kramte einen gelben Zettel aus ihrer Handtasche. «Es geht heute um das Maisfest. Natürlich. Genauer gesagt um die Maissuppe. Aber lest selbst.» Sie legte das Gedicht auf den Tisch zwischen Delores und Murielle, die sofort ihre Köpfe zusammensteckten und lasen.

Freude, Freude, Köstlichkeiten
Der Tag des Mais ist da!
Maiskuchen und Maisbrot
Maispfannen und Maispop
Doch nichts geht über die Maissuppe
Köstliche, klebrige Masse
Gelb wie der Kanarienvogel meiner Mutter
Wie sie die Kehle hinuntergleitet
Und nichts hinterlässt als Glück

Murielle lachte laut auf. «Was ist denn bitte Maispop?»

«Na, er meint sicher Popcorn. Das hätte sich aber nicht so schön angehört», sagte Delores.

«Stelle nur ich mir gerade vor, wie Buddy den armen Kanarienvogel seiner Mutter in die Suppe tunkt?», fragte Sadie grinsend.

«Still, still, er kommt herein!», rief Murielle, und sie alle hielten inne und blickten zur Tür.

Delores und Sadie hatten angenommen, dass von Buddy die Rede war und er den Laden sogleich betreten würde, doch es war Aaron Highmore, der, ohne sie eines Blickes zu würdigen, zur Theke ging und sich einen Kaffee bestellte.

«Was hättest du denn gern für einen?», fragte Nolan den jungen Mann, und jeder im Laden, der nicht blind war, konnte sehen, wie er ihn dabei abcheckte, als wäre er einer der aufgetürmten Maiskolben vor Ruperts Supermarkt. Genau so nahm zumindest Murielle die Kolben immer unter die Lupe, damit sie nur die prallsten und frischesten erwischte.

Aaron Highmore sah zu der Tafel, die über dem Ausschank hing, und sagte: «Einfach nur einen schwarzen, danke.»

«Na gut, wie du möchtest.» Nolan bediente Aaron selbst, obwohl Rhonda mit ihrer zur Feier des Tages mit Maiskolben bedruckten Cappy direkt danebenstand und nichts zu tun hatte.

Er scheint wohl etwas für ihn übrigzuhaben, dachte Sadie. Dann räusperte sie sich ein paarmal sehr laut und wartete darauf, dass Aaron sich zu ihr umdrehte.

«Aaron, ich weiß nicht, ob du dich an mich erinnerst ... Ich bin Sadie Becker und war eine gute Freundin deiner Mutter.»

Aaron blickte sie reaktionslos an, weshalb sie fortfuhr: «Ich wollte dich nur wissen lassen, wie schön ich es finde, dass du nach Lake Paradise zurückgekehrt bist.»

«Oh. Okay», war alles, was Aaron erwiderte.

«Wie lange wirst du denn bleiben?», fragte Murielle.

Während Aaron noch die Stirn runzelte, sagte Nolan auch schon zu ihm: «Erzähl den drei Tratschtanten nicht zu viel, sonst spricht es sich gleich in der ganzen Stadt herum.»

«Na, na, na ...», machte Murielle, wackelte mit dem Finger hin und her und warf Nolan einen bösen Blick zu.

«Nicht sehr lange», gab Aaron schlicht zur Antwort, dann nahm er seinen Becher Kaffee und ging zur Tür.

«Äh, ich wollte dir auch noch sagen, wie wundervoll ich es finde, dass du bei der Beerdigung deines Großvaters dabei warst», sagte Sadie schnell, bevor er verschwinden konnte.

«Ja, wenigstens das. Wenn du schon bei der von Mathilda nicht dabei warst ...» Murielle konnte es sich einfach nicht verkneifen, einen Kommentar anzuhängen.

Jetzt drehte Aaron sich noch einmal zu ihnen um und sagte: «Tja, ihr Tratschtanten scheint wohl doch nicht alles zu wissen, hm?» Und damit verließ er das Café.

Die drei Frauen konnten ihm nur sprachlos hinterhersehen.

II

«... und ich dachte schon: *Wo, um Himmels willen, soll ich mit acht Töpfen Suppe hin?* Ich meine, in den letzten Jahren hat Rupert mir ja immer seinen Kühlraum zur Verfügung gestellt, doch jetzt sagte er mir gestern plötzlich ab, da er schon Ashleigh versprochen hat, ihre Cupcakes dort zu lagern.»

Lexi tauchte aus ihren Gedanken auf und sah ihre Mutter an, die entsetzt den Kopf schüttelte. «Oh Mann, wie unfair. Das macht er doch nur, um Howie wieder mal eins auszuwischen, oder?»

«Aber natürlich!», war ihre Mom derselben Meinung. «Der Mann ist zweiundvierzig Jahre alt, da sollte man doch denken, er würde langsam mal aufhören mit den Schuljungenspielchen.»

Ja, das sollte man wirklich denken. Doch Lexi glaubte nicht, dass ein nahes Ende der Streitigkeiten zwischen den beiden Supermarktbesitzern in Sicht war.

«Und was machst du jetzt mit deinen Suppentöpfen?», fragte sie und dachte an die riesigen Kochtöpfe, in denen ihre Mutter jedes Jahr die Suppe für das Maisfest kochte. Ihre Mom hatte sich gestern sogar den Tag freigenommen, um von morgens bis abends am Herd zu stehen. Währenddessen hatte ihr Dad den Laden übernommen, obwohl Lexi wusste, dass er Besseres im Sinn hatte, als in der Boutique zu stehen und die Frauen der Stadt bezüglich einer neuen Bluse oder gar Strumpfhosen oder Büstenhaltern zu beraten. Doch er tat es aus Liebe zu seiner Frau und weil er wusste, wie viel ihr diese Festlichkeiten bedeuteten. Auch heute würde er im Laden stehen, während Lexi und ihre Mom die Suppe verkauften.

Lexi seufzte. Hach, es war so süß, wie ihre Eltern nach all den Jahren noch immer zueinander waren. Wie sehr hätte sie sich auch solch eine Ehe gewünscht, nur ihr war sie leider nicht vergönnt gewesen. Nun, ihre Mutter – und der Rest der Stadtbewohner – hatte schon recht damit, dass sie den Kopf nicht hängen lassen sollte. Sie war ja erst dreiundzwanzig, da konnte es gut sein, dass ihr ein zweites Mal jemand über den Weg lief, der Potenzial zum Traummann hatte. Doch es war gar nicht so leicht, daran zu glauben, dass sie der Liebe ein weiteres Mal begegnen sollte.

Unwillkürlich musste sie an Aaron denken. An jenen Abend neulich, als sie zusammen am Steg gesessen hatten. So behutsam, wie er mit ihr umgegangen war, war sie sich inzwischen fast sicher, dass er ihre Tränen bemerkt hatte. Ob er wohl wusste, was ihr passiert war? Wäre Mathilda noch am Leben, hätte sie es ihm sicher erzählt, denn Lexis Tragödie war damals natürlich das Gesprächsthema Nummer eins gewesen. Doch woher sollte er es schon gehört haben drüben in New York? Sie wusste nicht, ob er noch Kontakt zu irgendwem aus Lake Paradise hielt, sie konnte es sich aber kaum vorstellen. Dass er überhaupt hier war, war für sie noch immer eine große Überraschung. Eine freudige, musste sie gestehen. Und sie musste auch zugeben, dass sie hoffte, er würde ihr Angebot einer Schüssel Maissuppe annehmen und nachher auf dem Fest vorbeischauen. Falls er denn überhaupt noch in Lake Paradise war.

«... wobei ich hoffe, dass das nicht wieder ein Grund für eine Streitigkeit zwischen den beiden sein wird», sagte ihre Mutter gerade, und Lexi sah sie verwirrt an.

«Wie bitte?»

«Sag mal, hörst du mir überhaupt zu? Wo bist du denn mit deinen Gedanken?»

«Sorry, ich war nur ... kurz abgelenkt. Was könnte ein Grund zum Streiten sein?»

«Na, dass ich meine Suppe jetzt bei Howie untergebracht habe. Das wird doch Rupert sicher auf die Palme bringen.»

«Du hast deine Suppe bei Howie untergebracht?»

Ihre Mutter sah sie mit zusammengezogenen Augenbrauen an. Dann schüttelte sie den Kopf, und Lexi wusste genau, was sie dachte. Dass sie noch immer nicht über die ganze Sache hinweg und einfach nicht mehr dieselbe war.

Was ihre Mom wohl sagen würde, wenn sie wüsste, dass die Abgelenktheit ihrer Tochter etwas mit einem anderen Mann als Keith zu tun hatte?

Kurz fühlte Lexi sich schlecht, fast, als würde sie ihn betrügen, nur weil sie an einen anderen Mann dachte. Doch dann machte sich wieder dieses Kribbeln in ihr breit, und sie beschloss, dass es keinen Grund gab, sich schlecht zu fühlen. Und dass sie dieses ganz neue Gefühl einfach nur genießen wollte.

Einige Stunden später war der Stand fertig aufgebaut, die ersten zwei Töpfe standen auf den elektrischen Herdplatten und verströmten diesen wunderbaren Duft, den Lexi so liebte und der sie immer an ihre Jugendtage erinnerte. Donna Dawson hatte nämlich bereits vor zehn Jahren zum ersten Mal ihre Maissuppe angeboten. Das Maisfest an sich gab es allerdings schon seit 1958, wobei es damals nur aus einem Stand mit buttrigen Maiskolben, einem Popcornstand und der Maisprinzessinnenwahl bestanden hatte. In den letzten Jahrzehnten hatten sich so einige andere Stände dazugesellt. Wenn Lexi sich jetzt umblickte, entdeckte sie neben den Kolben und dem Popcorn – übrigens ganz fantastisches, bunt gefärbtes Popcorn, das Jonah Truman anbot – mehrere verschiedene Maispfannen, Burritos, Tacos und Nachos, etliche Sorten Maisgebäck und die besten Hush Puppies, die man in ganz Nebraska finden konnte. Außerdem bot Edda ihre berühmten Popcornbällchen an, Lydia Doyle köstliche Maiskrapfen, Savannah eine leckere Mais-Quiche und Buddys Mutter Evelyn Ofenkartoffeln mit einer Hackfleisch-Maisfüllung. Und die Kirche verkaufte an ihrem Stand jede nur erdenkliche Art von Kuchen, in denen natürlich immer auch Maismehl verarbeitet wurde. Es war erstaunlich, wie gut Mais und Schokolade harmonierten. Aber Lexi hatte gehört, dass in der Großstadt sogar Schoko-Avocado-Torte angeboten wurde, man sollte sich also über gar nichts mehr wundern.

Jetzt fiel ihr Blick auf eine schwarze Lederjacke in der Menge, die im nächsten Moment jedoch schon wieder verschwunden war.

«Wonach suchst du?», hörte sie ihre Mutter fragen.

«Ach, ich dachte nur, ich hätte jemanden gesehen.»

«Wen denn?», wollte ihre Mom neugierig wissen und sah sich um. Murielle ging gerade mit ihrer Enkelin Abigail über das Fest und winkte ihnen zu. Sie winkten beide zurück.

«Trish», schwindelte Lexi schließlich.

«Aber steht die denn nicht in ihrem Laden?» Donna deutete nach schräg links zum *Animal Paradise* und wandte sich dann zwei Damen zu, die Maissuppe bestellten.

«Ja, klar», entgegnete Lexi noch. «Deswegen war ich ja … hab ich ja …»

Und dann stand er plötzlich vor ihr.

Aaron Highmore in bester Statur. Sein Haar gegelt, fast wie zu einer Elvis-Tolle. In der Lederjacke, die ihm diesen gewissen Bad-Boy-Charme verlieh, dazu Bluejeans, ein schwarzes T-Shirt und schwarze Schnürschuhe. Und mit einem Lächeln im Gesicht, das nur ihr zu gelten schien.

«Oh. Hi!» Mehr brachte Lexi nicht heraus, aber sie gab ihr Bestes, cool zurückzulächeln. Noch immer war es ihr unangenehm, in welcher Verfassung er sie bei ihrem letzten Treffen vorgefunden hatte. Doch er ließ sich nichts anmerken, lächelte nur immer weiter.

«Hallo. Hübsche Schürze.»

Sie blickte an sich herunter, an ihrer Schürze, die mit lauter Maiskolben bedruckt war.

«Danke.» Sie sah ihm ins Gesicht. «Du bist also tatsächlich gekommen.»

«Kann es selbst kaum glauben, habe dieses Fest nämlich schon immer gehasst», verriet er.

«Pssst!», machte sie und hätte ihm am liebsten ihren Finger auf den Mund gelegt. Stattdessen legte sie ihn sich auf ihre eigenen Lippen. «Das darfst du doch hier nicht laut sagen! Dafür könntest du gelyncht werden oder Schlimmeres.»

Er lachte. «Oder Schlimmeres?»

«Ja.»

«Wie zum Beispiel?»

«Sie könnten dich in eins der Maiskolbenkostüme stecken und dich dazu zwingen, mit den kleinen Mädchen mitzutanzen.»

Er sah über ihre Schulter hinüber zur Mitte des Platzes, wo eine offene Bühne aufgebaut war, auf der gerade acht kleine Maiskolben einen einstudierten Tanz zu *Don't Stop Believin'* von Journey hinlegten.

Aaron schüttelte heftig den Kopf. «Nein, bitte nicht!»

Sie musste lachen. «Dann solltest du wohl wenigstens versuchen, ein bisschen Begeisterung aufzubringen.»

«Okay, ich werd's versuchen.»

Die Gelegenheit bekam er auch sogleich, als nämlich ihre Mutter die beiden Kundinnen fertig bedient hatte und zu ihnen trat. Gespannt sah sie erst Lexi an und musterte dann Aaron. «Willst du mir deinen Freund nicht vorstellen?», fragte sie.

«Mom, das ist Aaron Highmore, Mathildas Sohn, du kennst ihn bestimmt von früher. Aaron, das ist meine Mutter Donna.»

Ihre Mom machte große Augen. «*Du* bist also Aaron. Endlich bekomme ich dich auch mal zu Gesicht, die ganze Stadt spricht ja von dir.»

«Oh, ehrlich?», fragte Aaron und wirkte ein wenig verlegen.

«Aber natürlich! Wie wundervoll, dass du das Maisfest besuchst. Ist es dieses Jahr nicht besonders gut gelungen? So viele Stände hatten wir bisher noch nie!», erzählte ihre Mutter stolz.

Jetzt war Lexi gespannt auf Aarons Antwort. Würde er es schaffen, ihre Mom zu überzeugen?

«Ja, ganz toll», meinte er breit lächelnd. «Ich hab das wunderbare *Corn Festival* unglaublich vermisst all die Jahre.»

Lexi musste sich ein Lachen verkneifen. *Sie* hatte er nicht überzeugt, als sie jedoch zu ihrer Mutter blickte, sah diese ganz verzückt aus.

«Ja, das kann ich mir vorstellen. Möchtest du unsere Maissuppe probieren? Sie ist köstlich und hat schon zweimal den *Corn Award* gewonnen.»

«Es gibt einen *Corn Award*?», fragte Aaron ungläubig.

«Aber ja! Jedes Jahr geht ein Komitee herum und kürt die besten Spezialitäten. Stets am Sonntagnachmittag findet die Preisverleihung statt, direkt vor dem Tanzabend.»

«Das klingt großartig! Ich gratuliere herzlich und drücke für dieses Jahr die Daumen.»

«Vielen Dank.»

«Und selbstverständlich möchte ich die Suppe probieren. Ihr wurde ja heute sogar ein Gedicht gewidmet, ich bin schon sehr gespannt.» Wieder zog sich Aarons Lächeln bis zu den Ohren, und Lexi ertappte sich dabei, wie sie mitlächelte. Sie musste gestehen, so guter Laune war sie lange nicht gewesen, sie konnte gar nicht mehr aufhören zu strahlen.

Ihre Mutter füllte Aaron auf und reichte ihm den Suppenbecher. «Geht aufs Haus», sagte sie.

Und dann sahen Lexi und ihre Mutter Aaron gespannt an.

12

Skeptisch betrachtete er den hellbraunen Becher mit der Maissuppe. Das einzig Gute, das er daran erkennen konnte, war, dass Lexi und Donna keine dieser planetenzerstörenden Plastikschüsseln benutzten, sondern welche aus Bambus. Er setzte sich seit Jahren für den Umweltschutz ein und achtete immer darauf, dass die Rohstoffe, die für den Bau seiner entworfenen Gebäude verwendet wurden, auch nachhaltig waren.

Doch das alles war gerade nebensächlich. Denn der Geruch der Suppe kroch ihm in die Nase, und Lexi sowie ihre Mutter sahen ihn erwartungsvoll an. In Lexis Gesicht konnte er ein Schmunzeln entdecken, ihre Mom schien diese ganze Sache mit dem Maisfest und besonders mit der Suppe echt ernst zu nehmen. Also würde er sich an die dickliche, gelbe, pürierte Masse wagen, in der ein paar Maiskörner schwammen und die mit Croûtons und frischem Schnittlauch dekoriert war.

Er nahm einen Löffel, schmeckte und machte: «Mhmmm. Die beste Maissuppe, die ich je gegessen hab.»

«Oh, das freut mich!», erwiderte Donna glücklich, musste sich aber gleich wieder um Kunden kümmern. Um Verrückte, die sich diese Suppe freiwillig antaten und auch noch dafür bezahlten.

Lexi kicherte und beugte sich zu ihm vor. «Ich sehe dir genau an, wie schrecklich du sie findest», flüsterte sie.

«Etwas Ekligeres hab ich selten gegessen», flüsterte er zurück. Und das entsprach der Wahrheit. Die Suppe war so fettig, sie beinhaltete pro Topf sicher zehn Liter Sahne und dazu ein paar Kilo Butter. Das konnte er sich echt nicht antun.

«Lass das bloß meine Mom nicht wissen, die würde es sehr persönlich nehmen.»

«Kein Problem. Ich lasse sie unauffällig verschwinden.» Er zwinkerte ihr zu und betrachtete sie abermals.

Sie war so unglaublich schön. Selbst in ihrer bescheuerten Maisschürze wirkte sie auf ihn noch immer absolut verführerisch. Denn ihr Lächeln, die strahlenden blauen Augen und diese Haarsträhne, die sich aus ihrer Schlaufe gelöst hatte und ihr ins Gesicht fiel, waren einfach bezaubernd.

Verdammt! Wie konnte er nur ein Dorfmädchen so anziehend finden? Sonst stand er auf eine ganz andere Art von Frau: groß, extrem schlank, in High Heels, elegant, klassisch geschminkt, der Typ Model halt. Lexi war alles andere als das. Klar, sie hatte schon auch eine gute Figur, doch sie wog sicher ein paar Kilo mehr als die Frauen, die er sonst datete. Statt Jimmy Choos trug sie alte Cowboy-Boots, ihre lockigen Haare waren ein wenig zerzaust und einfach nur locker zusammengebunden, und das Einzige an Make-up, das er in ihrem Gesicht entdeckte, war ein wenig Mascara. Das Rot auf ihren Wangen war kein Rouge, das konnte er mit ziemlicher Sicherheit sagen, stattdessen schienen sie einfach nur zu leuchten wie der Rest von ihr.

Himmel! Jetzt dachte er schon daran, sie zu daten! Wahrscheinlich hatte Lexi bereits einen Freund oder Verlobten oder sogar Ehemann – heirateten die Dörfler nicht alle schon gleich nach der Highschool? Zumindest die, die hier in Lake Paradise blieben. Die, die nicht vorhatten, irgendwas aus ihrem Leben zu machen.

Sein Blick wanderte von ihrer einen zu ihrer anderen Hand. Kein Ring. Erleichtert atmete er auf.

Gerade als er sie fragen wollte, was sie denn eigentlich beruflich machte, wenn sie nicht Maissuppe verkaufte, stand ihre Mutter schon wieder neben ihr und sah ihn an. Mitleidig irgendwie. Sie hatte ihren Kopf schief gelegt.

«Es tut mir übrigens sehr leid, dass du deine Mom so früh verloren hast», sagte sie. «Wir alle haben Mathilda sehr gern gehabt, sie war eine gute Freundin. Wir haben zusammen im Kirchenchor gesungen.»

«Oh. Ich wusste gar nicht, dass sie im Kirchenchor war.» In seiner Kindheit war sie das jedenfalls nicht gewesen, und sie hatte es ihm gegenüber auch nie erwähnt.

«Ja, ja, das war sie. Jedoch nur für zwei oder drei Jahre vor ihrem ...» Donna seufzte. Und Lexi seufzte ebenfalls.

Aaron nickte nur, weil er nicht wusste, was er sonst darauf erwidern sollte. Mitzuseufzen kam ihm irgendwie albern vor.

«Ihre Beerdigung war wirklich schön», erzählte Donna ihm.

Ja. Das wusste er. Er war ja dabei gewesen, was natürlich sie nicht wusste.

Wieder nickte er.

«Lexi kann ja mal mit dir zum Friedhof fahren und dir zeigen, wo ihr Grab ist. Bestimmt möchtest du es besuchen.»

«Klar, das mache ich gerne», sagte Lexi.

«Ich weiß bereits, wo es sich befindet. Trotzdem danke», sagte er und war heilfroh, als Jonah plötzlich neben ihm stand.

«Hey, Kumpel!» Sein Freund legte ihm einen Arm um die Schulter. «Wollen wir?»

«Ja, klar.» Und zu den beiden Frauen gewandt, die ihn noch immer mit dieser Trauermiene ansahen, sagte er: «Ich muss mich leider verabschieden.» Wie erleichtert er war, da wegzukommen.

«Hey, ihr beiden, wie läuft es?», hörte er Jonah fragen.

Lexi und Donna lächelten und sagten, dass es sehr gut lief.

«Wie geht es May?», erkundigte sich Lexi.

«Bestens. Sie sieht zwar aus, als wäre sie kurz vorm Platzen, aber sonst ist alles super. Sie freut sich auf das Baby und richtet das Kinderzimmer ein.»

Aaron nahm Lexis Blick wahr, der irgendwie traurig aussah, und den ihrer Mutter, der nicht minder betrübt wirkte. Bevor er sich jedoch weitere Gedanken darüber machen konnte, sagte Donna schon: «Richtest du May bitte aus, dass sie sich jederzeit eine Schüssel Gratis-Maissuppe bei uns abholen kann?»

Jonah lächelte Donna an, Donna lächelte zurück, und auch Lexi strahlte wieder – und Aaron fragte sich, ob er sich das eben nur eingebildet hatte.

«Das mache ich», sagte Jonah. «Ich glaube, sie hat vor, morgen zum Fest zu kommen. Vielleicht schaffen wir es ja sogar zum Tanzabend, wenn May so lange durchhält. An den meisten Tagen fallen ihr abends um acht schon die Augen zu.» Er lachte, und Aaron wurde diese Sache namens Schwangerschaft immer unheimlicher.

Schließlich verabschiedeten sie sich, Aaron nahm seine Maissuppe und folgte Jonah durch die Menge. Auf der mit getrockneten Maiskolben und herbstlichen Blumen geschmückten Bühne stand jetzt ein Barbershop-Quartett in glitzernden goldenen Westen und sang uralt klingende fröhliche Lieder, die er nicht kannte.

«Ich danke dir, dass du mich da rausgeholt hast. Die kamen gerade mit der Mitleidstour wegen meiner Mutter», sagte er zu Jonah und sah sich nach einem Mülleimer um.

«Schon gut, mein Lieber. Du sahst ziemlich gequält aus, da dachte ich, ich erlöse dich. Jessica hat soeben meinen Stand übernommen, ich hab den Rest des Tages frei.»

Aaron rief sich Noahs jüngere Schwester ins Gedächtnis, die früher eine richtige kleine Nervensäge gewesen war. «Hast was gut bei mir.»

«Ja? Na, dann verbring den Tag mit mir. Wir machen das Maisfest unsicher.»

«Ehrlich gesagt hab ich genug vom Maisfest.»

Jonah lachte. «Okay, Alternative: Komm mit zu mir, ich zeig dir meinen Hobbykeller. Und natürlich musst du zum Abendessen bleiben. May hat Thai-Curry gekocht, extra für dich. Und sie hat gemeint, ich soll zum Dinner ja nicht ohne dich nach Hause kommen.»

«Etwas ohne Mais? Ich kann es kaum erwarten.» Dann fand er endlich einen Abfallkorb, blickte kurz zum Maissuppenstand zurück, um sicherzugehen, dass Donna ihn nicht beobachtete, doch die war wieder mit Kunden beschäftigt, während Lexi in einem der riesigen Töpfe rührte. Er warf den Suppenbecher weg und machte, dass er davonkam.

Nachdem er ein paar Stunden lang mit Jonah in dessen kleinen Hobbykeller Pool gespielt, gekickert und über dies und das geredet hatte, saß er am Abend zusammen mit ihm und May am Couchtisch und aß Wildreis mit einem köstlichen Gemüsecurry, das gerade scharf genug war. Er nahm noch einen Nachschlag und sah zu May, die in einem bequemen Sessel saß und ihre angeschwollenen Füße (wie sie ihm stöhnend erzählt hatte) auf einen Hocker gelegt hatte. Sie streamte eine alte Folge *Modern Family* und hatte ihren Teller mit dem Nachtisch auf ihrem gigantischen Bauch abgestellt. Es gab wieder Kuchen, diesmal Aprikosenkuchen – sie schien wirklich gern zu backen. Oder war das nur so ein Schwangerending? Aaron fragte sich, ob sie Lexi wohl kannte. Ob sie vielleicht sogar befreundet waren.

Jonah redete wieder mal über sein Popcorn. Er schien in seiner Tätigkeit voll aufzugehen, und jetzt konnte Aaron auch May verstehen, die ja angedeutet hatte, ihr Mann verbringe jede freie Minute in seiner Fabrik.

Auch Aaron hatte langsam das Gefühl, dem Mais nicht mehr ausweichen zu können. Letzte Nacht hatte er sogar von buntem Popcorn geträumt, das sich in allen nur erdenklichen Farben in seiner jeweiligen Trommel gedreht hatte. Die Trommeln hatten sich gedreht und immer schneller gedreht, bis sie explodiert waren und Popcorn in Grün und Orange und Pink auf ihn herabgeregnet war und ihn vollends begraben hatte. Gefangen in einem Berg aus Popcorn, war er aufgeschreckt und hatte unter Schnappatmung versucht auszumachen, wo er war. Nicht in seiner Welt, New York City, wo niemand seinen Nachbarn kannte und man einfach man selbst sein konnte, sondern auf einer irren Reise in die Vergangenheit.

Natürlich konnte er Jonah nicht von seinem Traum erzählen. Seine frühere Therapeutin hätte vielleicht etwas daraus deuten können. Aber was?

Dass er insgeheim ein großer Popcornfan war?

Dass er sich gefangen fühlte?

Oder dass er irgendetwas aufarbeiten und sich aus diesem verdammten Popcornhaufen herauswinden musste, der eventuell für den Mais und alles stand, was er daran hasste?

«Hast du eigentlich deinen Vater schon gesprochen, seit du wieder hier bist?», fragte Jonah jetzt, während May über irgendetwas lachte, das Phil gerade im Fernsehen tat. Anscheinend ging es um ein Alpacca. Aaron hatte der Folge keine Aufmerksamkeit geschenkt.

Er nickte. «Ja, ich war am Donnerstag bei ihm.»

«Und?»

«Nichts und. Er war unterkühlt wie immer, und es war mehr als offensichtlich, dass er mich loswerden wollte. Gestern bei der Beerdigung hat er mich dann ignoriert – ebenfalls wie immer.» Er zuckte die Achseln. Wollte nicht zugeben, dass es ihn mehr verletzte, als er angenommen hatte. Und dass er tatsächlich die leise Hoffnung gehegt hatte, sein Vater könnte sich geändert, sich in ein echtes menschliches Wesen verwandelt haben.

«Du hättest sicher jemanden an deiner Seite gebraucht.

Wenn du Bescheid gesagt hättest, dass du zur Beerdigung in der Stadt bist, hätte ich mir freigenommen.»

«War nicht nötig, ehrlich. Ich hab mit meinem Großvater seit vielen Jahren kein Wort gesprochen. Wahrscheinlich konnte er sich zuletzt nicht mal mehr an mich erinnern.»

«Sag doch so was nicht. Ich bin mir sicher, tief in seinem Innern hat er dich geliebt, genauso wie dein Dad es tut. Die beiden konnten nur ihren Stolz nie überwinden.»

«Ihr Problem. Ich kann auch gut ohne sie leben. Habe es die letzten zwölf Jahre gekonnt.»

Jonah sah ihn ein wenig mitleidig an. Aaron wusste, dass sein Freund immer schon ein sehr gutes Verhältnis zu seinem eigenen Vater gehabt hatte, weshalb er als Kind oft neidisch auf ihn gewesen war. Die beiden hatten ihn manchmal mit zum Angeln auf den See genommen, und Jonahs Dad war es auch gewesen, der ihm das Schwimmen, das Rudern und das Kanufahren beigebracht hatte. Er hatte sich in diesen Momenten immer gewünscht, dass sein eigener Vater so was auch mal mit ihm machen würde, war aber froh gewesen, dass er eine Art Ersatz-Dad gefunden hatte.

«Wie geht es denn deinem Dad?», fragte er.

«Dem geht es gut. Er ist in den Morgenstunden oft am Lake Paradise, dann sitzt er am Ostufer in seinem Klappstuhl und wirft die Rute aus. Vielleicht begegnest du ihm ja mal beim Joggen.»

«Woher weißt du, dass ich um den See jogge?» Er musste wieder an Lexi denken, der er ja neulich Abend beim Joggen begegnet war.

Jonah lachte. «Was denkst du denn? Du bist mein bester Freund, da sollte ich dich wohl ein wenig kennen, oder?»

«Klar.» Aaron grinste. «Und du? Stehst du immer noch auf die Musik von Beyoncé?» Er erinnerte sich gut, wie Jonah als Zwölfjähriger verknallt in die schöne Sängerin gewesen war und ihre Lieder am laufenden Band gehört hatte.

Jonah errötete ein wenig und wollte gerade abwinken, als May sich zu ihnen umblickte und zu lachen begann. «Und ob! Neulich in der *Paradise Tavern* hat er beim Karaoke-Wettbewerb *Halo* gesungen und damit sogar den dritten Platz belegt!»

«Nicht dein Ernst!» Aaron starrte seinen Freund erstaunt an.

«Na ja ... das war nur zum Spaß. Ich habe jetzt nicht vor, bei *The Voice* mitzumachen oder so.» Jonah kratzte sich verlegen am Hinterkopf.

Daraufhin streckte ihm May liebevoll lächelnd eine Hand entgegen, und als Jonah sie ergriff und drückte, bildete sich ein dicker Kloß in Aarons Kehle.

«Darf ich euch mal was fragen?» Er wollte es wagen, auch wenn er wusste, dass Jonah ihn später sicher damit aufziehen würde.

«Klar. Worum geht's?», wollte sein Freund wissen.

«Ihr kennt Lexi Dawson, oder?»

Beide nickten, und beide sahen plötzlich sehr ernst aus.

«Ja, natürlich», sagte Jonah. «Wir haben sie doch vorhin zusammen gesehen, schon vergessen? An ihrem Maissuppenstand.»

«Ja, klar. Ich meinte aber eher, ob ihr sie persönlich kennt. Also, seid ihr mit ihr befreundet?»

Mays Augen nahmen einen traurigen Ausdruck an. Dann

nickte sie. «Obwohl sie einen Jahrgang unter mir war, haben wir früher oft zusammen abgehangen, das war, bevor ich auf die Friseurschule nach Chicago gegangen bin. Aber auch heute verstehen wir uns noch gut.»

«Und weißt du dann auch ... ob sie vergeben ist?»

May hielt den Atem an. «Weißt du etwa nicht, was ihr passiert ist?»

Als Aaron den Kopf schüttelte, überließ sie es Jonah, ihm die Geschichte zu erzählen. «Es ist etwas über zwei Jahre her. Lexi war mit Keith Reynolds verlobt, vielleicht erinnerst du dich an ihn.»

Er überlegte kurz. «Nein, ich glaube nicht.»

«Er war damals einer von diesen Supersportlern, aber das war wohl auch erst nach deinem Weggang. Na, wie auch immer. Die beiden waren Highschool-Sweethearts und standen kurz vor der Hochzeit. Alles war geplant. May sollte sogar eine der Brautjungfern sein. Keith ist dann zwei Wochen vor der Hochzeit wandern gegangen und tot aufgefunden worden. Es sah ganz danach aus, als wenn ein Jäger ihn versehentlich erwischt hätte. Was genau passiert ist, weiß man aber bis heute nicht. Nur dass Lexis Leben, wie sie es kannte, von dem einen auf den anderen Tag vorbei war.»

«Verdammt, das ist heftig!» An so etwas hätte er nicht im Traum gedacht.

«Ja, das war es. Und ist es immer noch», sagte May nun. «Lexi ist nie wirklich darüber hinweggekommen. Aber wer wäre das schon? Sie hat Keith von ganzem Herzen geliebt.»

Sie alle waren einen Moment still. Dann fragte Jonah: «Wieso erkundigst du dich eigentlich nach ihr?»

«Ach, nur so. Ich bin ihr neulich am See begegnet und ...

Sie sah irgendwie traurig aus.» Dass sie geweint hatte, erwähnte er nicht, Lexi hätte sicher nicht gewollt, dass er es ausplauderte.

«Hast du mit ihr gesprochen?», fragte Jonah.

«Ja, ich hab sie angesprochen. Und mich zu ihr gesetzt. Sie hat sich sogar an mich erinnert. Ich habe ihr in der sechsten Klasse mal die Brotdose zurückgeholt, nachdem ein anderer Junge sie ihr weggenommen hatte.»

May lächelte, doch Jonah sah ihn ernst an.

«Aaron, ich will dir wirklich nicht zu nahe treten und dir erst recht nicht sagen, was du tun oder lassen sollst, aber ich möchte dir echt raten, die Finger von Lexi zu lassen. Das rate ich dir als Freund.»

Er starrte Jonah an und sah dann weg. Fixierte ein Aquarellbild an der Wand, das eine Hand zeigte, auf der ein Herz lag.

«Was genau meinst du damit?», fragte er. «Bist du der Meinung, ich bin nicht gut genug für sie?»

«Ach, komm schon, Aaron. Wir wissen doch beide, wie du mit Frauen umgehst. Außerdem bist du schon ganz bald wieder in New York.»

May nickte. «Wir möchten einfach nicht, dass Lexi noch einmal solche Schmerzen erfährt», sagte sie.

Abrupt stand Aaron auf. «Okay, okay. Ich komme ihr nicht mehr zu nahe, wenn ihr mich für so gefährlich haltet.»

«Nun sei doch nicht beleidigt», meinte Jonah und versuchte, ihn zurück auf die Couch zu ziehen. Doch Aaron war schon in Richtung Flur unterwegs, wo er sich die Jacke vom Haken nahm. Er warf noch einen Blick ins Wohnzimmer und sagte: «Danke für das leckere Essen, May. Ich bin dann weg.»

«Ja, darin bist du gut», entgegnete Jonah.

«Schatz, nun lass ihn doch», flüsterte May und rief Aaron zu: «Sehen wir dich noch mal wieder, bevor du zurückfliegst?»

«Wahrscheinlich eher nicht», antwortete er, woraufhin May sich von ihrem Sessel aufrappelte und zu ihm trat. Sie umarmte ihn und wünschte ihm einen guten Heimflug.

Er war schon aus dem Haus, als Jonah ihm hinterhergelaufen kam. «Hey, sorry, Alter. Ich hab das echt nicht so gemeint.»

«Schon gut», sagte er. Jonah hatte ja recht. Er ging nicht sehr gut mit den Frauen um, die er datete, zumindest nicht auf emotionaler Ebene. Sie waren einfach nette Gesellschaft, für eine Nacht oder auch ein paar mehr, doch keine von ihnen hatte ihm je mehr bedeutet. Wahre Zuneigung hatte er noch für keine von ihnen empfunden. Und er war sich auch jetzt noch nicht sicher, ob er das überhaupt konnte – was auch immer das für Gefühle waren, die da Besitz von seinem Körper ergriffen hatten.

Er sah hinüber zum Platz, wo noch immer fröhlich gefeiert wurde, hielt Ausschau nach Lexi, glaubte für einen Moment, ihren blonden Lockenkopf in der Menge zu entdecken, doch dann war sie wieder verschwunden.

«Weißt du, wo man hier was trinken kann?», fragte er seinen Freund, weil er einen Drink gerade bitter nötig hatte.

Jonah legte ihm einen Arm um die Schulter. «Wir steuern geradewegs darauf zu.»

Und Aaron konnte sich in dem Augenblick nichts Besseres vorstellen als zwei Fingerbreit Bourbon auf Eis. Um die Einsicht herunterzukippen, dass er ein Einzelgänger war und es wahrscheinlich auch immer bleiben würde. Und dass er einsam sterben würde. Wie sein Großvater. Wie höchstwahrscheinlich auch sein Vater. Wie jeder verdammte männliche Highmore auf diesem Planeten.

Erneut ließ er seinen Blick über den Platz schweifen, zur Bühne hinüber, wo gerade die neue Maisprinzessin gekürt wurde: eine hübsche junge Brünette mit superlangen schlanken Beinen, die er bestimmt nicht aus seinem Bett stoßen würde. Vielleicht würde er ihr im Laufe des Abends ja noch persönlich begegnen und das tun, was er am besten konnte: sie mit seinem Charme in sein Hotelzimmer locken und ihr eine Nacht schenken, die sie nie vergessen würde.

13

«Prinzessin, Prinzessin!», rief die kleine Abigail begeistert aus, und Sadie und Delores sahen der Vierjährigen ganz verzaubert dabei zu, wie sie in die Hände klatschte und auf und ab hüpfte.

«Ja, sie ist eine wirklich schöne Prinzessin, nicht wahr?», sagte Murielle zu ihrer Enkelin.

«Ich hab euch doch gesagt, dass sie gewinnen würde», meinte Sadie, vor deren Eisdiele sie standen, während sie der Preisverleihung zusahen. Von hier aus hatte man einen wunderbaren Blick auf die Bühne, und Murielle brauchte keine Angst zu haben, dass Abigail ihr wieder einmal verloren ging, die Kleine war nämlich flink wie nichts. Doch da Sadie ihr ein Eis versprochen hatte, bestand derzeit ohnehin keine allzu große Gefahr.

«Ich finde immer noch, Lexi hätte die Schärpe mehr verdient», ließ Delores ihre Freundinnen wissen. Ihr Mann George hatte sich bereits verabschiedet und war mit einigen der anderen Männer ein Bier trinken gegangen. Auf diesen Miss-Mais-Schnickschnack hatte er keine Lust, hatte er gesagt, doch Delores wollte es sich nicht nehmen lassen.

Als sie jetzt erneut zu Abigail sah, konnte sie nicht anders, als Murielle um ihre niedliche kleine Enkelin zu beneiden. Und wie so oft bedauerte sie, selbst keine Kinder oder Enkel zu haben. Sie hatten es versucht, so viele Jahre lang, bis der Arzt bei ihr eine Fehlbildung der Eierstöcke entdeckt hatte. George hatte ihr gesagt, es mache ihm nichts aus, solange sie damit leben konnte, dass sie den Rest ihres Lebens zu zweit verbringen würden. Und so traurig sie auch war, war sie doch erleichtert und dankbar, dass George bei ihr blieb, obwohl er sich doch ebenso sehr eine Familie gewünscht hatte.

«Seht euch nur den Bürgermeister an, wie er mit seinem Zylinder umherläuft», sagte Murielle lachend.

«Der muss mindestens einen halben Meter hoch sein», schätzte Sadie.

«Er hat sicher den größten genommen, den er finden konnte, damit ihn auch ja niemand übersieht.»

Sie alle starrten auf den riesigen, in den Farben der amerikanischen Flagge gehaltenen Hut.

«Sein Sohn wird morgen wieder den DJ spielen, beim Tanzabend, das habe ich von Teresa», erzählte Sadie. Teresa Jones, Sadies jüngere Schwester, war die Frau des Pastors und wusste immer bestens Bescheid, was in der Stadt vor sich ging. Sie war keine Tratschtante, ließ aber in einem Gespräch gern ganz unauffällig etwas durchsickern.

«Oh nein! Hat Shane Doyle nicht gerade erst mit Liz Schluss gemacht?», fragte Delores. Liz gehörte der Friseursalon im Ort.

«Nein, sie mit ihm!»

«Oje. Er hat sowieso schon einen grauenvollen Musikgeschmack. Morgen wird er dann sicherlich nur herzzerreißende Schnulzen spielen», fürchtete Murielle.

«Ach, der arme Junge», seufzte Delores.

Dann sahen sie wieder zum Platz, in der Hoffnung, irgendetwas Neues, Spannendes zu entdecken, und dies als Allererstes zu tun.

Sadies Blick wanderte von Liz, die gar nicht mal so betrübt aussah und freundlich lächelnd ihre Maispfanne herausgab, zu Lindsay, die ihrer besten Freundin Ashleigh zujubelte und keine Spur von Missgunst darüber zu verspüren schien, ihr Amt an sie abgeben zu müssen. Und weiter zu Lydia Doyles Krapfen-Stand, vor dem die Schlange immer länger wurde, zu Ethan Schulz, dem Reporter der *Paradise Gazette*, der hier und da ein paar Fotos machte, zu Savannah, die ihren Stand für heute dichtmachte, weil ihr die Quiches bereits ausgegangen waren, und schließlich zu Donna und Ian, die am Maissuppenstand fröhlich miteinander lachten.

«Uh-uh!», rief sie aus. «Jetzt hätte ich es fast vergessen. Ich hab ja etwas Tolles zu berichten. Ich habe nämlich heute Nachmittag ganz zufällig an Donnas Stand etwas gesehen.»

«Na, was denn? Mach es nicht so spannend!», sagte Murielle.

Sadie grinste, weil sie wusste, wie begierig ihre Freundinnen auf die Neuigkeiten waren.

«Lexi stand ja wie immer auch mit am Stand ... und nun ratet mal, mit wem sie ganz heftig geflirtet hat!»

Murielle starrte sie an. «Sag bloß!»

«Ja, mit wem denn?», fragte Delores, die mal wieder ein wenig auf den Kopf gefallen war.

«Na, mit wem wohl! Aaron Highmore! Hab ich recht?», fragte Murielle, nur um sicherzugehen.

Doch Sadie nickte ganz aufgeregt. «Oh ja.»

«Hach, wie schön», meinte Delores. «Lexi und Aaron, was für ein nettes Paar.»

Die beiden anderen blickten sie schockiert an.

«Ja, hast du denn schon vergessen, was man sich über Aaron erzählt? Dass er ein Weiberheld ist und die Frauen wechselt wie andere Männer ihre Socken!», wandte Murielle ein.

«Und hast du etwa vergessen, was der armen Lexi passiert ist?», erinnerte sie Sadie.

Delores war es ein wenig unangenehm, da sie es für einen Moment tatsächlich vergessen hatte. «Nein, natürlich habe ich das nicht. Ich dachte nur, Lexi hätte eine neue Liebe doch verdient, oder? Also, wenn jemand das hat, dann sie.»

«Ja, aber doch nicht diesen Kerl!»

In dem Moment kam er doch tatsächlich um die Ecke gebogen, Aaron Highmore, zusammen mit Jonah Truman, der seinen Arm um Aarons Schultern gelegt hatte. Alle drei Frauen hielten sofort den Mund und beobachteten die beiden Männer unauffällig. Keine konnte in dem Wirrwarr des Festes hören, worüber sie sprachen, doch Delores glaubte, herausgehört zu haben, dass es um Lexi ging. Wie gern hätte sie Näheres erfahren, um es auch gleich ihren Freundinnen erzählen zu können, aber der Tag war ja noch nicht zu Ende.

«Oh, seht mal, sie gehen in die *Tavern*. Ist dein George nicht gerade dort?», fragte Sadie Delores.

Die nickte. «Ist er. Und ich werde ihn nachher gleich ausfragen, ob er etwas mitbekommen hat.»

«Oh ja, mach das. Und merk dir ja alles, ich will morgen früh Details hören», sagte Murielle, denn selbstverständlich trafen sich die drei Frauen auch sonntagmorgens im *Paradise Café*, von wo aus sie direkt zum Gottesdienst gingen.

«Granny, darf ich jetzt ein Eis?», fragte Abigail, die die letzten Minuten fasziniert dabei zugesehen hatte, wie Ashleigh die Schärpe umgelegt, die Krone aufgesetzt und das Zepter in Form eines Maiskolbens in die Hand gedrückt worden war. Jetzt hielt die Maisprinzessin jedoch eine nie enden wollende Rede, was die Kleine verständlicherweise langweilte.

«Aber natürlich, meine Süße. Versprochen ist versprochen», gab Murielle zurück, und Sadie trat hinter die Theke und fragte Abigail, was es denn sein durfte.

«Himbeer!», antwortete die Kleine und bekam sogleich eine große Kugel in eine Mais-Eiswaffel gefüllt. Sie nahm sie glücklich entgegen und schleckte daran.

«Lass bloß deinen Daddy nicht wissen, dass ich dich heute statt eines Abendessens nur Süßes futtern lasse», sagte Murielle, denn Abigail hatte zuvor auch schon eine Maiswaffel aus dem Waffeleisen und Popcornbällchen gehabt. Normalerweise erlaubte Murielle ihrer Enkelin nicht so viel Ungesundes, doch bei diesen Festen konnte sie es ihr einfach nicht abschlagen, da sie ja selbst nicht widerstehen konnte. «Wir wollen uns jetzt auch verabschieden», sagte sie dann zu ihren Freundinnen. «Wir sehen uns morgen.»

«Macht's gut, ihr Süßen», sagte Sadie.

«Kommt gut nach Hause!», rief Delores ihnen hinterher und winkte Abigail nach.

Murielle musste lächeln. Denn zum Glück hatten sie es ja nicht weit nach Hause: Wyatt und Abigail lebten seit einiger Zeit in dem Haus direkt neben ihrem. Nachdem seine Frau

Hannah die beiden nämlich sitzengelassen hatte, als Abigail keine sechs Monate alt war, war Wyatt, der zuvor seine Ausbildung in Lincoln gemacht hatte und dort Streifenpolizist gewesen war, mit Abigail zurück nach Lake Paradise gezogen. Es passte gut, dass der alte Sheriff Morgan gerade vorhatte, in Rente zu gehen, und nach einem Ersatz gesucht wurde. Und es passte noch besser, dass das Haus neben Murielles in der Paradise Lane zum Verkauf gestanden hatte. Mittlerweile kümmerte sie sich tagsüber um ihre Enkelin, während Wyatt für Recht und Ordnung sorgte. Und seit Abigail in den Kindergarten ging, hatte Murielle sogar angefangen, ein paarmal in der Woche in der örtlichen Bibliothek auszuhelfen. Sie liebte ihr Leben als Grandma, und sie konnte sich keine süßere Enkelin als Abigail vorstellen.

Während die Kleine noch immer an ihrem Eis schleckte, passierten sie das Haus von Ava Garland, deren Papagei Sinatra ganz laut «Gute Nacht! Gute Nacht!» rief. Und obwohl es gerade einmal halb acht war, musste Murielle zugeben, dass sie auch schon müde war. Es war ein langer, ereignisreicher Tag gewesen, und sie freute sich bereits auf morgen, wenn das Maisfest weiterging.

14

Ashleigh hielt noch immer ihre Dankesrede, als Lexi am Stand von Elliot Monroe, einem Maisfarmer der Gegend, eine mit Käse, Jalapeños und Salsa beladene Schale Nachos entgegennahm. Vorsichtig versuchte sie, alles zum Suppenstand zurückzubalancieren, ohne dass die Hälfte herunterfiel. In der anderen Hand hielt sie nämlich bereits den Pappteller mit dem Stück Quiche, um das ihre Mutter gebeten hatte. Als eins der Kinder sie im Vorbeilaufen anrempelte, konnte sie ein paar der Maischips leider nicht retten und fluchte ein wenig vor sich hin.

«Lexi! Warte, ich helfe dir», hörte sie es da neben sich, und im nächsten Moment hatte Trish ihr die Quiche abgenommen. Ihre Freundin lachte. «Sah ja aus wie ein ziemlicher Hürdenlauf.»

«Puh, ich danke dir. Mom hat nämlich schon den ganzen Tag Lust auf ein Stück davon, und sie bringt mich um, wenn ich ihr stattdessen nur Matsch-Quiche mit Gras und Erde bringe, weil sie mir runtergefallen ist.»

«Na ja, zur Not könntest du ihr doch ein neues Stück besorgen.»

Lexi schüttelte den Kopf. «Nein, alle Quiches sind für

heute ausverkauft, ich habe eins der letzten beiden Stücke ergattert.»

«Na, dann passe ich mal besser besonders gut darauf auf.» Trish in ihrer engen schwarzen Lederimitathose und dem neonpinken T-Shirt grinste sie an. «Ich will ja den Abend noch überleben.»

Lexi lachte und nahm sich einen mit Käseraspeln und zwei Jalapeño-Scheibchen bedeckten Nacho, den sie sich sogleich genüsslich in den Mund steckte. «Willst du auch?»

«Nein, danke. Ich habe schon den ganzen Tag lang hier und da was geschlemmt, mein Magen platzt fast.»

«War es heute leer im *Animal Paradise*?»

«Ja, gähnende Leere.»

«Dann hättest du doch mal bei uns am Stand vorbeischauen können.»

«Lange allein lassen wollte ich den Laden lieber nicht. Vor allem, weil ich Becky heute freigegeben hab. Außerdem hätte deine Mom mir nur wieder eure Maissuppe aufgezwungen, und darauf konnte ich dann doch verzichten.»

«Was habt ihr nur alle? Ich finde unsere Maissuppe lecker.»

«Wieso? Wer hat denn noch eine Abneigung gegen sie?»

Lexi sgrinste ein wenig. Nahm sich noch einen Nacho.

«Nun sag schon!»

Lexi deutete auf ihren vollen Mund und ließ ihre Freundin noch ein wenig zappeln.

«Sag bloß, du sprichst von Aaron Highmore?»

Sie schluckte runter. «Richtig erraten!»

«Hätte nicht gedacht, dass ich mit dem was gemeinsam hab.»

«Doch, doch. Neben eurer Abneigung gegen Maissuppe habt ihr beide auch sehr viel Humor. Und tragt gern Leder», sagte sie.

«Hm. Dann passen wir ja super zusammen. Vielleicht sollten wir mal auf ein Date gehen.»

Lexi verschluckte sich und sah sich nach etwas zu trinken um. Trish lachte, fischte einen Dollarschein aus ihrer Handtasche, warf ihn auf den Verkaufstisch mit der frischen Limonade neben ihnen und reichte ihr schnell einen Becher.

Gierig trank Lexi. «Danke dir.»

«Das war im Übrigen nur Spaß. Ich habe nicht vor, mit Aaron auszugehen.»

«Ahaaa! Weil du in Wirklichkeit auf Wyatt stehst?», stellte sie endlich die bedeutende Frage und hustete gleich noch einmal.

Trish machte große Augen. «Auf unseren Sheriff? Wie kommst du denn darauf? Ich bin doch mit Steven zusammen!»

«Na, ich dachte halt, weil er auch auf dich steht.»

«So ein Quatsch! Er bringt ab und zu das Meerschweinchen seiner Tochter vorbei oder eine der Katzen seiner Mutter oder den Wellensittich seiner Tante ... Mehr ist da nicht.»

Lexi grinste ihre Freundin an. «Na, das sagt doch schon alles, oder?»

«Was denn?», fragte Trish noch. Aber Lexi antwortete nicht mehr, denn ihr Blick war jetzt auf zwei Männer auf der anderen Straßenseite gerichtet, die gerade an Nolans Café vorbeigingen und direkt auf die *Paradise Tavern* zusteuerten.

Trishs Augen folgten ihren. «Sind das Jonah und … Aaron?»

«Ja. Sind anscheinend noch immer befreundet.»

«Oh. Wusste ich nicht.»

«Ich auch nicht», sagte Lexi. «May hat nie etwas in der Richtung erwähnt.»

«Na ja, May ist auch nicht gerade eine Tratschtante», meinte Trish.

«Ja, und damit ist sie eine Seltenheit in dieser Stadt.»

«Allerdings.»

Sie sahen den beiden Männern hinterher, bis diese in der Kneipe verschwanden.

«Komm, lass uns meiner Mom ihre Quiche bringen, die wartet sicher schon ganz ungeduldig. Es war so voll bei uns am Stand, dass wir den ganzen Tag nicht wegkonnten.»

«Oh. Dann habt ihr ja einiges verpasst.»

«Ach, unser Stand steht ziemlich zentral, ich glaube, wir haben das Wichtigste mitbekommen.»

«Ja? Auch, dass Howie und Rupert einen Riesenstreit hatten?»

«Yep. Die Suppe meiner Mutter war schuld.»

«Ach, echt? Das musst du mir später ausführlicher erzählen. Aber hast du auch mitbekommen, dass Buddy und seine Mutter im Partnerlook an ihrem Kartoffelstand standen? Ich hatte einen Superblick auf die beiden von der Ladentür aus.» Trish zwinkerte ihr zu, und Lexi musste lachen. Wahrscheinlich hatte ihre Freundin den ganzen Tag lang in der offenen Ladentür gestanden, wie sollte sie all die fetzigen Ereignisse sonst mitbekommen haben?

«Nein, ehrlich?»

«Oh ja. Sie hatten knallgelbe Hosen und passende Pullover an, mit einem riesigen lachenden Maiskolben darauf.»

«Irre. Also, das habe ich tatsächlich verpasst. Sind sie noch da?»

«Nur noch Evelyn. Buddy musste nach Hause, dichten gehen. Aber vielleicht tragen sie ja morgen noch mal dasselbe Outfit.» Trish zuckte die Schultern.

«Ja, vielleicht. Morgen muss ich übrigens nicht mit am Stand stehen. Weil die Boutique sonntags zu hat, übernimmt mein Dad für mich, und ich hole meinen Grandpa ab und gehe mit ihm übers Fest.»

«Oh, das ist ja schön. Da wird er sich sicher freuen.»

«Das glaube ich auch. Er kommt ja kaum noch irgendwohin.»

«Dann könnt ihr den Idioten beim Maiskolben-Wettessen zusehen», lachte Trish.

«Gute Idee.»

«Hast du übrigens mitbekommen, dass Ashleigh die neue Maisprinzessin geworden ist?»

Sie sahen zur Bühne. Ashleigh stand nicht mehr darauf, stattdessen spielte dort jetzt wieder das Barbershop-Quartett weitere altmodische Songs. «Na klar. Ihre Rede war ja nicht zu überhören. Sie hat sich bei fast jedem einzelnen Stadtbewohner bedankt und dabei die ganze Zeit geweint und geschluchzt. Ich habe noch nie verstehen können, wieso man wegen einer Schärpe anfängt zu heulen.» Und das hatten bisher ohne Ausnahme alle neu gekürten Maisprinzessinnen getan.

«Ja, Süße, weil wir beide da schon immer anders waren. Und weil es für uns bedeutendere Dinge zum Weinen gab.»

Ja, da hatte Trish leider recht. Sie hatten es beide nicht leicht gehabt. Trish hatte schon früh ihre Eltern bei einem Flugzeugabsturz verloren und hatte direkt nach ihrem Highschoolabschluss die Rolle der Mutter für ihre beiden jüngeren Schwestern übernehmen müssen. Und Lexi selbst … Die Geschichte kannte ja jeder weit und breit.

Sie bahnten sich nun einen Weg zurück zum Maissuppenstand. «Hübsche Schürze übrigens. Viel cooler als die im Tiersalon», meinte Trish.

«Das hat Aaron auch gesagt.»

Trish runzelte die Stirn. «Woher weiß er, wie die Schürzen im Tiersalon aussehen?»

«Nein! *Hübsche Schürze*, das hat er gesagt.»

«Ach, wirklich? Ihr habt euch also wieder unterhalten?» Lexi hatte ihrer Freundin natürlich auch von der Begegnung am See erzählt, aber keine große Sache daraus gemacht.

«Nur über Maissuppe», sagte sie jetzt.

«Wie schade. Ich dachte, du hättest etwas Aufregenderes zu berichten.»

Das hätte sie, wenn sie wollte. Zum Beispiel, dass ihr Herz gar nicht mehr aufhören wollte, wie wild zu pochen, seit Aaron ihr vorhin direkt in die Augen geblickt und sie angelächelt hatte. Mit diesem umwerfenden, strahlend weißen Lächeln, das einer Zahnpasta-Werbung entsprungen zu sein schien. Doch sie wollte nicht, dass ihre beste Freundin das wusste oder sonst irgendwer. Vor nicht einmal zweieinhalb Jahren hatte sie ihren Verlobten auf tragischste Weise verloren, da konnte sie doch nicht einfach so Ausschau nach einem neuen Mann halten, oder?

Oder?

Aber was war eine angemessene Zeit dafür, sich wieder umsehen zu dürfen? Gab es da bestimmte Regeln? Würde sie bis an ihr Lebensende schief angesehen werden, wenn sie mit einem anderen flirtete? Würde sie sich je wieder wohl dabei fühlen?

Und würde sie überhaupt je über den Schmerz hinwegkommen?

«Na, da seid ihr ja endlich!», rief Donna aus und hielt ihnen eine offene Hand entgegen.

Trish legte ihr den Teller darauf, und Lexi entschuldigte sich. «Sorry, es war echt schwer, durch die Menge zu kommen.» Dann wandte sie sich zu ihrem Vater, der jetzt ebenfalls mit am Stand war. «Hi, Dad!» Sie sah zur Rathausuhr, es war zwanzig nach sieben, die Boutique hatte ihre Türen bereits geschlossen.

«Hallo, Liebes. Deine Mom hat mir schon erzählt, dass hier heute die Hölle los war.»

«Total. Wir haben vier der acht Töpfe Suppe komplett verkauft.» Sie hatte zwischendurch zu Howie in den Supermarkt gehen und Nachschub aus dem Kühlraum holen müssen. Jetzt warf sie einen Blick in den fünften Topf, der noch auf seiner Herdplatte stand. Das Maisfest ging bis um zehn, ihre Mutter hatte aber bereits beschlossen, dass sie, sobald dieser Topf ebenfalls geleert war, für heute dichtmachen würden. Es musste ja auch für morgen noch Suppe übrig bleiben.

«Du kannst jetzt gerne gehen, wenn du magst», sagte ihr Dad. «Ich löse dich ab.»

Sie sah zu Trish, die sie breit anlächelte und nickte.

«Okay. Danke, Daddy.» Lexi gab ihrem Vater einen Kuss

auf die Wange. «Soll ich dir auch noch kurz was zu essen besorgen?»

«Nein, nein, das ist nicht nötig. Ich habe mir eben schon eine Maispfanne geholt, sie war köstlich.»

«Alles klar, dann sehen wir uns morgen früh.» Sie nahm ihre Schürze ab, legte sie in das Fach unter dem Tisch und griff nach ihrer Handtasche. Dann zog sie Trish mit sich und winkte ihren Eltern im Weggehen noch einmal zu.

«Also, was wollen wir mit dem angefangenen Abend machen? Irgendwie siehst du so aus, als hättest du einen Plan.»

«Exakt!», erwiderte Trish. «Was hältst du davon, ebenfalls in die *Tavern* zu gehen? Wir könnten uns in die Nähe von Jonah und Aaron setzen und eventuell ein Gespräch mit ihnen anfangen. Ganz unauffällig, versteht sich.»

Lexi zögerte. «Nein. Lass uns lieber ein bisschen übers Maisfest schlendern. Ich hätte gern noch einen Nachtisch. Irgendwas Süßes, vielleicht ein paar Popcornbällchen, falls Edda noch welche übrig hat. Und das Glücksrad hab ich auch noch nicht gedreht.» Nicht dass sie wirklich so scharf darauf war, doch ein Besuch in der Kneipe klang für sie nach keiner guten Idee.

«Na gut, wie du meinst. Ich dachte nur, dass dich das Aaron ein Stück näher bringen könnte.»

Sie blieb nun stehen und funkelte Trish empört an. «Wie kommst du darauf, dass ich das möchte?»

Ihre Freundin sah verwirrt aus. «Sorry, ich dachte ja nur …»

«Falsch gedacht!», sagte Lexi und stolzierte geradewegs zum Glücksrad. Sie gewann eine Flasche Maissirup, gesponsert von der Highmore Group – ausgerechnet!

15

Er erwachte in seinem bequemen Bett im *Paradise Inn* und lächelte, die Augen noch immer geschlossen. Er hatte irgendetwas Wunderbares geträumt, an das er sich leider nicht mehr erinnern konnte. Plötzlich schreckte er jedoch hoch, wagte es, die Augen zu öffnen und neben sich zu blicken.

«Puh, Gott sei Dank!», entfuhr es ihm erleichtert. Vermutlich war es ebenfalls nur ein Traum gewesen, dass er letzte Nacht die neue Miss Mais mit ins Hotel genommen hatte. Aaron war wirklich froh, dass sie nicht tatsächlich neben ihm in seinem Bett lag. Warum, konnte er gar nicht genau sagen, es war nur so ein Gefühl, dass ihm das bei Lexi nicht gerade Bonuspunkte einbringen würde, falls sie davon erfahren sollte. Und hier in dieser verfluchten kleinen Stadt erfuhr doch letztlich jeder alles.

Er wunderte sich über sich selbst, weil er gerade Lake Paradise als Stadt bezeichnet hatte. Aber auch wenn er es sich niemals hatte eingestehen wollen, war sie es ja irgendwie doch. Seine Heimatstadt, der Ort, an dem alles angefangen hatte: sein Leben, seine Freundschaft mit Jonah, der gestern Abend einfach nur großartig gewesen war und ihn aufgebaut hatte, nachdem er mal wieder im Selbstmitleid versunken war darüber, was für ein emotionsloses Wrack aus ihm geworden war – allerdings musste man dazu erwähnen, dass Aaron am Ende ziemlich betrunken gewesen war und kaum noch gewusst hatte, was er für einen Schwachsinn von sich gab. Ja, und hier in Lake Paradise hatte auch die süße Begegnung mit Lexi damals stattgefunden. Wieder musste er lächeln, als er daran dachte, was sie ihm erzählt hatte. Nämlich, dass sie damals verliebt in ihn gewesen war.

Ob sie es heute auch noch war, wenigstens ein kleines bisschen?

Er stand aus dem Bett auf und trat nur in seinen Boxershorts ans Fenster. Dabei durchfuhr ein Schmerz seinen Kopf, Aaron hatte einen gewaltigen Kater. Stöhnend ließ er seinen Blick über den Lake Paradise schweifen, auf dem ein Angler in seinem Boot saß und auf einen guten Fang hoffte. Auf dem zwei Schwäne gemächlich nebeneinanderher schwammen. Auf dem die Morgensonne glitzerte und …

Verdammt! Was war das?

Erschrocken drehte er sich in Richtung Badezimmer. Die Dusche war gerade angegangen!

Kamen die Geräusche wirklich aus seinem Bad? Er trat näher an die Tür, legte sogar ein Ohr daran. Ja, da stand ganz eindeutig jemand in seiner Dusche.

So ein Mist! Was hatte er sich da nur eingebrockt?

Was auch immer aus ihm und Lexi hätte werden können, war jetzt schon genauso verpufft wie der unergründliche Traum, der ihm eben noch ein Lächeln auf die Lippen gezaubert hatte.

Wütend auf sich selbst setzte Aaron sich aufs Bett und

wartete. Ein wenig nervös war er auch, denn er wusste nicht mit Sicherheit, dass er wirklich Ashleigh mit zu sich genommen hatte. In seinem gestrigen Zustand hätte es jede x-Beliebige sein können. Herrje, hoffentlich war es nicht irgendeine Mittvierzigerin, die er im Suff abgeschleppt hatte, wie es ihm schon einmal in New York passiert war. Die Frau hatte er betrunken für zwanzig Jahre jünger gehalten und am nächsten Morgen einen schönen Schrecken bekommen.

Er sollte wirklich weniger trinken. Ja, vielleicht sollte er direkt damit aufhören, wo er doch schon mal zurück in seiner Heimat war und sein Leben ändern wollte.

Die Tür öffnete sich, und Ashleigh trat ins Zimmer. Sie lächelte ihn an. «Guten Morgen, du Schlafmütze.»

«Hey», sagte er, beinahe erleichtert, dass es doch nur Ashleigh war, obwohl er sich gleichzeitig weiter verfluchte.

Er betrachtete Ashleigh, die barfuß und in Jeans und Tanktop vor ihm stand und sich ein Handtuch um den Kopf gewickelt hatte. Sie war wirklich heiß. Unter anderen Umständen hätte er sie jetzt zu sich herangezogen und den Tag mit ein bisschen Spaß begonnen. Doch mal abgesehen davon, dass sein Kopf brummte, wusste er, dass das nicht richtig gewesen wäre. Also sagte er gar nichts und starrte nur auf seine Füße.

«Hast du zufällig meine Schärpe gesehen?», fragte die neue Miss Mais.

Er blickte sich um. «Sie hängt dort über dem Stuhl.»

«Ah, cool», erwiderte Ashleigh und legte sie sich um. Anschließend posierte sie vor ihm und fragte: «Na, wie steht sie mir?»

«Verdammt gut», musste er gestehen. Das Mädchen hatte

nicht umsonst den Wettbewerb gewonnen – obwohl Lexi die Schärpe mindestens genauso verdient hätte. «Du, Ash, ich möchte dich um etwas bitten. Könntest du diese Sache für dich behalten? Ich weiß ja, wie das in der Kleinstadt abläuft. Du erzählst es einem Menschen weiter, und gleich weiß es jeder.»

«Oh, ich erzähle es nicht weiter, keine Sorge. Ich meine, eigentlich gibt es da ja auch gar nichts zu erzählen, oder?»

Verwirrt sah er sie an. «Wie ... äh, meinst du das?»

«Na, es ist ja nichts passiert zwischen uns. Okay, wir haben ein bisschen rumgemacht, aber bevor es zur Sache gehen konnte, bist du eingeschlafen, Aaron.»

Er fühlte, wie sein Gesicht rot anlief. Und wie sein Herz sich gleichzeitig beruhigte.

So etwas war ihm ja noch nie passiert. Er war eingeschlafen?

«Tut mir ehrlich leid, das war mir nicht bewusst.»

«Schon okay. Mir ist schon Schlimmeres passiert. Na ja, sehr schmeichelhaft war es nicht, als du dann im Schlaf ständig den Namen einer anderen gemurmelt hast. Ich war aber auch zu betrunken, um aufzustehen und nach Hause zu gehen.»

«Tut mir *wirklich* leid», wiederholte er und wagte dann zu fragen: «Welchen Namen habe ich denn gemurmelt?»

Ashleigh sah ihn an. So, als wäre das eine wirklich dumme Frage. «Du solltest zu ihr gehen und ihr sagen, was du empfindest», entgegnete sie nur, zog sich Bluse und Jacke über und kam noch einmal zu ihm rüber. Sie küsste ihn sanft auf die Wange. «Lass die Chance nicht verstreichen.»

Dann war sie weg. Und Aaron blieb verdutzt zurück.

Später rief er Jonah an und fragte, wer alles mitbekommen hatte, dass er gestern mit Ashleigh abgezogen war.

«Oh, du hattest was mit Ashleigh?», fragte sein Freund überrascht.

«Nein, eben nicht. Es könnte aber danach aussehen …»

«Also, ich hatte keine Ahnung. Wann war denn das? Nachdem wir beide die Kneipe verlassen haben?»

«Wenn ich das so genau wüsste …» Die letzte Nacht bestand nur noch aus Erinnerungsfetzen. Aaron glaubte, Ashleigh auf dem Stadtplatz angetroffen zu haben, wo sie mit irgendwem gesessen und Champagner getrunken hatte. Ja, genau! Sie hatte die Flasche geleert, die ihr unter anderem als Preis überreicht worden war, obwohl sie sicher nicht mal einundzwanzig war und offiziell noch gar keinen Alkohol trinken durfte. Aber wer war da bei ihr gewesen? Aaron vermochte es beim besten Willen nicht zu sagen.

Er konnte wohl nichts tun, als zu hoffen, dass Lexi von dieser Sache nichts erfahren und falsche Schlüsse ziehen würde.

Gerade hatte er Jonah weggedrückt, als sein iPhone klingelte. Es war Simon. Der Bauunternehmer hatte Aaron während seines Studiums ein Praktikum in seiner Firma ermöglicht. Da er von seinen Ideen und Entwürfen sofort sehr angetan war und ihn als «Naturtalent» betrachtete, hatte Simon ihn direkt nach dem Studium als freiberuflichen Architekten angeworben. Seitdem arbeiteten sie zusammen und hatten schon einige großartige Projekte vollendet.

«Aaron, wo bleibt der finale Entwurf für das Stadthaus in Greenwich Village? Du wolltest ihn gestern Abend schon geschickt haben!»

Verdammt! Wie hatte er das vergessen können? Dabei hatte er sich unglaublich darauf gefreut, mit der Arbeit an dem alten Rohbau zu beginnen. Das Haus aus dem neunzehnten Jahrhundert hatte vor Kurzem neue Eigentümer bekommen, und die hatten es beinahe komplett abreißen lassen und erwarteten nun von ihm einen Entwurf für ein modernes, solarbetriebenes Stadthaus mit zimmerhohen Fenstern, einer Dachterrasse und einem riesigen Jacuzzi.

«Sorry, das hab ich total vergessen. Ich hatte einen Todesfall in der Familie.»

«Das tut mir leid, Aaron. Warum hast du mich nicht informiert?»

«Ich weiß auch nicht. Es ging alles so schnell, und da habe ich es wie gesagt schlicht vergessen.»

«Wo bist du jetzt?»

«In Lake Paradise, Nebraska.»

«Nebraska? Du heilige Scheiße.»

Er musste lächeln. Simon Baldwin nahm kein Blatt vor den Mund. Und natürlich dachte er als Unternehmer immer ans Geschäft, auch in Situationen wie diesen. «Wann kommst du zurück?»

«Kann ich noch nicht mit Sicherheit sagen.»

«Mensch, Aaron, die Hemingways warten auf den Entwurf! Was soll ich denen denn sagen?»

«Das, was ich dir gerade gesagt habe? Dass ich einen Todesfall in der Familie hatte.»

Simon schwieg. Und Aaron wusste, was das bedeutete. Die Welt, in der er normalerweise lebte, war nun mal eine ganz andere als diese ruhige, gemütliche Welt hier, in der die Leute Stress, Hektik und Druck nicht zu kennen schienen.

«Okay, okay», sagte Aaron. «Ich hab meinen Laptop dabei. Ich setze mich heute noch dran und mache den Entwurf fertig. Sag den Hemingways, dass sie ihn spätestens morgen bekommen.»

«Ich danke dir, Kumpel. Du rettest mich hier gerade – und dich selbst auch, das muss ich dir nicht sagen. Du kannst es dir nicht leisten, unzuverlässig zu sein, das spricht sich schneller rum, als dir lieb ist.»

Nachdem er das Gespräch beendet hatte, saß Aaron still da und fragte sich, in was für einer Welt er eigentlich lebte, wenn einem dort nicht einmal ein paar Tage zum Trauern zustanden.

Da er dringend den Kopf freikriegen musste, zog er sich seine Joggingsachen über, nahm sich seinen iPod und lief los. Während er zu 30 Seconds to Mars um den See lief, kam eine richtige Wut in ihm hoch. Eine Wut, die er, indem er immer schneller rannte, zu verscheuchen versuchte. Doch bei den Zeilen «Try to let go of the truth, the battles of your youth» aus dem Song *A Beautiful Lie* hatte er plötzlich solch ein beklemmendes Gefühl in seiner Brust, dass er anhalten und nach Atem ringen musste. Er setzte sich auf eine Bank und starrte auf den See, sah sich selbst als zehnjährigen Jungen in einem Boot der Sonne entgegenrudern. Voller Elan, voller Kraft, voller Hoffnung auf den Sieg. Doch als er diesen erlangt hatte und stolz mit seinem Pokal nach Hause gekommen war, hatte sein Vater ihm nicht einmal dazu gratuliert.

«Mach dir nichts draus, mein Liebling», hatte seine Mutter gesagt und ihn liebevoll in die Arme geschlossen. «Ich bin stolzer auf dich, als du es dir vorstellen kannst.»

In diesem Moment vermisste er seine Mom mehr als je zuvor. Und deshalb schlug er, als er weiterlief, eine andere Richtung ein.

Eine halbe Stunde später stand er an ihrem Grab und weinte. Weinte um seine liebe Mutter, die er so früh verloren hatte. Weinte um den letzten Augenblick mit ihr, den Abschied, der ihm nie vergönnt gewesen war. Weinte um den einzigen Menschen, der ihn bedingungslos geliebt hatte.

Er weinte, bis keine Tränen mehr übrig waren.

Seit Jahren hatte Aaron nicht geweint, hatte es nicht zugelassen, und es war, als wenn alles, was sich angesammelt hatte, nun endlich seinen Körper verlassen hätte. Er fühlte sich gleich so viel leichter, und doch auch ein wenig leerer – in seinem Herzen.

Wie konnte er es nur wieder mit Liebe füllen? Wie machte man das? Wie schafften andere das?

Und wer konnte ihm nur beibringen, wie das ging?

Den ganzen Nachmittag arbeitete Aaron an dem Entwurf, und er war am Ende zwar nicht so zufrieden, wie er es gern gewesen wäre, doch irgendwie erschien ihm das alles auch gerade überhaupt nicht wichtig.

Gegen acht Uhr abends schickte er Simon die Datei, der ihm mit einem Kuss-Emoji dankte. Dann saß er wieder da und wusste nichts mit sich anzufangen.

Sollte er noch einmal zu seinem Vater gehen? Einen weiteren Versuch der Annäherung wagen? Nein, nicht heute, er hatte für diesen Tag genug gelitten.

Sollte er Jonah fragen, ob er wieder mit ihm in die *Para-*

dise Tavern gehen wollte? Aber er hatte sich ja vorgenommen, weniger zu trinken. Außerdem wollte er der hochschwangeren May nicht schon wieder ihren Mann ausspannen, also ließ er auch das bleiben.

Dann fiel ihm ein, dass gestern die Rede von einem Tanzabend gewesen war, der heute stattfinden sollte. Ob er dort wohl auf Lexi treffen würde?

Er beschloss, es herauszufinden, zog sich Jeans und ein schwarzes Button-down-Shirt an, dazu die schwarzen Lackschuhe, die er zur Beerdigung getragen hatte. Dann machte er sich auf den Weg.

Schon von Weitem erkannte er, dass die Stände alle abgebaut waren. Stattdessen war der Platz mit bunten Lichterketten geschmückt und mit tanzenden Menschen gefüllt. Ein DJ stand an einem Pult auf der Bühne und legte Musik auf. Gerade lief irgendein Song der Band Chicago, wenn er es richtig erkannte. Ein schnulziges Liebeslied, zu dem mehrere Paare eng aneinandergeschmiegt tanzten.

Auf einmal fühlte Aaron sich ziemlich dumm und auch fehl am Platz. Doch dann entdeckte er Lexi, die mit ihrer Freundin tanzte. Und plötzlich erklang ein Song, den er kannte. Sehr gut kannte. Seine Kehle schnürte sich erneut zu, doch er zwang sich, tapfer zu sein. Er sammelte all seinen Mut zusammen und ging auf Lexi zu.

16

«Ich kann noch immer nicht glauben, dass du dich wirklich von Steven getrennt hast, weil er sich die Fußnägel im Bett geschnitten hat», sagte Lexi kopfschüttelnd und musste sich ein Schmunzeln verkneifen.

«Es waren ja nicht nur die Fußnägel», stellte Trish klar. «Es waren so einige Dinge. Ich meine, wie oft haben wir uns überhaupt gesehen? Wie oft hast *du* mich mit Steven zusammen gesehen? Und dabei lebt er nur in Hamilton und nicht etwa in New York.»

Lexi nahm einen gewissen Blick ihrer Freundin wahr, auf den sie nicht weiter einging. «Du hast recht, es ist lediglich eine halbe Fahrstunde bis nach Hamilton, da hättet ihr euch sicher öfter sehen können, wenn ihr es gewollt hättet.»

«Wir haben einfach zwei unterschiedliche Leben geführt, und verliebt war ich auch nie wirklich in ihn. Also, abhaken und vergessen.» Trish zuckte die Schultern. «Sag mal, kann die Musik eigentlich noch schmalziger werden?»

Die beiden Freundinnen standen auf dem zur Tanzfläche umgestalteten Rasen des Hauptplatzes und bewegten sich nun schon seit gut einer Stunde zur Musik, die Shane Doyle auflegte. Shane war der mittvierzigjährige Sohn vom Bürgermeister, und heute hatten es ihm anscheinend schnulzige Songs mit herzzerreißenden Texten aus dem letzten Jahrhundert angetan. Lexi fragte sich, ob er wohl Liebeskummer hatte.

«Ich mag die Musik irgendwie», sagte sie, weil sie seit Keiths Tod selbst kaum etwas anderes hörte. Zu traurigen Liedern konnte man sich so richtig schön gehenlassen. Manchmal sang sie sogar laut und schluchzend dazu mit, wobei sie jedes Mal hoffte, dass keiner ihrer Nachbarn sie hörte.

Lexi war nach Keiths Tod in das kleine Haus ihrer Großeltern eingezogen, das sie nach der Hochzeit eigentlich zusammen bewohnen wollten. Es befand sich in der Paradise Street, einer kleinen Straße, die nicht weit vom Rathaus von der Paradise Avenue abging. Alles war leicht mit dem Fahrrad oder sogar zu Fuß zu erreichen, die Supermärkte, ihr Elternhaus, das Seniorenheim und der See. Lexi liebte das Häuschen, das aus vier Zimmern bestand: einem Wohnzimmer, einem Schlafzimmer und zwei kleineren Räumen, die sie sich immer als Kinderzimmer vorgestellt hatte. Bis heute hatte sie es einfach nicht über sich bringen können, sie in etwas anderes zu verwandeln, wie etwa einen Zeichenraum oder eine Bibliothek. Zeichnen konnte sie genauso gut auf der Couch im Wohnzimmer oder in ihrem Bett, das nun viel zu groß für sie allein war. Oder auch am Küchentisch, ihrem liebsten Ort, um sich künstlerisch zu betätigen. Sie hatte schon als Kind gerne Bilder gemalt und später als Jugendliche dann das Zeichnen von Porträts für sich entdeckt. Vor ein paar Jahren hatte Ava Garland sie darum gebeten, ein Porträt von sich anzufertigen, das bis heute über dem

Kamin der einstigen Hollywood-Diva hing. Seitdem bekam Lexi immer mal wieder einen Auftrag für ein Gemälde, das irgendwer irgendwem zum Geburtstag, zu Weihnachten oder zum Hochzeitstag schenken wollte. Es war ein netter kleiner Nebenverdienst, reich würde es sie allerdings nicht machen.

«Ja, im Grunde mag ich diese traurige Musik ja auch», sagte Trish jetzt, nahm Lexi in den Arm, und sie tanzten eng umschlungen weiter.

Und Lexi erinnerte sich an die letzten vierundzwanzig Stunden zurück …

Nachdem sie und Trish das Fest gegen elf verlassen hatten, war sie nach Hause gegangen und hatte sich wieder einmal rastlos gefühlt. Seit Keiths Tod hatte sie oft Schwierigkeiten einzuschlafen, wusste aber nicht, ob es die Erinnerungen waren oder einfach das Gefühl der Einsamkeit. Sie hatte sich längst daran gewöhnt und sah manchmal noch spät fern oder las ein Buch. Gestern hatte sie schließlich zu ihrem Zeichenblock gegriffen und einfach drauflos gezeichnet. Der Bleistift in ihrer Hand hatte sich selbstständig gemacht: Die feinen Striche verwandelten sich in ein Gesicht, bis sie irgendwann Aaron Highmore vor sich hatte und in seine stechenden Augen blickte. Lexi war selbst überrascht, wie gut sie ihn aus dem Gedächtnis hinbekommen hatte. Lange betrachtete sie das Bild, bevor sie es neben sich auf das leere Kopfkissen legte und eindöste. Und wie durch ein Wunder schlief sie die Nacht durch und erwachte erst um Viertel nach neun am Morgen.

Sie hatte sich schon seit Ewigkeiten keinen Wecker mehr

gestellt, und jetzt war sie äußerst erstaunt, und sie geriet auch ein wenig in Hektik, weil sie doch versprochen hatte, den Stand vorzubereiten, während ihre Eltern den Gottesdienst besuchten. Lexi selbst war seit Keiths Tod nicht mehr in die Kirche gegangen, sie konnte es einfach nicht ertragen, auf einer der Bänke zu sitzen, auf denen ihre Hochzeitsgäste hätten sitzen sollen, während sie ihrem Traummann das Jawort gegeben hätte. Sie wusste, sie hätte sich wie eine Heuchlerin gefühlt, wenn sie Reverend Jones bei seiner Predigt zugehört und danach mit den anderen fröhlich gesungen hätte. Diese Welt war nicht mehr ihre, auch wenn keiner es so recht verstehen wollte. Doch die Leute nahmen es so hin, in der Hoffnung, dass Lexi irgendwann den Schmerz beiseiteschieben und wieder das immer gut gelaunte, unbeschwerte Mädchen sein würde, das sie einmal gewesen war.

Vielleicht fühlte sie sich deswegen so von Aaron angezogen. Weil er eben nicht wie der Rest von ihnen war. Weil *er* von ihr nicht erwartete, dass sie lächelte, immer lächelte. Weil er doch selbst nicht die Fröhlichkeit in Person war.

Sie warf einen Blick auf das Porträt, das sie von ihm gezeichnet hatte und das noch immer auf ihrem Bett lag. Seufzend nahm sie es auf und verstaute es in einer Schublade, dann machte sie, dass sie unter die Dusche und in frische Klamotten kam, um schnellstmöglich am Stand zu erscheinen, Becher, Besteck und Servietten bereitzustellen und die Suppentöpfe aus Howies Kühlraum zu holen. Und um den Inhalt aufzuwärmen, sodass die Leute, wenn sie aus der Kirche kamen, direkt eine Schüssel Maissuppe essen konnten.

Der Gottesdienst ging immer von zehn bis elf, weshalb Bürgermeister Doyle das *Corn Festival* sonntags erst um halb zwölf eröffnete. Als an diesem Tag also alle aus der gefüllten Kirche strömten, hatte Lexi alles so weit vorbereitet, dass sie den Stand ihren Eltern übergeben konnte. Sie selbst fuhr dann zum Seniorenheim, wo ein paar der Teilnehmer aus ihrem freitäglichen Zeichenkurs sie freudig begrüßten.

«Ich habe mein Bild von der Nachtigall einrahmen lassen und in meinem Zimmer aufgehängt», erzählte Rose, die neben ihren Freundinnen auf einem der blauen Sofas saß, die in einer Nische des Eingangsbereichs standen. Von hier aus hatte man einen besonders guten Blick darauf, wer wann ankam oder ging.

Lexi lächelte die alte Dame an. «Wie schön. Dann kannst du deinen Enkelkindern ja bei ihrem nächsten Besuch zeigen, was du Tolles geschaffen hast.»

«Das werde ich. Sie kommen heute zum Tee vorbei.»

«Das freut mich für dich. Ich wünsche dir einen fantastischen Nachmittag.»

«Danke schön, Lexi. Und ich freue mich schon auf nächsten Freitag. Was zeichnen wir denn da?»

Jetzt meldete sich auch Mona, Lexis frühere Mathelehrerin, zu Wort. «Können wir nicht mal nach Modell zeichnen? Vielleicht finden wir jemanden, der sich dafür zur Verfügung stellt.»

«Meinst du etwa ein Aktmodell?», fragte Rose amüsiert, und die anderen Damen stimmten in ihr Lachen ein.

Mona schüttelte empört den Kopf.

«Wie wäre es denn, wenn ihr alle ein paar Vorschläge aufschreibt und wir dann am Freitag gemeinsam überlegen, was wir die nächsten Male zeichnen?», schlug Lexi vor und stieß bei allen auf Zustimmung.

Nachdem das geklärt war, ging sie Grandpa Murphy holen, schob ihn in seinem Rollstuhl aus dem Gebäude und setzte ihn in den Wagen ihres Vaters, den sie sich geliehen hatte, da sie keinen eigenen besaß. Keiths Auto hatte sie seiner Schwester überlassen, die es mit drei kleinen Kindern besser gebrauchen konnte, und sie selbst fuhr sowieso viel lieber Fahrrad. In Lake Paradise hatte man nie weite Wege, da war ein Auto nicht vonnöten.

Grandpa Murphy hatte auf dem Fest viel Spaß, auch wenn er es nicht in Worten ausdrücken konnte. Doch sein Lächeln sagte mehr als tausend Worte, und auch das Essen ließ er sich schmecken. Zuerst teilten sie sich eine Portion Maiskrapfen, weil Lexi wusste, dass ihr Grandpa die immer gern gegessen hatte. Danach aßen sie natürlich die Maissuppe ihrer Mutter, und zum Schluss ließen sie sich ein Eis aus dem *Ice Cream Paradise* in einer Maiswaffel schmecken.

«Oh, wie schön, dass du deinen Grandpa mit zum Fest gebracht hast», sagte Sadie, die Eisverkäuferin.

«Ja, das wollten wir uns nicht entgehen lassen, nicht wahr, Gramps?»

«Wie geht es dir denn, Murphy?» Sadie wandte sich direkt an den alten Mann, als wenn er antworten könnte.

Lexi wusste das zu schätzen, sie mochte es nämlich gar nicht, wenn die Leute in der dritten Person von ihrem Grandpa redeten, als wäre er gar nicht anwesend. Nur weil er nicht mehr sprach, bedeutete das ja nicht, dass er geistig nicht mehr da war.

«Ihm geht es gut, danke der Nachfrage», gab sie zur Antwort. «Wir wollen jetzt weiter, beim Wettessen zusehen.»

«Oh! Was glaubst du, wer diesmal gewinnt?»

«Na, wer schon? Wie immer Buddy.»

«Vielleicht werden wir ja heute überrascht», meinte Sadie.

Das glaubte Lexi nicht, und sie behielt recht. Sosehr Howie, Rupert und die anderen zwölf Teilnehmer sich auch anstrengten, keiner schaffte auch nur annähernd so viel wie Buddy. Ganze einundvierzig Maiskolben verdrückte er in diesem Jahr und toppte damit seinen eigenen Rekord. Während er seinen bereits elften Siegerpokal entgegennahm, standen Rupert und Howie ein wenig abseits und sahen im Gesicht so grün aus, dass Lexi schon wusste, was gleich kommen sollte. Schnell machte sie, dass sie und Grandpa Murphy wegkamen.

Der restliche Nachmittag war wunderbar. Grandpa Murphy war richtig guter Laune, und in den nächsten zwei Stunden, bevor Lexi ihn wieder zurück zum Seniorenheim fuhr, gönnten sie sich noch ein Stück Kuchen, sahen Edda dabei zu, wie sie für ihre Karamell-Popcornbällchen mit dem ersten Platz des *Corn Award* ausgezeichnet wurde, und lachten über die Partner-Outfits von Buddy und seiner Mutter. Bei alldem hielt Lexi immer wieder unauffällig nach Aaron Ausschau, konnte ihn aber nirgendwo entdecken, und sie fragte sich, ob er überhaupt noch in Lake Paradise oder eventuell schon abgereist war.

Und jetzt, als sie mit Trish tanzte und gerade ein neues Lied erklang, sollte sie ihre Antwort bekommen. Denn plötzlich stand Aaron vor ihr und bat sie um diesen Tanz.

Kurz sah sie ihre Freundin an, doch Trish schenkte ihr ein aufmunterndes Lächeln, und dann hatte Aaron bereits seine

Arme um ihre Hüften gelegt, und sie nahm einen zitronigen Duft wahr, der von seinem Eau de Toilette stammen musste.

Lexi spürte, wie ihr Herz immer schneller pochte, und wusste nicht, was sie zu Aaron sagen sollte, der so unerwartet auf der Bildfläche erschienen war. Gerade hatte sie noch mit Trish über deren Liebesaus gesprochen, und jetzt bewegte sie sich mit Aaron zu den sanften Klängen eines Songs, der von so großer Bedeutung war.

«*Nights in White Satin* war der Lieblingssong meiner Mom», sagte er, und seine Stimme klang irgendwie gar nicht mehr so cool, sondern eher gebrochen, traurig. Unendlich traurig.

«Ja, ich weiß», erwiderte sie so einfühlsam, wie sie nur konnte. «Deshalb wird er jedes Jahr beim Tanzabend gespielt. Shane Doyle hat den besonderen Auftrag, ihn aufzulegen, bevor das Fest zu Ende ist.»

Aaron schien überrascht. «Wer hat ihm den Auftrag gegeben?»

«Ach, es ist, glaube ich, eher so eine unausgesprochene Sache. Jeder hier hat Mathilda gekannt und gemocht, und es ist einfach zu einer Tradition geworden, das Lied zu spielen, um sie zu ehren.»

Aaron nickte und musste, wie es aussah, schwer schlucken.

«Der Song ist aber auch wirklich schön», fuhr sie fort, damit keine unangenehme Stille entstand. «Genauso, wie die Beerdigung deiner Mom es war.»

«Ich weiß», erwiderte Aaron zu ihrer Überraschung. «Ich war dabei.»

Sie lehnte ihren Oberkörper ein wenig zurück und musterte ihn. «Du warst da?»

«War ich.»

«Ich hab dich aber gar nicht gesehen.»

«Ich wollte nicht, dass irgendjemand mich sieht.»

«Aber … Oh.» Sie war verwirrt, verstand nicht so recht, aber vielleicht musste sie das ja auch gar nicht. «Nun, ich bin mir sicher, deine Mom hat dich gesehen.»

Aaron legte die Stirn in Falten. «Du glaubst an so was? An ein Leben nach dem Tod? Daran, dass die Geister Verstorbener uns besuchen?» Er sah fast ein wenig belustigt aus. Doch Lexi ließ sich nicht beirren.

«Ja. Denn diese Vorstellung hat mich die letzten zwei Jahre aufrechterhalten.»

Sie schaute Aaron in die Augen und versuchte herauszufinden, ob er von ihrer Geschichte wusste. Von Keiths Tod und der abgesagten Hochzeit, von dem immensen Verlust, den sie zu ertragen hatte. Aber er ließ sich nichts anmerken, sah sie nur starr an.

Dann jedoch zog er sie enger an sich, sodass sie sein Gesicht nicht mehr sehen konnte. Sein Körper schmiegte sich an ihren, ihre Herzen pochten im selben Rhythmus, und sie tanzten. Tanzten, als wäre dieser Song der letzte auf der Welt. Tanzten, als gäbe es kein Morgen.

Und Lexi wusste, dieser Moment würde alles verändern.

17

Ein Abend voller Tanz
Musik und Freundlichkeit
Menschen vereint
Körper an Körper
Wange an Wange
Herz an Herz
Fremde wie Freunde
Freunde wie Familie
Das Glück in den Augen aller

«Hört euch das an», sagte Murielle, als Delores das heutige Gedicht vorgelesen hatte. Während das gestrige fast ausschließlich von den Leckereien auf dem Maisfest gehandelt hatte, war dieses in ihren Ohren tatsächlich mal so richtig nett.

«Ich kann es kaum glauben, dass so etwas Wunderschönes aus Buddys Feder stammen soll», meinte Sadie erstaunt.

«Ja, es ist wirklich äußerst schön», stimmte Delores zu und legte den gelben Zettel auf den Tisch.

«Ob Buddy hier wohl von jemand Bestimmtem schreibt?», fragte Sadie schmunzelnd. Denn sie hatte, wie wohl jeder Bewohner von Lake Paradise, der gestern beim Tanzabend gewesen war, natürlich auch gesehen, wie Lexi und Aaron miteinander verschmolzen waren. Als wären sie Karamell und Popcorn. Und bei diesem Anblick waren plötzlich alle Bedenken, die die drei Tratschtanten zuvor noch gehegt hatten, verpufft.

«Oh, ich kann mir gut vorstellen, dass hier von unseren Turteltauben Lexi und Aaron die Rede ist», meinte Murielle, die heute einen grünen Jogginganzug aus Samt trug. «Und ich will nicht wissen, *wie freundlich* sie danach noch zueinander waren.» Sie zwinkerte ihren Freundinnen zu.

«Murielle!», stieß Delores peinlich berührt aus.

«Oh, Murielle, ich glaube, das würdest du *doch* gerne wissen.» Es war Nolan, der ihnen ein Tablett mit drei Bechern Milchkaffee brachte. In den von Delores hatte er ein wenig Zimt getan, da er wusste, wie sehr sie eine Zimtnote schätzte.

Murielle kippte Zucker in ihren Kaffee und rührte ihn um. «Na, wer würde das denn nicht?» Sie fühlte sich ertappt.

«Also, ich finde, das geht uns überhaupt nichts an, was die beiden miteinander haben», sagte Delores und lächelte Nolan dankbar an, als sie den Zimtgeruch wahrnahm.

«Spielverderberin!», sagte Murielle.

«Nein, mal ehrlich, was läuft denn da zwischen den beiden?», fragte Nolan und klemmte sich das leere Tablett unter den Arm. «Das hat ja geknistert ohne Ende.»

«Ja, das habe ich auch wahrgenommen», bestätigte Sadie, und ein wenig kamen die Sorgen doch zurück. «Also, ich kann nur hoffen, dass er ihr das Herz nicht bricht.»

«Zu schade, dass er hetero ist», meinte Nolan, was Delores gleich wieder zum Anlass dafür nahm, von ihrem Neffen Paul und seinen schwulen Freunden in Lincoln zu erzählen.

Nolan lachte. «Delores, Liebes, du darfst mir Paul gerne vorstellen, wenn er dich mal besuchen kommt.»

Delores strahlte und nahm einen kleinen vorsichtigen Schluck von ihrem heißen Kaffee.

«Weiß einer von euch, wie lange Aaron überhaupt noch in der Stadt ist?», erkundigte sich Sadie.

Alle schüttelten den Kopf.

«Hat er sich denn endlich mal mit seinem Vater ausgesprochen?», fragte Murielle und warf Delores einen neugierigen Blick zu.

«Also, Vera sagt: Als die beiden neulich aufeinandergetroffen sind, war Vincent kalt wie ein Eiszapfen.»

«Der arme Junge, kein Wunder, dass er so verkorkst ist», murmelte Murielle.

«Er ist verkorkst?», fragte Nolan grinsend. «Inwiefern?»

«Oh, in vielerlei Hinsicht», antwortete Murielle, obwohl sie natürlich kein konkretes Beispiel nennen konnte, da sich bisher keins der vielen Gerüchte als wahr erwiesen hatte.

In dem Moment kam Bürgermeister Doyle ins Café und wirkte ganz aufgeregt. Euphorisch stellte er sich vor das Viergespann und verkündete die gute Nachricht: «Ich habe wunderbare Neuigkeiten. Der Stadtrat hat gerade sein Einverständnis gegeben! Schon bald wird es bei uns eine Bimmelbahn geben, die die Touristen durch ganz Lake Paradise und zu allen wichtigen Sehenswürdigkeiten fährt.»

«Eine Bimmelbahn?», fragte Murielle stirnrunzelnd. Bei sich dachte sie, dass das dann aber eine kurze Sightseeingtour werden würde. Maismuseum, Lake Paradise und wieder zurück?

«Welche Touristen?», flüsterte Sadie so leise, dass es kaum zu hören war.

«Das klingt ja wirklich wunderbar!», sagte Nolan übertrieben fröhlich und auch ein wenig sarkastisch, was der Bürgermeister in seinem Eifer aber nicht heraushörte.

«Ja, das finde ich auch.» Doyle strahlte. «So, ich muss weiter und die frohe Kunde verbreiten. Habt einen fantastischen Tag!», rief er noch, und schon war er wieder aus der Tür.

«Das wird ja immer verrückter», sagte Murielle.

«Ich finde die Idee schön», meinte Delores. «Paul wird sicher gerne mit mir Bimmelbahn fahren, wenn er mich demnächst besuchen kommt.» Auch sie strahlte jetzt vor sich hin.

Diese Stadt ist echt irre, dachte Nolan und ging zurück hinter den Tresen.

18

«Das sollte sich mit ein paar Extrabalken richten lassen», sagte Aaron, nachdem er Hunters Scheune begutachtet hatte.

«Meinst du wirklich? So morsch, wie das Holz ist, hatte ich schon befürchtet, du würdest mir raten, alles abzureißen und neu zu bauen.» Sein Freund aus Grundschulzeiten sah ihn hoffnungsvoll an.

Gestern waren sie sich im Supermarkt begegnet, wo Aaron sich mit Obst versorgt hatte. Nach dem Tanz mit Lexi hatte er beschlossen, nun doch noch ein paar Tage länger zu bleiben. Erstens, weil er sie unbedingt wiedersehen wollte, und zweitens, weil er sich und seinem Vater doch noch eine Chance geben wollte. Er mochte nicht abreisen, ohne es wenigstens ein weiteres Mal versucht zu haben.

«Nein, ich denke nicht, dass das nötig ist. Sieh mal, die beiden Seiten sind noch vollkommen okay. Hier können wir ein paar alte Latten austauschen und zwei bis drei Querbalken setzen, das sollte meiner Meinung nach genügen.»

Hunter atmete erleichtert auf und klopfte ihm dann auf den Rücken. «Danke dir, Kumpel. Auch dass du dir heute die Zeit genommen hast, auf die Farm rauszukommen.»

Aaron war ein wenig verlegen wegen der Geste. Er konnte sich nicht erinnern, wann ihm zuletzt jemand anerkennend auf den Rücken geklopft hatte.

«Das ist wirklich kein Problem, hab ich gerne gemacht.» Obwohl ihm eine Weizen-, Hirse-, Zuckerrüben-, ja, sogar eine Sojabohnenfarm lieber gewesen wäre – denn all das wurde ebenfalls in Nebraska angebaut. Aber Hunters Familie hatte sich – natürlich – ebenfalls für den Mais entscheiden müssen.

Hunter lächelte ihn breit an. «Wenn du mir jetzt noch hilfst, deinen Vorschlag in die Tat umzusetzen, lade ich dich nachher auf ein hausgemachtes Essen ein. Ich könnte ein Huhn schlachten.»

Ungewollt verzog Aaron das Gesicht. Klar, ab und zu aß er ein wenig mageres Geflügelfleisch, doch der Gedanke, dass das arme Huhn extra für ihn seinen Kopf verlieren sollte, bereitete ihm ein mulmiges Gefühl.

«Wir können natürlich auch ins Zentrum fahren und eine Pizza essen gehen», schlug Hunter dann zum Glück vor.

«Da bin ich gerne dabei», erwiderte er, denn nicht nur war ihm eine Gemüsepizza lieber als ein frisch geschlachtetes Huhn, er hegte auch die leise Hoffnung, im Ortszentrum auf Lexi zu stoßen. Und wenn er nur einen Blick in den Tiersalon warf, wo sie arbeitete, wie er inzwischen wusste. Er hatte sie nämlich gestern durchs Fenster gesehen, wie sie einen Hund einshampooniert und dabei so laut gelacht hatte, dass er es bis nach draußen gehört hatte. Hineingegangen war er dann aber nicht. Was hätte er denn sagen sollen? Danke für den Tanz? Das können wir gerne jederzeit wiederholen?

Der Tanz … Himmel, er konnte gar nicht aufhören, daran zu denken. An diese Funken zu denken, die zwischen ihnen gesprüht hatten. So was kannte er nicht. Klar, in Filmen kam das häufig vor, doch es einmal selbst zu erleben, war eine ganz neue Erfahrung, und die fühlte sich einfach nur gut an.

Nach drei Tänzen hatte irgendein Kerl darum gebeten, ihn ablösen zu dürfen, und zu seinem Bedauern hatte Lexi Ja gesagt. Er glaubte allerdings, auch in ihren Augen Bedauern entdeckt zu haben.

Er hatte eine Weile dumm herumgestanden und sich fest vorgenommen, sie irgendwann einfach nach einem weiteren Tanz zu fragen. Doch die Typen kamen und wechselten einander ab, als wäre Lexi die begehrteste Junggesellin der Stadt – und vielleicht war sie das ja auch. Sie war äußerst attraktiv, schlagfertig, witzig und einfach … zauberhaft.

Das hatte er von einer Frau noch nie gedacht. Seine bisherigen Eroberungen hätte er eher als heiß, sexy oder Ähnliches bezeichnet, und irgendwie machte diese neue Entwicklung ihm Angst. Aaron merkte, dass er sich tatsächlich davor fürchtete, enttäuscht zu werden. Und deshalb war er irgendwann einfach gegangen, ohne sich zu verabschieden. Er hatte über seine Gefühle nachdenken müssen. Hatte in seinem Hotelzimmer gesessen und überlegt, endlich ein Flugticket zu buchen, sich dann aber entschieden, noch zu warten. Denn auch wenn er nicht wusste, was dieses Gefühl war, wusste er doch, dass er dem auf den Grund gehen musste – weil es einfach zu gut war, um es zu ignorieren.

Nachdem er gestern also schon den ganzen Tag nur an Lexi hatte denken können, war es heute noch schlimmer. Weshalb er jetzt froh über die Ablenkung war, und wenn es auch nur eine verschlissene Scheune und ein plappernder alter Schulkamerad waren, die ihm dazu verhalfen.

«Magst du die auch so gern?», hörte er Hunter fragen. Sie waren seit einer Weile bei der Arbeit.

«Tut mir leid, was?» Er hatte nicht richtig hingehört, weil er mit seinen Gedanken woanders war und weil Hunter schon eine geschlagene Stunde über den Mais redete.

Hunter lachte. «Der Mais interessiert dich anscheinend nicht so sehr, oder?»

«Nicht wirklich.»

Wieder lachte sein alter Freund. «Ich mag deine Ehrlichkeit.»

Aaron schüttelte den Kopf. «Sorry, Hunter. Was hattest du mich gefragt?»

«Ob du diese kleinen Maiskolben auch so gerne magst. Du weißt schon, die eingelegten im Glas.»

«Die du anbaust», sagte er und hoffte, wenigstens das unterbewusst richtig vernommen zu haben.

«Genau.»

«Ja, sind schon okay, wenn sie im Salat oder in einer Thai-Suppe mit drin sind.»

Hunter runzelte die Stirn. «Thai? Hab so was noch nie gegessen.»

«Kein Wunder, ihr habt ja hier auch keine asiatischen Restaurants.»

«Habt ihr in New York denn viele?»

«Und ob.»

«Vielleicht komm ich dich ja da mal besuchen, dann kannst du mich zu so einem Thailänder mitnehmen.»

«Klar, das mache ich», sagte Aaron, auch wenn er genau wusste, dass das niemals passieren würde. Jemand wie Hunter würde nicht einfach seine Farm verlassen, um Urlaub im *Big Apple* zu machen, wie die Dörfler die Stadt nannten. In New York sagte das niemand.

Hunter hämmerte ein paar Nägel ins Holz, während Aaron die Latte festhielt. Das Ganze nahm langsam Gestalt an.

Er betrachtete Hunter, der mit seinen sechsundzwanzig Jahren ganz allein auf dieser großen Farm lebte. Da fiel ihm Hunters Vater ein, natürlich ebenfalls ein Maisfarmer, und er erkundigte sich nach ihm.

«Mein alter Herr hatte mit achtundvierzig einen Herzinfarkt. War sofort tot. Das ist jetzt drei Jahre her», erzählte Hunter.

«Tut mir ehrlich leid.»

«Schon gut.»

«Vermisst du ihn?», fragte Aaron und wusste nicht einmal wieso. Vielleicht, weil er wissen wollte, ob andere Söhne anders für ihre Väter empfinden konnten als er.

«Jeden Tag», war Hunters Antwort.

Das setzte ihm zu, ob er wollte oder nicht. Und um das Thema schnell wieder zu wechseln, fragte er als Nächstes: «Diese kleinen Maiskolben, die du anbaust, handelt es sich dabei um eine besondere Zucht?»

«Nein, das ist ganz normaler Zuckermais, man erntet die Kolben nur schon, lange bevor sie reif sind. Deshalb sind sie so zart, und man kann sie im Ganzen verspeisen.»

Als er sah, wie glücklich Hunter darüber war, wieder über seinen Mais sprechen zu dürfen, beschloss Aaron, ihm noch ein paar weitere Fragen zu stellen. Vielleicht konnte er dem Getreide ja doch noch irgendetwas Gutes abgewinnen.

«Aber du erntest sie nicht alle früh, oder?» Er schaute zu dem nahe gelegenen Maisfeld, wo noch jede Menge Kolben zu entdecken waren. Er wusste, dass die Erntezeit zwischen September und November lag.

«Nein, nein, nur etwa ein Drittel. Der Rest wird zu Dosenmais verarbeitet. In der Fabrik deines Vaters ...»

Aaron schluckte, da waren sie also wieder beim Thema. «Aha.»

«Wie geht es deinem Dad eigentlich? Er muss sehr betrübt sein wegen dem Tod deines Grandpas, oder?»

«Ich weiß es ehrlich gesagt nicht. Hab noch nicht weiter mit ihm gesprochen, seit ich hier bin.»

«Das solltest du aber», sagte Hunter. «Man hat nur einen Dad.»

«Ja. Ich weiß», erwiderte Aaron. Dann deutete er auf das Holz. «Hämmer weiter, Hunter. Ich hab einen Bärenhunger auf Pizza.»

«Wird gemacht», sagte Hunter und hämmerte, was das Zeug hielt.

19

«Hast du ihn inzwischen wiedergesehen?», fragte Trish, während sie Sinatra die Krallen schnitt. Ava Garland hatte auf dem pinken Sessel in der Ecke Platz genommen und beobachtete die beiden Tiersalon-Frauen haargenau bei dem, was sie taten. Denn der Papagei war ihr Ein und Alles.

Lexi schüttelte den Kopf. «Nein, bisher nicht.» Sie schaute Trish bei ihrer Arbeit ganz genau zu, da sie das Krallenschneiden ja irgendwann auch selbst beherrschen musste.

«Das ist doch echt komisch mit euch beiden», äußerte Trish ihre Meinung. «Da sind bei dem Tanz zwischen euch die Funken gesprüht, wie ich es noch nie erlebt hab, und keiner von euch Dummköpfen macht einen weiteren Schritt.»

«Trish!», schimpfte Lexi und warf einen verstohlenen Blick zu Ava, die natürlich zugehört hatte und sie nun interessiert musterte. Wahrscheinlich war sie ebenso gespannt auf ihre Antwort wie ihre neugierige beste Freundin. «Muss das denn hier auf der Arbeit sein?»

«Ist doch egal, wann und wo. Nun sag schon! Ava interessiert es bestimmt ebenso, hab ich recht, Ava?» Sie lächelte die ältere Dame an. «Sie haben die Funken doch auch gesehen, oder?»

«Funken?», fragte Ava und brachte einen kleinen Lacher heraus, woraufhin Sinatra einstimmte: *«Funken! Funken!»*

Trish lachte.

«Das waren keine Funken, das waren Blitze!», stellte Ava klar. «Ich dachte, sie würden jeden Moment irgendwo einschlagen und das Rathaus oder sonst etwas in Brand setzen.»

«Ihr seid ja so lustig.» Lexi runzelte die Stirn und konzentrierte sich auf Sinatra, der nicht stillhalten wollte.

«Funken! Funken!», wiederholte der dumme Vogel.

Mensch, wer wollte sie denn noch alles damit nerven? Seit dem Tanz hatten sie schon ihre Mutter – natürlich! –, ihre Nachbarin Liz, Nolan, Murielle, Sadie und Delores im Dreierpack und sogar Rupert aus dem Supermarkt darauf angesprochen. Und sie fragte sich, was die alle eigentlich ihr Liebesleben anging.

Ja, es stimmte. Es hatte gefunkt zwischen Aaron und ihr, und zwar ganz gewaltig, aber sie musste schließlich selbst erst einmal herausfinden, was das überhaupt zu bedeuten hatte. Außerdem war doch gar nichts passiert, außer dass sie getanzt hatten – wenn auch leider viel zu kurz. Dummerweise war ständig irgendwer dahergekommen, um sie zum Tanzen aufzufordern, und höflich, wie sie war, hatte sie keinen von ihnen abweisen können. Allerdings hätte sie sich gewünscht, dass Aaron einfach noch mal gekommen wäre und sie um einen weiteren Tanz gebeten hätte. Oder auch zwei oder drei. Oder hundert. Doch das hatte er nicht getan, und irgendwann war er dann weg gewesen. Aaron war gegangen, ohne sich zu verabschieden, weshalb sie sich seitdem schon mehrfach gefragt hatte, ob sie sich diese Funken vielleicht nur eingebildet hatte. Aber anscheinend hatte ja die halbe Stadt sie ebenfalls wahrgenommen.

Was das alles bedeutete und wo es hinführen sollte, wusste Lexi beim besten Willen nicht. Jedoch war es nicht sehr hilfreich, wenn alle sie ständig darauf ansprachen – sie kannte die Antworten doch selbst nicht!

«Also, Kleines? Wirst du nun zu ihm gehen oder warten, bis er zu dir kommt?», fragte Ava sie.

«Bedenke, dass er jeden Moment zurück nach New York fliegen könnte», fügte Trish hinzu.

«Na, dann hat es wohl nicht sein sollen, oder?», meinte Lexi, aber sie hoffte insgeheim, dass Aaron noch nicht so schnell wieder abreisen würde.

Aaron … Wie verletzlich er beim Tanzabend gewirkt hatte, als das Lieblingslied seiner Mom gespielt wurde. Plötzlich war die harte Schale ganz weich geworden, und sie hatte mitten in sein Herz sehen können. Dieser Aaron gefiel ihr fast noch besser als der coole, geheimnisvolle, als der er sonst auftrat.

«Es ist wirklich eine Schande, Lexi», fuhr Ava fort. «Ihr beide würdet so gut zusammenpassen.»

«Schande! Schande!», wiederholte Sinatra, und Lexi hätte ihm am liebsten den Schnabel zugeklebt.

Trish nickte. «Na, da sind wir ja alle einer Meinung», sagte sie, und dann sagte niemand mehr etwas.

Sobald sie mit dem Papagei fertig und Ava und er aus dem Laden waren, warf Lexi ihrer Freundin einen bösen Blick zu. «Was sollte das denn bitte?»

Trish zuckte die Achseln. «Was denn?»

«Na, dass du dieses Thema ansprichst – vor Ava!»

«Sorry, ich finde einfach, einer von euch sollte sich jetzt mal einen Ruck geben.»

Lexi sah sie ein paar Sekunden lang an, wusste jedoch nichts zu erwidern und sagte dann: «Wie auch immer, ich gehe jetzt Mittagspause machen. Ein Sandwich essen. Ist das okay für dich, oder willst du mir da auch wieder deine Meinung aufdrücken?»

«Nein, nein, schon okay. Iss nur dein Sandwich.»

«Danke, sehr nett von dir.»

Lexi ging aus der Tür und trat auf den Paradise Drive. Links von ihr, vor dem Zeitungskiosk, stand Bürgermeister Doyle und erzählte irgendwelchen Leuten von der Bimmelbahn, die schon bald zum Einsatz kommen sollte. Rechts stand Rupert vor seinem Laden und starrte missgelaunt zur anderen Seite des Platzes, wo Howies Supermarkt lag.

«Hi, Lexi», sagte er, als sie sich dem Eingang näherte.

«Hi, Rupert. Alles in Ordnung?» In dem Moment, in dem sie die Worte aussprach, bereute sie es auch schon.

Rupert nahm seinen Blick nicht vom Geschäft seines Erzfeindes, nickte nur in die Richtung und ließ sie wissen: «Der Mistkerl bietet jetzt Sushi an.»

«So eine Frechheit», sagte Lexi, obwohl sie sich insgeheim darüber freute. Sie hatte bei Ausflügen nach Omaha ein paarmal Sushi probiert und es sehr gemocht.

«Das kannst du laut sagen. Als ob irgendwer in Lake Paradise Sushi mögen würde.»

Sie sagte lieber nicht, wie sie dazu stand.

«Nimm es dir nicht so zu Herzen, dafür hast du doch Hot Dogs und diese leckeren Sandwiches im Angebot, von denen ich mir gerade eins besorgen will.»

Kurz sah Rupert sie an, lächelte leicht und sandte dann wieder wütende Funken über den Platz.

Funken …

Lexi seufzte, ging in den Laden und stellte sich selbst ein Sandwich zusammen aus einem Oregano-Brot, ein paar Scheiben Cheddar, Tomate, ein wenig Salat, frischem Babyspinat und dem leckeren Southern Dressing. Noch lieber hätte sie die Knoblauchsauce genommen, doch das wollte sie ihren Kunden nicht antun. Und irgendwie hoffte sie ja auch noch darauf, Aaron über den Weg zu laufen – falls der nicht längst zurück in New York war.

Sie könnte sich natürlich bei Savannah erkundigen, der besten Freundin ihrer Schwester Helena. Doch das wäre irgendwie kindisch, so als würde man in der siebten Klasse seine Freundin schicken, um den Schwarm um ein Date zu bitten, anstatt einfach selbst zu ihm zu gehen. Ja, vielleicht würde sie heute nach Feierabend einfach mal wieder zum See fahren, und vielleicht würde sie wie zufällig am *Paradise Inn* vorbeischlendern …

«Sechs Dollar siebzig», hörte sie eine Stimme und rüttelte sich wach. Die Kassiererin Maggie sah sie stirnrunzelnd an. «Das sag ich jetzt zum dritten Mal. Schläfst du, Lexi?»

Sie versuchte zu lächeln. «Nein, sorry, war nur in Gedanken woanders.»

«Na, ich kann mir denken, wo.» Die Fünfzigjährige mit der hochtoupierten Frisur grinste sie an.

Das konnte doch nicht wahr sein, oder?

Lexi atmete tief ein, bezahlte und ging raus zu den Bänken. Dort aß sie ihr Sandwich und versuchte, nicht an Aaron zu denken, was ihr nicht gelang.

Die Frau vom Bürgermeister, Lydia Doyle, spazierte mit ihrem Dackel Sherman an ihr vorbei.

«Wie geht es dir, Lexi?», erkundigte sie sich. Sie war Mitte sechzig, trug einen blonden Bob und ein schickes dunkelblaues Kostüm.

«Alles super. Und wie geht es dir, Lydia?»

«Es ging schon mal besser. Mein Ischias macht mir zu schaffen.»

«Oh, das tut mir leid. Ich wünsche gute Besserung.»

«Danke, Lexi.» Sie blickte zum Himmel. «Du, es sieht nach Regen aus, ich will machen, dass ich zurück ins Rathaus komme.» Lydia arbeitete dort als Sekretärin und Schatzmeisterin und stand ihrem Mann mit Rat und Tat zur Seite.

Lexi wünschte noch einen schönen Tag und sah nun ebenfalls nach oben. Es begann tatsächlich, sich zu bewölken, und es wurde kühl. Da ihre Pause aber noch nicht zu Ende war, beschloss sie, endlich mal wieder im Museum vorbeizuschauen, immerhin hatte sie Edda versprochen, das hin und wieder zu tun.

«Lexi! Was für eine Überraschung!», rief die Museumsleiterin aus, als sie durch die Tür trat.

«Hallo, Edda! Ich dachte, ich schaue mal vorbei.» Sie trat an den Empfangstresen, stützte sich mit den Ellbogen darauf ab und lächelte ihre ältere Freundin an.

«Das ist aber nett von dir. Vor allem bringst du bei den dunklen Wolken gleich ein wenig Sonnenschein mit.» Edda lehnte sich ihrerseits auf den Tresen. «Wie geht es dir, Liebes?»

«Ganz gut, danke. Und dir? Ich hoffe, deine Arthritis macht dir nicht zu schwer zu schaffen?»

«Ach, mit der lebe ich nun schon seit über zehn Jahren und habe mich an sie gewöhnt. Aber genug von mir. Sag mal, was höre ich denn da von dir und Aaron Highmore? Seid ihr beiden etwa verliebt?»

Lexi schloss die Augen. «Können wir bitte das Thema wechseln?»

«Aber natürlich, wenn du das willst. Worüber möchtest du denn reden?»

Sie zuckte die Achseln. «Über das *Corn Festival*?»

«Oh, das war schön in diesem Jahr, oder? Wie schade, dass es immer so schnell vorbei ist.»

«Ja, finde ich auch.»

«Eure Suppe war wieder vorzüglich, das darfst du deiner Mutter gerne ausrichten.»

«Werde ich machen, danke.»

«Und kann es sein, dass ich dich zusammen mit deinem Grandpa gesehen habe?»

«Ja, ich habe ihn in seinem Rollstuhl von Stand zu Stand geschoben, was gar nicht so leicht war auf dem Rasen.»

«Ja, das kann ich mir vorstellen. Toll, dass du es dennoch getan hast. Bestimmt hatte er eine Menge Spaß.»

«Oh, das glaube ich auch. Wenn er seine geliebten Maiskrapfen bekommt, ist er eh glücklich.»

Edda lächelte und sah ein wenig wehmütig aus. Vielleicht dachte sie an die guten alten Zeiten zurück, in denen sie noch mit Lexis Großeltern Feste gefeiert hatte.

«Wie geht es Murphy denn sonst so?»

«Unverändert. Nun ja, seine Motorik hat sich ein klein wenig gebessert. Manchmal greift er sogar zum Foto meiner Grandma, das auf seinem Nachttisch steht.»

«Ach, gute Ursula. Es ist so traurig, dass sie so früh von dieser Welt gegangen ist.»

«Ja, das finde ich auch.» Lexi richtete sich auf. «Du, Edda, willst du ihn nicht mal mit mir besuchen kommen? Er würde sich sicher freuen, dich zu sehen.»

«Weißt du was? Das sollten wir unbedingt mal tun, dann kann ich auch gleich meiner Cousine Mona einen Besuch abstatten.»

«Mona ist deine Cousine? Das wusste ich ja gar nicht.»

«Oh ja! Sie ist zwei Jahre jünger als ich, und wir waren als kleine Mädchen unzertrennlich.»

Unglaublich, dachte Lexi, dass Edda sogar älter als Mona war und dabei noch so fit wirkte. Sie konnte sich Edda überhaupt nicht in einem Seniorenheim vorstellen, die Gute fuhr noch Fahrrad, erledigte all ihre Einkäufe selbst und stand Tag für Tag im Museum, um den Besuchern von ihrem schönen Städtchen und natürlich dem Mais zu erzählen.

«Kommen denn inzwischen ein paar mehr Besucher?», fragte Lexi hoffnungsvoll.

«Nein, leider eher noch weniger. Während des *Corn Festivals* hatten wir natürlich wieder ein paar mehr Besucher, aber gestern und heute war noch überhaupt niemand … Ach herrje!» Abrupt richtete sie sich nun ebenfalls auf. «Moment, Lexi, ich muss kurz den Maiskolben reinholen.» Mit wenigen Schritten war Edda bei der Tür und eilte hinaus in den Regen, der plötzlich auf Lake Paradise und natürlich auch auf den riesigen Pappaufsteller in Form eines Maiskolbens niederprasselte.

«Warte, ich helfe dir!», rief Lexi und lief ihr hinterher.

Zusammen schafften sie den Kolben ins Innere und

wischten sich anschließend die Regentropfen aus dem Gesicht und dem Haar. In nicht einmal dreißig Sekunden waren sie völlig durchnässt worden, weshalb Lexi schnell ein paar Papiertücher zum Abtrocknen aus dem Spender in der Toilette holte. Als sie mit ausgestreckter Hand zurückkam und Edda welche reichen wollte, hielt sie überrascht inne. Im Empfangsbereich stand Aaron, und er war noch viel nasser als sie selbst.

20

Er hatte mit Hunter Pizza gegessen und dann noch einen Zwischenstopp bei der Bank eingelegt, die gleichzeitig auch Post und Notariat war, weil er dringend ein wenig Bargeld abheben musste, da man in diesem Kaff kaum irgendwo mit Karte zahlen konnte. Aaron war keine zwei Meter wieder draußen gewesen, als es anfing, wie aus Eimern zu schütten. Und dann hatte er sie entdeckt: Lexi, wie sie aus dem Haus herausgelaufen kam, das einmal Miss Eliza gehört hatte, und dann zusammen mit einer älteren Frau diesen riesigen Maiskolben reinschleppte. Das Ding war beinahe doppelt so groß wie sie selbst, und er hatte schmunzeln müssen, weil es so lustig aussah. Dass er dabei klitschnass geworden war, hatte ihm nichts ausgemacht.

Natürlich hätte er einfach kehrtmachen und zurück in die Bank gehen können, doch auf einmal wollte er nichts mehr, als Lexi endlich wieder gegenüberzustehen. Also war er kurzerhand zu dem Haus gelaufen, das jetzt verrückterweise ein Maismuseum beherbergte, und war klatschnass durch die Tür getreten.

Die alte Frau hatte ihn vergnügt angesehen, und dann war Lexi mit einer Handvoll Papiertüchern von irgendwoher gekommen und so abrupt stehen geblieben, als hätte sie der Blitz getroffen.

«Hi!», sagte sie jetzt. «Was machst du denn hier?»

«Ich war draußen, und ... der Regen hat begonnen ... und ... äh ... ich wollte mich einfach irgendwo reinretten.»

«Oh», war alles, was sie erwiderte. Dann reichte sie ihm und auch der alten Dame ein paar Tücher.

«Ich hoffe, ich störe nicht», sagte er wie ein Dummkopf, während er sich das Gesicht abtrocknete.

«Natürlich nicht, das hier ist ein Museum, hier ist jeder willkommen», erwiderte Lexi und tupfte sich ebenfalls den Regen aus dem Gesicht. «Wenn du eine Tour willst, müsstest du allerdings die vier Dollar bezahlen», fügte sie hinzu.

Er lachte.

Als wenn er sich für den Mais interessieren würde! Nein, auf eine Tour durchs Maismuseum konnte er gerne verzichten. Es sei denn ...

«Würdest *du* mich denn herumführen?» Er blickte kurz hinüber zur älteren Museumsmitarbeiterin und hoffte, sie würde sich nicht dafür anbieten. Doch sie saß nur still hinter dem Tresen und hörte ihnen neugierig zu.

«Oh, sorry, ich arbeite nicht mehr hier», sagte Lexi.

«Du hast mal hier gearbeitet?» Überrascht sah er sie an.

Lexi nickte. «Zwei Jahre lang. Das war, bevor ich die Hunde einshampooniert hab.»

Wieder musste er lachen. Was für eine Frau! Schlimmere Jobs konnte er sich kaum vorstellen, doch ihr schien das alles gar nichts auszumachen. Sie schien sich nicht im Mindesten dafür zu schämen.

«Das bedeutet dann aber, dass du dich hier sehr gut auskennst, oder? Kannst du nicht eine Ausnahme für mich machen?»

Sie warf ihre zusammengeknüllten Tücher mit einem gekonnten Wurf in den Papierkorb hinter dem Tresen und stemmte dann die Hände in die Hüften. «Ich dachte, du kannst Mais nicht ausstehen?»

Er zuckte die Achseln. «Dachte ich auch immer. Aber vielleicht kannst du mich ja eines Besseren belehren.»

Lexi sah zu der älteren Dame, die ihr aufmunternd zulächelte, dann holte sie ihr Handy heraus, um die Uhrzeit zu checken. «Nun, eine Viertelstunde hab ich noch, bis ich zurück in den Tiersalon muss. Also okay», sagte sie und steckte das Handy zurück in die hintere Hosentasche.

Unwillkürlich begann er zu strahlen, und sogleich versuchte er, es zu unterdrücken und wieder cool auszusehen, doch irgendwie wollte es ihm nicht gelingen. Also ging er zum Tresen, reichte der alten Dame, auf deren Namensschild «Edda» stand, einen Zehn-Dollar-Schein und sagte: «Stimmt so.» Dann nahm er sein Ticket entgegen und reichte es Lexi. «Ich bin bereit.»

Er freute sich zu sehen, dass sie ihn jetzt ebenso anstrahlte. Sie nahm das Ticket entgegen, riss die obere linke Ecke ab und gab es ihm zurück. Während er es sich in die Jackentasche steckte, drehte sie sich um und ging voran.

Als Aaron ihr folgte, fielen ihm wieder einmal ihr hüpfender Gang und ihr hübscher Hintern auf. Wäre Edda nicht hier und wären sie nicht von Mais umgeben, würde er jetzt auf falsche Gedanken kommen, aber so trabte er ihr einfach nur hinterher und fragte sich, wo diese Tour nur hinführen sollte.

«Das hier sind die verschiedenen Wachstumsphasen des Maiskolbens», erzählte Lexi, als sie bei einer gläsernen Vitrine angekommen waren, in der getrocknete Maiskolben in unterschiedlichen Größen auslagen.

«Aha», sagte er und tat so, als würde es ihn interessieren.

«Und das hier sind die verschiedenen Insekten, die einen Maiskolben befallen können», sagte sie dann und zeigte ihm einige vergrößerte Bilder von irgendwelchen ekligen Tierchen, die Namen trugen wie Westlicher Maiswurzelbohrer, Fritfliege oder Maiszünsler.

«Der Maiszünsler zum Beispiel bohrt sich in das Innere von Stängel oder Kolben und zerstört oftmals große Teile der Ernte», klärte Lexi ihn auf.

«Sehr informativ, danke», erwiderte er und schüttelte sich.

Sie lachte und führte ihn weiter in einen anderen Raum, in dem Lebensmittel aus aller Welt ausgestellt waren, die Mais enthielten.

«Und hier haben wir unsere berühmte Vitrine mit Maisflips aus aller Herren Länder», sagte sie und konnte selbst ein Schmunzeln nicht unterdrücken.

«Wow! Ich bin beeindruckt», rief er erstaunt aus und war es wirklich, denn es war tatsächlich sehr beeindruckend, was für lächerliche Sachen sich Bürgermeister Doyle hier ausgedacht hatte. Aaron betrachtete die verschiedenen Flips-Tüten aus den USA, Mexiko, Kanada … ja, sogar aus Korea, Schweden und Deutschland.

«Oh, ich hab auch eine coole Information», sagte er, weil ihm plötzlich etwas einfiel, das Hunter ihm heute erzählt hatte.

«Na, lass mal hören.»

«Knapp vierzig Prozent aller Einwohner Nebraskas haben deutsche Vorfahren.»

«Ja, ich weiß. Meine Grandma Ursula ist aus Deutschland eingewandert, Sadies Vater ist Deutscher, und auch die Vorfahren von Savannahs Ehemann Gene waren es.»

Ja, das hätte er sich bei dem Nachnamen Keller denken können.

«Hm. Schade, dass du es schon wusstest. Etwas anderes Spannendes habe ich leider nicht auf Lager, was ich dir erzählen könnte.»

«Du könntest mir ein bisschen was über dich erzählen», sagte Lexi. «Was machst du denn so in New York?»

«Ich bin Architekt», antwortete er.

«Ja, das hat sich schon herumgesprochen. Ich meinte eher, was machst du in deiner Freizeit. Gehst du im *Big Apple* auch gerne ins Museum?»

«Also, zuerst einmal – und da kann ich dir vielleicht doch noch etwas beibringen – sagen wir New Yorker nicht *Big Apple*.»

«Oh. Okay.»

«Und zu deiner Frage: Ich gehe zwar sehr gerne in Museen, habe aber in New York schon längst alle durch.»

«Ehrlich? Welches ist dein liebstes?»

«Das American Museum of Natural History.»

«Ist es das aus *Nachts im Museum*? Das mit den Dinosaurier-Skeletten?»

«Genau das ist es.»

«Jaaa … leider können wir hier mit so was nicht dienen. Aber wenn du was Historisches sehen willst, zeige ich dir gerne etwas.» Sie ging wieder voran, brachte ihn die Treppe hoch und dann noch eine bis ins oberste Stockwerk. Vor einem Türrahmen blieb sie stehen, machte eine einladende Geste und sagte: «Tadaaa!»

Irritiert starrte er auf das Holz mit den Schnitzereien. Das zugehörige Schild daneben verkündete, dass es sich um alte Geheimcodes aus Bürgerkriegszeiten handelte.

Er lachte laut los.

Lexi sah ihn mit gerunzelter Stirn an. «Was ist so lustig?»

«Wer ist denn bitte darauf gekommen, dass diese Schnitzereien hundertsechzig Jahre alt seien?»

«Na, Bürgermeister Doyle meinte ...»

Nun musste Aaron noch lauter lachen. «Aber ... Das war ich!», sagte er und konnte sich kaum mehr einkriegen.

«Wie meinst du das, das warst du?»

«Na, das da, diese Schnitzereien! Das war ich, als ich ungefähr zehn Jahre alt war.»

«Willst du mich verarschen?», fragte Lexi und sah gar nicht so amüsiert aus.

«Nein, ich meine das ganz ernst. Damals habe ich manchmal für Miss Eliza Einkäufe und andere kleinere Dinge erledigt und mich öfter in diesem Haus aufgehalten. Einmal habe ich dann ein paar Freunde mit hergebracht, und sie haben mit mir gewettet, dass ich mich nicht trauen würde, etwas ins Holz zu schnitzen. Jeff hatte sein Taschenmesser dabei, und so nahmen die Dinge ihren Lauf.»

«Du warst also tatsächlich einer von den ganz Bösen, hm?», fragte Lexi. Kopfschüttelnd ging sie näher an das Holz heran. «Und was genau steht da nun, wenn es keine geheimen Codes der Konföderierten sind?»

«I want cake», gab er zur Antwort.

«*I want cake*? Ich will Kuchen? Ist das dein Ernst?»

«Japp. Damals gab es in der alten *Paradise Bakery*, die heute leider nicht mehr existiert, wie ich feststellen musste, unglaublich leckeren Zitronenkuchen, so mit dick Zuckerguss und allem. Jeff meinte, wenn ich mich traue, was zu schnitzen, kauft er mir ein Stück.»

Lexi ging in die Hocke und fuhr mit den Fingern die Rillen im Holz nach. «Ich glaube dir nicht. Ich kann beim besten Willen nicht erkennen, dass hier *I want cake* stehen soll.»

Er zuckte die Achseln. «Jeffs Messer war nicht das schärfste. Glaub mir oder nicht.»

Sie blickte zu ihm hoch. «Und du nimmst mich wirklich nicht auf den Arm?»

«Nein, wirklich nicht.»

«Hat Miss Eliza dich denn damals nicht dabei erwischt? Sie muss doch irgendwann entdeckt haben, dass jemand was in ihren Türrahmen geritzt hat.»

«Sie war damals schon sehr alt und kam kaum noch in den ersten Stock. Hier oben im zweiten hat sie sich, glaube ich, gar nicht mehr aufgehalten.»

Erneut schüttelte Lexi den Kopf. Ihr fiel offensichtlich nichts mehr dazu ein, doch Aaron konnte ihr ansehen, dass sie die Sache im Grunde auch witzig fand.

«Sag mal, wieso musstest du eigentlich Einkäufe für Miss Eliza erledigen? Ihr wart doch stinkreich», fragte sie dann.

«Ja, stimmt, das waren wir. Doch mein Vater hat schon immer gefunden, dass man sich sein Geld selbst verdienen solle. Das stärke den Charakter.»

«Mit zehn Jahren?»

Er zuckte die Achseln.

«Dann ist er sicher sehr stolz auf dich, dass du jetzt so einen guten und anerkannten Job hast», meinte Lexi.

Ach, wenn er das doch wäre …

«Nein, wohl eher nicht», erwiderte er kühl. Dann drehte er sich von dem Türrahmen weg und ging die Treppe wieder hinunter.

21

Lexi sah Aaron nach und fragte sich, was denn nur gerade passiert war. Hatte sie etwas Falsches gesagt? Zumindest hatten ihre Worte anscheinend irgendwas bei Aaron ausgelöst, denn sein belustigtes Gesicht hatte sich von der einen Sekunde auf die andere komplett verwandelt, er hatte verbittert und verletzt gewirkt und sich einfach umgedreht. Und weg war er.

Sie lief ihm hinterher. «Aaron, warte doch!»

Er ignorierte sie. Und als sie die Treppen runtergelaufen waren und sich wieder im Empfangsbereich befanden, kam sie nicht mehr dazu, weiter zu erforschen, was denn los war. Da Edda nämlich ganz aufgeregt zu ihr trat.

«Lexi, ich muss mal dringend in die Drogerie, eine Art Notfall. Könntest du eventuell kurz für mich übernehmen?»

Lexi sah zwischen Edda und Aaron hin und her und prüfte schließlich ihr Handydisplay. Ihre Mittagspause war seit vier Minuten vorbei, und Trish wartete bestimmt schon auf sie. Heute Nachmittag standen einige Termine an, unter anderem hatte Wyatt sich wieder angemeldet, er wollte eine der Katzen seiner Mutter Murielle vorbeibringen, die irgendwo durch frische Farbe gelaufen war. Trish wollte versuchen, diese irgendwie aus ihrem Fell zu bekommen.

Doch Edda sah so verzweifelt aus, dass sie sagte: «Ja, natürlich, Edda. Ich schreibe Trish nur eben, dass ich mich verspäte.»

«Du bist ein Schatz», erwiderte die ältere Dame, griff nach Jacke, Handtasche und Regenschirm und war weg, ehe Lexi es sich versah.

Was sie wohl für einen Notfall haben konnte? Menstruationsprobleme hatte sie ja längst hinter sich gelassen. Vielleicht Sodbrennen, Durchfall oder Ähnliches, das sofort behandelt werden musste. Lexi hoffte nur, es war nichts allzu Schlimmes.

«Tut mir leid», hörte sie es jetzt von Aaron, der neben der Tür stand und nicht zu wissen schien, ob er bleiben oder gehen sollte.

«Dir muss nichts leidtun, ist schon okay.»

«Wegen vorhin … Wenn es um meinen Vater geht, beziehungsweise um meine Beziehung zu ihm, reagiere ich manchmal etwas … aufbrausend. Ich will es ja gar nicht, aber … na ja.» Er zog die Schultern hoch.

«Du musst mir wirklich nichts erklären», erwiderte sie, war aber dennoch froh, dass er es tat. So wusste sie wenigstens, dass es nicht an ihr gelegen hatte. Sie schrieb schnell eine Nachricht an Trish und sah dann wieder Aaron an. «Leider kann ich dich nicht weiter herumführen, weil ich am Empfang bleiben muss. Wenn du aber Lust hast, sieh dich ruhig selbst noch ein wenig um.»

«Nein, danke, ich glaube, für heute habe ich genug vom Mais.»

«Okay.»

Sie sahen einander an. Keiner sagte mehr etwas. Er schien genauso nervös wie sie.

«Hast du Lust auf ein Spiel?», fragte sie daher, denn ihr fiel plötzlich ein, was sie früher immer mit ihren Freundinnen gemacht hatte, wenn sie nicht weiterwussten.

«Ein Spiel?» Aaron fuhr sich durch sein noch immer nasses Haar.

«Ja. Es heißt *Was würdest du lieber tun?*»

Er grinste. «Kenne ich. Hab ich seit bestimmt seit zehn Jahren nicht mehr gespielt.»

Sie musste lachen. «Ich auch nicht.»

Aaron trat näher und stützte sich so auf die Theke, wie sie es vor einer halben Stunde noch getan hatte. Und nun nahm sie Eddas Position auf der Empfangsseite ein. Ihre Gesichter waren einander jetzt sehr nah. Zu nah, wie Lexi beinahe fand. Heute konnte sie Aarons zitroniges Eau de Toilette aber nicht riechen, vielmehr duftete er ein wenig so, als hätte er sich körperlich betätigt. Doch es war nicht unangenehm – im Gegenteil.

«Okay. Lass uns spielen», sagte er.

«Gut. Ich fange an.»

Er schmunzelte. «Nur zu.»

Kurz überlegte Lexi, was sie ihn fragen, was sie von ihm wissen wollte. Da gab es so vieles, sie wollte allerdings nicht aufdringlich wirken oder Aaron wieder verärgern. Also nahm sie für den Anfang etwas ganz Neutrales.

«Was würdest du lieber tun: eine Schüssel Maissuppe essen oder diese grünen Maisflips aus Korea, die sich in der Vitrine befinden?» Auf der Packung war ein Frosch abgebildet, und irgendwie hatte Lexi die Befürchtung, dass die Dinger auch danach schmecken würden.

«Wie lange sind die denn schon in der Vitrine?», fragte Aaron amüsiert.

«Seit der Eröffnung des Museums, also seit zwei Jahren.»

«Na, das geht ja noch. Dann entscheide ich mich für die Flips.»

«Fandest du unsere Suppe wirklich so schlimm, ja?»

«Hab zwar schon Schlimmeres gegessen, aber nicht vieles.»

Sie schüttelte den Kopf. «Also, ich finde sie ehrlich lecker.»

«Ja, weil du dir damit wahrscheinlich schon deine Geschmacksnerven kaputtgemacht hast.»

«Blödmann!»

Er grinste sie an. «Okay, ich bin jetzt dran, oder?»

«Genau.»

«Was würdest du lieber tun: nie wieder Mais essen oder nie wieder Kaffee trinken?»

«Uuuh, das ist schwer, denn ich liebe Kaffee abgöttisch. Allerdings liebe ich Mais ebenso. Aber wenn ich mich entscheiden müsste ... würde ich auf den Mais verzichten.»

«Ooooh, wenn das der Bürgermeister hört. Oder deine Mutter!»

«Willst du mich jetzt verpetzen?», fragte sie.

«Vielleicht.» Er zwinkerte ihr schelmisch zu.

Lexi schenkte ihm daraufhin ein Lächeln und war auf einmal so fröhlich wie schon lange nicht mehr. Sie dachte auch gar nicht mehr an Trish, die gerade ohne sie auskommen musste. Oder an ihr verwischtes Augen-Make-up, das ihr bei einem Blick in den Spiegel der Vitrine aufgefallen war und über das sie sich die letzte Viertelstunde Sorgen gemacht hatte. Sie hatte versucht, die zerlaufene Wimperntusche unauffällig mit einem Zipfel ihres Pullovers wegzuwischen, wusste aber nicht, ob es ihr gelungen war. Im Moment jedoch war das alles egal. Gerade zählte nur dieser Augenblick, in dem Aaron und sie sich so nahe waren. So nahe, wie Lexi seit Keiths Tod niemandem mehr gewesen war. Und dieses Kribbeln im Bauch durfte gerne noch ein bisschen da verweilen.

«Du bist wieder dran», sagte Aaron jetzt.

Sie nickte, konnte aber gerade nicht mehr klar denken. «Was würdest du lieber tun ... hmmm ... Würdest du lieber noch eine Weile in Lake Paradise bleiben oder noch heute zurück nach New York fliegen?», fragte sie schließlich, um endlich herauszufinden, was seine Pläne waren.

«Ich würde lieber noch ein bisschen hierbleiben», antwortete er, und sie war darüber so glücklich, dass sie das breite Lächeln, das sich auf ihrem Gesicht ausbreitete, nicht verhindern oder abschwächen konnte.

Ach, was soll's?, dachte sie sich. *Soll er ruhig sehen, dass ich mich freue.*

«Und was würdest du lieber tun?», fragte Aaron als Nächstes. «Mal mit mir ausgehen oder lieber nicht?»

Jetzt blieb ihr beinahe das Herz stehen. Denn diesen gut aussehenden Quasi-Fremden nett zu finden, war eine Sache, ein richtiges Date mit ihm aber eine ganz andere. Eine Verabredung würde bedeuten, Keith wirklich hinter sich zu lassen, und sie wusste nicht, ob sie dazu schon bereit war.

«Kannst du mich das in einer Woche noch mal fragen?»,

sagte sie deshalb, auch wenn sie wusste, dass es dumm klang.

«Okay», erwiderte Aaron, und das bedeutete doch, dass er in einer Woche noch hier sein würde, oder?

Oder?

Lexi sah jetzt, wie ihm ein Regentropfen aus dem Pony fiel und auf seiner Wange landete. Ohne zu überlegen, bewegte sie ihre Hand auf sein Gesicht zu und wischte den Tropfen sanft weg. Und diese Geste brachte so viel Intimität mit sich, dass sie das schmerzende Gefühl in ihrer Brust kaum ertragen konnte. Es tat weh, doch gleichzeitig war es auch so verdammt gut.

Aarons Gesicht näherte sich ihrem, er sah ihr tief in die Augen, was eine ganze Feuerlawine in ihr freisetzte. Sie konnte seine Lippen fast schon auf ihren spüren, wusste aber nicht, ob sie stillstehen oder sich abwenden sollte. Doch dann schloss sie einfach die Augen und beschloss, es geschehen zu lassen …

«Da bin ich wieder!», hörte sie Edda rufen und erschrak.

Lexi öffnete die Augen und richtete sich auf. Ertappt blickte sie von Edda zu Aaron, der ebenso perplex aussah.

«Oh. Störe ich etwa gerade?», fragte die alte Frau überrascht.

«Nein, Edda, natürlich nicht. Wir wollten gerade … haben gerade …»

«Ich wollte gerade gehen», sagte Aaron und sah Lexi auf eine Weise an, die Bedauern, aber irgendwie auch Erleichterung ausdrückte. Genau das, was sie auch empfand. «Danke noch mal für die Führung.»

«Gern geschehen.»

Aaron eilte aus dem Museum, und Edda starrte ihm hinterher. Dann sah sie neugierig zu ihr. «Was war denn das gerade?»

«Gar nichts», erwiderte Lexi. «Wie kommst du darauf, dass irgendwas gewesen wäre?»

«Na, ich bin doch nicht blind, Liebes!»

«Anscheinend bist du es doch. Da war gar nichts.» Mit diesen Worten schnappte sie sich ihre noch immer feuchte Jacke, die sie zum Trocknen über die Stuhllehne gehängt hatte, kam hinter dem Tresen hervor und sagte: «Ich muss mich jetzt sputen.» Sie ging in Richtung Tür, als ihr noch etwas einfiel: «Du, Edda, was war denn das vorhin für ein Notfall?»

Edda grinste breit. «Na, ist das nicht offensichtlich? Euch beiden musste doch ein wenig auf die Sprünge geholfen werden.»

Lexi starrte ihr Gegenüber ungläubig an, schüttelte den Kopf und lief dann aus dem Museum und über den Platz zurück zum Tiersalon. So verrückt Eddas Aktion auch gewesen war, im Grunde war sie ihr aber doch dankbar.

22

An diesem Abend fand eine Stadtversammlung statt, zu der Lexi gewohnheitsgemäß mit ihren Eltern ging. Während ihr Vater sich neben Reverend Jones setzte und mit ihm über einen geplanten Angelausflug sprach, erzählte Donna ihrer Tochter das Neueste von deren Bruder Tommy, der nun schon seit einem Jahr mit seiner Freundin Julie zusammen war. Die beiden hatten sich in Omaha kennengelernt, wo er aufs College ging, und es war seine bisher längste Beziehung, worauf Lexis Mutter sehr stolz zu sein schien.

«Er hat eine große Überraschung geplant, möchte Julie fein ausführen in eines dieser Restaurants, die eine Warteliste von sechs Monaten haben.»

«Oh, wow. Wird bestimmt teuer.»

«Das kann er sich aber jetzt leisten. Er hat nämlich einen neuen Job, bei dem er ziemlich gut verdient.»

«Ach ja? Wusste ich noch gar nicht», sagte Lexi, war jedoch mit ihren Gedanken überhaupt nicht bei Tommy, sondern noch immer bei Aaron und diesem magischen Moment vom Nachmittag.

«Ja, er arbeitet in irgendeinem Testlabor und …» Ihre Mutter kam nicht dazu weiterzusprechen, denn Bürgermeister Doyle trat soeben auf die Bühne und platzierte sich an seinem Pult.

«Guten Abend, liebe Stadtbewohner, ich freue mich, dass ihr so zahlreich erschienen seid. Zuerst einmal darf ich euch mitteilen, dass die Planung der Bimmelbahn gut vorangeht. Wenn alles planmäßig läuft, kann sie zu Thanksgiving den Betrieb aufnehmen.»

Applaus und freudige Rufe aus allen Ecken. Lexi musste schmunzeln. Doch dann wurde es ernster, zumindest Bürgermeister Doyles Gesicht wurde es.

«Ihr Lieben, ich habe diese Versammlung wegen einer sehr dringenden Angelegenheit einberufen», begann er, und Lexi fragte sich, worum es dabei wohl gehen könnte. Aus ihrem Blickwinkel nahm sie Edda und Sadie wahr, die zu ihr hinsahen und dabei flüsterten. Na toll, dachte sie, und schon machte ihre Museumsbegegnung mit Aaron die Runde.

Derweil sprach der Bürgermeister weiter, dessen Bauch beinahe aus allen Nähten platzte. Wahrscheinlich hatte er auf dem *Corn Festival* einfach zu viel gefuttert. Und genau um dieses Fest schien es an diesem Abend auch zu gehen.

«Euch ist sicher aufgefallen, wie mitgenommen die Rasenfläche unseres sonst so hübschen Stadtplatzes aussieht. Das Sommerfest und nun das Maisfest haben sie einfach zu sehr strapaziert, weshalb ich dafür bin, die gesamte Fläche mit neuem Rollrasen auszulegen.»

«Ist neuer Rollrasen denn finanziell möglich?», hörte Lexi jemanden reinrufen und drehte sich um. Die Frage war von Jamie gekommen, dem Inhaber von *Jamie's Food Paradise.*

«Genau das ist der Punkt», antwortete Bürgermeister Doyle und sah zu seiner Frau, die in der ersten Reihe saß.

«Denn Lydia hat es ausgerechnet, und eigentlich liegt es außerhalb unseres Budgets. Das Jahr ist bald zu Ende, und es stehen noch das Halloween-Spektakel, die Thanksgiving-Parade und der Weihnachtsmarkt an. Ich hätte da aber eine Idee.»

«Na, dann lass mal hören!», rief Lexis Dad, der seit vielen Jahren mit Bertram Doyle befreundet war.

«Am kommenden Sonntag findet doch wieder unser Flohmarkt statt. Ich hatte mir gedacht, dass wir eigens für diesen Zweck einen Stand aufbauen könnten. Jeder von euch spendet, was er erübrigen kann, und der Erlös geht in den neuen Rasen. Was haltet ihr davon?»

Zustimmung, Jubelrufe und Applaus von überallher.

«Eine gute Idee!», rief Sadie, und Lexi fragte sich, wo die anderen beiden Tratschtanten wohl waren. Murielle passte wahrscheinlich auf ihre Enkelin auf, die man um diese Uhrzeit schlecht zur Versammlung mitnehmen konnte. Und Delores nahm ohnehin nur selten an den Stadtversammlungen teil, die meistens dienstagsabends stattfanden und da immer eine alte Folge *Love Boat* im Fernsehen lief, die Delores sich zusammen mit ihrem Mann ansah.

«Nun gut, dann stimmen wir darüber ab. Ist irgendwer gegen meinen Vorschlag?», fragte der Bürgermeister. Keiner erhob seine Hand. «Gut, dann ist es eine beschlossene Sache. Jetzt brauchen wir nur noch ein paar Freiwillige, die sich der Spendensammlung annehmen und Lust haben, den Stand zu betreuen.»

Sofort fanden sich mehrere Freiwillige. Lexi meldete sich nicht. So gern sie der Stadt sonst half, hatte sie gerade doch anderes im Kopf.

«Ist alles in Ordnung, mein Schatz?», hörte sie ihre Mutter auch prompt fragen.

Lexi sah sie an, lächelte leicht und nickte. «Klar, alles in Ordnung.»

Sie konnte sehen, dass ihre Mom ihr nicht glaubte, doch noch war sie nicht bereit, mit ihr über Aaron und ihre Gefühle für ihn zu sprechen. Darüber musste sie sich selbst erst einmal klar werden.

Einige Stunden später saß Lexi im Schäfchen-Pyjama auf ihrer gemütlichen beigefarbenen Couch, eingewickelt in eine kuschelige blaue Decke, die Gedanken noch immer bei Aaron und diesem Beinahe-Kuss. Seine Lippen waren so kurz davor gewesen, ihre zu berühren, dass Lexi sie bereits hatte spüren können. Der Moment war voller Magie gewesen, und sie fragte sich, was wohl geschehen wäre, wenn Edda nicht hereingeschneit wäre und alles verdorben hätte.

Sie überlegte hin und her, ob es wohl besser so gewesen war. Ein richtiger Kuss hätte alles verkompliziert, da war sie sich sicher. Und vielleicht hätte sie sich jemandem anvertrauen sollen, vielleicht wären ihre Gedanken dann nicht so wirr. Doch sie hatte weder Trish gegenüber etwas erwähnt noch ihrer Mutter, die sie nach der Stadtversammlung erneut gefragt hatte, ob alles in Ordnung sei, da sie so erschöpft aussehe, doch Lexi hatte nur genickt und gesagt, dass alles gut sei.

Alles gut. Ob jemals wieder alles gut werden würde?

Lexi stand auf und trat an die Kommode, auf der neben einigen Bilderrahmen ein Schmuckkasten aus verziertem dunklem Holz stand, den Grandma Ursula ihr vermacht hatte. Sie öffnete ihn, nahm ihren Verlobungsring heraus und betrachtete ihn. Dann steckte sie ihn sich an den Finger und nahm die kleine weiße Schachtel, in der sich die Eheringe befanden, die niemals zum Einsatz gekommen waren. Keith und sie hatten sie ein paar Wochen vor der geplanten Hochzeit gemeinsam ausgesucht, sie waren silbern, seiner schlicht, ihrer mit einem kleinen eingesetzten Diamanten. Bisher hatte sie es einfach nicht übers Herz bringen können, sie dem Juwelier zurückzugeben und sich das Geld erstatten zu lassen, stattdessen lagen die Ringe jetzt wie ein Mahnmal in dem Kästchen und erinnerten sie an alles, was sie verloren hatte.

Schluchzend legte Lexi die Schachtel wieder weg, behielt aber den Verlobungsring auf. Sie hatte ihn noch gut ein Jahr nach Keiths Tod getragen, dann aber irgendwann beschlossen, dass sie ihn abnehmen musste, da er sie daran hinderte, mit ihrem Leben weiterzumachen. Nach vorne zu schauen. An die Zukunft zu glauben. In diesem Moment fühlte es sich aber einfach nur richtig an, ihn zu tragen.

Sie ging zurück zur Couch, kuschelte sich noch tiefer in die Decke und nahm eine zweite hinzu, da ihr plötzlich fürchterlich kalt war. Sie zitterte und weinte, und nach einer halben Stunde griff sie zum Telefon.

«Lexi, wie schön, dich zu hören.»

«Hey, Helena. Wie geht es dir, Parker und den Kindern?»

«Uns geht es sehr gut», antwortete ihre Schwester. «Und wie geht es dir?»

«Auch gut», sagte sie, korrigierte sich aber im nächsten Moment. «Nun, nicht ganz so gut heute, um ehrlich zu sein. Es war ein harter Tag.»

«Ach, Süße, das tut mir leid», sagte Helena, und Lexi konnte ihr mitleidiges Gesicht quasi durchs Telefon sehen. «Kann ich dir irgendwie helfen?»

«Mit dir zu sprechen, hilft mir schon.»

«Ich hasse es, dass wir so weit auseinander wohnen, ich würde dich jetzt so gern in die Arme nehmen», sagte ihre große Schwester, und da konnte sie ihr nur zustimmen.

Helena war nach der Highschool aufs College in St. Louis gegangen und hatte dort Parker kennen- und lieben gelernt. Gleich nach ihrem Abschluss hatten die beiden geheiratet und waren nach Kansas City gezogen, Parkers Heimatort. Sie hatten zwei bezaubernde Kinder bekommen, ein Mädchen namens Leslie und einen Jungen namens Matthew. Und obwohl Lexi ihrer Schwester ihr Glück natürlich gönnte, fand sie es doch unglaublich schade, dass Helena in einem anderen Bundesstaat wohnte. Kansas City war zwar nur knapp vier Stunden Autofahrt entfernt, doch mit zwei Kindern, einem Teilzeitjob und einem Haushalt, den sie fast komplett allein schmeißen musste, war es Helena nicht möglich, öfter als ein paarmal im Jahr zurück nach Lake Paradise zu kommen.

«Wir haben dich hier beim Maisfest vermisst», sagte Lexi.

«Ja, ich weiß, Mom hat auch schon angerufen. Du weißt, sie versucht jedes Jahr aufs Neue, mich zum Kommen zu überreden. Und dieses Jahr wollte ich ja wirklich, doch Parker war geschäftlich unterwegs, und Leslie hatte am Samstag ein Pfadfinderinnen-Treffen, wo sie ein begehrtes Abzeichen bekommen hat. Es war mir einfach unmöglich.»

«Na, so viel hast du nun auch wieder nicht verpasst.»

«Oh, da höre ich aber anderes», sagte Helena mit einem gewissen Unterton.

Lexis Herz begann, schneller zu pochen, da sie sich denken konnte, worauf ihre Schwester hinauswollte.

«Moms Suppe hat geschmeckt wie jedes Jahr», sagte sie scherzhaft, doch das Lachen blieb ihr in der Kehle stecken.

«Ich spreche nicht von Moms Suppe, sondern von Aaron Highmore, der anscheinend nach Lake Paradise zurückgekehrt ist.»

«Oh. Ach ja, stimmt, der ist wieder da.»

Kurze Stille. Lexi war sich ziemlich sicher, dass Helena ein kleines Grinsen auf den Lippen hatte.

«Ist es denn wahr, was ich da höre?», fragte sie auch schon.

«Was hörst du denn?» Lexi fing an, an ihrem Fingernagel zu knabbern. Dann ließ sie es schnell wieder bleiben, da sie sich diese dumme Angewohnheit doch eigentlich abgewöhnt hatte.

«Nun ja ... es wird gemunkelt, dass Aaron und du ... also, dass ihr euch ganz gut versteht.»

Sie musste schlucken. «Ehrlich? Wo hast du das denn her?»

«Na, erst einmal von Mom ...»

«Ach, Mom erzählt gerne mal Märchen.»

«... und dann meinte Savannah bei unserem letzten Gespräch auch, dass sie euch beide gesehen hätte. Beim Tanzen auf dem Maisfest.»

Lexi schloss die Augen. «Ja, das stimmt.»

«Das ist ja großartig!», jubelte Helena. «Oh, Lexi, ich freu mich für dich.»

«Weswegen denn bitte? Weil ich mit jemandem getanzt

hab, der schon bald wieder zurück nach New York fliegt, wo er nämlich wohnt? Oder weil ich zum ersten Mal seit Keiths Tod jemanden wirklich mag, was mir die ganze Zeit das Gefühl gibt, ich würde ihn betrügen?» Die Worte brachen nur so aus ihr heraus.

«Hey, hey, hey ... Lexi, so etwas darfst du überhaupt nicht denken. Erst einmal ist doch noch gar nichts weiter zwischen euch passiert, oder? Und zweitens ist das mit Keith fast zweieinhalb Jahre her. Du kannst doch nicht für immer allein bleiben, Keith hätte das nicht gewollt, und das weißt du.»

«Ja. Vielleicht.»

«Oh, Lexi, ich wünschte wirklich, ich wäre bei dir und könnte persönlich mit dir reden. Dir klarmachen, dass du nichts Falsches tust.»

Ja, das wünschte sie auch.

«Helena?»

«Ja?»

«Es ist doch mehr zwischen uns gewesen.»

«Oh, tatsächlich?»

Sie nickte, auch wenn sie wusste, dass ihre Schwester es nicht sehen konnte. «Ja. Wir hätten uns heute beinahe geküsst.»

«Aber nur beinahe?»

«Ja. Im Museum. Es hat geregnet, und er hatte sich da hineingerettet. Ich war gerade Edda besuchen. Ich habe ihn dann herumgeführt und ... und beinahe wäre es zu einem Kuss gekommen.»

«Aber du hast einen Rückzieher gemacht?»

«Nein. Edda ist plötzlich aufgetaucht.»

«Oh. Aber wäre sie es nicht, dann hättet ihr euch geküsst?»

Lexi kaute nervös auf ihrer Unterlippe herum. Noch so ein dummer Tick. «Ich denke schon.»

«Wolltest du ihn denn küssen?»

Sie atmete tief ein und wieder aus. «Ja, und deshalb fühle ich mich ja so furchtbar.»

«Oh, Lexi, Armes. Ich fühle so mit dir. Andererseits finde ich es aber auch ganz wundervoll, was dir da passiert. Nach all der Zeit fühlst du dich endlich wieder zu einem Mann hingezogen, dagegen solltest du nicht ankämpfen. Lass es einfach geschehen.»

«Ich weiß nicht, ob ich das kann», sagte sie ehrlich.

«Ich glaube, ich sollte doch so schnell wie möglich nach Lake Paradise kommen. Du brauchst mich mehr als die Pfadfinder Leslie.»

Sogleich musste Lexi lächeln. «Ich fände es schön, wenn du bald mal wieder kommen würdest. Ich vermisse dich nämlich sehr.»

«Ich vermisse dich auch, kleine Schwester. Ich kläre das und melde mich, ja?»

«Okay. Und Helena? Bitte kein Wort darüber zu Mom.»

«Aber natürlich nicht.»

«Danke.»

Wenn ihre Mom von dem Beinahe-Kuss wüsste, könnte es nämlich gut sein, dass es gleich die ganze Stadt erfuhr. Donna war in der Hinsicht nämlich nicht viel besser als Murielle, Sadie oder Delores – und neuerdings Nolan. Wenn die alle es nicht eh schon wussten, denn immerhin hatte Edda sie ja bei dem Beinahe-Kuss ertappt.

Oje. Was da wohl auf sie zukommen würde. Und wie Aaron darauf bloß reagieren würde? Wahrscheinlich würde er Reißaus nehmen und in den nächsten Flieger nach New York steigen.

Lexi hoffte nur, dass sie ihn vorher noch einmal wiedersah. Denn so falsch es sich auch alles anfühlte, war es doch zu gut, als dass es schon enden sollte.

Sie nahm ihr Smartphone in die Hand, gab den Song *Nights in White Satin* von The Moody Blues bei YouTube ein, lehnte sich zurück und schloss die Augen. Und dann dachte sie an den Nachmittag zurück, an Aaron, seinen wunderbaren Duft, seine tiefgründigen Augen, seine sanften Lippen … und an die Funken, die heute noch viel mehr gesprüht hatten.

Wäre Sinatra jetzt hier, hätte er es laut herausschreien dürfen, doch so hüllte Lexi sich einfach nur in das Gefühl, das der Moment bei ihr hinterlassen hatte. Diese Wärme und das Kribbeln, die sich in ihrem Herzen eingenistet hatten und denen sie gestatten würde, dort noch ein wenig zu bleiben.

23

«Sie haben sich geküsst?», rief Murielle erstaunt aus. Sie hatte die Augen genauso weit aufgerissen wie Delores, als Sadie ihnen die Neuigkeit verkündete.

«Jaaa!» Sadie nickte euphorisch.

«Fast geküsst», korrigierte Nolan sie, der ihnen gerade das Getränk des Tages, einen Vanille-Mochaccino, brachte. «Edda sagt, sie waren kurz davor, als sie durch die Tür kam.»

«Und wieso ist sie überhaupt durch die Tür gekommen?», fragte Murielle. «Hat sie denn von draußen nicht gesehen, was sich drinnen abspielt?»

«Anscheinend nicht, sonst wäre sie sicher nicht einfach hereingeplatzt», meinte Nolan. «Denn es war ja sogar ihr Plan, den beiden mal ein bisschen Zeit zu zweit zu geben. Nur deshalb ist sie rüber in die Drogerie.»

«Was hat sie in der Drogerie besorgt?», fragte Delores, und alle sahen sie ungläubig an.

Was war das denn für eine Frage, wenn es so viel Interessanteres herauszufinden gab?

«Entschuldigt», sagte Delores. «Ich frage nur, weil es dort schon Halloween-Süßigkeiten gibt. Und ich wollte einfach wissen, ob ich die Einzige bin, die bereits Lust auf diese kleinen Marshmallow-Kürbisse hat.»

«Ich habe neulich auch schon eine Packung *Hershey's Kisses* in der Halloween-Variante für Abigail und mich gekauft», ließ Murielle sie wissen. «Also, lang ruhig zu. Aber jetzt wieder zurück zum Thema: Glaubt ihr, wenn Edda nicht reingekommen wäre, dann wäre da noch mehr passiert?»

«Du meinst, ob Lexi und Aaron so richtig übereinander hergefallen wären?», fragte Nolan und richtete sich den Kragen seines gelben Polohemdes, über dem er eine weiße Strickjacke trug. Das Outfit passte perfekt zur Inneneinrichtung des Cafés, die ebenfalls in Gelb und Weiß gehalten war.

«Genau das meine ich.»

Nolan legte sich zwei Finger ans Kinn. «Hm, schwer zu sagen. Vor allem wissen wir ja nicht, ob er in New York eine Freundin hat.»

«Wann hat das je einen Mann abgehalten, es bei einer anderen zu versuchen?», fragte Sadie, die jahrelang unglücklich verheiratet gewesen war.

«Fragen wir doch May ...», schlug Delores vor, und alle blickten zu der Hochschwangeren hinüber, die an einem der Ecktische saß, einen Tee trank, ein Croissant aß und die Zeitung las.

«Eine gute Idee, sie wird mehr wissen, immerhin ist Aaron der beste Freund ihres Mannes», meinte Murielle. Inzwischen hatte sich nämlich auch das herumgesprochen.

«Und wer geht sich bei ihr erkundigen?», wollte Nolan wissen, der zwar mit May befreundet war, aber nicht wie eine Tratschtante herüberkommen wollte.

«Na, der, der fragt», erwiderten Sadie und Murielle gleichzeitig.

Nolan verdrehte die Augen. «Hätte ich mir denken können, dass das an mir hängenbleibt.» Er nahm sein Tablett, ging an dem Tisch mit Lydia und Shane Doyle vorbei zu May und fragte, ob alles zu ihrer Zufriedenheit war.

May sah von ihrer Zeitung auf, lächelte ihn an und entgegnete: «Nun frag mich schon, was du fragen willst.»

Nolan lief ein wenig rot an, da er eigentlich ganz nebenbei hatte fragen wollen. Anscheinend hatte May aber mitbekommen, wie er und die drei Gossip Girls über Aaron und Lexi gesprochen hatten. Sehr diskret hatten sie sich dabei wahrlich nicht verhalten, und er nahm sich vor, zukünftig ein wenig leiser über solche Dinge zu klatschen.

«Nun ja, wenn du es schon anbietest ... Also, eigentlich würden wir nur gern wissen, ob du vielleicht eine Ahnung hast, ob Aaron in New York eine Freundin hat. Ist er vergeben, verlobt, verheiratet?»

So, jetzt war es raus, und er hatte schön «*wir* würden gern wissen» gesagt, damit er hier nicht allein als der Dumme dastand.

Gespannt sah er May an, die jetzt langsam den Kopf schüttelte. «Nicht dass ich wüsste, nein.»

«Ah, das ist gut. Ich meine, ich frage nicht aus persönlichem Interesse, sondern weil, na ja, du hast ja sicher auch mitbekommen, dass Lexi und er sich gut verstehen, und ich würde mich einfach freuen, wenn aus den beiden was werden würde. Weil wir uns doch alle nur das Beste füreinander wünschen», fügte er noch hinzu. «Dann lass es dir schmecken, May, und ruf nach mir, wenn du noch was brauchst.»

«Danke, Nolan. Ich könnte tatsächlich ein wenig Honig für meinen Tee gebrauchen, wenn du welchen dahast.»

«Aber natürlich, Schätzchen, kommt sofort.» Nolan ging zurück hinter den Tresen und flüsterte den drei Damen dabei so unauffällig wie möglich zu: «Er ist Single.»

Die drei strahlten wie die Sonne, und sie freuten sich schon auf weitere Neuigkeiten von Lexi und Aaron, nicht ahnend, dass heute noch so einiges ans Licht kommen sollte.

24

Aaron hatte den Vormittag damit verbracht, an seinem Laptop zu sitzen und an ein paar Skizzen zu arbeiten. Simon hatte bereits drei weitere Male angerufen und ihn daran erinnert, dass die Uhr nicht stillstand und dass New York niemals schlief. Am Nachmittag hatte er dann Vera zum Kuchenessen ins *Paradise Café* eingeladen, die ein paar Stunden freihatte und sich freute, ihm ausführlicher von ihren Enkelkindern erzählen zu können.

«Irgendwann einmal musst du mich in New York besuchen kommen», hatte er Vera gesagt, und die hatte breit gelächelt.

«Oh ja, das werde ich tun. Und du musst mich dann zu *Tiffany's* bringen, wo wir uns schon früh am Morgen mit einem Kaffee und einem Croissant vors Schaufenster stellen und die Auslagen betrachten werden.»

«Aaah, wie in dem Film mit Audrey Hepburn?» Die Szene war sogar auf T-Shirts abgedruckt.

«Ganz genau, mein Hübscher.» Vera strich ihm liebevoll über die Wange, als wäre er einer ihrer Enkel, und obwohl sie es mitten in der Öffentlichkeit tat, machte es ihm nichts aus. Denn Vera war nun mal einer der wenigen Menschen in seinem Leben, bei denen er sich wohlfühlte und die für immer einen Platz in seinem Herzen hatten.

Nach dem Treffen ging Aaron wieder eine Runde joggen, und diesmal fand er auch Gelegenheit, seine Umgebung richtig aufzunehmen. An der Ostseite des Sees waren ein paar neue Häuser im Townhouse-Stil dazugekommen, die ihn irgendwie an Greenwich Village oder SoHo in New York erinnerten, hier aber keinesfalls fehl am Platz wirkten. Ganz im Gegenteil – wenn er sich direkt am See ein Haus bauen würde, dann würde es wahrscheinlich genau so eins sein.

Als er weiterjoggte, traf er auf ein bekanntes Gesicht: Jonahs Dad saß auf einem Klappstuhl und angelte. Er freute sich sichtlich, ihn zu sehen, und bat ihn, sich zu ihm zu setzen. Da er Jack nicht vor den Kopf stoßen wollte, nahm Aaron neben ihm auf einem Baumstumpf Platz und erkundigte sich nach seinem Befinden.

«Ich habe bereits vier Forellen gefangen!», posaunte Jack aus. «Wie kann es mir da nicht gut gehen?»

«Und wie läuft die Eisenwarenhandlung?»

«Gut wie eh und je. Wer einen Hammer braucht, der kommt zu mir.» Dasselbe hatte der Mann ihm bereits vor fünfzehn Jahren gesagt, und Aaron fragte sich unwillkürlich, ob inzwischen nicht schon jeder in Lake Paradise einen Hammer von Jack haben musste.

Nach noch ein wenig Smalltalk verabschiedete er sich. «Ich bin übrigens heute noch mit Jonah verabredet, zum Billardspielen.»

«Na, das weiß ich doch», erwiderte Jack.

Ja, Aaron hätte es sich denken können.

Als er Jonah um sieben vor der Kneipe traf, blickte sein Freund ihn schon von Weitem fassungslos an und schüttelte den Kopf.

«Was hab ich gemacht?», fragte Aaron.

Jonah hielt ihm einen gelben Zettel entgegen, und er nahm ihn und las.

Austausch von Körperflüssigkeiten
Du schmeckst sogar noch
was der andere zum Frühstück hatte
Waren es Cornflakes?
Pancakes?
Ein Spiegelei?
Küsse im Maismuseum –
Es muss wohl Mais gewesen sein

«Scheiße, was soll das denn?», rief er aus und sah Jonah schockiert an.

Sein Freund wirkte, als würde er schimpfen und lachen gleichzeitig wollen. «Tja, ich weiß ja nicht, wie und wobei ihr da ertappt wurdet, aber es spricht sich auf jeden Fall herum. Und zwar schneller als die Neuigkeit, dass die zukünftige Bimmelbahn blau gestrichen werden soll.»

«Woher willst du wissen, dass es sich dabei um mich handelt?», fragte Aaron und gab ihm den Zettel zurück.

«May hat die Tratschtanten im Café drüber reden gehört, was bedeutet, dass es bereits die ganze Stadt weiß.»

«Scheiße», sagte Aaron erneut. «Und Lexi?»

«Na, die wird es wohl auch wissen», antwortete Jonah und musste nun doch lachen.

«Ach, nee.» Er fasste sich an die Schläfe und rieb sie. «Ich meinte natürlich, wie sie das Ganze aufnimmt. May ist doch mit ihr befreundet, hat sie dir irgendwas erzählt?»

Jonah schüttelte den Kopf. «Nein, leider nicht.» Er blickte ihn nun eingehend an. «Also habt ihr euch tatsächlich im Maismuseum geküsst?»

«Nein, haben wir nicht.»

«Nicht? Wie kommen dann alle darauf?»

«Na ja, vielleicht, weil wir es *fast* getan hätten.»

«Oh.»

«Diese alte Frau aus dem Museum ist hereingeplatzt und hat alles ruiniert.»

«Aaron … ich dachte, du wolltest dich von ihr fernhalten?», fragte Jonah.

«Ja, ich weiß. Das wollte ich ja auch. Ich kann es aber einfach nicht. Zum ersten Mal seit Langem fühle ich mich wieder … ich kann es gar nicht richtig beschreiben. Gut. Einfach nur gut.»

Jonah starrte ihn an. «Ich glaub's ja nicht. Du bist verliebt! Aaron Highmore ist tatsächlich verliebt. Dass es dazu noch kommen würde, hätte ich nicht gedacht.»

Erst wollte er seinen Freund angehen, ihn fragen, *warum* er das nicht gedacht hätte. Doch Aaron sagte gar nichts.

Weil er es doch selbst nie gedacht hätte.

Sie gingen was trinken. Spielten ein paar Runden Pool. Und Aaron konnte keinen klaren Gedanken fassen, sich nicht konzentrieren, verkackte jeden Stoß. Als wieder mal die schwarze Spielkugel in die Tasche rollte, warf er den Queue auf den Tisch und verschränkte die Arme.

«Mann, Alter, dich hat es aber schwer erwischt, oder?», fragte Jonah und sah ihn fast ein wenig besorgt an.

«Wie kommst du denn darauf?», meldete sich sein Abwehrmechanismus zu Wort. Bloß nicht zugeben, dass Jonah recht haben könnte. Wegen einer Frau würde er doch hier nicht zum nervlichen Wrack werden.

«Na, sieh dich doch an. Das war dein drittes Foul in weniger als fünfzehn Minuten.»

«Ja, und? Jeder hat mal einen schlechten Tag. Ich brauch noch ein Bier.» Er hob bereits die Hand, um dem Barkeeper ein Zeichen zu geben, als Jonah ihn zurückhielt. «Du hast genug, Kumpel. Komm, wir beide machen jetzt lieber einen kleinen Spaziergang.»

«Na gut, wenn du meinst», erwiderte Aaron, ehrlich froh, aus diesem miefigen Laden raus- und an die frische Luft zu kommen.

Jonah schubste ihn fast nach draußen, und dort atmete er erst einmal tief ein und wieder aus.

«Das tut gut, oder?»

Er nickte. Sein Freund spazierte im Dunkeln los, steuerte in Richtung Rathaus, und Aaron ging neben ihm her.

«Okay, und nun sag mir, was du vorhast, Aaron. Was willst du machen? Etwa bleiben?»

«In Lake Paradise?», fragte er spöttisch. «Nie und nimmer.»

«Du willst also deine Gefühle ignorieren und zurück nach New York fliegen?»

Verlegen sah Aaron zu Boden und schüttelte den Kopf. Er wusste es doch selbst nicht.

«Ich weiß einfach nicht, was das ist. Was finde ich nur an

ihr? Ich meine, ausgerechnet an jemandem aus Lake Paradise?»

«Tja, mein Freund, das Herz will, was das Herz will.»

«Mein Herz hat anscheinend den Verstand verloren», entgegnete er patzig.

«Ach, Aaron, das Herz handelt nur sehr selten rational. Du scheinst wohl nicht viel von Herzensdingen zu verstehen, hm?»

«Nein, tue ich tatsächlich nicht. Bis heute hab ich nämlich ehrlich gesagt gedacht, dass mein Herz aus Eis ist. Wie die Herzen aller Highmore-Männer.»

«So ein Schwachsinn. Wenn es das wäre, dann wäre ich bestimmt nicht mit dir befreundet. Du hast ein großes Herz – vielleicht weißt du es nur selbst noch nicht.»

«Ich ein großes Herz? Wie kommst du denn darauf? Ich hab bisher noch keiner einzigen Frau *Ich liebe dich* gesagt.»

«Na, es geht dabei doch nicht nur um Frauen. Aaron, du schickst mir jedes Jahr was Megacooles zum Geburtstag, den du nicht ein einziges Mal vergessen hast in all den Jahren. Du hast mich bei dir in New York aufgenommen und mir die wohl schönste Woche meines Lebens geschenkt. Du schickst deiner alten Haushälterin Vera Jahr für Jahr ein Weihnachtsgeschenk und …»

«Woher weißt du das mit Vera?»

«Na, als ich in New York war, hast du es mir erzählt. Da haben wir doch zusammen für sie etwas bei *Macy's* ausgesucht. Schon vergessen?»

«Ach, stimmt ja.» Er erinnerte sich. In dem Dezember hatte er ihr eine Bonbonniere geschenkt.

Jonah wandte sich jetzt nach links, ging an der Drogerie

vorbei und bog in die Paradise Street ein. «Und am selben Tag hast du einem Obdachlosen einen Zwanzigdollarschein gegeben», fuhr er fort. «Zwanzig Dollar, Alter! Während andere ihm höchstens fünfundzwanzig Cent in den Becher geworfen haben.»

«Der Mann sah so aus, als würde er frieren. Ich hatte gehofft, er würde sich für das Geld einen warmen Pullover oder einen Schal und Handschuhe kaufen.»

Jonah blieb stehen. Sah ihn mit gerunzelter Stirn an. «Und bei alldem glaubst du wirklich, du hättest ein Herz aus Eis? Nur weil du der Sohn deines Vaters bist?»

Aaron zuckte die Achseln und ging weiter. Jonah lief ihm hinterher. «Erkenne doch endlich, wer du bist, Aaron! Du bist einer von den Guten.»

«Ich fühl mich nur leider nicht so. Und ich weiß, dass ich nicht gut für Lexi bin. Nicht gut genug.»

«Wegen dem, was ich neulich bei mir zu Hause gesagt hab? Das tut mir ehrlich leid, das war totaler Bullshit. Ich sehe doch, wie sehr du sie magst und was sie dir bedeutet. Sieh du es endlich auch und handle, Kumpel. Lass die Chance nicht verstreichen.»

Jonah blieb nun stehen und deutete auf ein Haus auf der anderen Straßenseite. Im Licht der Straßenlaterne konnte Aaron sehen, dass es nicht sehr groß war, vielleicht nur aus drei oder vier Zimmern bestand, von denen eins hell erleuchtet war.

«Wo sind wir hier? Wo hast du mich hingebracht?», fragte er.

«Das ist Lexis Haus. Hier wohnt sie.»

«Oh», war alles, was Aaron sagen konnte. Er blickte zu

dem einzigen Zimmer, in dem Licht brannte, konnte Lexi jedoch nirgends entdecken. Dann allerdings betrat sie den Raum, einen Becher in der einen Hand, ein Buch in der anderen. Sie setzte sich auf die Couch und begann zu lesen, und als Aaron sie so dabei beobachtete, wusste er mit absoluter Sicherheit, dass er nie etwas Schöneres gesehen hatte.

25

Lexi und Trish standen im Salon herum und hatten nichts zu tun, da Liz den Drei-Uhr-Termin mit ihrem Kaninchen abgesagt hatte. Trish spielte wie immer, wenn sie gelangweilt war, mit einer Haarsträhne herum.

«Glaubst du, sie hat abgesagt, weil es ihrer Mutter wieder schlechter geht?», fragte Lexi. Sie wusste, dass Liz, die Inhaberin des Friseursalons, seit Jahren für ihre bettlägerige Mutter sorgte. Inzwischen wohnte Constance sogar bei ihr.

«Kann schon sein. Der Friseursalon ist heute jedenfalls geschlossen, hab ich vorhin gesehen, als ich mein Mittagessen holen gegangen bin.»

Normalerweise arbeitete May mit im Salon, doch die stand kurz vor der Geburt und war bereits im Mutterschaftsurlaub.

«Oje. Die Arme hat kaum noch ein Privatleben. Könnte sein, dass die Beziehung zu Shane Doyle daran gescheitert ist», vermutete Lexi.

Trish schüttelte den Kopf. «Nein, da hab ich anderes gehört. Er soll sie betrogen haben.»

«Shane? Das kann ich mir nicht vorstellen. Er liebt Liz

über alles, das sieht sogar ein Blinder.» Lexi verlagerte ihr Gewicht von einem Bein aufs andere. «Nun ja, zumindest hoffe ich, dass er keinen solchen Fehler begangen hat. Betrüger sind nämlich die Schlimmsten von allen.» Sie hasste Männer, die ihre Frauen hintergingen – und Frauen, die ihre Männer hintergingen, ebenso. Auch mit offenen Beziehungen konnte sie nichts anfangen. Für Lexi gehörten zwei Menschen zu einer intimen Partnerschaft, ein dritter hatte da nichts zu suchen.

Keith hätte sie niemals betrogen, da war sie sich absolut sicher. Wie Aaron die Sache allerdings sah, das wusste sie nicht, konnte es sich aber denken. Und dieser Gedanke bereitete ihr Bauchweh.

«Ich hoffe echt, die beiden finden wieder zueinander, sie waren so ein süßes Paar», sagte Trish, und Lexi konnte ihr nur zustimmen.

Beide hatten ihre äußeren Makel, Liz fand sich selbst zu mollig und probierte ständig irgendeine neue Diät, und Shane hatte bereits eine Halbglatze, seit er fünfunddreißig war, doch die inneren Werte stimmten, und die beiden passten zusammen wie der Deckel auf seinen Topf.

«Wollen wir was spielen? Mir ist total langweilig, und der nächste Termin ist erst in einer halben Stunde», fragte Trish dann.

Lexi grinste. «Etwa *Was würdest du lieber tun?* Das hab ich neulich erst mit Aaron gespielt.»

Trish machte große Augen. «Wann?»

«Im Museum.»

«Vor oder nach eurem Beinahe-Kuss?»

Sie hatte ihrer Freundin wohl oder übel doch davon erzählen müssen, nachdem bereits die halbe Stadt davon Wind bekommen hatte – dank Edda, Buddy und dem Tratsch-Trio.

«Na, *davor* natürlich. Danach ist er doch aus dem Museum geeilt, und ich hab ihn nicht wiedergesehen.»

«Es ist gerade mal achtundvierzig Stunden her, und du vermisst ihn schon? Wie süß.»

«Tu ich gar nicht.»

«Wirklich nicht?»

«Okay, ein bisschen vielleicht. Ich würde nur gern wissen, was das zwischen uns beiden ist und ob es irgendwo hinführt.»

«Willst du denn, dass es irgendwo hinführt?», fragte Trish und sah sie ernst an. Denn die Gute hatte oft genug von Lexi hören müssen, dass sie niemals wieder einen Mann in ihr Leben lassen würde. Dass sie niemals jemand anderen als Keith lieben könnte.

Von Liebe war hier ja aber überhaupt nicht die Rede.

Lexi zuckte nun die Schultern. «Ich weiß nicht. Vielleicht schon. Ich meine, ich erwarte nicht viel, möchte keine Beziehung oder so. Aber nach all der Zeit fühlt es sich schön an, sich für jemanden zu interessieren, jemandem näherzukommen. Es ist ein bisschen so wie damals in der Highschool, verstehst du? Als wir vierzehn und total verknallt in die Jungs aus der Oberstufe waren. Erinnerst du dich an Ben Cook?»

«Natürlich erinnere ich mich an Ben Cook! Er lebt jetzt in Denver und hat ein eigenes Turnschuhlabel.»

«Oh, ehrlich?»

«Ja. Ben Cook ist mir aber gerade ziemlich egal, Lexi. *Du*

bist mir wichtig. Und ich möchte einfach nicht, dass du verletzt wirst.»

«Ich pass schon auf mich auf.»

«Da bin ich mir nicht so sicher», entgegnete Trish.

«Mach dir keine Sorgen. Wahrscheinlich wird zwischen Aaron und mir eh gar nichts weiter passieren. Bestimmt hat er schon sein Rückflugticket gekauft, und wir sehen ihn nie wieder.»

«Höchstens dann zur Beerdigung von Vincent Highmore. Er scheint ja immer zu Beerdigungen nach Lake Paradise zurückzukehren.»

Oh, hätte sie Trish doch bloß nicht wissen lassen, dass Aaron zur Beisetzung seiner Mutter hier gewesen war. Er hatte es ihr im Vertrauen gesagt, und sie hatte es gleich weitererzählt – sie war nicht besser als Murielle, Sadie und Delores. Andererseits hatte sie es nur einer Person gesagt, ihrer besten Freundin, weil sie es einfach so unglaublich fand. Und so berührend. Das stellte Aaron Highmore direkt in ein anderes Licht. Hatte man doch all die Jahre angenommen, Mathildas Tod wäre ihm gleichgültig gewesen.

«Trish, du solltest wirklich nicht vom Tod anderer Leute reden, nachher beschwörst du noch irgendwas herauf.»

«Ach, komm, Vincent Highmore würde doch niemand vermissen.»

«Aaron würde ihn vermissen.»

«Ich dachte, die beiden hassen sich?» Trish runzelte die Stirn.

«Sie haben sich nur zerstritten, das bedeutet aber nicht, dass sie einander hassen. Ich bin mir sicher, ein Vater kann seinen Sohn gar nicht hassen. Und Aaron sucht die Nähe zu seinem Dad, das kann ich spüren. Ich hoffe nur, sie schaffen es, sich endlich einmal auszusprechen. Manchmal genügen ein paar Worte, wenn sie von Herzen kommen.»

«Pfff. Ich glaube ja nicht, dass Vincent Highmore überhaupt ein Herz hat, aber wenn du meinst. Also, spielen wir jetzt oder nicht?»

Lexi seufzte. Denn sie war, was Vincent Highmore betraf, anderer Meinung. Sie hatte ihn in den letzten Jahren nicht sehr oft gesehen, aber wenn, dann waren ihr seine traurigen Augen aufgefallen. Lexi glaubte nun mal an das Gute in den Menschen und würde auch den alten Stinkstiefel noch nicht aufgeben.

«Okay.» Sie überlegte nur kurz. «Was würdest du lieber tun – einen Regenwurm oder einen Popel essen?» Es war dieselbe Frage, die sie ihrer besten Freundin schon als Achtjährige gestellt hatte.

Trish musste lachen. «Ich gebe dir dieselbe Antwort wie damals: einen Popel. Denn mal davon abgesehen, dass ich Vegetarierin bin, finde ich Regenwürmer nach wie vor eklig. Allein, an sie zu denken ...» Trish schüttelte sich. «Okay, ich bin dran. Würdest du Aaron Highmore küssen, wenn er es nochmal versuchen würde, oder lieber nicht?»

Nachdenklich kaute Lexi auf ihrer Lippe herum.

«Nun sag schon!»

«Irgendwie ist das keine Was-würdest-du-lieber-tun-Frage, oder?»

«Ist doch egal. Bekomme ich jetzt eine Antwort?»

«Ja, okay, würde ich vielleicht.»

«Hurray! Na, dann hoffe ich sehr, dass er sich noch mal traut.»

«Traut? Wieso sollte er denn Angst davor haben?»

«Na, weil Buddy sicher gleich wieder ein Gedicht darüber verfassen wird», sagte Trish.

Lexi ahnte jedoch, was sie eigentlich meinte: Aaron war inzwischen eine ganze Woche in Lake Paradise, da war es gut möglich, dass er von ihrer Tragödie gehört und Angst hatte, sie zu verletzen.

Oh, wenn er doch wüsste, dass er der einzige Mensch auf Erden war, der machte, dass es ihr endlich besser ging.

«Okay, ich wieder. Wen würdest *du* denn lieber küssen – Steven, wenn er dich anflehen würde, zu ihm zurückzukommen, und dir versprechen würde, nie wieder seine Fußnägel im Bett zu schneiden – oder unseren Sheriff?»

Trish stemmte die Hände in die Hüften. «Wieso denkst du nur immer, dass da was ist zwischen Wyatt und mir?»

«Na, weil es ganz offensichtlich ist.»

«Diese Frage beantworte ich nicht, weil du nämlich spinnst.»

«Wieso gibst du es nicht einfach zu, dass du auf ihn stehst?»

«Der Mann hat ein Kind!»

«Ja, und? Ich finde, du würdest dich super als Mutter eignen, so toll, wie du deine Schwestern großgezogen hast.»

«Na ja, Halle hat mir ein ganzes Stück dabei geholfen.» Nach dem Tod von Trishs Eltern war ihre Tante Halle für eine Weile zu ihnen gezogen, doch seit ihrem achtzehnten Geburtstag kümmerte Trish sich ganz allein um ihre beiden jüngeren Schwestern. Rebecca war jetzt sechzehn, Annie war vierzehn, und Lexi bewunderte sehr, wie Trish alles aufrechterhielt.

«Ach, jetzt stell dein Licht nicht unter den Scheffel, du … Oh, verdammt!», sagte sie, weil sie durchs Fenster plötzlich Aaron entdeckt hatte, der quer über den Platz ging und aufs *Animal Paradise* zusteuerte.

Trish folgte ihrem Blick. Dann zeichnete sich ein Grinsen auf ihrem Gesicht ab. «Sieht ganz so aus, als wolle er zu dir.»

«Ich versteck mich hinten, sag ihm, dass ich nicht da bin, ja?» Sie war auf einmal vollkommen nervös, wusste gar nicht, wie sie Aaron gegenübertreten sollte. Ihr Inneres war ein totales Chaos, das sie noch nicht einmal ansatzweise entwirrt hatte.

«Ich würde sagen, dazu ist es zu spät», meinte Trish, und sie hatte recht.

Denn Aaron hatte Lexi bereits entdeckt, und er winkte ihr zu, bevor er den Laden betrat.

26

Er winkte wie ein Blödmann. Vor fünf Minuten war er noch ganz cool und sicher gewesen, hatte gewusst, was er wollte, und jetzt war plötzlich alles dahin …

Am Vormittag war Aaron zu Hunter gefahren, und sie hatten sich wieder über Gott und die Welt unterhalten. Schließlich hatte sein alter Kumpel ihm anvertraut, dass er bereits seit der Highschool in Sydney verliebt war, sich aber keinerlei Chancen ausrechnete. Aaron hatte mit dem Namen nichts anfangen können, als Hunter ihm aber sagte, dass es sich bei Sydney um Lindsays Schwester handelte, konnte er sich denken, weshalb Hunter so hoffnungslos war. Wenn Sydney auch nur annähernd Ähnlichkeit mit ihrer superschlanken blonden Schwester, der ehemaligen Maisprinzessin, hatte, konnte er sicher nicht bei ihr landen. Leider wusste Aaron auch nicht, wie er dem armen Kerl helfen könnte, doch er hatte auf einmal eine Vision von sich selbst, wie er in zwanzig Jahren neben Hunter auf dessen Veranda saß, beide ein Bier in der Hand und beide noch immer solo – Hunter, weil er Sydney nicht das Wasser reichen, er selbst, weil er Nähe nicht zulassen konnte.

Nein, so durfte es auf keinen Fall enden!

Und so hatte Aaron beschlossen, zu ihr zu fahren. Er bat Hunter, ihm viel Glück zu wünschen, weil er vorhatte, einer Frau zu sagen, wie gern er sie mochte, und dann war er ins Zentrum gefahren. Er wusste, wo er sie um diese Uhrzeit antreffen würde, parkte seinen Wagen in der Nähe der *Paradise Tavern* – falls es schiefgehen und er dringend einen Drink brauchen sollte – und ging auf den Tiersalon zu. Er konnte sie schon von Weitem durchs Ladenfenster sehen, wie sie mit ihrer Kollegin redete. Beide trugen diese knallpinken Plastikschürzen und schienen gerade nichts weiter zu tun zu haben. Der perfekte Zeitpunkt also.

Als sie ihn entdeckte, winkte er dümmlich, dann ging er die zwei Stufen hoch und durch die Tür. Im Salon roch es nach Shampoo, nassem Hund und irgendwas Grünem. Katzengras vielleicht. Er zwang sich, Lexi direkt anzusehen, auf sie zuzugehen, cool zu sein.

«Hallo», sagte sie.

«Hallo», erwiderte er.

«Wie kann ich helfen?», fragte sie.

«Ich hätte da eine Frage. Und zwar würde ich gern wissen, ob du vielleicht Zeit hättest für einen Spaziergang.»

Am liebsten hätte er sich gegen die Stirn geschlagen. *Ich hätte da eine Frage?*

«Ähm … klar. Gleich nach Feierabend ginge es bei mir. So gegen sechs?»

«Geh ruhig jetzt, Lexi, es ist doch überhaupt nichts los», sagte ihre Kollegin, und Aaron war ihr mehr als dankbar. Jetzt musste nur noch Lexi zusagen, was er sehr hoffte, denn bis nach Feierabend konnte er unmöglich warten. Er war ja jetzt schon ein nervliches Wrack.

«Oh. Na gut, wenn du meinst», sagte Lexi zu ihrer Kollegin, und dann zu ihm: «Warte kurz, ja? Ich geh meine Jacke holen.»

Während sie im Hinterzimmer verschwand, lächelte die Kollegin ihn an. «Ich bin übrigens Trish. Lexis beste Freundin. Wir haben uns neulich beim Tanzabend schon mal gesehen.»

«Ja, ich erinnere mich.»

Trish sah so aus, als ob sie ihm noch etwas sagen, ihn vielleicht warnen wollte, da sie so einen Beschützerausdruck in den Augen hatte, doch da war Lexi auch schon wieder da. Sie hatte die Schürze abgenommen und die Crocs ausgezogen, trug jetzt zu ihrer Jeans und dem fliederfarbenen Pulli ihre braunen Boots und die gewohnte Jeansjacke.

«Viel Spaß euch!», rief die Kollegin. «Und lass dir Zeit, Lexi, ich komm schon allein zurecht.»

«Danke, Trish», erwiderte Lexi und zog sich beim Verlassen des Salons das Zopfgummi aus dem Haar, sodass ihr die langen blonden Locken jetzt locker über den Rücken fielen.

Aaron war hin und weg.

«Also, wo wollen wir spazieren gehen?», fragte sie.

«Am See?», schlug er vor.

«Klar. Laufen wir hin?»

«Ist ein bisschen weit, oder? Lass uns meinen Wagen nehmen, dann kann ich ihn beim Hotel parken. Später fahre ich dich dann gerne zurück», fügte er hinzu.

«Oder wir nehmen mein Fahrrad mit, dann hast du später keine Umstände.»

«Wo ist dein Fahrrad?»

«Es steht da an der Ecke», sagte sie, ging am Zeitungskiosk vorbei und hinüber zu dem Geländer, an dem drei Räder angeschlossen waren.

«Okay, klar, das können wir auch machen», sagte er, obwohl er ein wenig unsicher war, weil sie damit von vornherein ausschloss, dass sie mit ihm zusammen zurück ins Zentrum fahren würde.

Doch davon wollte er sich jetzt nicht beirren lassen. Aaron deutete auf seinen Wagen auf der anderen Seite des Platzes, den er eine weitere Woche gemietet hatte, und sie schob ihr Fahrrad dorthin. Zusammen verfrachteten sie es in den Kofferraum. Damit es passte, mussten sie den Rücksitz umklappen, und dabei berührten sich ihre Finger eine Millisekunde lang, was einen Blitz durch seinen ganzen Körper schießen ließ.

Aaron setzte sich ans Lenkrad und überlegte, ob er ihr ganz gentlemanlike die Tür hätte aufhalten sollen, doch dann stieg sie schon von selbst ein und schnallte sich brav an. Er tat es ihr gleich.

«Hast du Lust auf Musik?», fragte er, bevor er losfuhr.

«Klar», antwortete sie.

Er wollte schon die Verbindung zu seinem iPod herstellen, war sich aber nicht sicher, ob Lexi Rockmusik mochte, und schaltete stattdessen lieber das Radio an. Auf dem Sender, der wahrscheinlich noch von demjenigen eingestellt war, der vor ihm den Wagen gemietet hatte, spielten sie gerade einen schnulzigen Barry-Manilow-Song. Aaron verzog das Gesicht und hörte Lexi lachen. Schnell drückte er den Knopf für die Sendersuche.

I'm Like a Bird von Nelly Furtado erklang, und Lexi rief: «Uh! Uh! Ich liebe den Song!» Also ließ er ihn an.

Die nächsten paar Minuten sang Lexi zu dem Lied mit, als wäre es das Natürlichste der Welt, und er freute sich, dass sie sich in seiner Gegenwart so wohlzufühlen schien.

Als sie keine zehn Minuten später den See erreichten, war die Stimmung entspannt, viel entspannter zumindest als noch zu Beginn ihres Treffens. Aaron sandte ein Dankeschön an Nelly Furtado und parkte den Wagen vor dem Hotel, von wo aus sie direkt zum Spazierweg gelangen würden, der hinter dem Gebäude entlangführte. Er bemerkte, wie herbstlich die Blätter der Bäume bereits aussahen, und es erinnerte ihn an Tage im Central Park, an denen er auf seiner Lieblingsbank gesessen und gearbeitet hatte. Die Skizze auf seinem Schoß, einen Becher Kaffee von Starbucks auf dem Holz neben ihm und dieser besondere Duft nach Spätsommer in jedem Atemzug. Diesen Duft nahm er auch jetzt wahr. Es war dieses gewisse Etwas, das in der Luft lag und bereits einen Hauch von Herbst und Halloween versprach, von Kürbissen und Thanksgiving, obwohl der Sommer doch noch gar nicht richtig zu Ende gegangen war.

«Wie gefällt es dir bei Savannah?», fragte Lexi, als sie ausgestiegen waren.

Er sah zu dem Gebäude hinüber, das auch früher schon ein Hotel gewesen war. Es war zweistöckig und im Landhausstil gehalten, was einen starken Kontrast zu den schlichten Bungalows auf der Westseite und den neueren, eleganteren Wohnhäusern auf der Ostseite des Sees bildete, die wohl hauptsächlich als Sommerhäuser gutbetuchter Stadtmenschen genutzt wurden. Das *Paradise Inn* hatte sich seit seiner Kindheit jedoch stark verändert, war modernisiert worden, und nicht nur, was das Äußere betraf.

«Gut», gab er zur Antwort. «Ich mag die Individualität der einzelnen Räume.» Er hatte jetzt schon mehrmals die Gelegenheit gehabt, in einige der anderen Gästezimmer hineinzugucken, und sie schienen sich alle zu unterscheiden, was die Möbel und auch die Deko anging. In seinem hingen geschmackvolle Fotografien von verschiedenen Pflanzen und Gräsern, sein Bettbezug war mit einem grünen Palmblattmuster bedruckt, auf der Kommode beim Fenster standen zwei gelbe Orchideen und auf dem Schreibtisch ein Miniatur-Gummibaum. Savannah hatte ihm das «Grüne Zimmer» überlassen, als hätte sie geahnt, dass er ein Fan von Umwelt und Nachhaltigkeit war. Und er fühlte sich wohl, wenn er mit seinem Laptop am Tisch saß und die frische Seebrise ihm durch das offene Fenster sachte in den Nacken pustete.

«Ja, Savannah hat sehr viel Liebe in dieses Hotel gesteckt, als sie es damals restauriert hat», erzählte Lexi, während sie zu dem Weg schlenderten, der im Gegensatz zum Hotel noch genauso aussah wie damals. Gepflegt wie eh und je, wie alle Wege und Grünflächen in Lake Paradise, dafür sorgte Bürgermeister Doyle seit beinahe zwanzig Jahren.

«Wann hat sie es übernommen?», erkundigte er sich. Denn als er damals ins Internat zog, gehörte es noch den Mastersons.

«Es muss vor etwa sechs Jahren gewesen sein, dass die alten Besitzer es ihr verkauft haben und nach Florida gezogen sind, um dort ihren Ruhestand zu genießen. Nach gut einem halben Jahr war alles perfekt umgebaut, und es hat eine große Eröffnungsfeier gegeben, zu der meine Schwester Helena extra angereist ist. Helena und Savannah sind beste Freundinnen, musst du wissen.»

Aaron lächelte Lexi an. Er fand es wirklich schön, dass sie ihm das alles erzählte, ihm auch von ihrer Schwester erzählte.

«Du und deine Schwester ... Steht ihr euch sehr nah?»

Lexi nickte. «Ja, total. Leider wohnt sie in Kansas City, und ich sehe sie nicht allzu oft. Sie hat zwei kleine Kinder, einen Job und einen Mann, der ständig auf Geschäftsreise ist. Er ist Vertreter für medizinisches Zubehör.»

«Oh. Das bedeutet also, du bist bereits Tante?»

«Yep.» Sie strahlte, genau wie die Sonne, die hinter ihr am Himmel stand und auf ihr Haar schien.

«Wie ist das so?»

«Was? Tante zu sein?»

«Ja. Nein. Ich meine, eine Familie zu haben.»

Lexi sah ihn ein wenig verwirrt an. «Jeder Mensch hat eine Familie, Aaron. Du auch.»

«Ich sehe das anders.»

«Ich weiß, du hast einige sehr wichtige Menschen in deinem Leben verloren», sagte Lexi nun mit ganz viel Mitgefühl in der Stimme. «Aber du hast immerhin noch deinen Dad.»

«Ich habe einen Erzeuger. *Dad* habe ich ihn kein einziges Mal in meinem ganzen Leben genannt, und Familie kann ich ihn ehrlich auch nicht nennen.»

«Das ist wirklich traurig.»

«Es ist, wie es ist.»

Er war überrascht, als Lexi jetzt seine Hand nahm und sie drückte. Das war fast mehr, als er ertragen konnte. Solche Intimität hatte er bisher von keiner Frau erfahren.

Doch er ließ es zu und zog seine Hand auch nicht weg, und gemeinsam spazierten sie voran.

Nach ein paar Minuten erreichten sie den Steg, auf dem sie schon neulich gesessen hatten, und Lexi machte den Vorschlag, hier eine Pause einzulegen. Sie nahmen also wieder ganz am Ende des Stegs Platz und ließen die Beine baumeln. Lexi zog ihre Stiefel und auch die Socken aus, rutschte ganz nah an die Kante und steckte die Füße ins Wasser.

«Ist das nicht kalt?», fragte er.

«Ein bisschen schon, aber sehr belebend. Du solltest es versuchen.»

Nie im Leben hätte er gedacht, dass er sich mal die Schuhe ausziehen würde, um sie in einen algenverseuchten See zu stecken, doch er wollte kein Spielverderber sein und tat es Lexi gleich.

«Und? Fühlt sich gut an, oder?», fragte sie.

«Ja, du hattest recht.»

Und so saßen sie einfach nur eine Weile da, die Füße im Wasser, die Welt um sie herum still.

Irgendwann ließen auf der anderen Seite des Sees ein Vater und sein Sohn ein Kanu zu Wasser und ruderten los.

«Ich bin früher auch gerudert», erzählte Aaron.

«Ehrlich?»

«Ja. Habe sogar Wettbewerbe gewonnen.»

«Cool. Bist du auch mal mit deinem Vater gerudert? So wie die beiden?» Sie deutete zu dem Boot.

«Nein. Kennst du meinen Vater? Der würde niemals in ein Boot steigen.»

«Okay, dabei kann ich ihn mir auch nicht vorstellen. Ich dachte nur, dass er früher vielleicht anders war.»

«Nein, er war nie anders. War schon immer dieser mürrische Kerl, der er heute ist.»

«Hast du mal überlegt, dass er vielleicht aus einem bestimmten Grund so mürrisch ist?», fragte Lexi.

«Nein. Ich glaube, er ist schon so geboren.»

Sie blickte aufs Wasser. «Vielleicht solltest du ihn trotzdem mal fragen.»

Er musste lachen. «Was soll ich ihn fragen? Warum er so ein Mistkerl ist?»

«So solltest du ihn dann zwar nicht nennen, aber ja, genau das.»

Er ließ nun seinerseits den Blick über den See gleiten. «Ja, vielleicht hast du auch damit recht. Vielleicht sollte ich das wirklich mal tun.»

«Ich habe *immer* recht», erwiderte Lexi und grinste.

«Okay, merke ich mir.»

Am liebsten hätte Aaron wieder ihre Hand gehalten. Also griff er einfach danach und war erleichtert, als sie ihm ein Lächeln schenkte. Das schönste Lächeln der Welt.

27

Er hatte das schönste Lächeln der Welt. Fast ein wenig schüchtern, doch es gehörte nur ihr, das spürte sie genau.

Lexi fand es ganz wunderbar, dass sie heute viel gelöster miteinander waren, dass diese Spannung zwischen ihnen sich verflüchtigt hatte. Sie sprachen über ihre Familien, hielten Händchen und warfen einander Blicke zu, die nur eines bedeuten konnten: dass sie einander wirklich mochten und mehr wollten. Was genau das war und wo das alles hinführen sollte, wusste Lexi jedoch nicht. Und wenn sie ehrlich war, wollte sie auch gar nicht zu viel darüber nachdenken, sondern die Dinge einfach nehmen, wie sie kamen. Sie wollte sich keine Gedanken um die Zukunft machen, sondern den Moment genießen. Und vielleicht war das ja auch genau der Grund, aus dem sie sich so zu Aaron hingezogen fühlte. Weil er eben kein Boyfriend-Material war und weil sie wusste, dass er bald wieder weg war. Denn das alles nahm ihr ein wenig das schlechte Gewissen, das sie verfolgt hätte, wäre sie mit jemandem aus Lake Paradise ausgegangen. Jemand, mit dem sie eine gemeinsame Zukunft hätte planen können. Denn noch konnte sie Keith nicht loslassen, dazu war sie einfach noch nicht bereit. Allerdings war sie auch nur eine

Frau, die sich nach Nähe und Zuneigung sehnte, und deshalb spürte sie jetzt ein freudiges Kribbeln in sich aufsteigen, als Aaron sich zu ihr wandte und ihr tief in die Augen blickte.

Mit der Wärme, die all das bei ihr auslöste, schloss Lexi die Augen und ließ es geschehen.

Aarons Lippen endlich auf ihren zu spüren, fühlte sich unglaublich an. Der Kuss war zärtlich und lang, und sie hätte nichts dagegen gehabt, wenn er niemals geendet hätte. Diesmal wurden sie glücklicherweise auch von niemandem gestört und konnten ihre Zweisamkeit in vollen Zügen genießen.

Als Aaron sich endlich von ihr löste, war sie überwältigt. Ja, das war das richtige Wort. Völlig überwältigt von ihren Gefühlen, doch leider nicht nur auf positive Weise. Und als Aaron sich erneut auf sie zubewegte, hatte die Vergangenheit sie leider doch wieder eingeholt.

Lexi wandte den Kopf ab und sah auf ihre Füße im Wasser. «Ich glaube, ich kann das nicht, Aaron.»

Aaron nickte. «Ich verstehe.»

«Ich würde so gerne, will es ja wirklich, aber ... Ich bin mir nicht sicher, ob du weißt, was damals war. Dass ich verlobt war und dass er ...» Tränen bildeten sich in ihren Augen, sie konnte nicht weitersprechen.

«Ich weiß, was dir passiert ist, Lexi. Und es tut mir ehrlich leid. Das hast du nicht verdient.»

«Ich glaube, das hat niemand verdient.»

«Du ganz besonders nicht.»

Sie sah ihn an. «Das ist lieb, dass du das sagst.» Dann nahm sie die inzwischen eiskalten Füße aus dem Wasser und ließ sie an der Herbstluft trocknen.

Aaron nahm jetzt wieder ihre Hand. «Ich kann mir vorstellen, wie schwer das für dich sein muss, dich wieder auf jemanden einzulassen, aber ich mag dich wirklich, Lexi Dawson. Und wenn wir nur Freunde sein können, dann ist das auch okay für mich.»

«Ehrlich?»

Er nickte, doch sie konnte es in seinen Augen sehen: Es würde nicht okay sein. Er wollte mehr.

Genau wie sie.

Oh, wenn die Dinge doch einfacher wären. Wenn sie ihr Herz doch einfach wieder öffnen könnte.

«Danke, dass du das verstehst», sagte sie dennoch und hoffte, sie würden einen Weg finden. Wenn auch nicht mehr heute. Für heute war ihr armes kleines Herz genug aufgewühlt. «Vielleicht sollten wir gehen.»

«Okay.» Er stand auf, und sie tat es ebenfalls. Schweigend zogen sie sich die Schuhe an und spazierten zusammen zurück zum Hotel. Keiner sagte mehr ein Wort.

Bei seinem Wagen angekommen, lud Aaron ihr Fahrrad aus. Dann sah er sie noch einmal an, sah sie so an, dass alles in ihr die Vergangenheit und ihr tragisches Schicksal verfluchte und sie sich wünschte, sie könnte einfach wieder lieben.

Doch es sollte ihr wohl nicht vergönnt sein.

Lexi verabschiedete sich, stieg auf ihr Rad und fuhr davon. Den Blick nach vorn, verschwommen von den Tränen, die nun flossen wie Wasserfälle. Weil sie sich selbst gerade alles verdorben hatte, was das Leben für sie bereitgehalten hatte.

Weil sie Aaron jetzt schon vermisste.

28

Aaron war total perplex. Verletzt. Und traurig. Todtraurig. Er konnte es selbst kaum glauben, aber dieser Kuss war das Schönste gewesen, was er je erlebt hatte. Wie sehr hätte er sich mehr davon gewünscht. Mehr von Lexi. Beinahe hatte er schon an eine gemeinsame Zukunft mit dieser wunderbaren Frau geglaubt, die einen Augenblick später nicht nur seinen Traum zerstört, sondern auch sein Herz zerschmettert hatte.

Und dabei hatte sie ja recht!

Er war nicht gut für sie. Nicht genug. Ihrer nicht würdig. Er hatte es von Anfang an gewusst.

Denn wer war er schon? Ein Kerl, der sein Leben lang keinem anderen Menschen Zuneigung geschenkt hatte, der Frauen behandelt hatte wie Dreck, der nicht einmal wusste, was er wollte oder wo er hingehörte.

Er würde sie nur verletzen. Würde ihr niemals das geben können, was sie verdiente: eine beständige Beziehung, seine Liebe, sein Leben. Das hatte sie erkannt und ihn auf die bitterste Weise wissen lassen. Und das war ihm genug gewesen. Er wusste nun, was er zu tun hatte, das wurde ihm klar, während er ihr nachsah, wie sie auf ihrem Rad davonfuhr. Aus seinem Leben fuhr.

Als sie nichts mehr als eine Erinnerung war, lief Aaron hoch in sein Hotelzimmer, packte seine Sachen, checkte aus und belud seinen Wagen. Dann fuhr er los. Doch bevor er sich zum Flughafen aufmachte, wollte er zwei Zwischenstopps einlegen und dann, so hoffte er, noch einen Flug für heute Abend bekommen. Zur Not würde er am Airport schlafen, er würde es nur nicht ertragen können, noch eine weitere Nacht in Lake Paradise zu bleiben.

Sein erster Halt war die Villa seines Vaters. Er klopfte so laut an die Tür, wie er konnte. Und als der Butler öffnete, schob er sich einfach an ihm vorbei ins Foyer.

«Wo ist er?», fragte er aufgebracht.

«Mr. Highmore, ich muss Sie bitten, im Salon zu warten. Ich gehe Ihren Vater holen», entgegnete der Butler beinahe ein wenig ängstlich, und Aaron befürchtete schon, er würde statt seines Vaters die Polizei rufen.

Widerwillig setzte er sich auf einen der ledernen Sessel im Salon und wartete unruhig. Als sein Vater das Zimmer betrat und ihn fragend ansah, sprang Aaron auf und stürmte auf ihn zu. Blieb nur einen Meter vor ihm stehen und schrie ihn an: «Weißt du eigentlich, wie kaputt ich bin? Wie kaputt ich deinetwegen bin?»

Er wollte alles rauslassen, all seine Wut, seine Angst, seinen Schmerz. Wollte seinen Vater für alles Schlimme in seinem Leben verantwortlich machen – auch für die Abfuhr von Lexi.

Doch sein Vater reagierte nicht so, wie Aaron gedacht hatte. Vincent Highmore schrie nicht zurück. Rechtfertigte sich nicht. Warf ihn nicht aus dem Haus. Stattdessen ließ er die Schultern sacken, sah ihn voller Reue an und sagte: «Es tut mir leid.»

Verwirrt starrte Aaron den Mann an, der für ihn immer so unnahbar gewesen war und der sich jetzt tatsächlich bei ihm entschuldigte. Mit allem hatte er gerechnet, aber nicht damit.

«Es tut dir leid?», fragte er ungläubig.

Sein Vater nickte schwach, den Blick Richtung Boden gesenkt.

Aaron schüttelte fassungslos den Kopf und musste sich erst mal wieder setzen. Er legte das Gesicht in die Hände, eine gute Minute lang. Dann sah er wieder auf. Sein Vater hatte sich inzwischen ebenfalls gesetzt.

«Aaron. Ich …» Sein Vater suchte nach den richtigen Worten, rang mit sich. Er konnte Aaron noch immer nicht in die Augen sehen, kreiste mit seinen Daumen, als wenn er tatsächlich nervös wäre. Dann blickte er endlich auf und sagte mit belegter Stimme: «Ich bereue zutiefst, was für ein schlechter Vater ich für dich war.»

Aaron konnte kaum glauben, was er da hörte. Sein Vater empfand Reue? Fast kam er sich vor wie in einer dieser Fernsehshows, in denen man verarscht wurde. Saß vor ihm etwa ein Doppelgänger seines Vaters, und er machte sich gerade vor Publikum lächerlich?

«Aaron, bitte sag doch etwas», bat sein Vater, und Aaron zwang sich, ihm ins Gesicht zu sehen.

«Wieso kommst du mir jetzt damit? Wieso tut es dir plötzlich leid, wie du damals warst? Wie du immer warst?» Aaron wünschte, er hätte ein wenig souveräner sein können, statt so verbittert zu klingen, doch er konnte einfach nicht aus seiner Haut. Zu tief saßen all die Verletzungen, die Zurückweisungen, die Kälte.

«Weißt du, ich ...», begann sein Vater zögerlich. «Manchmal übernimmt man leider die Dinge, die man von seinen eigenen Eltern beigebracht bekommt ... Und man realisiert erst später, was man eigentlich ...» Er räusperte sich. «Aaron, ich weiß, ich kann nicht ungeschehen machen, was war und wie unsere Beziehung bisher verlaufen ist, aber ... ich hoffe inständig, dass du mir verzeihen kannst.»

Erneut schüttelte Aaron den Kopf, zum zweiten Mal an diesem Tag überwältigt von seinen Gefühlen. «Das geht nicht so einfach, Vater. Ich kann dir nicht einfach so verzeihen. Es ist zu viel vorgefallen.»

«Ja, ich weiß.» Sein Vater sah wieder zu Boden. Dann schien er all seinen Mut zusammenzusammeln. «Doch ich möchte es wiedergutmachen. Bitte. Gib mir die Chance.»

Aaron wusste überhaupt nicht, wie ihm geschah. Nie und nimmer hätte er gedacht, diese Worte je von seinem Vater zu hören. Und jetzt wusste er gar nicht, wie er darauf reagieren sollte.

«Ich ... brauche Zeit, um darüber nachzudenken.» Er stand auf.

«Wie lange bist du noch in der Stadt?», fragte sein Vater.

«Ich fliege noch heute wieder ab.»

«Nun, ich würde mich freuen, wenn du dich irgendwann mal bei mir melden würdest.»

Aaron konnte nichts erwidern. Nickte nur und verließ das Zimmer, das Haus und das Grundstück. Fuhr dann ins Zentrum, sein Kopf wirr, sein Herz schwer und doch irgendwie ein wenig leichter.

Das war alles zu viel, zu viel für einen einzigen Tag. Es war mehr, als er verkraften konnte. Er musste den Wagen anhalten und nachdenken. Sich alles durch den Kopf gehen lassen, was ihm heute widerfahren war. Und doch wurde ihm jetzt schon klar, dass er froh war über die Entschuldigung seines Vaters, denn nun konnte er aus Lake Paradise abreisen mit dem Wissen, wenigstens das geklärt zu haben. Es war zwar keine richtige Aussprache gewesen, aber er und sein Vater waren einen großen Schritt weiter. Und in Zukunft konnten sie sicher daran ansetzen.

Doch jetzt musste er erst mal zurück nach New York. Er musste zurück in sein Leben, zurück in die Normalität, in der es keine Liebe gab. Diese verfluchte Liebe!

Er fuhr weiter, parkte in der Paradise Lane und klingelte bei Jonah. Keiner öffnete ihm, und er war schon auf dem Weg zurück zu seinem Auto, als die Nachbarin von gegenüber, diese mollige Tratschtante, die immer einen Jogginganzug trug, ihm zurief: «Sie sind ins Krankenhaus gefahren! Bei May haben die Wehen eingesetzt.»

Er machte große Augen. «In welches Krankenhaus?», rief er zurück.

«Nach Hamilton, glaube ich.»

«Danke!»

Er stieg in seinen Wagen und fuhr los.

Unterwegs rief er Jonah an, der ganz aufgeregt ans Handy ging. «Aaron. Sorry, ich kann gerade nicht. May liegt in den Wehen.»

«Ja, das hab ich schon gehört. In welchem Krankenhaus seid ihr?»

«Im *Franklin Medical* in Hamilton.»

«Ich komme sofort hin.»

«Oh. Das musst du nicht, Aaron. Wir schaffen das schon.»

«Ich komme», sagte er entschlossen.

Kurze Stille. «Danke, Aaron, das bedeutet mir viel.»

«Kein Problem. Ich bin in einer halben Stunde da. Braucht ihr irgendetwas?»

«Nein, danke, wir haben alles. May hat die Tasche schon vor Wochen gepackt. Und ... Aaron?»

«Ja?»

Erneut Stille. Dann, als hätte Jonah es gerade erst realisiert: «Ich werde Vater, Aaron, ich werde wirklich Vater!»

«Ja, das wirst du. Und du wirst das ganz wunderbar machen.»

«Danke, das musste ich hören. Bis später, Aaron, ich muss auflegen.»

Was für ein Tag!, dachte Aaron, als er losfuhr. Anscheinend würde er heute doch noch nicht zurückfliegen. Sein bester Freund brauchte ihn jetzt, und er würde ihn nicht im Stich lassen. Und vielleicht war er insgeheim sogar froh, einen guten Grund zu haben, um noch ein bisschen zu bleiben.

Vielleicht konnte sein Herz einfach nicht loslassen.

29

Am nächsten Morgen war das Gesprächsthema Nummer eins im Ort und natürlich insbesondere im *Paradise Café*, dass May Truman ihr Baby bekommen hatte.

«Es ist ein kleiner Junge», erzählte Murielle, die bereits früh am Morgen mit ihrer Nachbarin telefoniert hatte.

«Hat er schon einen Namen?», fragte Sadie.

«Oh ja, und jetzt kommt's: Sie haben den Kleinen *Aaron* genannt.»

Delores staunte. «Etwa nach Aaron Highmore?»

Murielle sah sie stirnrunzelnd an. «Nein, nach Aaron Rodgers.»

«Oh. Ach so. Na, den kenne ich nicht.»

Fassungslos schüttelte Murielle den Kopf.

«Das ist ein bekannter American-Football-Spieler», klärte Sadie Delores auf. «Aber Murielle macht nur Spaß. Natürlich haben May und Jonah ihr Baby nach Aaron Highmore benannt, der ja immerhin Jonahs bester Freund ist.»

«Oh, das finde ich schön», erwiderte Delores und warf Murielle gleich darauf einen bösen Blick zu. «Ich finde es aber nicht nett, dass du dich immer über mich lustig machst.»

«Du bist aber auch immer schwer von Kapee.»

Ein wenig beleidigt nippte Delores an ihrem Kaffee und versuchte ihre Freundin zu ignorieren, die mal wieder gemein zu ihr gewesen war.

Nolan trat an den Tisch und brachte ihre weiteren Bestellungen. Murielle hatte heute einen mit Lachs belegten Bagel, Sadie einen Walnuss-Muffin und Delores einen Obstsalat bestellt. Sie wollte ein paar Pfunde loswerden, bevor die Feiertage schon bald wieder vor der Tür standen. Und wie wundervoll sie es fand, dass dieses Jahr ein neuer Stadtbewohner mitfeiern würde. Sie beschloss, dem kleinen Aaron einen hübschen festlichen Strampler zu stricken und ihm den zu Weihnachten zu schenken.

«Wie geht's, wie steht's, Ladys?», fragte Nolan gut gelaunt, denn er hatte am Abend zuvor ein Date mit jemandem aus Lake Paradise gehabt, den niemand auch nur ansatzweise für schwul gehalten hätte. Er war ganz beschwingt von der Nacht.

«Bei uns ist alles bestens, Nolan», antwortete Murielle für sie alle. «Und bei dir?»

«Dito.» Er strahlte. «Wie ich höre, hat May ihr Baby bekommen?» Natürlich war er da bei den dreien an der richtigen Adresse.

«Oh ja, einen kleinen Aaron», erzählte Delores.

«Wow! Sie haben ihn nach Aaron Highmore benannt?»

Murielle wollte gerade wieder ihren Witz mit Aaron Rodgers machen, ließ es aber bleiben, als sie Delores' Blick sah.

«Ganz genau», bestätigte sie also lediglich. «Und der war sogar mit im Krankenhaus.»

«Tatsächlich?», fragte Sadie. «Das wusste ich ja noch gar nicht. Was hat er denn da gemacht im Krankenhaus?»

«Jonah beigestanden vermutlich.»

«Na, vielleicht ist er ja doch gar kein so schlechter Kerl, wie ihr immer meint», sagte Nolan und zwinkerte ihnen zu.

Daraufhin waren alle drei kurz still. Dann wollte Murielle gerade wieder das Wort erheben, als die Tür sich öffnete und kein Geringerer als Aaron Highmore an der Seite von Jonah Truman das Café betrat.

30

Aaron hatte gewusst, dass es keine gute Idee gewesen war, ins Café zu gehen. Und wie er es sich bereits gedacht hatte, stürmten, sobald sie dort gegen Viertel nach acht eintraten, alle auf sie ein. Die drei Tratschtanten überfielen Jonah praktisch mit Glückwünschen und Fragen, sodass er seinem Freund nur eben signalisieren konnte, dass er ihnen was bestellen würde, und sich auf zur Theke machte.

Er nahm einfach irgendetwas. Kaffee, ein paar Muffins und belegte Bagels. Zwei Bananen dazu. Aaron bezahlte und machte, dass er davonkam. Draußen wartete er auf seinen Kumpel und ließ sich die letzte Nacht noch einmal durch den Kopf gehen …

Als er im Krankenhaus angekommen war, hatte Jonah ihn völlig erschöpft empfangen. Er war da bereits nervlich am Ende und froh, Aaron zu sehen. Mays Mutter und Schwester wären vor einer halben Stunde eingetroffen und jetzt bei ihr, berichtete Jonah, er wolle sich schnell einen Kaffee holen und ein wenig frische Luft schnappen. Aaron begleitete ihn und hörte sich ungläubig an, was Jonah ihm alles über den bisherigen Geburtsverlauf erzählte. Dinge, die er am liebsten niemals gewusst hätte. Er schüttelte sich innerlich, während er Jonah einen Arm um die Schulter legte und ihm gut zuredete. Er würde das sicher schaffen. May würde das durchstehen, und in nur wenigen Stunden würden sie Eltern eines hoffentlich gesunden Kindes sein.

Aus ein paar Stunden wurde die ganze Nacht. Und weil nicht zu viele Leute in den Kreißsaal sollten, wechselte sich Jonah mit den beiden Frauen ab. Wann immer Jonah rauskam, sah er noch ein wenig blasser und erledigter aus. Dann saßen Aaron und er zusammen und sprachen über dies und das. Auch über Lexi. Aaron erzählte seinem Freund, dass sie sich am See geküsst hatten und dass Lexi einen Rückzieher gemacht hatte. Er erzählte ihm auch, dass er bereits im Flieger zurück nach New York säße, wäre die Geburt nicht dazwischengekommen.

«Verdammt, Aaron. Jetzt lauf doch nicht wieder vor deinen Problemen davon», sagte Jonah.

«Tue ich nicht.»

«Tust du doch.»

«Es ist einfach das Beste für alle Beteiligten.»

«Klar.»

«Ist es!»

«Wieso willst du dich der Sache nicht stellen? Um Lexi kämpfen? Und was ist mit deinem Vater? Wolltest du nicht mit ihm reden, bevor du abfährst?»

«Habe ich. Er hat sich entschuldigt.»

Jonah machte große Augen. «Und ich dachte, *mein* Tag wäre ereignisreich gewesen. Du scheinst heute aber auch einiges erlebt zu haben.»

«Allerdings.»

«Na gut.» Jonah zuckte die Achseln und sah ihn von der

Seite an. «Wenn du mit deinem Dad im Reinen bist und das mit Lexi nichts wird, kannst du ja wirklich zurückfliegen.»

Aaron ignorierte seinen Sarkasmus. «Genau.»

«Du bist ganz schön einsilbig, Kumpel, weißt du das?»

«Japp.»

«Mensch, Aaron, du treibst mich noch in den Wahnsinn. Du hast so viel erreicht in den paar Tagen hier, und jetzt willst du einfach wieder abhauen?»

Er zuckte ebenfalls die Achseln. «Es gibt nichts, für das es sich zu bleiben lohnt.»

«Was ist mit mir? Mit dem Baby? Willst du nicht wenigstens so lange bleiben, bis es getauft wurde?»

«Wieso?»

«Weil May und ich uns wünschen, dass du Taufpate wirst.»

«Ich?», fragte er erstaunt.

«Ja, natürlich du! Wer denn auch sonst? Ich vertraue niemandem so sehr wie dir.»

Aaron war sich nicht sicher, was es bedeutete, Taufpate zu sein. Kam das nicht mit ganz schön viel Verantwortung einher?

«Wann soll denn die Taufe stattfinden?»

«Keine Ahnung. In zwei, drei Wochen vielleicht? Wir müssen zuerst mit Reverend Jones sprechen.»

Zwei, drei Wochen? Das war nun wirklich nicht machbar. Mal von allem anderen abgesehen, wartete zu Hause eine Menge Arbeit auf ihn. Simon fragte ihn täglich, wann er denn endlich zurückkomme.

«Das geht nicht, Jonah. Sag mir Bescheid, wann die Taufe ist, dann werde ich sehen, ob ich es einrichten kann.»

Sie wussten beide, dass er das nur so daher sagte. Dass er, wenn er erst einmal weg war, nicht so schnell wieder nach Lake Paradise zurückkehren würde.

Weil Lexi hier war.

«Okay, wie du willst», meinte Jonah. Dann wurde er wieder in den Kreißsaal gerufen. Der Muttermund war neun Zentimeter geöffnet.

Eine Stunde später war das Baby da. Jonah kam schweißdurchnässt, aber überglücklich zu ihm und sagte ihm, dass May und das Baby jetzt in ein Zimmer gebracht würden. Dann führte er ihn zu den beiden. Der kleine Aaron war wirklich süß, ein bisschen zerknautscht, aber niedlich. Aaron war überrascht, wie viel Haare ein Neugeborenes schon auf dem Kopf haben konnte, er hatte immer gedacht, die wären kahl.

«Ist er nicht ein kleines Wunder?», fragte Jonah, und Aaron konnte nur nicken und lächeln.

Ja, das war wohl das richtige Wort.

«Puh, endlich konnte ich mich befreien», sagte Jonah, als er aus dem *Paradise Café* kam. Er sah aus, als hätte er seit einer Woche nicht geschlafen. May hatte ihn nach Hause geschickt, damit er sich ausruhte und noch ein paar Sachen holte. Doch zuerst sollte er etwas zu sich nehmen, fand Aaron, weshalb er ihm nun einen Becher Kaffee reichte.

«Oh, ich danke dir, aber wenn ich jetzt Kaffee trinke, kann ich gleich nicht schlafen. Ich bin eh noch total aufgedreht.»

Shit, daran hatte er nicht gedacht.

«Moment», sagte Aaron, ging noch einmal zurück ins Café und bestellte einen Kräutertee.

Während er am Tresen wartete, tuschelten die Tratschtanten miteinander.

«Wie ich höre, wurdest du als Geburtshelfer eingesetzt, Aaron?», rief Sadie ihm zu, und als er sich zu ihr umdrehte, grinste sie ihn an.

«Nein, nein. Ich saß nur die ganze Nacht im Gang.»

«Na, das ist doch aber nett. Wie lieb, dass du für Jonah da warst.»

«Mathilda wäre stolz auf dich», sagte die andere Frau, die mit dem weißen Haar, und lächelte ihn freundlich an.

Sein Herz wurde warm. Ja? Wäre seine Mom stolz auf ihn? Würde sie sich freuen, dass er zurück in Lake Paradise war? Dass er und sein Vater sich annäherten? Und was würde sie zu seinen Gefühlen für Lexi sagen? Was würde sie ihm raten?

Voller Liebe dachte er an sie. Sie hatte ihm stets gesagt, dass er nicht aufgeben solle. Dass jeder Kampf es wert sei, gekämpft zu werden. Daran erinnerte er sich jetzt, und plötzlich wusste er ganz genau, was er zu tun hatte.

Er brachte Jonah seinen Tee, verfrachtete ihn nach Hause und ins Bett und ging dann zum Tiersalon, um nachzusehen, wann der öffnete. An der Tür stand: *Öffnungszeiten: Montag bis Samstag 9:30–18:00.*

Das bedeutete hoffentlich, dass Lexi noch zu Hause war, dachte Aaron. Welch ein Glück, dass er wusste, wo sie wohnte.

Kurzerhand eilte er über den Platz und geradewegs in die Paradise Street. Als er ihr Haus erblickte, pochte sein Herz schneller, und mit jedem Schritt, den er sich näherte, wurde es schlimmer. Beim Klingeln an ihrer Tür war es kaum noch auszuhalten, es fühlte sich verrückt, aber doch auch so gut an. Und nun hoffte er nur, dass sie auch aufmachen würde.

31

Lexi stand im Bad und föhnte sich das Haar. Als sie glaubte, die Klingel zu hören, stellte sie den Föhn aus und horchte. Es klingelte erneut. Also ging sie zur Tür. Vielleicht war es der Postbote, die Nachbarin oder auch ihre Mutter, die extrem um sie besorgt war, seit sie mitbekommen hatte, dass Lexi dabei war, ihr Herz wieder zu verschenken. Sie war sich sicher, dass ihre Mutter mit Helena telefoniert und über sie gesprochen hatte. Warum hatte sie ihrer Schwester nur so viel anvertraut?

Ohne große Erwartungen öffnete sie also die Tür – und erstarrte.

Vor ihr stand Aaron!

Sie war deshalb so überrascht, weil sie angenommen hatte, er wäre längst zurück in New York. Gestern hatte sie nämlich im *Paradise Inn* angerufen, und Savannah hatte ihr mitgeteilt, dass er bereits abgereist war. Die Hotelbesitzerin hatte sie noch gefragt, ob sie ihr Aarons Handynummer geben solle, obwohl sie das eigentlich gar nicht dürfe, doch Lexi hatte darauf verzichtet und sein Verschwinden als Zeichen gesehen. Es sollte einfach nicht sein. Sie waren nicht füreinander bestimmt.

Jetzt jedoch stand Aaron vor ihr. Und er sah völlig k.o. aus.

«Aaron!», sagte sie. «Was machst du denn hier?»

«Ich wollte zu dir. Mit dir reden. Also … wenn du Zeit hast.»

«Ja, natürlich. Komm rein.» Sie ließ ihn ins Haus. «Ich muss erst in einer halben Stunde los zur Arbeit. Aber kannst du eine Minute warten? Ich muss noch mal schnell zurück ins Bad.»

«Ja, klar.»

«Nimm im Wohnzimmer Platz oder in der Küche, wo du willst, ich bin gleich bei dir.»

Mit einem übersprudelnden Herzen eilte sie zurück ins Bad, zog den Föhn aus der Steckdose, band das noch ein wenig feuchte Haar zu einem Pferdeschwanz und legte, so schnell sie konnte, ein wenig Make-up auf. Wimperntusche, Rouge, Lipgloss – das musste reichen. Dann betrachtete sie sich noch einmal im Spiegel und erkannte, dass ihre Wangen glühten. Sie riss etwas Toilettenpapier ab und wischte sich das Rouge wieder weg, um nicht wie eine überreife Tomate auszusehen. Anschließend versuchte sie, tief durchzuatmen, und setzte ein Lächeln auf.

Sie fand Aaron in der Küche an. Er hatte am Tisch Platz genommen und betrachtete das Porträt an der Wand.

«Das ist mein Grandpa Murphy», ließ sie ihn wissen. «Ich hab's gezeichnet.»

«Wow! Es ist wirklich toll. So lebendig.»

«Danke schön.»

«Du solltest das beruflich machen, du hast wirklich Talent.»

Sie lachte. «Nein, nein. Es ist nur ein Hobby. Hin und wieder nehme ich zwar einen Auftrag an, die meiste Zeit aber zeichne ich nur zum Spaß. Und freitags gebe ich einen Zeichenkurs im Seniorenheim, ehrenamtlich.»

«Da freuen sich die Senioren bestimmt, dass du dir die Zeit dafür nimmst.»

«Ja. Es ist wirklich sehr erfüllend, weißt du?»

«Kann ich mir vorstellen.» Aaron schenkte ihr ein Lächeln, und sie lächelte zurück.

«Kann ich dir etwas zu trinken anbieten? Einen Kaffee?»

«Nein danke, ich hatte gerade schon einen.»

Sie sah sich suchend um, war ein wenig nervös, schenkte sich ein Glas Orangensaft ein und stellte es auf den Tisch. Schließlich setzte sie sich Aaron gegenüber.

«Ich dachte, du wärst abgereist», sagte sie, weil er gar nichts sagte.

«Das war auch mein Plan gewesen, ja. Aber dann ... dann ist mir etwas Unglaubliches passiert.»

«Ja? Was denn?»

«May hat letzte Nacht ihr Baby bekommen, und ich war die ganze Zeit mit Jonah im Krankenhaus. Es war einfach ... umwerfend. Dieses kleine Geschöpf, es war so ... so unschuldig. Ich meine, der Kleine ist noch ganz neu auf der Welt, hat noch keine Fehler begangen, seine ganze Zukunft liegt noch vor ihm, und er kann sie gestalten, wie er will.»

Oh. May hatte ihr Baby bekommen? Das hatte Lexi noch gar nicht gewusst, sie war sich jedoch sicher, dass sie, wenn sie ihr Handy einschaltete, eine Nachricht vorfinden würde, die die gute Neuigkeit verkündete. Entweder von May selbst, von ihrer Mom, Trish oder sonst irgendeinem Lake-

Paradise-Bewohner. Doch sosehr sie sich für May freute, war gerade etwas anderes noch viel wichtiger.

«Wie würdest du denn deine Zukunft gestalten, wenn du noch einmal auf Neustart drücken könntest?», wagte sie es, Aaron zu fragen.

Und er sah sie an und sagte: «Mit dir.»

Nur das. Mehr musste er nicht sagen.

Sie stand auf und hielt ihm ihre Hand hin, führte ihn in ihr Schlafzimmer, das sie bisher noch mit keinem Mann geteilt hatte, und ließ Aaron wissen, dass sie ganz genau dasselbe wollte.

32

Als Lexi zur Arbeit kam – natürlich zu spät –, strahlte sie übers ganze Gesicht.

«Was ist dir denn passiert? Bist du über einen Sack Geld gestolpert? Hast du das Ende des Regenbogens gefunden? Hast du bei einem Gewinnspiel ein Treffen mit Robert Pattinson gewonnen?», fragte Trish und betrachtete sie amüsiert.

Als Teenies hatten sie sich Dutzende Male alle *Twilight*-Filme angeschaut. Während Trish auf Taylor Lautner stand, schwärmte Lexi für Robert Pattinson. Den Vampir. Den Bad Boy. Vielleicht hatte sie unbewusst schon immer eine Vorliebe für solche Typen gehabt.

Sie trat näher an Trish heran, die gerade den Hund von Martha Mitchell, der Bibliothekarin, kahl rasierte. Und als Lexi nun zu der Frau hinsah, die auf einem der Stühle an der Wand saß und wartete, musste sie mit Schrecken feststellen, dass diese ihrem Vierbeiner sehr ähnlich sah.

«Na, was denn nun?», fragte Trish ungeduldig.

«Ich hatte gerade Sex», flüsterte sie ihr zu.

Trish ließ beinahe den elektrischen Rasierapparat fallen. «Du hattest was?»

«Schhhh!», machte Lexi und drehte sich noch ein wenig mehr von Martha weg. «Du hast ganz richtig gehört.»

Trish schüttelte, noch immer ganz verblüfft, den Kopf und starrte sie mit großen Augen an. «Etwa mit Aaron?», flüsterte sie zurück.

Lexi runzelte die Stirn. «Na, was denkst du denn? Dass ich mir direkt den Nächsten gesucht habe, nachdem ich ihm gestern einen Korb gegeben habe?»

Wieder schüttelte Trish den Kopf. «Okay, ich bin total verwirrt. Könntest du mich bitte mal aufklären? Ich meine, du hast es doch gerade selbst gesagt, du hast ihm einen Korb gegeben, und er war abgereist, oder? Das war zumindest mein letzter Stand.»

«Er war gar nicht abgereist. Er war bei Jonah und May im Krankenhaus. May hat ihr Baby bekommen.»

«Ja, ich weiß. Sie hat mir heute Morgen eine Nachricht geschrieben. Der Kleine heißt übrigens auch Aaron.»

«Sie haben nicht nur das Baby nach ihm benannt, er soll sogar Taufpate werden», erzählte Lexi.

«Wow! Dann, würde ich mal sagen, hatten wir alle die ganze Zeit einen völlig falschen Eindruck von ihm, oder?»

«Ich habe immer schon gesehen, wer er wirklich ist», erinnerte Lexi ihre Freundin.

«Was tuschelt ihr beide denn da?», fragte Martha neugierig. «Gibt es irgendwelche spannenden Neuigkeiten?»

«Oh ja», erwiderte Trish, und Lexi stieß ihr mit dem Ellbogen in die Seite, damit sie nichts ausplauderte. Denn das musste nun wirklich keiner wissen, es reichte, dass sie es Trish gesagt hatte. Aber wie hätte sie es den ganzen Tag für sich behalten sollen?

«Unsere Freundin May Truman hat letzte Nacht ihr Baby bekommen», erzählte Trish der Bibliothekarin.

«Na, das weiß ich doch schon längst», entgegnete sie enttäuscht und blätterte weiter in ihrer Zeitschrift.

«Sie haben eine neue Frisur», sagte Lexi und wechselte somit gekonnt das Thema. «Sieht fesch aus.» Marthas Haar war gerade mal noch zwei Zentimeter lang.

«Es war Zeit für einen Neubeginn, nachdem Peter mich verlassen hat.»

Lexi nickte, Mitleid und Verständnis in den Augen. Die arme Martha Mitchell war nach siebenundzwanzig Jahren Ehe gegen eine Frau ausgetauscht worden, die gerade mal halb so alt war wie sie.

«Ich finde es cool», ließ Trish sie wissen.

«Ja», stimmte Lexi zu. «Manchmal ist es einfach Zeit für einen Neubeginn.» Wieder strahlte sie wie ein Honigkuchenpferd, weil sie nämlich an Aaron und den fantastischen gemeinsamen Morgen denken musste. Sie hatte zwar nicht vor, sich das Haar abzuschneiden, doch auch für sie fühlte es sich an wie ein Neuanfang. Denn wie Aaron es so schön ausgedrückt hatte: Man hatte seine Zukunft selbst in den Händen. Und Lexi spürte jetzt, wie sehr sie wieder nach vorne blicken wollte – vielleicht würde es ihr mit Aarons Hilfe ja gelingen.

Den ganzen Tag lang war Lexi wahnsinnig aufgeregt, gleichzeitig fühlte sie sich befreit, und sie freute sich auf den Abend mit Aaron. Beim Abschied am Morgen vor dem Rathaus hatten sie sich zum Dinner verabredet. Aaron hatte vorgeschlagen, dass sie das Restaurant aussuchen solle, und

Lexi hatte auch sofort gewusst, wo sie mit ihm hingehen wollte.

Der Zeichenkurs im Seniorenheim dauerte heute ein wenig länger, da alle so begeistert waren, endlich nach Modell zeichnen zu können. Lexi hatte ihren Vater dazu überredet mitzukommen, und der saß nun stundenlang still und bereute sicher schon, zugesagt zu haben. Gegen sechs Uhr hatten alle ihre Porträts fertig, und der Gute war erlöst. Sie schauten noch einen Moment bei Murphy rein, dann ließ Lexi sich von ihrem Dad heimfahren. Nachdem sie sich mit einer dicken Umarmung bei ihm bedankt hatte, eilte sie ins Haus, sprang unter die Dusche, schlüpfte in das hübsche dunkelblaue Strickkleid und machte sich vor dem Spiegel zurecht. Sie erkannte die Frau, die ihr entgegenblickte, kaum wieder. So glücklich hatte sie sich selbst lange nicht gesehen, geschweige denn so gefühlt, und sie freute sich richtig, dass sie es doch noch in sich hatte.

Die vergangenen zweieinhalb Jahre waren hart gewesen, waren mehr gewesen, als ein Mensch ertragen sollte, doch endlich, endlich sah sie ein Licht am Horizont. Besser gesagt eine ganze Lichterkette – und an deren Ende stand Aaron.

Ein Blick auf die Uhr sagte ihr, dass es fast sieben war. Lexi hatte noch immer nicht Aarons Handynummer, nach der sie ihn nachher unbedingt fragen wollte, also konnte sie ihm nicht schreiben, dass sie sich ein paar Minuten verspätete. Da sie ihn aber auf keinen Fall lange warten lassen wollte, verzichtete sie darauf, noch schnell ihre Schwester anzurufen, was sie eigentlich vorgehabt hatte. Denn Helena hatte stets die besten Ratschläge parat, was die Männer betraf, und auf sie hörte Lexi dann doch lieber als auf Trish, denn ihre Schwester war immerhin schon seit Jahren in einer festen Beziehung. Trish, die die Männer öfter wechselte als die Batterien in ihrer Fernsehfernbedienung, hatte ihr natürlich auch ein paar Tipps mit auf den Weg gegeben.

Sei cool. Zeig ihm nicht zu sehr, wie gern du ihn hast.

Bestell dir beim Essen nicht nur einen Salat, sondern eine große Portion Chili Fries, einen Burger oder Ähnliches. Männer mögen es nicht, wenn Frauen nur Grünzeug futtern.

Frag ihn nicht, wie viele Freundinnen er schon hatte, denn es werden sicher viele sein, und das deprimiert dich nur.

Rede nicht über Keith und dein Unglück, zumindest nicht beim ersten Date, das schreckt ihn nur ab.

Na ja, Letzteres war wahrscheinlich wirklich ein guter Rat, vermutlich sogar einer, den Helena ihr auch gegeben hätte. Und Lexi hatte ja auch gar nicht vor, über Keith, die ausgefallene Hochzeit und ihre zerplatzten Träume zu sprechen, nur leider überkam es sie manchmal ganz ungewollt. Die Leute um sie herum wussten damit umzugehen, doch Aaron sollte sie das wirklich nicht antun. Er würde sich nur unwohl fühlen, und sie am Ende ebenso.

Also nahm sie sich fest vor, Keith nicht zu erwähnen, eine große Portion Chili Fries zu essen und cool zu bleiben. Was Aarons Verhältnis zu den Frauen anging, würde sie allerdings schon ein wenig nachhaken, natürlich so unauffällig wie möglich. Denn sie wollte wissen, was Sache war. Ob er wirklich so ein Weiberheld war, wie sein Ruf es verkündete. Ob er sich überhaupt je auf eine feste Beziehung eingelassen hatte oder sein Leben nur aus One-Night-Stands bestand. Ob er vorhatte, sich je festzulegen. Und wie es um sie beide stand.

Guter Dinge verließ sie ihr Haus, lief die fünfhundert Meter bis zum Stadtplatz im Eiltempo und erreichte *Jamie's Food Paradise* um exakt sieben Minuten nach sieben. Sie hatte sich für dieses Restaurant entschieden, weil es das einzige in Lake Paradise war, das wenigstens ein bisschen romantisch angehaucht war, zumindest gab es Kerzen auf den Tischen.

Und nun stand er bereits draußen vor dem Restaurant und schenkte ihr ein Lächeln, als er sie kommen sah.

Da Lexi nicht genau wusste, wie sie ihn begrüßen sollte, umarmte sie ihn schlicht und sagte: «Bitte entschuldige die Verspätung.»

Er winkte ab. «Ach, das ist gar nichts. In New York kommt ständig jemand zu spät, weil entweder der Verkehr wieder mal total chaotisch ist oder irgendwo ein Polizeieinsatz stattfindet.»

Sie versuchte sich ein Leben in New York vorzustellen, es gelang ihr aber nicht. Lake Paradise war alles, was sie kannte, und sie hatte auch nie das Bedürfnis gehabt wegzuziehen, erst recht nicht in eine Stadt mit mehreren Millionen Einwohnern. Sie mochte es zu wissen, wer ihre Nachbarn waren, dass die Leute füreinander da waren, man sich aufeinander verlassen konnte. Hier fühlte sich niemand allein, in New York war das sicher ganz anders. Irgendwann hatte sie mal in der Zeitung von einem alten Mann gelesen, der zwei Monate tot in seiner Wohnung gelegen hatte. Niemand hatte es bemerkt, niemand hatte ihn vermisst. Der Gedanke war für sie einfach nur schrecklich.

«Wollen wir reingehen? Hast du Hunger?», fragte Aaron nun.

«Ich sterbe fast vor Hunger», antwortete sie, und das stimmte. Zum Frühstück hatte sie nichts als ein Glas Orangensaft und Sex gehabt, zum Mittagessen hatte sie sich zwar ein belegtes Vollkorn-Baguette in der Bio-Bäckerei geholt, war aber viel zu aufgeregt gewesen, um etwas davon runterzubekommen. Und jetzt knurrte ihr Magen bereits, weil er ihr mitteilen wollte, dass er endlich gefüllt werden wollte.

«Sehr gut. Ich war neulich schon mal hier, die Tacos sind ja der Hammer!»

«Ja, die sind gut», stimmte sie zu, während Aaron ihr die Tür aufhielt und sie sich anschließend von Sue-Ellen, der Kellnerin, zu einem Platz geleiten ließen. «Aber die Chili Fries sind noch besser», ergänzte sie, als sie Platz nahmen.

«Ich bin nicht so der Fleisch-Typ, weißt du? Ab und zu esse ich zwar Geflügel, aber auf rotes Fleisch versuche ich zu verzichten.»

«Sie haben auch eine vegetarische Variante. Die nimmt Trish immer, sie isst nämlich schon kein Fleisch mehr, seit sie dreizehn war.»

«Na dann, wenn du so davon schwärmst …» Er lächelte sie an.

Sie bestellten zweimal Chili Cheese Fries und zweimal frische Ingwer-Limonade und lächelten einander dabei die ganze Zeit an.

«Ich freu mich sehr, heute Abend mit dir auszugehen», sagte Aaron.

Ihr wurde direkt wieder warm ums Herz. «Ich mich auch.»

«Ich musste den ganzen Tag an unser … Treffen heute Morgen denken.»

Lexi merkte, wie sie ein wenig errötete. «Ging mir genauso.»

«Ja?», fragte Aaron nach, und sie nickte.

Ja, natürlich hatte sie daran denken müssen. Nicht nur, weil es so wundervoll gewesen war, sondern auch, weil es der erste Sex seit Keith gewesen war. Der erste Sex überhaupt mit einem anderen Mann als Keith, und unweigerlich war ihr auch der Gedanke gekommen, ob sie überhaupt gut gewesen war. Sie hatte doch keinerlei Erfahrung – im Gegensatz zu Aaron.

So, wie er sie jetzt ansah, schien es ihm aber ebenfalls gefallen zu haben. «Das freut mich sehr.»

Glücklich nahm Lexi die Speisekarte in die Hand und blätterte darin herum, als würde sie das Angebot nicht schon in- und auswendig kennen.

«Willst du noch etwas bestellen?», fragte er.

«Nein, ich schaue nur mal, was ich zum Nachtisch nehmen möchte.»

«Oh, du scheinst aber wirklich Hunger zu haben.»

Sie musste an dieses Emoji mit dem Schweißtropfen auf der Stirn denken, denn genau so kam sie sich gerade vor. Sie legte die Speisekarte wieder beiseite. «Ich bin nur ein wenig nervös, wenn ich ehrlich sein soll.»

«Ehrlich gesagt, bin ich das auch», erwiderte Aaron, und sie sah ihn überrascht an.

33

Lexi sah ihn überrascht an, und er fragte sich, warum. War es denn so außergewöhnlich, dass ein Mann beim ersten Date ebenfalls nervös war?

Er nickte und war froh, als die Getränke kamen. Die Ingwer-Limonade sah gut aus, ein großes Glas bis zum Rand voll, mit frischen Limettenscheiben und ein paar Minzblättern als Deko. Ein bisschen so wie im *Green Bird* in New York. Er nahm ein paar große Schlucke durch den schwarzen Strohhalm und hoffte, diese Erfrischung würde ihn runterkühlen. Denn seit Lexi vor gut zehn Minuten auf ihn zugekommen war, war er innerlich ganz aufgewühlt. Sie trug ein schlichtes blaues Wollkleid, das mehr als die Hälfte ihrer Oberschenkel bedeckte, also kein auch nur annähernd heißes Outfit. Und doch hatte er nie zuvor eine Frau so sexy gefunden. Wenn er dann noch daran dachte, wie sich am Morgen seine Lippen auf ihrer nackten Haut angefühlt hatten und wie unglaublich es gewesen war, in ihr zu sein, sie zu spüren, sie zu lieben … Nie hatte er so empfunden. Das war alles so ungewohnt für ihn. Es machte ihm Angst und war gleichzeitig das schönste Gefühl, das er sich vorstellen konnte.

Lexi saugte ebenfalls am Strohhalm, was ihn gleich wieder Dinge fühlen ließ, die er hier beim Essen, mit dem alten Ehepaar am Nebentisch, nun wirklich nicht fühlen sollte. Lexi hatte die beiden bereits gegrüßt, und jetzt winkte sie ein paar jungen Frauen zu, die das Restaurant verließen. Sie schienen weiter hinten gesessen zu haben, denn er hatte sie zuvor nicht entdeckt, und er war ganz froh, dass sie auf dem Weg nach draußen waren. Es handelte sich bei ihnen nämlich um Ashleigh, Lindsay und deren Schwester Sydney, und das hätte echt peinlich werden können. Glücklicherweise beachtete Ashleigh ihn nicht weiter, und Aaron konnte aufatmen.

Kurz musste er an Hunter denken, der ja in Sydney verschossen war, und er nahm sich vor, ihm bei seinem Glück ein wenig auf die Sprünge zu helfen, denn warum sollte nur er sich gut fühlen, und Hunter nicht?

Dann wandte er sich wieder Lexi zu, die ihm anscheinend eine Frage gestellt hatte.

«Wie bitte?», fragte er nach. «Die Musik ist so laut, sorry.» Es lief gerade *What I Wouldn't Do* von A Fine Frenzy. So laut war die Musik eigentlich gar nicht, doch er wollte nicht, dass Lexi glaubte, er wäre mit den Gedanken woanders gewesen, statt ihr seine volle Aufmerksamkeit zu schenken.

«Ich hab gefragt, was du in New York so machst. Also, wenn du nicht arbeitest, meine ich.»

Oh. Sie wollte ihn anscheinend besser kennenlernen, und darauf hatte sie natürlich auch ein Recht. Immerhin hatten sie schon miteinander geschlafen, und Lexi war garantiert niemand, der einfach so mit einem Mann ins Bett hüpfte, ohne auf mehr aus zu sein.

«Ich gehe gern spazieren», erzählte er. «Einfach so durch

die Straßen, hole mir Inspiration für meine Entwürfe, beobachte die Menschen, und ich sitze supergerne im Central Park.»

«Ich habe mal gehört, es sei nur ein Klischee, dass alle New Yorker im Central Park sitzen, und dass sie die kleinen Parks viel mehr mögen.»

«Hmmm ... Auf mich trifft das nicht zu. Obwohl ich zum Beispiel den Bryant Park, besonders zur Weihnachtszeit, auch sehr mag, aber der Central Park ist doch mein liebster.»

«Warum?», wollte Lexi wissen.

«Zum einen, weil ich ganz in der Nähe wohne, es sind keine fünf Minuten von meiner Haustür bis zum Park. Und dann natürlich, weil es dort so viel zu erleben und zu entdecken gibt. Ich mag den Brunnen und ich mag den See, und wenn man bis ganz nach Norden spaziert, ist man auch schon in Harlem.»

«Ist Harlem nicht sehr gefährlich?»

Er zuckte die Schultern. «Kann man sehen, wie man will. Ich halte mich da ja nicht mitten in der Nacht in irgendwelchen dunklen Gassen auf.»

«Und was magst du sonst noch an New York?»

Er musste lächeln. Sie war wirklich neugierig.

«Ich mag die Vielfältigkeit. Man trifft dort nicht nur auf Leute aus aller Welt, sondern kann auch die verschiedensten Restaurants besuchen.»

«Wo gehst du am liebsten essen?»

«Beim Thailänder, würde ich sagen. Und beim Japaner. Ich stehe total auf Sushi.»

«Oh, Sushi mag ich auch. Ich habe ein paarmal welches in Omaha gegessen.»

Er sah sie an. «Dann können wir ja mal zusammen welches essen, wenn du magst.»

«Sehr gerne.» Sie lächelte breit.

«Falls du mal nach New York kommst, bringe ich dich in das beste Sushi-Restaurant der Stadt.»

Plötzlich sah Lexi ganz traurig aus. Mist, er hätte nicht davon sprechen sollen, was kommen würde, wenn er wieder abgereist war. Allerdings sollten sie sich der Situation bewusst sein, Lexi konnte ja nicht ernsthaft glauben, dass er in Lake Paradise bleiben würde.

«Ich glaube nicht, dass es mich je dorthin verschlägt», sagte sie jetzt. «Großstädte sind nichts für mich.»

«Bist du denn mal in einer gewesen? Und Lincoln und Omaha zählen nicht.» Keine der beiden Städte hatte auch nur eine halbe Million Einwohner.

«Ich war natürlich einige Male bei meiner Schwester in Kansas City. Ansonsten bin ich aber nie aus Nebraska rausgekommen, und das finde ich auch gar nicht schlimm. Ich mag es hier.»

«Ja, das kann ich sehen.» Er schenkte ihr ein Lächeln und hoffte, sie nicht verärgert zu haben.

Das Essen kam und wurde vom Chef persönlich gebracht, den Lexi ihm als Jamie, den Restaurantinhaber, vorstellte. Aaron nickte dem großen Mann mit dem Vollbart und dem Holzfällerhemd zu und sagte, dass das Essen sehr lecker aussehe.

«Danke. Lasst es euch schmecken, ihr beiden.»

«Vielen Dank», erwiderten sie und nahmen ihre Gabeln in die Hand. Aaron wusste gar nicht, wo er beginnen sollte, die unglaublich große Portion Pommes war nämlich mit

Chili sin Carne, mehreren Saucen, geschmolzenem Käse, Jalapeños, Tomatenstückchen und Frühlingszwiebeln überladen. Schließlich stach er einfach mit der Gabel in den Haufen und probierte.

«Mhmmm! Die sind ja wirklich lecker. Du hast nicht zu viel versprochen.»

«Ich sag doch, ich hab immer recht», meinte Lexi und lachte, was ihn freute. Die Stimmung war wieder ausgelassener, und der Abend schien gerettet.

Während er die Gabel wieder befüllte, sah Aaron, dass Jamie zurück hinter den Tresen ging, wo er einer rothaarigen Frau die Arme um die Taille schlang. «Wer ist das?», fragte er, ein wenig verwirrt.

Lexi folgte seinem Blick. «Wen meinst du? Ach das, das ist Ricarda, Jamies Frau.»

«Schönes Paar», sagte er, auch wenn er sich sicher war, dass er Jamie neulich, als er gegen Mitternacht noch joggen gegangen war, mit jemand ganz anderem am See gesehen hatte.

«Ja, sie haben gerade ihren zehnten Hochzeitstag gefeiert.»

Er nickte. Na gut, jeder, wie er wollte. Er war ja selbst kein Heiliger.

Da fiel ihm etwas ein.

«Ich war übrigens gestern bei meinem Vater.»

Lexi blickte auf. «Wirklich?»

«Ja. Er hat sich entschuldigt. Für alles.» Aaron konnte es selbst noch immer nicht so richtig glauben.

«Oh, das freut mich so für dich, Aaron.»

«Ja ...» Er hätte gerne «Mich auch» gesagt, doch er wusste noch immer nicht, was er fühlen sollte. Und er verstand auch noch immer nicht, was sein Vater eigentlich damit gemeint hatte, als er davon gesprochen hatte, dass man die Dinge seiner Eltern übernimmt. Nun ja, im Grunde war da wohl was Wahres dran, denn wie oft hatte er in letzter Zeit gedacht, dass er die Kälte seines Vaters übernommen hatte?

«Und? Hast du ihm verziehen?»

Das war eine gute Frage. Er pikste ein paar Jalapeño-Scheibchen auf und nahm sie in den Mund. Kaute. Schluckte. Spürte die Schärfe in seiner Kehle. «Ich bin mir nicht sicher, ob ich das so einfach kann.»

«Der Mann ist über seinen Schatten gesprungen, Aaron. Vielleicht solltest du das einfach auch tun. Es würde auf jeden Fall von Stärke zeugen.»

Vermutlich hatte Lexi auch damit recht. Ja, vielleicht sollte er einfach auf sie hören, vielleicht sollte er verzeihen. Mit Sicherheit würde sein Herz dann noch ein ganzes Stück leichter werden.

Er nickte. «Ja, ich denke, das sollte ich tun.»

Zufrieden lächelte Lexi und steckte sich noch ein paar Pommes in den Mund.

«Was sollen wir aufschreiben?», fragte Lexi eine Stunde später. Sie saßen noch immer im Restaurant und hatten beide einen Zettel von Jamie gereicht bekommen, der sie um Länder-Vorschläge für die kommende Woche gebeten hatte. Denn neben der gewöhnlichen Speisekarte bot Jamie jede Woche auch noch eine internationale Spezialität an. Letzte Woche hatte es kubanische Kochbananen gegeben, die Aaron probiert hatte und die absolut köstlich gewesen waren, diese Woche war es ungarisches Gulasch, auf das er gern verzichtete.

«Was würdest du dir denn wünschen?», fragte er.

«Hmmm … keine Ahnung, etwas ganz Verrücktes?»

«Okay. Lass uns beide was Verrücktes aufschreiben», schlug er vor und überlegte. Dann schrieb er *«Isländisch»* auf den Zettel und zeigte ihn Lexi. Die lachte und hielt ihm ihren entgegen, auf dem *«Kambodschanisch»* stand.

Nun mussten sie beide lachen.

Aaron genoss es so sehr, mit Lexi zusammen zu sein, und als jetzt *The Greatest* von Lana Del Rey erklang, konnte er der Sängerin nur zustimmen. Ja, das hier war großartig, wahrscheinlich das Großartigste, was er je erlebt hatte.

«Wollen wir gehen?», fragte er und musste ein Gähnen unterdrücken. Er war wirklich müde. Letzte Nacht hatte er überhaupt nicht und am Nachmittag nur ein paar wenige Stunden geschlafen, nachdem er wieder im Hotel eingecheckt hatte. Jetzt mit zu Lexi zu gehen und sich mit ihr zusammen in ihr Bett zu legen, war ein wundervoller Gedanke.

Lexi nickte, also nahm er die Zettel mit zum Tresen, steckte sie in den dafür vorgesehenen Behälter und bezahlte. Und als er sich wieder zu ihr umdrehte, stand Lexi einfach nur da und sah bezaubernd aus. Sie hob ihre Hand leicht und hielt sie ihm entgegen.

Hand in Hand verließen sie das Restaurant und spazierten ganz langsam zu Lexis Haus. Erneut lag Magie in der Luft, und Aaron konnte es kaum erwarten, Lexis Haut wieder auf seiner zu spüren. Denn er wusste jetzt schon, dass es die beste Nacht seines Lebens werden würde.

34

«Was gibt es Neues?», fragte Murielle am nächsten Morgen. Sie hatte die letzte Nacht kaum geschlafen, weil Abigail eine Erkältung und mit dem Husten gar nicht mehr aufgehört hatte. Als sie die Kleine heute Morgen Wyatt übergeben hatte, der von seiner Nachtschicht gekommen war, hatte sie sich wie gerädert gefühlt.

«Soll ich sie zum Arzt bringen?», hatte sie ihrem Sohn noch angeboten.

«Da war ich doch schon vor zwei Tagen mit ihr. Eric meint, sie soll dreimal täglich den Hustensaft nehmen und sich ausruhen. Mehr kann man da nicht machen, Mom.» Eric King war der Kinderarzt in Lake Paradise und einer der begehrtesten Junggesellen.

«Wie du meinst. Möchtest du, dass sie noch den Vormittag bei mir bleibt, damit du dich schlafen legen kannst?»

«Nein, das ist nicht nötig. Ich habe heute frei und lege mich einfach hin, wann immer Abigail schläft. Sie wird bestimmt einen langen Mittagsschlaf machen.»

Ja, das vermutete Murielle auch. Wahrscheinlich würde ihre kleine Enkelin es nicht einmal bis dahin durchhalten. «Na gut, dann gehe ich jetzt erst mal ins Café, frühstücken.

Und ich werde versuchen, mich danach selbst noch ein wenig aufs Ohr zu hauen. Ich habe höchstens drei Stunden geschlafen.»

Murielle war nur froh, dass heute Samstag war und sie da immer freihatte. Dienstags, mittwochs und freitags half sie in der Stadtbibliothek aus, und das reichte ihr zum Glück, um über die Runden zu kommen, da sie eine gute Rente aus ihrer Zeit als Sprechstundenhilfe hatte.

«Mach das, Mom. Grüß Delores und Sadie von mir.»

«Das werde ich. Und falls du doch meine Hilfe brauchst, melde dich, ja?»

Wyatt, noch immer in seiner Sheriff-Uniform, nickte, und er sah dabei seinem Vater so unglaublich ähnlich. Murielle schüttelte die Gedanken an ihn ab. An diesen Mann, der vor sehr langer Zeit ihr Herz irreparabel gebrochen hatte. Dann gab sie ihren beiden Lieblingsmenschen einen Kuss, machte sich ein wenig frisch und anschließend auf ins *Paradise Café*. Hier saßen ihre beiden Freundinnen schon bereit, und sie könnte schwören, dass sie spannende Neuigkeiten bereithielten.

«Sie sind gestern zusammen ausgegangen», erzählte Sadie brühwarm, als Murielle sich setzte.

«Sprichst du etwa von den beiden, von denen ich annehme, dass du von ihnen sprichst?», fragte sie freudig.

Sadie nickte. «Oh ja. Sie waren in *Jamie's Food Paradise.*»

«Ihr erstes richtiges Date», fügte Delores hinzu.

«Woher wisst ihr das?»

«Na, die halbe Stadt hat sie dabei gesehen», meinte Sadie.

«Nein, ich meine, woher wisst ihr, dass es ihr erstes Date war?»

«Nun ja, zumindest ihr erstes in der Öffentlichkeit», sagte Delores. «Sie haben sogar Händchen gehalten.»

«Uuuh, das gefällt mir.»

«Was gefällt dir, meine Hübsche?», fragte Nolan, der an den Tisch trat.

«Lexi und Aaron hatten ein Date», erklärte Murielle.

«Na, das weiß doch schon die ganze Stadt. Wahrscheinlich hat Buddy bereits ein Gedicht darüber geschrieben, und es wird die Schlagzeile in der nächsten *Paradise Gazette.*» Nolan verdrehte die Augen. An Tagen wie diesen verfluchte er das Kleinstadtleben und dieses ganze Getratsche. Denn wenn herauskommen sollte, mit wem *er* sich heimlich traf, und wenn das auch so verbreitet werden würde, wäre das alles andere als gut. «Also, worauf hast du heute Morgen Lust, Murielle?»

«Lust hätte ich auf ein Date mit George Clooney, aber wenn du das nicht auf der Karte hast, würde ich gerne so ein Stück Frühstückskuchen nehmen, wie Delores da auf ihrem Teller hat.» Die Gute hatte sich nach einigen Tagen Obstsalat zum Frühstück heute mal wieder etwas Süßes gegönnt.

«Kommt sofort. Dazu einen Vanilla Latte?»

Ein Milchkaffee mit Vanillegeschmack war jetzt genau das, was sie brauchte, also nickte sie. «Gerne.»

«Du siehst müde aus», sagte Delores, als Nolan hinter die Theke ging.

«Das liegt daran, dass ich kaum geschlafen habe. Abigail ist krank.»

«Oh, die Arme. Was hat sie denn?»

«Nur eine Erkältung, aber eine ziemlich heftige.»

«Und wo ist sie jetzt?»

«In den Kindergarten konnte ich sie nicht bringen. Sie ist bei Wyatt, er hat gerade seine Nachtschicht beendet.»

«Was macht er eigentlich die ganze Nacht auf dem Revier? Es ist doch nie was los», wollte Sadie wissen. Nicht, dass tagsüber sehr viel mehr los gewesen wäre.

«Ich wünsch mir so für ihn, dass er wieder eine Frau findet», sagte Delores. «Mit der könnte er dann telefonieren, wenn ihm dort langweilig ist.»

Ja, dachte Murielle, das wünschte sie sich auch. Sie hoffte so sehr, dass das Schicksal es mit ihrem einzigen Kind besser meinte als mit ihr. Wyatt hatte es verdient, glücklich zu sein, und Abigail hatte eine Mutter verdient. Eine, die für sie da war. Dafür betete Murielle jeden Abend und am Morgen noch einmal. Denn sie wusste, wie es war, einsam zu sein. Ohne Liebe zu sein. Und sie wünschte dieses Gefühl niemandem, ganz besonders nicht den Menschen, die ihr am nächsten standen.

«Sagt mal, was ist denn eigentlich mit Martha Mitchell los?», fragte Sadie dann schockiert.

«Was ist mit Martha?», wollte Delores wissen.

«Sie hat sich den Kopf kahl geschoren», erzählte Sadie.

«Ach du liebe Güte.»

«Also?», fragte Sadie noch einmal. «Wie zum Teufel ist sie auf diese Idee gekommen?»

Murielle zuckte die Achseln, dachte an ihre Bibliothekskollegin. «Na, sie wollte einen Neuanfang.» Und wenn sie ehrlich war, konnte sie das sehr gut nachvollziehen. Nur leider war es dann meist doch nicht so leicht, über eine verlorene Liebe hinwegzukommen. Da konnte auch eine neue Frisur nicht helfen. Lexi wusste das, sie selbst wusste es noch viel besser, und auch Martha Mitchell würde es bald erfahren. Nachdem man die Liebe seines Lebens verloren hatte, half nämlich nur eins: vergessen. Doch auch das war leider viel schwerer als gedacht.

35

Lexi war total beschwingt, als sie am Samstag zur Arbeit ging. Sie hatte eine unglaubliche Nacht mit Aaron verbracht. Und auch wenn es sich einerseits noch immer falsch anfühlte, wollte sie sich deswegen nicht mehr schlecht fühlen, sondern einfach nur das Leben wieder annehmen, die Möglichkeiten auskosten, die Liebe zulassen. Nun, von wahrer Liebe konnte man hier natürlich noch nicht sprechen, denn obwohl sie in den letzten vierundzwanzig Stunden so einiges über Aaron erfahren hatte, kannte sie noch nicht einmal so simple Dinge wie seinen Lieblingsfilm, seine Lieblingsfarbe oder seine Schuhgröße. Doch all das wollte sie gerne noch herausfinden, falls sie denn die Gelegenheit dazu bekam.

Irgendwann würde Aaron wieder abreisen, das war ihr wohl bewusst. Doch die Tatsache, dass er sich seinem Vater wieder annäherte, bedeutete hoffentlich, dass er Lake Paradise zukünftig öfter mal einen Besuch abstatten würde. Ja, sie war Vincent Highmore richtig dankbar für seine Entschuldigung. Nie hätte sie gedacht, dass er dazu in der Lage wäre.

Als sie sich in der Mittagspause mit ihrer Mutter traf,

wusste die bereits Bescheid. Niemals hätte Lexi Aarons Vertrauen missbraucht, doch da Vincent Highmores Entschuldigung anscheinend schon die Runde gemacht hatte, konnte sie auch darauf eingehen.

«Wie schön, dass er über seinen eigenen Schatten gesprungen ist», fand ihre Mom, die sich an den Verkaufstresen in der Boutique lehnte. «Das hätte Mathilda so gefreut.»

«Ja, da bin ich mir sicher. Mich freut es ehrlich auch sehr für Aaron», sagte sie.

Ihre Mutter sah sie mit diesem gewissen Blick an, bevor sie von dem Hot Dog abbiss, den Lexi ihr mitgebracht hatte. Rupert führte sie seit Neuestem, und die beiden Frauen probierten sie heute zum ersten Mal aus.

«Was ist denn?», wagte Lexi zu fragen.

«Du hast ihn wirklich gern, oder?»

Sie biss von ihrem Hot Dog ab. «Na ja ... schon, ja.»

Das Strahlen ihrer Mutter wurde immer größer. «Und stimmt es, dass ihr beiden euch schon nähergekommen seid?»

«Kein Kommentar», antwortete sie.

«Ich sehe es dir doch an, Kleines. Du erstrahlst wie eine Glühbirne.»

«Die Hot Dogs sind echt gut, oder? Ich hätte nicht gedacht, dass sie so lecker sein würden», versuchte Lexi vom Thema abzulenken. Aber es stimmte, die Hot Dogs schmeckten wirklich gut, das Würstchen war knackig, das Brötchen schön fluffig, der Senf gerade scharf genug, und die Röstzwiebeln waren wunderbar aromatisch.

«Da hast du recht. Hm, sag mal, gibt es in New York nicht an jeder Ecke diese Hot-Dog-Stände? Das sieht man doch immer in Filmen, oder irre ich mich da?», brachte ihre Mutter das Gespräch gekonnt zurück zum Thema Aaron.

«Nein, tust du nicht.» Lexi verdrehte die Augen und versuchte nicht einmal, es vor ihrer Mutter zu verstecken.

«Seid ihr denn jetzt so richtig zusammen, du und Aaron?», fragte sie im nächsten Moment. «Ein Pärchen?»

«Nein, Mom, das sind wir ganz bestimmt nicht. Wir genießen nur die Zeit, die wir miteinander haben.»

«Das finde ich aber schade. Ihr seht so hübsch zusammen aus.»

«Er verlässt Lake Paradise bald wieder, Mom. Muss zurück nach New York, wo er wohnt und arbeitet. Da würde es keinen Sinn machen, eine richtige Beziehung anzufangen.»

«Wärst du denn bereit dazu, wenn er nicht zurück nach New York müsste? Ich meine, ich weiß ja, wie schwer es dir zu schaffen gemacht hat, überhaupt über so etwas nachzudenken.»

Lexi zuckte die Achseln. «Ich weiß es nicht. Wenn der Richtige daherkommt, dann bin ich vielleicht endlich dazu bereit, ja.»

«Und könnte Aaron der Richtige sein?»

Diese Frage hatte sie sich ebenfalls gerade gestellt.

«Oh, was ist denn da draußen los?», sagte ihre Mom aber, bevor sie etwas erwidern konnte.

Lexi sah durchs Schaufenster hinaus zum Platz, wo Rupert und Howie sich wieder einmal fetzten. Sie schrien einander an und waren anscheinend kurz davor, sich an den Kragen zu gehen.

«Herrje», meinte ihre Mutter und öffnete die Tür, um besser hören zu können, worum es ging. Lexi war das gerade ziemlich egal, sie hatte anderes im Kopf. Jemand anderen. Und sie wusste, dass die Zeit knapp wurde.

Eine halbe Stunde später, als sie wieder im Tiersalon war, nahm Lexi ihr Handy in die Hand und schrieb Aaron eine Nachricht.

Hast du morgen Abend schon was vor?

Sie hätte am liebsten «heute Abend» geschrieben, wollte aber nicht zu aufdringlich wirken.

Nein, noch nicht. Wieso?

Die Antwort kam prompt. Sie musste lächeln.

Hättest du Lust auf noch ein gemeinsames Dinner? Diesmal würde ich aber gern für dich kochen.

Oh, wow, du willst für mich kochen? Da sage ich natürlich zu. Ich freue mich schon drauf.

Sehr gut. Gibt es irgendetwas, das du nicht verträgst?

Mais.

Haha. Ich meinte eher eine Allergie oder so was.

Gegen Mais.

Sie musste schmunzeln, weil sie daran dachte, was sie mit Aaron vorhatte. Denn es konnte doch nicht sein, dass jemand aus Lake Paradise kam und Mais so sehr verabscheute.

Okay. Lass dich überraschen.

Oje. Mir schwant Schlimmes.

Keine Angst, du wirst es mögen. Und hab ich bisher nicht immer recht gehabt?

Ja, das muss ich dir zugestehen. Okay, dann bis morgen Abend. Wann darf ich denn kommen?

Um acht?

Tagsüber wollte sie Tommy in Omaha besuchen, das hatten sie schon länger ausgemacht.

Perfekt!

Zufrieden legte Lexi ihr Handy beiseite und bereitete alles für den nächsten Termin vor. Teresa Jones, die Frau des Pastors, wollte mit ihrem Nymphensittich vorbeikommen, der die Krallen geschnitten bekommen sollte.

Während sie die folgenden Stunden arbeitete, überlegte Lexi schon mal, wie genau die Suppe aussehen könnte, die sie für Aaron zubereiten wollte. Sie konnte doch nicht zulassen, dass er Maissuppe für immer in schlechter Erinnerung behalten würde. Ja, sie musste zugeben, die traditionelle Maissuppe, so, wie ihre Mutter sie stets zubereitete, war ziemlich mächtig, und sie wusste inzwischen, dass Aaron eigentlich mehr auf leichte Küche stand – die Chili Fries gestern waren da eine Ausnahme gewesen. Doch sie wollte ihm den Mais endlich schmackhaft machen, ihn davon überzeugen, dass er doch lecker sein konnte, und wenn sie das schaffte, dann hatte sie ihre Mission erfüllt. Einfach würde es sicher nicht werden, aber wenn es ihr tatsächlich gelang, dann hätte sie wohl eine Medaille verdient, überreicht von Bürgermeister Doyle persönlich.

Um Viertel nach fünf ging die letzte Kundin für heute, Lydia Doyle mit ihrem Dackel Sherman. Und Trish beschloss, dass sie den Laden an diesem Samstag ruhig schon ein bisschen eher schließen konnten, was Lexi ganz gut passte, da sie so noch Zeit für einen kleinen Spaziergang mit ihrem Grandpa hatte. Für den hatte sie gestern nur ein paar Minuten gehabt, was ihr am Ende des Tages leidgetan hatte. Sie fuhr also zum Seniorenheim und wurde mal wieder fröhlich von den alten Damen empfangen, die im Eingangsbereich saßen.

«Lexi! Wie geht es dir? Ist es wahr, was man so hört?»

«Was hört man denn?»

«Dass Amor dich mit seinem Pfeil getroffen hat», sagte Rose.

«Wo habt ihr das denn her?» Das war ja einfach unglaublich, dass sich das bereits bis hierher herumgesprochen hatte! Sie fragte sich nur, wer es den Alten gesteckt haben könnte.

«Ich glaube, Lindsay hat es erzählt», meinte Mona.

«Schhh! Sie hat uns doch darum gebeten, nicht zu erwähnen, dass wir es von ihr haben», erwiderte Ruth.

Mona zuckte nur die Schultern, als wäre es ihr egal. Lexi war es das aber nicht. Lindsay hatte nicht herumzutratschen, wie es um ihr Liebesleben stand. Was ging sie das überhaupt an?

Lindsay … Gestern im Restaurant war Lexi nicht entgangen, wie sie Aaron angesehen hatte. So, als stünde sie auf ihn. Was komisch war, da sie doch seit gut einem Jahr mit Andy aus der Drogerie ging. Wie auch immer, es hatte Lexi nicht gefallen. Denn rein äußerlich passten Lindsay und Aaron viel besser zusammen als Lexi und er …

«Willst du zu deinem Grandpa?», fragte Rose.

«Ja. Ich möchte ihn zum Spazierengehen abholen.»

«Es gibt doch aber bald schon Abendessen!», meinte Ruth.

«Aber doch erst in einer guten Stunde. Ein bisschen frische Luft wird ihm guttun.»

Da stimmten die alten Damen nickend zu.

«Dann viel Spaß!», wünschte Rose.

«Danke!»

«Aber … Moment! Was ist denn nun dran an den Gerüchten?», fragte Mona.

Lexi sah sie an. «Du musst nicht alles wissen, Mona. Du hast uns ja damals in der Schule auch oft unwissend gelassen, wann der nächste Mathe-Überraschungstest dran war.»

Mona schnaubte beleidigt und nahm dann ihren Trinkbehälter mit dem Strohhalm an sich, der neben ihr auf dem Beistelltisch stand.

Lexi musste grinsen und machte sich auf zu ihrem Grandpa.

«Hallo, Gramps», sagte sie, nachdem sie ihr geheimes Klopfzeichen gemacht hatte und eingetreten war.

Er sah auf und lächelte.

«Ich dachte mir, heute ist so ein schöner Herbsttag, da sollten wir ein wenig spazieren gehen. Was hältst du davon?», fragte sie, auch wenn sie natürlich keine Antwort erwartete.

Sie zog ihrem Grandpa eine Jacke über und band ihm einen dünnen Schal um. Ein Schuhwechsel war nicht nötig, er würde ja die ganze Zeit über in seinem Rollstuhl sitzen, da konnte er ruhig seine Hausschuhe anbehalten.

Lexi sagte kurz der zuständigen Pflegerin Bescheid, dann schob sie Grandpa Murphy hinaus, über den kleinen Parkweg und weiter zum See. Dabei erzählte sie ihm, was es Neues gab: Ihre Mutter ließ grüßen, ihr Vater hatte heute eine große Forelle geangelt, ihr Bruder hatte eine Klausur mit Bestnote bestanden, Helena ging es gut, Leslie lernte gerade Lesen, Mattie konnte nun schon ohne Stützräder Fahrrad fahren, und sie selbst hatte jemanden kennengelernt, den sie sehr mochte.

Ihrem Grandpa konnte sie es ja ruhig erzählen, bei ihm waren alle Geheimnisse sicher. Lexi vertraute ihm alles an, was sie auf dem Herzen hatte, und manchmal war es ganz erleichternd, zu wissen, dass keine dummen Kommentare oder nett gemeinten Ratschläge zurückkamen, die alles nur noch schlimmer machten.

«Es handelt sich dabei um Aaron Highmore», erzählte sie. «Den Sohn vom großen Vincent Highmore. Erinnerst du dich an die Geschichte mit der Brotdose? Ich hab sie dir bestimmt mal erzählt. Als ich in der vierten Klasse war, hat ein Rowdy auf dem Schulhof sie mir weggenommen, und Aaron hat sie mir zurückgeholt. Ich glaube, damals hat er sich damit irgendwie in mein Herz geschlichen, und wenn ich jetzt darüber nachdenke, stelle ich fest, dass er da immer geblieben ist. Ihn jetzt wiederzusehen, war wirklich schön. Wir verstehen uns richtig gut, und er ist ganz anders, als alle Leute immer erzählen. Aber du hast ja schon immer gesagt, man soll sich nicht darauf verlassen, was die Leute reden, sondern sich lieber ein eigenes Bild machen, richtig, Gramps?»

Ihr Grandpa lächelte sie an, und sie lächelte zurück. Dann hörte sie eine Stimme hinter sich. «Lexi!»

Sie drehte sich um und sah Aaron in seinen Joggingsachen vor sich stehen. «Oh, hallo, Aaron!»

«Geht ihr spazieren?»

Sie nickte und sagte: «Ja. Darf ich dir meinen Grandpa Murphy vorstellen?»

Aaron schenkte dem alten Mann ein Lächeln, hielt ihm eine Hand hin und sagte: «Nett, Sie kennenzulernen.»

«Er spricht nicht», erklärte Lexi, und sie wollte gerade sagen, dass er ihm auch nicht die Hand reichen konnte, als Grandpa Murphy seine Hand langsam nach vorne streckte. Behutsam schüttelte Aaron sie.

Lexi war total baff. Denn ihr Grandpa hatte seit Ewigkeiten keine solche Geste mehr gemacht. Man musste ihn füttern, ihm die Zähne putzen, ihn anziehen, ihn in sein Bett legen, weil er das alles nicht mehr allein konnte. Seit seinem zweiten Schlaganfall, der noch viel schlimmer als der erste gewesen war, konnte er sich kaum noch rühren. Doch jetzt schüttelte er Aaron die Hand oder ließ sie sich besser gesagt schütteln, doch das war einfach unglaublich. Lexi traten Tränen in die Augen.

Ob ihr Grandpa das tat, weil er verstand, wie viel Aaron ihr bedeutete?

«Alles okay?», fragte Aaron, als er ihre feuchten Augen bemerkte. Er ließ die Hand ihres Grandpas sachte wieder los.

«Ja, mehr noch als das.»

Aaron sah ein wenig verwirrt aus, fragte jedoch nicht weiter nach. «Na gut, dann lasse ich euch mal weiterspazieren. Wir sehen uns morgen Abend?»

Sie nickte. «Ja.»

«Ich bin schon sehr gespannt.»

«Das darfst du auch sein.»

«Hat mich gefreut, Murphy. Vielleicht sieht man sich mal wieder?»

Ihr Grandpa starrte Aaron eine Weile an und lächelte dann so breit, wie er sonst nur lächelte, wenn er Maiskrapfen oder Schokopudding bekam.

Als Lexi ihn nun zurück zum Seniorenheim schob, konnte sie nur verblüfft den Kopf schütteln.

Was war das denn, bitte?, fragte sie sich. Und sie fragte sich auch, ob Grandpa Murphy mehr wusste als sie. Womöglich war er ein Freund von Amor, der ja laut Rose bereits mit Pfeilen um sich schoss und einen Plan für sie und Aaron zu haben schien. Zu schade, dass sie ihn nicht einfach danach fragen konnte.

36

Als Aaron eine Stunde später zum Anwesen seines Vaters fuhr, musste er noch immer an Lexi denken. Es war eine schöne Überraschung gewesen, sie am See zusammen mit ihrem Grandpa zu entdecken. Der alte Mann schien stark beeinträchtigt, und Aaron fand es toll, dass Lexi sich um ihn kümmerte. Wahrscheinlich hatten die beiden, obwohl Murphy nicht sprach, eine innigere Beziehung, als er selbst sie mit seinem Großvater je gehabt hatte.

Er fragte sich, ob Alfreds Tod wohl etwas damit zu tun hatte, dass sein Vater im Begriff war, sich zu ändern. Ob der Alte damit einverstanden gewesen wäre? Der Mann hatte keine Schwächen zugelassen, und als solche hätte er eine Entschuldigung seitens Vincents sicher angesehen.

Als Aaron heute von einem gemeinsamen Tag mit Hunter zurück ins Hotel gekommen war, hatte eine Nachricht auf ihn gewartet. Sein Vater lud ihn ein, zum Abendessen in sein Haus zu kommen. Das überraschte Aaron nicht nur deshalb, weil er überhaupt nicht mit einer Einladung gerechnet hätte, sondern auch, weil er seinem Vater doch eigentlich gesagt hatte, dass er vorhatte abzureisen. Vincent Highmore musste sich also erkundigt haben. Oder vielleicht hatte auch Vera ihm verraten, dass Aaron noch immer in Lake Paradise war. Wie auch immer, er war überrascht, und irgendwie sogar ein bisschen froh. Denn ein gemeinsames Essen würde ihm die Möglichkeit geben, endlich über ein paar Dinge zu reden, die ihm schon so lange auf dem Herzen lagen.

Seine Gedanken schweiften jetzt von Lexi zu Hunter, mit dem er heute nach Lincoln gefahren war, und zwar zum Shoppen. Er hatte seinem Freund – und ja, als solchen betrachtete er ihn inzwischen – ein Makeover angeboten. Er wollte ihn in einen coolen, stylishen Typen verwandeln, in den Sydney sich verlieben könnte. Hunter war natürlich sofort dabei und dankbar für seine Hilfe gewesen, und sie hatten ein paar Stunden lang neue Klamotten für ihn ausgesucht und waren dann noch zum Friseur gegangen. Am Ende war Hunter kaum wiederzuerkennen. Aaron wünschte ihm wirklich von Herzen, dass er endlich bei Sydney – oder auch bei irgendeiner anderen netten jungen Frau – landen würde.

Zurück in Lake Paradise war Aaron bei Jonah vorbeigefahren, um May und das Baby zu besuchen, die heute aus dem Krankenhaus entlassen worden waren. Er hatte ihnen einen Präsentkorb aus einem Babygeschäft mitgebracht, weil er keine Ahnung hatte, was man einem Neugeborenen schenkte. Zum Glück hatte es in dem Laden diese bereits gefüllten Körbe gegeben, und anscheinend hatte er damit alles richtig gemacht, denn May hatte sich mit einer dicken Umarmung bei ihm bedankt. Sie dankte ihm auch noch mal dafür, dass er in der Nacht der Geburt mit im Krankenhaus gewesen war und Jonah beigestanden hatte, der ohne ihn «wahrscheinlich verrückt geworden wäre», wie sie es ausdrückte.

«Hab ich gerne gemacht», erwiderte er und fragte sich, wo wohl sein Vater bei seiner Geburt gewesen war. Wie er ihn kannte, wahrscheinlich auf dem Golfplatz oder bei der Entenjagd. Nun, er könnte ihn ja einfach danach fragen, aber wollte er die Antwort wirklich wissen?

Aaron fuhr die Einfahrt hinauf, parkte neben dem Springbrunnen vor dem Haus und klingelte heute an der Haupteingangstür.

Der Butler öffnete ihm mit einem Lächeln, das weit weniger reserviert wirkte als neulich noch. «Guten Abend, Mr. Highmore. Treten Sie doch bitte ein. Darf ich Ihnen den Mantel abnehmen?»

Aaron reichte ihm den schwarzen Mantel, den er auf der Beerdigung angehabt hatte und den er für einen Abend bei seinem Vater der Lederjacke vorzog. In Lincoln hatte er sich heute auch ein paar angemessene Klamotten gekauft und dazu einige legere, da ihm langsam die sauberen Sachen ausgingen. Es war sein elfter Tag in Lake Paradise, und niemals hätte er geglaubt, so lange hierzubleiben.

Er wurde in den Salon gebracht, wo sein Vater auf einem der dunklen Sessel saß. Als er ihn sah, erhob er sich. «Aaron. Ich bin froh, dass du es einrichten konntest.»

«Ich bin froh, dass du mich eingeladen hast.»

Sein Vater blickte ihn mit einem Ausdruck an, der zu sagen schien: «Wirklich?»

Aaron nickte und blieb dann einfach stehen, in Erwartung irgendwelcher Anweisungen. Er nahm eigentlich an, dass sie sich sofort zum Esstisch begeben würden, um den

Braten, die selbst geschossene Ente oder sonst irgendwas in der Art zu sich zu nehmen, doch sein Vater bat ihn, sich aufs Sofa zu setzen.

Also nahm Aaron Platz und wartete gespannt und auch ein wenig ängstlich darauf, was nun kommen sollte. Er beobachtete seinen Vater dabei, wie er zu dem großen dunklen Schrank ging, der ihm als Kind verboten gewesen war. Wenn er sich auch nur in dessen Nähe aufgehalten hatte, hatte sein Vater ihn immer schon mit strengen Blicken bedacht. Aber Aaron wusste, dass es darin ein Geheimfach gab, in dem sein alter Herr Dinge verschlossen hielt. Was genau, konnte er nur vermuten: Aktien vielleicht, Bargeld, sein Testament?

Nun holte sein Vater allerdings einen Brief daraus hervor, kam damit zum Sofa und nahm neben Aaron Platz. Er reichte ihm den Umschlag, und Aaron fühlte sich mehr als nur ein bisschen unwohl. Er war es nicht gewohnt, direkt neben seinem Vater zu sitzen, konnte sich auch nicht erinnern, wann er das zuletzt getan hatte. Und nun betrachtete er den Umschlag in seinen Händen und erkannte darauf die Handschrift seiner Mutter: *Für meinen lieben Vincent.*

In seinem Hals formte sich ein Kloß, der mit jeder Sekunde dicker zu werden schien.

«Der ist für dich, Vater, ich sollte ihn lieber nicht lesen», brachte er mühsam hervor.

«Ich möchte aber, dass du ihn liest», erwiderte sein Vater. Und als Aaron keine Anstalten machte, den Umschlag zu öffnen, fügte er hinzu: «Deine Mutter hat ihn mir einige Tage vor ihrem Tod gegeben, als sie wusste, dass es bald …» Er sah zu Boden und legte sich dann eine Hand an die Stirn. Wirkte völlig gebrochen.

Aaron wusste nicht, was er fühlen sollte. Mitleid mit seinem Vater? Enttäuschung, weil *er* keinen solchen Brief erhalten hatte? Trauer, weil er, im Gegensatz zu seinem Vater, nicht die Gelegenheit gehabt hatte, sich von seiner Mutter zu verabschieden?

Okay, er wollte es wagen. Was auch immer auf ihn zukommen würde. Weil er sah, wie viel es seinem Vater bedeutete. Und weil er ihm entgegenkommen wollte.

Der Umschlag enthielt zwei Blatt Papier, die noch so gut wie neu aussahen. Als wäre der Brief noch nie gelesen worden.

Sein Vater schien seine Gedanken zu erahnen. «Ich habe mich erst kürzlich getraut, ihn zu öffnen. Vorher ... konnte ich es einfach nicht. Ich hatte zu viel Angst davor, was darin stehen könnte, welche Vorwürfe deine Mutter mir machen würde. Ich war kein guter Ehemann, genauso wie ich kein guter Vater war.» Er seufzte schwer. «Bitte lies!»

Und Aaron las.

Nur eine Minute darauf liefen Tränen so unaufhörlich über sein Gesicht, dass er kaum hinterherkam mit dem Wegwischen. Die Worte seiner Mutter zu lesen, berührte Aaron unglaublich. Mehr, als er sich je hätte vorstellen können. Es war beinahe, als wäre sie wieder bei ihnen, würde hier zwischen ihnen sitzen und den beiden liebsten Menschen in ihrem Leben sagen, dass sie sich endlich versöhnen sollten.

In dem Brief stand noch viel mehr. Seine Mutter schrieb von Vergebung und dass Vincent sich doch endlich selbst vergeben solle, so, wie auch sie ihm vergeben habe. Denn tief in ihrem Innern habe sie immer gewusst, dass ihr Mann ein warmes Vaterherz habe. Seine Erziehung und die Umstände hätten es bisher zwar leider nur sehr selten zum Vorschein gebracht – wie am Tag von Aarons Geburt, als er seinen Sohn zum ersten Mal im Arm hielt, oder als er Aarons Abschlusszeugnis aus Yale zugeschickt bekommen hatte. Sie habe jedoch immer gewusst, dass er ein guter Vater sein wollte. Und sie bat auch ihn um Verzeihung, weil sie nicht hartnäckiger versucht habe, zwischen Vater und Sohn zu vermitteln.

Dieser Brief war eine Offenbarung, und Aaron verstand vollkommen, was er mit seinem Vater gemacht hatte. Wieso die Zeilen diese Veränderung in ihm bewirkt hatten. Denn, und das begann Aaron erst jetzt so richtig zu begreifen, sein Vater war letztlich so, wie er nun mal war, weil er es so beigebracht bekommen hatte. Von seinem eigenen Vater, der es wahrscheinlich ebenfalls nicht besser gewusst hatte. Der es nicht draufgehabt hatte, einfach nur ein Dad zu sein, für seinen Sohn da zu sein, ihn so anzunehmen, wie er war. Ihn schlicht bedingungslos zu lieben.

Immer wieder blinzelte Aaron die Tränen weg, wischte sie sich mit dem Handrücken ab. Schließlich gab er es auf und wagte es, seinen Vater anzusehen. Der hatte ebenfalls feuchte Augen. Und dann geschah etwas, das Aaron nie für möglich gehalten hätte, nicht in einer Million Jahren: Sein Vater und er umarmten sich!

Er wusste gar nicht, wer den Anfang gemacht hatte, doch am Ende lagen sie sich in den Armen und weinten – um ihre verlorene Frau und Mutter, die ihnen so weise Worte hinterlassen hatte. Um all die verlorenen Jahre, die Vincent und Aaron hätten miteinander verbringen können. Um die Beziehung, die sie nie zueinander gehabt hatten. Und sie weinten aus Erleichterung, weil sich jetzt vielleicht doch noch alles zum Guten wenden konnte. Nach all den Jahren.

Vielleicht hatte seine Mom recht damit gehabt, dass es nie zu spät für einen Neuanfang war. Nie zu spät für eine Entschuldigung. Dass die Familie sich dessen bewusst sein sollte, dass sie genau das war: eine Familie. Menschen, die zueinander gehörten, komme, was wolle.

Und Aaron erkannte, dass nur ihr Tod es geschafft hatte, dies zu verwirklichen.

«Es tut mir so leid, Aaron. Bitte verzeih mir, bitte verzeih mir», schluchzte der große, sonst immer so starke und souveräne Vincent Highmore.

«Ich verzeihe dir, Dad», sagte Aaron und war sich bewusst, dass er dies zum ersten Mal sagte: Dad. Wie schön es sich anfühlte, endlich einen zu haben.

Aaron blieb die ganze Nacht. Stundenlang saßen sein Vater und er zusammen und sprachen über alte Zeiten und über seine Mutter, die in ihrem Brief beide wissen ließ, dass sie sie trotz ihrer Fehler immer lieben werde – sogar noch vom Himmel aus.

Irgendwann fragte Aaron, ob sie sehr hatte leiden müssen in ihren letzten Wochen und Tagen. Sein Vater antwortete ihm ehrlich, ja, sie habe starke Schmerzen gehabt, doch die hätten ihr nicht so zugesetzt wie die Tatsache, dass die beiden Menschen, die ihr im Leben am wichtigsten waren, sich zerstritten hatten.

«Was haben wir ihr nur angetan?», fragte Aaron und war selbst voller Reue. Denn endlich erkannte er, dass nicht nur sein Vater schuld an allem gewesen war. Er selbst hätte ja auch einfach dem Wunsch seiner Mutter folgen und hin und wieder nach Hause kommen können. Vielleicht hätten er und sein Vater sich dann damals schon versöhnt. Es hätte seine Mom so glücklich gemacht, und vielleicht wäre sie nie so krank geworden. Und falls doch, dann wäre sie wenigstens nicht mit einem so schweren Herzen gestorben.

Doch er konnte es nicht wissen. Konnte nur versuchen, die Dinge wiedergutzumachen, zu Ehren seiner Mom. Und vielleicht hatte Lexi ja sogar recht, und seine Mutter sah in diesem Augenblick zu ihnen herab. Vielleicht war sie nun endlich glücklich.

37

Am nächsten Morgen waren Aaron und sein Vater zwar beide unglaublich müde, doch beiden war auch eine Riesenlast von den Schultern gefallen. Sie hatten sich ausgesprochen, einander verziehen und waren guter Dinge, was die gemeinsame Zukunft anging. Nie wieder wollten sie sich auf diese Weise behandeln, sondern vielmehr alles nachholen, was sie versäumt hatten.

«Komm doch heute Abend wieder zum Dinner», bot sein Vater an, als Aaron nach einem gemeinsamen Frühstück gegen zehn Uhr sagte, dass er sich langsam auf den Weg machen wollte. Er hatte Jonah versprochen, mit ihm zusammen den Wickeltisch aufzubauen, der ihm Schwierigkeiten bereitete. Außerdem musste er unbedingt noch ein wenig schlafen vor seinem Date mit Lexi, und Blumen besorgen wollte er ihr auch noch. Er hatte auf dem Paradise Boulevard einen Blumenladen entdeckt, der zum Glück auch sonntags geöffnet hatte, da würde er sicher etwas Passendes finden.

«Tut mir leid, Dad, aber heute Abend habe ich schon etwas vor.»

«Oh», erwiderte sein Vater und sah ein wenig enttäuscht aus.

Damit er nicht daran zweifelte, dass Aaron es ernst meinte mit dem gemeinsamen Neubeginn, fügte er hinzu: «Ich habe ein Date.»

Das Gesicht seines Vaters erstrahlte. «Du hast hier jemanden kennengelernt? In Lake Paradise?»

Wäre sein Vater öfter mal in den Ortskern gefahren und hätte die *Tavern*, das Restaurant oder das Café besucht, hätte er das längst von den Tratschtanten oder irgendjemand anderem wie Nolan oder Buddy erfahren. Doch Vincent Highmore war ein Einzelgänger und sich schon immer zu schade dafür gewesen, sich unter das einfache Volk zu mischen. Auch daran mussten sie dringend arbeiten.

«Ja. Nun, eigentlich bin ich eher jemandem wiederbegegnet. Einer alten Schulfreundin.» Ganz so genau brauchte sein Vater das nicht zu wissen, die Geschichte mit der Brotdose hätte ihn sicher nicht allzu sehr fasziniert.

«Wie wunderbar. Dann komm morgen, und bring deine Freundin mit.»

Herrje. Ob sie schon so weit waren? Aaron bezweifelte es.

«Ich weiß nicht, Dad …»

«Ich bestehe darauf!»

«Na gut, ich frage Lexi, ja? Jetzt muss ich aber wirklich los, ich habe einem Freund versprochen, ihm heute bei einer Sache zu helfen.»

Sein Vater sah überrascht aus. «Du hast hier noch Freunde? Hattest all die Jahre Kontakt zu ihnen?»

Er nickte nur, wollte nicht noch Salz in die Wunde streuen. Dann umarmte er seinen Vater leicht und ging.

Allerdings fuhr Aaron nicht direkt zu Jonah, sondern

erst mal ins Hotel, um zu duschen und sich umzuziehen. Eine schwarze Herrenhose und ein Hemd waren nicht gerade die beste Kleidungswahl für den Aufbau eines Wickeltisches. Im Grunde wusste er nicht mal, was das eigentlich war. Wickelte man darauf das Baby? Konnte man dafür nicht irgendeinen Tisch nehmen? Und warum musste es überhaupt ein Tisch sein? Warum legte man das kleine Ding nicht einfach aufs Bett oder auf den Boden, wo es nicht wegrollen konnte?

Auch wenn er nicht so müde gewesen wäre, hätte er darauf wahrscheinlich keine Antworten gewusst, doch er war so fertig, dass er gerade nicht einmal mehr hätte beantworten können, welche Augenfarbe Lexi hatte.

Doch. Blau. Das konnte er gar nicht vergessen. Ihre Augen waren blau und so tief, dass er darin versinken wollte. Er konnte es kaum erwarten, sie heute Abend zu sehen.

«Na komm, erzähl doch mal», meinte Jonah, während er ihm den Kreuzschlitzschraubenzieher reichte. «Wie läuft es mit Lexi?»

Aaron konnte ein Lächeln nicht vermeiden, das sich sofort auf seinem Gesicht ausbreitete.

«Oh. So gut, ja?», fragte Jonah lachend.

«Ich würde sagen ja. Sie hat mich für heute Abend bei sich zum Essen eingeladen.»

«Sie will für dich kochen? Wow!»

«Ja. Ich hoffe nur, sie hat das genauso gut drauf wie May.»

«May ist ein Naturtalent in der Küche. Du solltest lieber nicht zu viel erwarten. Vor allem hat Lexi Lake Paradise nie verlassen, ist nicht viel rumgekommen, du solltest dich also auf gute alte Hausmannskost einstellen. Vielleicht sogar auf …»

«Mais? Oh, bitte nicht! Zum Glück weiß Lexi aber, dass ich den nicht ausstehen kann.»

«Na, dann bin ich gespannt, was sie für dich zubereitet. Berichte gerne nachher mal.»

«Nach meinem Date? Da schläfst du doch längst.»

Als sein Vater sich gestern Abend gegen halb zehn kurz entschuldigt hatte, hatte Aaron seinem Freund eine Handynachricht geschrieben – und keine Antwort erhalten. Weil Jonah da bereits gepennt hatte.

«Ja, könnte gut sein. Das Leben mit einem Neugeborenen ist halt anstrengend. Man muss auch nachts ständig aufstehen, Windeln wechseln, das Baby wiegen, die Milch warm machen und so weiter.» Jonah sagte das so, als wenn er das schon wochenlang machen würde, dabei waren May und das Baby erst einen Tag zu Hause.

Aaron musste lachen, und er hatte mehr als nur eine Frage. Zum Beispiel wunderte er sich, warum Jonah nachts aufstehen musste statt May und warum man Milch aufwärmen musste. Wurden Babys nicht für gewöhnlich von der Mutter gestillt? Allerdings blieb er lieber still, denn eine Unterhaltung übers Stillen wäre ihm dann doch *too much* gewesen.

«Sorry also, dass ich dir erst heute Morgen geantwortet habe», fuhr Jonah fort und meinte damit die Nachricht, in der Aaron ihm völlig überwältigt davon berichtet hatte, dass er und sein Vater sich versöhnt und sogar umarmt hatten. Das mit dem Weinen hatte er weggelassen, weil er nicht wie ein Weichei dastehen wollte. Obwohl er sich im

Grunde für seine Tränen nicht schämte. Sie waren längst überfällig gewesen.

«Kein Ding.»

«Jetzt musst du mir aber alles genau erzählen. Wie ist es denn eigentlich zu der Versöhnung gekommen? Wer hat den ersten Schritt gemacht?»

Also begann Aaron zu erzählen. Einige Dinge ließ er weg, doch im Großen und Ganzen wusste Jonah nach einer Stunde, was am vergangenen Abend vorgefallen war.

«Ich kann es ehrlich kaum glauben», sagte sein Freund. «Der eiskalte Vincent Highmore kann Gefühle zeigen.»

«Ja, ich konnte es auch nicht fassen.»

«Wirklich cool, dass es so ausgegangen ist. Jetzt, wo ich Vater bin, sehe ich das alles auch noch mal ganz anders. Ein Vater und sein Sohn sollten füreinander da sein, komme, was wolle.»

Aaron musste schmunzeln. Das war mal wieder echt witzig von Jonah. Er war seit gerade mal drei Tagen Vater und tat so, als hätte er jahrelange Erfahrung gesammelt.

«Was ist?», fragte sein Freund stirnrunzelnd.

«Ach, nichts. Ich finde es nur schön, wie du in deiner neuen Rolle aufgehst.»

«Ist ja auch das Beste, was mir je passiert ist. Eines Tages wirst du sehen, was ich meine.»

Das allerdings bezweifelte Aaron. Denn er hatte nicht vor, irgendwann ein Kind in die Welt zu setzen. Ja, vielleicht hatte er sich mit seinem Vater vertragen, doch man konnte nicht alles ungeschehen machen, was passiert war. Die vergangenen Jahre hatten einfach zu viel kaputtgemacht und seine Sicht auf diese Dinge für immer geprägt.

«Kannst du mal halten, damit ich die Schrauben ein wenig fester drehen kann?», bat er und wollte sich wieder auf den Wickeltisch konzentrieren, der eigentlich eine Wickelkommode war. Wozu so ein Ding tausend Fächer und Schubladen brauchte, war ihm zwar ebenso ein Rätsel wie all der andere Babykram, aber zum Glück musste er da ja auch nicht durchblicken.

«Klar. Danke dir noch mal für deine Hilfe, Aaron.»

«Mache ich gerne.»

«Schön, dass du noch da bist. Heute in zwei Wochen ist übrigens die Taufe. Bist du dann noch immer in Lake Paradise?»

«Könnte gut sein», antwortete er. Ja, wenn es mit Lexi so gut lief, wie er sich erhoffte, wäre das tatsächlich möglich. Auch wenn er natürlich wusste, dass er nicht ewig alles vom Laptop aus machen konnte und bald mal wieder vor Ort mitarbeiten musste.

«Das freut mich wirklich sehr», sagte Jonah und schlug ihm sachte auf den Rücken.

«Ja, mich auch», erwiderte er, und er meinte es so.

Nachdem die Wickelkommode stand und Aaron noch einmal das Baby betrachtet hatte, ging er. Es war inzwischen halb drei, und er hatte seit dem Frühstück nichts gegessen. Also beschloss er, sich etwas aus Howies Supermarkt mitzunehmen, nur ein bisschen Brot, Brie und einen kleinen Salat, er wollte sich ja den Appetit nicht verderben. Dummerweise saß Ashleigh an der Kasse. Doch sie lächelte ihn nur an und behandelte ihn wie jeden anderen Kunden auch. Noch immer hoffte er, sie würde nicht ausplaudern, was zwischen ihnen gelaufen – oder nicht gelaufen – war. Lexi brauchte das wirklich nicht zu erfahren, das würde die Dinge sicher nur verkomplizieren. Am liebsten hätte er Ashleigh noch einmal darum gebeten, den Mund zu halten, doch sie hatte ihm ja schon an besagtem Morgen versprochen, niemandem etwas zu erzählen, also wollte er sich damit zufriedengeben. Nicht, dass er sie noch verärgerte und sie aus Trotz ihre Meinung änderte. Immerhin war sie jung, sehr jung, und wie junge Mädchen tickten, wusste Aaron leider nur zu gut.

Also lächelte er schlicht zurück, bezahlte und verließ mit seinen Einkäufen den Laden. Dann ging er zu dem Blumenladen auf dem Paradise Boulevard, derselben Straße, in der auch die *Paradise Tavern*, *Jamie's Food Paradise*, das *Paradise Café* und die Eisdiele zu finden waren, nur dass sich *Paradise Flowers* nicht direkt am Stadtplatz befand, sondern ein Stück die Straße runter zwischen dem Friseursalon und der Biobäckerei.

Als er das Geschäft betrat, kam Aaron sofort der Duft verschiedenster Blumen entgegen. Er kannte sich nicht allzu gut aus, entdeckte aber, als er sich umblickte, Rosen und diese Blumen, die aussahen wie bunte Sonnen. Es lief Musik von irgendeiner Jazzsängerin – Ella Fitzgerald oder Billie Holiday? Könnte aber auch Nina Simone sein, auch da war er nicht so der Experte.

Er war der Einzige im Laden, und auch der Bereich hinter dem Tresen war leer.

«Bin gleich bei dir!», hörte er es von irgendwo hinten.

«Okay», rief er zurück und sah sich derweil weiter um.

Nach zwei Minuten kam eine Frau durch den Türrahmen

mit dem Perlenvorhang, der sicher ins Hinterzimmer führte. Solche Lädchen hatten doch immer einen kleinen Aufenthaltsraum, ein Bad, vielleicht sogar eine Küche, oder?

«Hal-lo», begrüßte die Frau ihn melodisch. Sie war ungefähr sechzig, schätzte er, trug einen Afro und hätte selbst als eine dieser berühmten Jazzsängerinnen durchgehen können.

«Hi», erwiderte er. «Ich hätte gerne ein paar Blumen.»

«Oh, ja?» Die Frau lächelte ihn an, als wüsste sie genau, was er brauchte, und vielleicht sogar, wer er war.

«Ja.»

«Schau dich gern ein wenig um.»

«Hab ich schon. Ich denke, ich nehme einfach rote Rosen.»

Die Frau schüttelte den Kopf. «Nimm weiße Lilien.»

«Echt? Und warum?»

«Na, weil das ihre Lieblingsblumen sind. Damit wirst du ihr eine Freude machen.»

«Oh. Ich, äh … woher wissen Sie …?»

Sie lachte. «*Du* scheinst noch nicht zu wissen, wie schnell sich hier alles herumspricht, oder?»

Doch, eigentlich tat er das. «Na gut, dann nehme ich weiße Lilien.» Wenn die Blumenfrau sich so sicher war, dass Lexi die am liebsten mochte … Er selbst hatte das leider noch nicht herausgefunden, wie so vieles andere auch.

Zufrieden nickte die Frau. «Ich bin übrigens Moesha. Ich führe den Laden schon seit zwanzig Jahren und kannte euch schon als Kinder. Wahrscheinlich kannst du dich aber nicht erinnern.»

«Nicht wirklich, sorry.» Vermutlich war er als Kind tatsächlich nie in den Blumenladen gegangen, das wäre ja auch nicht nötig gewesen. Im Hause Highmore waren die Blumen immer entweder geliefert worden, oder der Gärtner hatte sie im Garten abgeschnitten. Und seine Mutter hatte sie dann in die Vasen gestellt und hübsch arrangiert, das hatte sie wirklich gerne gemacht. Manchmal war sie auch selbst in den Garten gegangen, um welche zu holen, doch sein Vater hatte das nie gern gesehen. Für solche Arbeiten gab es schließlich Angestellte.

«Dafür erinnere *ich* mich noch sehr gut an dich, Aaron Highmore. Einmal hast du mich mit deinem Rad beinahe umgefahren, als du und deine Freunde mitten auf dem Boulevard ein Rennen veranstaltet habt.»

«Tut mir ehrlich leid», sagte er, weil er sich gerade getadelt fühlte wie ein kleines Kind.

Doch Moesha lachte nur wieder und winkte ab. «Ach, das ist doch Ewigkeiten her. So, dann wollen wir mal einen hübschen Strauß für Lexi binden. An welche Preisklasse hattest du gedacht?»

Er hatte keine Ahnung. In New York hatte er höchstens mal ein Dutzend Rosen für einen seiner Kurzzeitflirts gekauft, und die waren immer mächtig teuer gewesen. Doch die New Yorker Blumenpreise konnte man sicher nicht mit denen in Lake Paradise vergleichen.

«Fünfzig Dollar?», sagte er deshalb.

Moesha machte große Augen. «Ich glaube, so viele weiße Lilien habe ich gar nicht da. Sie kosten drei Dollar das Stück.» Moesha ging zu dem Eimer hinüber, in dem die Lilien standen, nahm sie alle heraus und brachte sie zum Tisch. Die Stiele waren lang und hatten jeweils mehrere Blüten daran.

Aaron sah Moesha dabei zu, wie sie einen Strauß band und auch ein wenig Grünzeug einbaute. Am Ende bat sie ihn um dreißig Dollar.

«Danke», sagte er, zahlte und nahm den Strauß entgegen. Und dann machte er, dass er ins Hotel kam, weil er sich fühlte, als hätte er die Nacht durchgefeiert, und wirklich noch ein bisschen schlafen sollte. Nicht, dass er nachher bei Lexi auf der Couch einschlief, während sie ihm von sich erzählte, oder, noch schlimmer, mitten während des Vorspiels. Das war ja neulich anscheinend schon mal vorgekommen, was ihn noch immer beschäftigte. Doch Lexi war nicht Ashleigh, und bei ihr war er sich sicher, dass er ganz da sein würde. Für sie. Und er wollte ihr unbedingt zeigen, wie wichtig sie ihm war. Da waren die Blumen schon mal ein guter Anfang.

38

Als Lexi um zwei Minuten vor sieben die Tür öffnete, stand Aaron davor und hielt ihre Lieblingsblumen in der Hand.

«Ohhh!», sagte sie erfreut und nahm den Strauß entgegen. «Woher wusstest du, dass ich weiße Lilien liebe?»

«Das hat mir jemand verraten», erklärte Aaron, während er eintrat und sich die Jacke auszog. Er hängte sie an den Haken, als würde er sich schon ganz wie zu Hause fühlen. Dann folgte er Lexi in die Küche. «Oh nein, rieche ich etwa …?»

«Mais? Ganz richtig! Aber bitte ergreife nicht gleich die Flucht, ich habe nämlich extra für dich eine Suppe gekocht, die dir einfach schmecken muss.»

«Ja?» Aaron sah nicht sehr überzeugt aus, als er näher an den Topf trat. «Oh, entdecke ich da Zuckererbsenschoten? Und Shiitakepilze?», fragte er überrascht.

«Ganz genau. Ich dachte mir, es muss doch möglich sein, eine Maissuppe zu zaubern, die auch du magst, denn ich will es einfach nicht hinnehmen, dass du den Mais für immer hasst. Also habe ich nach asiatischen Rezepten gesucht, da ich ja inzwischen weiß, dass du die asiatische Küche gerne magst.» Glücklicherweise war sie nicht nur im Internet fündig geworden, was das Rezept anging, sondern dann auch noch bei Rupert, der in seinem Supermarkt einige asiatische Lebensmittel anbot. Die benötigten Baby-Maiskolben zu besorgen, war selbstverständlich kein Problem gewesen.

«Wow, da bin ich aber baff. Die riecht sogar echt lecker, wenn sie jetzt nur halb so gut schmeckt ...»

«Setz dich. Gleich sollte sie aufgewärmt sein. Ich habe sie nämlich schon gestern Abend kochen müssen, da ich heute in Omaha war, meinen Bruder besuchen.»

«Ich wusste gar nicht, dass du auch einen Bruder hast», sagte Aaron und schenkte ihnen aus der Wasserkaraffe ein.

«Ja. Tommy. Er ist drei Jahre jünger als ich.» Sie probierte die Suppe, schmeckte noch mal ab, rührte ein wenig und gab sie dann in zwei tiefe Suppenschüsseln. «Magst du Koriander?», fragte sie.

«Ich liebe Koriander», war Aarons Antwort.

Lexi streute die frisch gehackten Blätter über die Suppe und lächelte. Da hatten sie also noch etwas gemeinsam. Keith hatte Koriander verabscheut, doch Keith wollte sie heute in ihre Gedankenwelt keinen Eintritt gewähren. Nicht an diesem Abend, an dem sie einfach nur loslassen wollte.

Nun setzte auch Lexi sich, und sie begannen zu essen. Sie beobachtete Aaron, wie er ein wenig Suppe auf seinen Löffel nahm und diesen an den Mund führte. Er pustete darauf, was so sinnlich aussah, dass Lexi gleich wieder ein Kribbeln im Bauch verspürte.

«Schmeckt sie dir?», fragte sie gespannt, als Aaron heruntergeschluckt hatte.

«Sie ist sooo gut. Wo hast du das Rezept her?»

«Aus dem Internet. Es ist Kokosmilch drin statt Sahne, damit wird sie nicht so deftig wie die Suppe meiner Mutter.»

Aaron grinste. «Die wird wohl nie mein Lieblingsessen werden. Aber das hier – wow, das hast du wirklich gut hinbekommen. Und dass du extra für mich etwas Neues ausprobiert hast ... Ich danke dir, Lexi.»

«Sehr gerne, Aaron», sagte sie und aß lächelnd weiter.

«Wie geht es deinem Grandpa?», fragte Aaron irgendwann.

«Oh, dem geht es bestens, danke der Nachfrage.»

«Ihr beide scheint ein sehr inniges Verhältnis zu haben, oder?»

«Ja, das hatten wir schon immer. Zu meiner Grandma Ursula hatte ich auch ein ganz besonderes Verhältnis. Leider ist sie schon vor Jahren gestorben.»

«Das tut mir leid.»

«Danke.»

«Ursula ... Du hast sie im Museum erwähnt, sie war Deutsche, oder?»

Lexi nickte. «Ja, richtig. Sie kam zur Zeit des Zweiten Weltkrieges mit ihrer Familie in die USA. Zuerst haben sie sogar im Staat New York gelebt, sind dann aber irgendwann gen Westen weitergewandert. Damals hat man hier in Lake Paradise dringend nach Arbeitern für die Maisfelder gesucht, meine Urgroßeltern haben also als Maispflücker angefangen. Und das ist irgendwie in der Familie geblieben. Grandma Ursula hat in einer der Maisfabriken gearbeitet und vierzig Jahre lang Maissirup abgefüllt. Grandpa Murphy hat Mais durchs ganze Land gefahren, und mein Dad war Vorarbeiter in der Maismehlfabrik, bis er ...» Sie sprach nicht weiter.

«Oje», sagte Aaron. «Hat mein Vater etwa irgendwas damit zu tun, dass dein Dad nicht mehr dort arbeitet?»

«Ja, hat er. Er hat ihn einfach entlassen und stattdessen jemand Jüngeres für weniger Lohn eingestellt.»

«Das sieht ihm ähnlich», meinte Aaron. «Zumindest seinem alten Ich. Ich glaube ja, dass er wirklich versucht, sich zu ändern. Dennoch tut es mir leid für deinen Dad.»

«Das muss es nicht, du kannst ja nichts dafür. Und wenn es wirklich wahr ist und dein Vater dabei ist, ein neuer Mensch zu werden, ist das wundervoll.»

«Ja …» Aaron trank einen Schluck Wasser. «Weißt du, dass ich gestern Abend bei ihm war? Er hat mich zum Dinner eingeladen und sich noch einmal aufrichtig bei mir entschuldigt. Wir haben lange geredet, fast die ganze Nacht lang, und ich sehe jetzt einige Dinge mit anderen Augen. Mein Vater hatte es selbst nicht immer leicht, er ist immerhin der Sohn meines Großvaters … Na ja, wir haben uns versöhnt. Und das haben wir einem Brief meiner Mom zu verdanken, den sie kurz vor ihrem Tod geschrieben und in dem sie uns darum gebeten hat.»

«Mathilda hat einen Brief hinterlassen?»

Aaron nickte. «Ja, einen sehr bewegenden. Die ganzen letzten vierundzwanzig Stunden waren ziemlich bewegend für mich», gestand er ihr.

«Oh mein Gott, Aaron, wie schön. Ich freue mich wirklich für dich. Für euch beide. Vielleicht wendet sich ja nun doch alles zum Besseren. Vielleicht könnt ihr beide jetzt endlich eine Beziehung zueinander aufbauen.»

«Wir werden sehen. Auf jeden Fall merke ich, dass er sich Mühe gibt. Er hat uns sogar zum Essen eingeladen.»

«Uns? Dich und mich?» Sie zeigte erst auf Aaron, dann auf sich selbst und war mehr als erstaunt.

«Ja. Für morgen Abend. Du musst aber nicht mitkommen. Also, in Anbetracht der Dinge würde ich es wirklich verstehen, wenn du lieber nicht …» Sein Handy begann zu klingeln, und er nahm es aus der Hosentasche. «Sorry, ich hab vergessen, es auf leise zu stellen.» Er drückte den Anrufer weg, stellte den Ton aus und legte es neben sich auf den Tisch.

«Kein Problem. Und was das Essen morgen angeht, komme ich gerne mit. Sehr gerne sogar, denn ich finde es wirklich nett, dass dein Vater mich eingeladen hat. Und wenn er schon solch einen Schritt macht, sollte ich ihn nicht abweisen.»

«Ehrlich?» Aaron schien überrascht. Er hatte wohl nicht mit einer Zusage ihrerseits gerechnet.

«Ehrlich. Und da hab ich gleich noch eine Frage: Woher weiß er denn eigentlich von dir und mir? Ich kann mir nämlich nicht vorstellen, dass er eins von Buddys Gedichten gelesen oder sich mit dem Tratschtrio unterhalten hat.» Sie lächelte Aaron an.

Er nahm einen Shiitakepilz auf seinen Löffel. «Ich habe ihm von dir erzählt.»

Jetzt war sie mehr als gerührt. Doch leider leuchtete da Aarons Handy schon wieder auf und zeigte einen erneuten Anruf an.

«Geh ruhig ran», sagte sie. «Es scheint ja wichtig zu sein.»

«Okay, danke. Ich mache es ganz kurz.»

«Darf ich dir derweil noch Suppe nachfüllen?»

«Sehr gerne.» Aaron reichte ihr seine fast leere Schüssel und nahm den Anruf an. «Simon? Was gibt es denn? Ich habe gerade ein Date.»

Wer auch immer dieser Simon war, er sprach so laut, dass Lexi, die am Küchentresen stand und Aaron den Rücken zugewandt hatte, jedes Wort mithören konnte. Leider.

«Du hast doch immer gerade irgendein Date!», meinte Simon spöttisch. «Widme deine Aufmerksamkeit bitte mal kurz mir, ja? Wir haben jetzt alle Genehmigungen, und die Hemingways fragen, wann wir mit dem Bau beginnen können.»

«Ihr müsst wohl ohne mich anfangen, ich kann leider noch nicht zurückkommen.»

«Müsste dein Grandpa nicht längst unter der Erde sein?»

«Ist er. Es gibt aber ein paar andere Dinge, die erfordern, dass ich noch eine Weile bleibe.»

«Na, so wichtig können sie ja nicht sein, wenn du Zeit für Dates hast.»

«Es geht um Familienangelegenheiten, Simon. Wenn du das nicht verstehst, tut es mir leid, aber ich kann es gerade leider nicht ändern.» Aaron war lauter geworden und klang noch ein wenig genervter.

«Okay, okay. Nun werd nicht gleich wütend. Ein bisschen Zeit geb ich dir noch, aber lass es nicht drauf ankommen, hörst du?»

Aaron sagte gar nichts mehr, und als Lexi sich wieder zu ihm umdrehte, sah sie, dass er Simon weggedrückt hatte. Er stellte sein Handy jetzt komplett aus und legte es weit weg auf das Küchenregal. Dann sah er sie entschuldigend an. «Sorry, das war mein Geschäftspartner Simon. Wir haben einige Projekte am Start, und er macht sich Sorgen, dass irgendwas schiefläuft, wenn ich nicht da bin. Er ist nämlich für das Fachliche und fürs Finanzielle zuständig, während ich nur vor mich hinkritzle und die Bauarbeiten überwache.»

«Ah, okay.» Sie stellte ihm die nun wieder volle Suppenschüssel hin.

«Er wird uns nicht mehr stören.»

Sie setzte sich, nickte und starrte auf ihre Suppe. Appetit hatte sie leider keinen mehr.

«Ist alles in Ordnung?», erkundigte sich Aaron.

Lexi sah auf. «Vielleicht solltest du wissen, dass ich jedes Wort mithören konnte, eben bei eurem Gespräch. Auch das, was Simon gesagt hat.»

«Oh.» Aaron schien sich ein paar Minuten zurückzuversetzen, dann weiteten sich seine Pupillen. «Ach, Mist! Bitte nimm das nicht wörtlich, was er da meinte.»

«Ist es also nicht so? Hast du in New York nicht ständig irgendwelche Dates?»

Aaron blieb einen Moment still, als überlegte er, was er ihr erzählen sollte.

«Ich bin jetzt hier, Lexi. Bei dir», sagte er dann. Doch beruhigen konnte er sie damit nicht. Denn auf einmal wurde ihr bewusst, dass sie ihn jetzt schon viel mehr mochte, als sie sich bisher eingestehen wollte. Und dass Aaron in seinem anderen, eigentlichen Leben so ein wildes Dasein führte, in dem es an Frauen anscheinend nicht mangelte, machte ihr dann doch zu schaffen.

«Okay», sagte sie daher nur und tauchte den Löffel in die Suppe.

39

«Wie geht es Abigail?», fragte Delores am Montagmorgen, als sie mit ihren Freundinnen im *Paradise Café* saß.

«Besser, viel besser», antwortete Murielle. «Sie kann ab heute wieder in den Kindergarten gehen.»

«Oh, welch eine Erleichterung.»

«Ja, diese Erkältung war wirklich von der hartnäckigen Sorte.» Murielle trank von ihrem Kaffee, und sie tauschten sich über den neuesten Tratsch aus. Zum Beispiel darüber, dass Martha Mitchell sich in ihrer Selbstfindungsphase jetzt einen Nasenstecker zugelegt hatte und dass bei dem Flohmarkt ganze achthundert Dollar für den neuen Rasen zusammengekommen waren.

«Du hast ja wirklich tolle Nägel, Murielle», stellte Sadie irgendwann fest. «Wer hat sie dir gemacht?»

Delores betrachtete nun ebenfalls Murielles lange falsche Fingernägel im pink-schwarzen Zebramuster.

«Das war Lindsay. Sie hatte gefragt, ob sie an mir üben dürfe. Sie hat doch im Sommer diesen Kurs in Lincoln besucht und möchte sich nun selbstständig machen.»

«Das hat sie sehr gut hinbekommen. Ich glaube, ich lasse sie auch mal an mir üben», sagte Sadie, während Delores bei der Erwähnung von Lincoln natürlich wieder an ihren Neffen Paul denken musste.

«Mach das», ermutigte Murielle ihre Freundin und kramte eine Einkaufsliste aus der Handtasche. «Also, ich brauche gleich noch einiges aus dem Supermarkt. Wer kommt mit?»

Sadie war dabei. «Ja, das sollte ich noch schaffen, bevor ich die Eisdiele aufmache.» Die öffnete immer um zehn. «Schon seit Tagen habe ich Lust auf Kürbissuppe. Ich glaube, heute mache ich mir endlich eine, und dazu Maisbrot. Und was gibt es bei euch Leckeres?»

«Ich komme auch mit, denn ich brauche geräucherten Heilbutt, den hat George sich gewünscht», erzählte Delores. «Ich hoffe, dass entweder Rupert oder Howie welchen dahat, sonst muss ich bis zum Markt am Samstag warten.»

«Oh, den wirst du sicher bei Rupert finden. Der hatte letzte Woche schon jede Menge leckerer geräucherter Sachen im Angebot», erinnerte sich Sadie. «Und du, Murielle? Was kochst du heute?»

«Ich habe Abigail einen bunten Nudelauflauf versprochen und muss dafür noch einiges besorgen. Außerdem möchte ich mal schauen, ob Rupert wieder Kuchen von Valerie dahat, denn ihrer ist einfach der beste.»

Da konnten die beiden anderen nur zustimmen. Valerie Hill hatte seit Jahren einen Stand auf dem Wochenmarkt, und Rupert bot hin und wieder ebenfalls ihre Köstlichkeiten an, die sie alle zu Hause in ihrer kleinen Küche selbst backte. Früher hatte Valerie mal in der Paradise Lane gewohnt, dann aber ihr Haus verkauft, um in die neue Siedlung außerhalb der Stadt zu ziehen. Die Siedlung, die Vincent Highmore gebaut hatte und wegen der Murielles Schwester verscheucht worden war, weshalb Murielle eine Zeitlang nicht gut auf Valerie zu sprechen gewesen war. Doch bei solch leckeren Kuchen hatte sie ihren Groll nicht lange aufrechterhalten können.

Nolan kam an ihren Tisch, zog sich einen Stuhl heran und setzte sich. «Wissen wir was Neues über die Highmores?», fragte er neugierig.

«Oh ja», meinte Delores sogleich. «Vincent hat sich bei Aaron entschuldigt und ...»

«Das wissen wir doch längst.»

«Nun unterbrich sie doch nicht!», schimpfte Sadie mit Nolan und gab Delores ein Zeichen, dass sie weitersprechen konnte.

Delores nickte. «Also, Vincent hat sich noch mal richtig entschuldigt, und die beiden haben die ganze Nacht lang geredet und sich versöhnt. Vera sagt, es war herzzerreißend.»

«Unfassbar!» Nolan schien ernsthaft beeindruckt. «Ich hätte ja nicht geglaubt, dass der Alte überhaupt ein Herz hat.»

«So kann man sich in den Menschen täuschen», sagte Delores mit einem Lächeln. Sie hatte nämlich schon immer gewusst, oder besser gehofft, dass Vater und Sohn eines Tages doch noch zueinanderfinden würden.

Die Tür zum Café wurde geöffnet, und Jamie von nebenan kam herein. Nolan sprang gleich auf und ging zurück hinter die Theke.

«Steht eigentlich schon fest, welche ausländische Spezialität es diese Woche im *Food Paradise* geben wird?», fragte Delores ihre Freundinnen.

«Ich habe noch nichts gehört», antwortete Sadie.

«Hey, Jamie!», rief Murielle dem Restaurantinhaber zu. «Womit willst du uns denn diese Woche verwöhnen?»

Jamie, der wie immer ein Flanellhemd trug, drehte sich zu ihnen um. «Es wird was Indisches geben.»

«Wir sind mächtig gespannt», entgegnete Murielle.

«Da wird Nolan sich aber freuen», sagte Sadie, als Jamie sich schon wieder zur Theke umgedreht hatte und bei Nolan seine Bestellung aufgab. «Er isst für sein Leben gern Indisch, das hat er mir mal erzählt.»

Die drei sahen zu Nolan, der verzückt über irgendetwas lachte.

«Also, Ladys, wollen wir uns aufmachen?», fragte Delores.

Die drei erhoben sich, ließen jeder einen Fünfdollarschein für Nolan auf dem Tisch liegen, und verließen das Café. Sie überquerten den Paradise Boulevard und trafen vor dem Supermarkt auf Bürgermeister Doyle.

«Guten Morgen, Bertram», sagten alle drei im Einklang.

«Guten Morgen, ihr Lieben. Ist es nicht ein schöner Tag?»

«Wenn ich geräucherten Heilbutt finde, wird er das ganz bestimmt», meinte Delores.

«Den hat Rupert im Angebot», wusste der Bürgermeister zu berichten. «Ich habe mir auch welchen mitgenommen, und einen Aal. Es geht doch nichts über frisch geräucherten Fisch.»

Da hätte ihr Mann dem Bürgermeister sicher zugestimmt, dachte Delores. Leider hatte George sich den Fuß verknackst, sonst wäre er mit zum Einkaufen gekommen.

«Wie geht es George?», fragte Bertram.

«Er muss noch einen Verband tragen, sagt der Arzt, und soll seinen Fuß schonen.»

«So eine dumme Sache. Wie man sich beim Angeln den Fuß auf diese Weise verletzen kann, ist mir immer noch ein Rätsel.» Der Bürgermeister schüttelte den Kopf. «Na, wie auch immer, grüß George bitte von mir und wünsche ihm gute Besserung.»

«Das werde ich machen», sagte Delores. «Danke, Bertram.»

Bevor dieser jedoch weiterging, ließ er die drei noch wissen: «Übrigens geht es gut voran mit der Bimmelbahn. Vielleicht bekommen wir sie sogar noch vor Thanksgiving in Gang.»

«Das wäre ja wundervoll!» Delores nahm sich vor, später ihrem Neffen Paul davon zu berichten. Er versprach jetzt schon so lange, sie mal wieder besuchen zu kommen, Thanksgiving wäre doch die perfekte Gelegenheit.

Bertram spazierte davon, und die drei Freundinnen betraten den Supermarkt. Delores fand den Heilbutt und hörte dann plötzlich Murielle durch den Laden nach ihr rufen: «Komm mal her, Delores, sie haben Valeries Kuchen im Angebot. Drei zum Preis von zwei. Nimmst du mir einen ab?»

Na, das Angebot konnte man doch nicht verstreichen lassen, und George würde sich sicher über einen leckeren Apple Pie freuen.

«Ich komme schon!», rief Delores zurück und tippelte schnurstracks zur Kuchentheke.

40

«Und Vincent Highmore hat dich wirklich zum Dinner eingeladen?», fragte ihre Mom in der Mittagspause.

Da heute wunderbares, sonniges Herbstwetter war, aßen sie auf der kleinen Bank vor der Boutique und nahmen dort ihren Lunch zu sich. Es gab Sushi aus Howies Supermarkt, das Lexi nun unbedingt einmal ausprobieren wollte, weil sie irgendwie durch das ganze Sushi-Gerede von Aaron selbst Lust darauf bekommen hatte. Und in Lake Paradise war dies nun mal die einzige Möglichkeit, an diese kleinen Snacks aus Reis, Gemüse und rohem Fisch ranzukommen.

Lexi nickte, noch immer erstaunt über die Einladung. «Wie es aussieht, ja.»

Ihre Mutter betrachtete die California Roll, die sie zwischen den Fingern hielt, misstrauisch. Sie hatte, im Gegensatz zu Lexi, zuvor noch keine Begegnung mit der japanischen Delikatesse gemacht.

«Du musst die Stäbchen nehmen, Mom. Komm, ich zeig dir, wie das geht. Du musst sie so halten.» Lexi demonstrierte ihrer Mutter, was ihr Bruder ihr damals in Omaha beigebracht hatte.

«Das werde ich nie lernen, Lexi, und ich weiß auch gar

nicht, wieso du mir dieses Sushi mitgebracht hast. Roher Fisch, Lexi, das kann doch gar nicht gesund sein. Vor allem wissen wir überhaupt nicht, wo es hergestellt wurde und was für eine lange Reise es schon hinter sich hat.»

Lexi nahm die Plastikbox in die Hand und schaute auf das Schild an der Unterseite. «Hier steht, es wird in Kansas City hergestellt, es kommt also nicht den weiten Weg aus Japan.» Sie musste schmunzeln.

«Kansas City ... Hach, wie ich Helena vermisse.»

«Ja, ich weiß, und ich vermisse sie ebenfalls. Sie hat mir aber erst neulich am Telefon versprochen, dass sie uns ganz bald mal wieder besuchen kommt. Und nun probier endlich, von mir aus kannst du auch mit den Fingern essen.»

Ihre Mutter runzelte die Nase, tauchte die California Roll mit rohem Lachs und Avocado in die Sojasauce und steckte sie sich in den Mund. Kaute unentschlossen darauf herum. Legte die Stirn in Falten. Nickte. «Gar nicht mal so übel.»

«Sag ich doch. Man kann Supermarkt-Sushi zwar nicht mit dem in einem Sushi-Restaurant vergleichen, aber es ist wirklich ziemlich lecker für sieben neunundneunzig.»

«Ja, man kann es essen, noch mal mitbringen musst du es mir aber nicht.»

Das hatte sie auch nicht vor nach dem vielen Stirnrunzeln. Nächstes Mal, wenn sie Lust auf Sushi hatte, würde sie einfach Tommy fragen, ob er mal wieder welches essen gehen wollte, oder vielleicht würde Aaron sie nach Omaha begleiten. Falls er dann noch hier war.

«Hast du Helena von ihm erzählt?», fragte ihre Mom, als könne sie ihr ganz genau ansehen, an wen sie gerade dachte.

«Von wem?»

«Nun stell dich nicht dumm. Von Aaron natürlich.»

«Ja, habe ich.»

«Und? Was sagt sie dazu?»

«Sie freut sich, wenn ich glücklich bin, Mom. Genau wie du, richtig?»

«Aber selbstverständlich. Ich frage mich nur, ob er wirklich der Richtige für dich ist, Lexi.»

«Ich suche doch aber gar nicht nach dem Richtigen. Ich will einfach nur wieder ausgehen. Immerhin habe ich lange genug darauf verzichtet.»

«Keiner hat dich dazu gezwungen, Süße, oder erwartet, dass du für immer allein bleibst.» Ihre Mutter sah sie zärtlich an.

«Ich war einfach noch nicht dazu bereit, Mom.»

«Jetzt bist du es aber?»

Sie nickte entschlossen und hoffte von Herzen, Keith möge ihr verzeihen. «Ja.»

«Sehr schön. Und da du heute Abend bei seinem Vater zu Gast bist, fände ich es nur fair, wenn du Aaron auch mal zu uns mitbringst.»

Innerlich stöhnte Lexi. «Wozu denn?»

«Na, um ihn kennenzulernen.»

«Du kennst ihn doch schon. Er ist kein Fremder, Mom.»

«Ja, aber was weiß ich denn schon von ihm? Nur die vagen Details, die du hin und wieder erzählst.»

«Ja, und genau deshalb werde ich ihn nicht mit nach Hause bringen. Weil du und Dad ihn nämlich ausquetschen würdet wie eine Orange.»

«Das würden wir nie und nimmer tun!»

«Oh doch, und das weißt du genau.»

«Und wenn ich verspreche, dass wir uns zurückhalten würden?»

Jetzt ließ Lexi einen lauten Seufzer frei. «Okay, okay, ich frage ihn. Versprechen kann ich aber nichts.»

«Sehr schön.» Ihre Mom lächelte zufrieden und griff dann nach einem Thunfisch-Nigiri.

Einige Stunden später saß Lexi neben Aaron im Auto und starrte auf das gigantische Haus, das sie bisher nur ein einziges Mal gesehen hatte. Das Grundstück war von hohen Hecken umzäunt, und obwohl es kein eisernes Tor oder Ähnliches gab, traute sich doch niemand hinein, da schon immer das Gerücht herumgegangen war, Vincent Highmore habe Kampfhunde, die darauf trainiert waren, ungebetene Besucher zu verscheuchen. Einmal, sie musste etwa elf Jahre alt gewesen sein, denn es war kurz nach Aarons Fortgang, hatte Lexi sich auf das Anwesen getraut. Es war eine Mutprobe gewesen, zu der Trish sie herausgefordert hatte. Voller Angst und mit zitternden Beinen war sie den langen Weg bis hoch zum Haus hinaufgelaufen. Dort hatte sie voller Ehrfurcht gestanden und es betrachtet, und sie hatte sich gefragt, ob Aaron es wohl vermissen würde, in solch einem prachtvollen Palast zu wohnen.

Jetzt fühlte sie sich wieder ganz genau so wie damals.

«Alles okay?» Aaron parkte den Wagen und schaute sie fragend an.

Sie nickte und sah an sich herunter. Sie hatte sich für ein schlichtes Outfit entschieden: ein schwarzer Rock, der bis knapp übers Knie ging, dazu eine lavendelfarbene Bluse, ein schwarzer Blazer und schwarze Pumps.

«Ja, ich weiß nur nicht, ob ich angemessen gekleidet bin. Oder wie ich mich verhalten soll. Aber sonst ist alles okay.» Sie grinste schräg.

Aaron musste lachen. «Sei einfach du selbst, ja?» Er öffnete die Fahrertür, stieg aus und ging ums Auto herum, um ihr die Tür aufzumachen.

Mit wackeligen Knien trat sie auf den Kiesweg, ergriff Aarons Hand, die er ihr hinhielt, und ging mit ihm an dem Brunnen in Form von zwei ineinander verschlungenen Lachsen vorbei und die fünf Stufen zur Tür hinauf. Ein gruseliger Drachen starrte sie an.

Am liebsten hätte Lexi Reißaus genommen, doch sie wollte tapfer sein, Aaron zuliebe.

Ein Butler öffnete ihnen, und er war gar nicht so streng und ausdruckslos, wie man Butler aus Filmen kannte. Ganz im Gegenteil: Er lächelte sie strahlend an, nahm ihnen die Jacken ab und führte sie in den Salon, wo der große Vincent Highmore bereits auf sie wartete.

«Aaron», sagte er und kam ihnen entgegen. Auch er hatte ein Lächeln im Gesicht, wenn auch ein eher reserviertes. «Wie geht es dir?»

«Gut, Dad, danke. Und dir?»

Lexi wunderte sich, da Aaron ihr doch erzählt hatte, dass er seinen Vater noch nie so genannt hatte. Die Aussprache schien einiges bewirkt zu haben.

«Bestens. Willst du mir deine Begleitung vorstellen?»

«Ja, natürlich. Das ist Alexis Dawson, sie wird von allen Lexi genannt.»

«Vincent Highmore, angenehm», sagte Aarons Vater und schüttelte ihre Hand.

«Freut mich sehr, Mr. Highmore. Danke für die Einladung», erwiderte Lexi und hoffte, dass es förmlich genug war.

«Setzen wir uns doch, bis das Essen fertig ist», bot Vincent an und deutete auf die Ecke mit den Ledersofas, die irgendwie so aussahen, als wären sie schon hundert Jahre alt.

Sie setzten sich, und ein peinliches Schweigen entstand.

«Aaron erzählte mir, Sie kennen sich noch aus Schulzeiten?», durchbrach Vincent die Stille.

Lexi nickte, ein wenig eingeschüchtert neben diesem Mann, der die halbe Stadt besaß, von dem alle schlecht redeten und den alle fürchteten. Mit dem sie noch nie ein Wort gewechselt und den sie bisher selbst verabscheut hatte, weil er ihren Vater um seine Arbeit gebracht hatte. «Ja, genau. Ich war damals zwei Jahrgänge unter Aaron.»

«Wie erfreulich, dass Sie beide sich nun wiederbegegnet sind.»

«Ja, das finde ich auch.» Lexi drückte Aarons Hand.

Vincent Highmore lächelte. «Möchten Sie vielleicht ein paar Fotoalben ansehen? Bilder von Aaron, als er noch ein Kind war?»

«Nein, Dad, das muss nun wirklich nicht sein», erwiderte Aaron, bevor sie etwas antworten konnte.

«Ach, warum denn nicht?» Vincent stand auf und ging aus dem Raum, dann hörten sie, wie er die Treppenstufen hinaufstieg.

«Wie schlag ich mich?», fragte Lexi nervös.

Aaron schenkte ihr ein Lächeln. «Sehr gut. Ich glaube, er mag dich. Ich kann mich nämlich nicht erinnern, dass er jemals irgendwem Babyfotos von mir gezeigt hätte.»

«Er kennt mich gerade mal fünf Minuten.»

«Vincent Highmore hat sich schon immer schnell ein Bild von den Menschen gemacht, und die meisten haben seine Inspektion nicht bestanden.»

«Na, dann kann ich ja froh sein, dass er mich nicht gleich aus dem Haus geworfen hat.» Lexi zupfte an ihrem Rock herum.

«Du siehst übrigens wunderschön aus heute Abend», sagte Aaron.

«Oh, danke. Ich fühle mich eher wie bei einem Vorstellungsgespräch.»

«Versuch, locker zu bleiben. Er wird dich schon nicht beißen.»

«Na, wenn du das sagst.»

Und da hörten sie ihn auch schon wieder die Treppe herunterkommen. Als Vincent in den Salon trat, hatte er einen Stapel Fotoalben dabei. Damit setzte er sich ihnen gegenüber an den gläsernen Couchtisch und öffnete das erste. Und dann durfte Lexi Aaron auf dem Arm seiner Mutter, beim Planschen im Pool, kuschelnd mit einem Schäferhund, in einem Ruderboot und mit einem Pokal vom Buchstabierwettbewerb betrachten.

Aaron, der sich die Bilder mit ansah, wirkte berührt. Er war ganz still, beinahe ehrfürchtig. Hin und wieder warf er ihr einen Blick zu, und Lexi schenkte ihm ein Lächeln.

Die Alben sahen so aus, als wären sie schon sehr oft durchgeblättert worden, und Lexi fragte sich, ob Vincent sich wohl einsam gefühlt hatte die letzten Jahre. Er schien wirklich froh, Aaron zurückzuhaben, und plötzlich wirkte er auf sie gar nicht mehr so einschüchternd. Die glückseligen Blicke, die er seinem Sohn von Zeit zu Zeit zuwarf, ließen sie sogar fast vergessen, dass sie überhaupt mal böse auf ihn gewesen war. Ja, sie beschloss, ihm zu verzeihen. Denn das Leben war zu kurz, um Groll zu hegen. Das Leben war zu kurz, um es überhaupt mit irgendetwas Negativem zu füllen.

Der Abend verlief wirklich nett. Nach den Alben bat Aaron seinen Vater, Lexi durch die Villa führen zu dürfen, und er zeigte ihr sein altes Zimmer mit einem Regal voller Pokale. Dann brachte er sie in die Küche, und sie begrüßten Vera, die das Essen zubereitete. Selbstverständlich kannte Lexi die Haushälterin flüchtig, sie hatte sie des Öfteren beim Einkaufen im Supermarkt oder im Café mit Delores gesehen, doch erst jetzt wurde ihr klar, von welcher Bedeutung die Frau für Aaron war. Die beiden gingen sehr vertraut miteinander um, Vera schien eine besondere Rolle in Aarons Leben zu spielen. Lexi nahm sich vor, ihn später danach zu fragen, doch jetzt schob Vera sie aus der Küche, da das Essen gleich serviert würde, und Aaron geleitete sie zurück in den Salon.

Zum Dinner wurden fünf Gänge serviert, und Lexi aß zum ersten Mal in ihrem Leben Dinge wie Kalbsbries, Wachteln und Käse aus Elchmilch. Allerdings entschied sie bei jedem Bissen aufs Neue, dass sie doch lieber bei Maissuppe, Chili Cheese Fries oder Supermarkt-Sushi bleiben würde. Und sie fragte sich, wie Aaron das alles herunterbekam, da er doch gar kein Fleisch-Typ war, wie er es selbst ausgedrückt hatte. Wahrscheinlich tat er es seinem Vater zuliebe, der sich wirklich Mühe gegeben hatte, den Abend besonders zu gestalten.

Beim Abschied verkündete Vincent noch, dass er am nächsten Tag ein Treffen mit den Familienanwälten hätte, und er bat seinen Sohn, daran teilzunehmen.

«Ist das okay?», fragte Aaron Lexi, da sie am morgigen Dienstag eigentlich einen Ausflug geplant hatten. Sie hatte sich extra den Tag freigenommen.

«Ja, klar, kein Problem.»

«Das Meeting wird gegen Mittag zu Ende sein», versprach Vincent, was ihnen wenigstens noch den Nachmittag geben würde. «Es hat mich gefreut, Sie kennenzulernen», sagte er dann zu Lexi, als er sie an der Haustür verabschiedete.

«Ich danke noch einmal für die Einladung. Es war ein unvergesslicher Abend.»

Als sie wieder im Auto saßen, atmete Lexi erleichtert aus. «Was für ein Dinner. So was hab ich echt noch nie erlebt, und den Nachgeschmack von diesem Elch-Blauschimmelkäse hab ich immer noch im Mund.»

«Der kostet übrigens fünfhundert Dollar das Kilo.»

Sie machte große Augen. «Was? Du willst mich auf den Arm nehmen!»

«Nein, ehrlich. Den lässt mein Vater seit Jahren extra aus Schweden importieren. Der ist echt besonders.»

«Oh Mann, und ich hab ihn gar nicht zu schätzen gewusst.»

«Keine Sorge, ich glaube, du hast einen ziemlich guten Eindruck hinterlassen, es könnte also gut sein, dass du noch mal in den Genuss kommst.»

Lexi schnitt eine Grimasse. «Aber mal ganz ehrlich. Es war besser, als ich erwartet hatte. Und gar nicht so angsteinflößend.»

«Ja, so sehe ich das auch. Ich sag doch, er ist wie verwandelt.»

Lexi hoffte nur, dass das von Dauer war.

«Ach, übrigens, da wir das mit den Abendessen bei den Eltern so gut hinbekommen ... Meine Mom lässt fragen, wann du denn zu uns kommst.»

Jetzt sah Aaron sie ein wenig ängstlich an, und sie musste lachen. *Ja, Aaron,* dachte sie, *nach diesem Abend führt da kein Weg mehr dran vorbei.*

41

«Scheiße, ich hab echt einen Haufen Maisfelder geerbt!», sagte Aaron, noch immer verblüfft, als er mittags bei Lexi eintraf.

«Wow!» Das war anscheinend alles, was sie im ersten Moment antworten konnte. Dann fasste sie sich und fragte: «Erzähl doch mal, wie lief es?»

Er atmete tief durch, setzte sich an den Küchentisch und trank ein paar Schlucke von dem Wasser, das Lexi ihm eingeschenkt hatte.

«Also, ich bin angekommen, und alle waren schon da und hatten diesen superstrengen Blick drauf», erzählte er. «Ich hatte keine Ahnung, was auf mich zukommen würde, hatte mir natürlich schon gedacht, dass es um das Erbe meines Großvaters gehen könnte, aber mir überhaupt nichts davon versprochen. Mann, der alte Kerl konnte mich nicht leiden! Ich dachte doch, der hinterlässt mir nichts als ein paar böse Worte!» Das hatte er wirklich geglaubt. Stattdessen hatte der Anwalt seines Vaters dem Notar ein Zeichen gegeben, und der hatte das Testament hervorgeholt und es verlesen. Sein Vater erbte selbstverständlich den Hauptanteil, doch auch Aaron wurde bedacht, und zwar mehr als großzügig.

«Ich will dich nicht mit Details langweilen», sagte er nun. «Aber am Ende läuft es darauf hinaus, dass ich an die tausend Hektar Maisfelder und das Haus meines Großvaters geerbt habe.»

Lexi, die bisher gestanden hatte, setzte sich nun ebenfalls. Sie sah heute wieder wunderschön aus, fand Aaron. Sie trug Jeans und einen hellrosafarbenen Hoodie, eigentlich ein völlig gewöhnliches Outfit, doch sie sah irgendwie in allem zum Anbeißen aus. Ihr Haar hatte sie sich zu so einem unordentlichen Dutt gebunden, und ihre Lippen zierte glänzendes rosa Lipgloss.

«Du hast ein Haus in Lake Paradise geerbt?», fragte sie verblüfft.

«Ja. Es ist zwar nicht so groß wie das meines Vaters, aber es hat immerhin acht Zimmer und einen Pool.»

«Ich kenne das Haus, es handelt sich doch um das am Ende der Paradise Avenue, hinter der Abfahrt zum Paradise Grove, oder?»

Er nickte. Ja, genau um dieses Haus ging es. Man konnte es sogar von der Straße aus sehen, da es weder eingezäunt war noch hohe Hecken oder einen langen Parkweg hatte wie das Anwesen seines Vaters. Sein Großvater war mehr von der bodenständigen Sorte gewesen, wenn man bei einer Drei-Millionen-Villa dieses Wort überhaupt benutzen konnte.

«Ich kann das alles noch immer gar nicht fassen.» Er trank das Glas leer und schüttelte den Kopf.

«Willst du lieber auf den Ausflug heute verzichten?», fragte Lexi. «Wir müssen nicht unbedingt was unternehmen, wenn du jetzt andere Dinge zu tun hast.»

«Nein, nein, du hast dir extra freigenommen, das sollten wir auf jeden Fall ausnutzen. Lass uns fahren, vielleicht bringt mich das auf andere Gedanken.» Er stand auf und sah sich, noch immer ein wenig verwirrt, um.

«Alles okay? Geht es dir gut?» Lexi kam zu ihm und schlang ihre Arme um seine Taille.

«Ja, es geht schon. Ich bin nur völlig überrascht. Das muss ich erst mal verdauen.»

Er atmete noch ein paarmal ein und wieder aus, dann war er bereit für den Trip, auf den Lexi ihn mitnehmen wollte. Sie hatte vor, ihm einige ihrer Lieblingsplätze zu zeigen, und Aaron war gespannt, wo sie ihn hinbringen würde.

Da Lexi kein Auto hatte, nahmen sie wieder seinen Mietwagen, und sie gab ihm Anweisungen, wohin er fahren sollte. Nach einer halben Stunde erreichten sie einen See, der noch viel größer war als der Lake Paradise. Er war von Trauerweiden umrahmt, ja, Aaron hatte noch nie so viele Trauerweiden gesehen! Sie bewirkten, dass der See irgendwie mystisch erschien, und man fühlte sich mehr wie in South Carolina oder Georgia als wie in Nebraska.

«Es ist unglaublich hier!», sagte er, als sie auf einem Weg am Wasser spazierten, der weit weniger gepflegt war als der um den Lake Paradise. Alles war irgendwie verwildert, was aber den Charme des Ortes ausmachte.

«Ja? Freut mich, dass es dir gefällt», erwiderte Lexi und schmiegte sich an ihn. Das tat sie oft, und er genoss es in vollen Zügen. Überhaupt war die Zeit mit ihr wundervoll, jeder einzelne Moment, und er hasste den Gedanken, sie bald verlassen zu müssen. Doch Simon nervte ununterbrochen, und er wusste ja, dass er irgendwann zurück nach New York musste. Er konnte nicht auf ewig in Nebraska bleiben.

Innerlich schüttelte er bei diesen Überlegungen wieder einmal den Kopf. Noch vor einem Monat hätte er jeden, der ihm gesagt hätte, er würde einmal Lake Paradise New York vorziehen, für verrückt erklärt. Doch damals hatte er ja auch Lexi noch nicht gekannt, zumindest nicht die erwachsene Lexi – und wie könnte irgendwer ihr widerstehen?

«Ich hab mit meiner Mutter gesprochen, sie hat morgen Abend für das Dinner vorgeschlagen. Wäre das okay für dich?»

Ganz so begeistert war er nicht von der Idee, den Abend in Lexis Elternhaus zu verbringen. Ihre Mutter war ihm neulich schon so neugierig vorgekommen. Doch Lexi war auch zum Essen bei seinem Vater mitgekommen, da sollte er nur fair sein und es ihr gleichtun.

«Ja, klar», sagte er. «Morgen ist okay.» Dann hatte er es wenigstens hinter sich.

«Prima, dann sag ich meiner Mom gleich nachher Bescheid. Sie wird sich freuen. Ich hab sie auch schon gewarnt, dich nicht allzu viel auszuquetschen, das macht sie nämlich gerne.»

«Kann ich mir vorstellen.» Er zog eine Grimasse, und Lexi lachte.

«Keine Sorge, sie hat mir versprochen, sich zurückzuhalten.»

«Okay, gut. Und wie ist eigentlich dein Dad so?»

«Der ist eher von der ruhigen Sorte. Bei meiner Mom kommt er auch nicht oft zu Wort.» Sie lachte erneut – er liebte ihr Lachen. «Er ist ein bescheidener Kerl, angelt gern, spielt Karten … so was. Wegen ihm brauchst du dir keine Gedanken zu machen.»

«Das klingt gut.» Tatsächlich beruhigte ihn das schon mal ein bisschen.

Sie spazierten weiter. Irgendwann fragte Lexi: «Sag mal, was ist eigentlich deine Lieblingsfarbe?»

«Hmmm … gute Frage. Ich würde tatsächlich Schwarz sagen, zumindest was Klamotten angeht. Ansonsten ist es Grün. Die Deko in meiner Wohnung ist eher in Grün gehalten.»

«Oh. Ich würde deine Wohnung zu gerne mal sehen.»

«Wenn ich wieder in New York bin, schicke ich dir ein paar Fotos.»

In dem Moment, in dem er sie ausgesprochen hatte, bereute er seine Worte auch schon. Und sofort verwandelte sich die Stimmung von ausgelassen zu gedrückt.

«Ich mag den Gedanken nicht, dass du zurückmusst», sagte Lexi.

«Ich auch nicht.»

«Dann bleib doch einfach hier! Du hast jetzt ein Haus in Lake Paradise! Also, wenn das kein Schicksal ist …» Hoffnungsvoll sah sie ihn an.

Er blickte zu Boden. «Das geht nicht, Lexi. Ich hab einen Job in New York, Verpflichtungen. Ich arbeite an mehreren Projekten mit, die vollendet werden müssen.»

«Und danach? Könntest du nicht einfach danach zurückkommen?»

«Das werde ich ganz bestimmt. Ich werde jetzt öfter herkommen, allein schon, weil ich die Beziehung zu meinem Vater weiter aufbauen möchte und weil ich mich ja um mein Erbe kümmern muss.» Er blieb stehen, legte Lexi einen Finger unters Kinn. «Und natürlich wegen dir.»

Sie sah traurig aus. «Ich wünschte, du könntest herziehen.»

Er legte den Kopf schräg, wünschte seinerseits, sie würde verstehen, dass das nicht so einfach funktionierte, wie sie sich das vorstellte.

«Wir werden eine Lösung finden – versprochen.»

Er küsste sie und hoffte, dass es stimmte. Dass sie einen Weg finden würden, zusammenzubleiben. Denn er wollte sie nicht aufgeben, sie war ihm jetzt schon viel zu wichtig.

Sie verbrachten den restlichen Tag zusammen, und Aaron versuchte, sich ganz auf Lexi zu konzentrieren. Doch immer wieder wanderten seine Gedanken zurück zum Vormittag, zu dem Treffen mit den Anwälten und zu der Verlesung des Testaments. Er hatte verflucht noch mal Mais geerbt, ausgerechnet Mais! Und er hatte absolut keine Ahnung, was er damit nun anstellen sollte.

Später lotste Lexi ihn nach Omaha, wo sie in einem Sushi-Restaurant essen gingen, das Lexi bereits kannte. Das Sushi war okay, jedoch nicht annähernd so gut wie das von *Sushi of Gari 46* in New York, doch das sagte er Lexi natürlich nicht, da sie sich so freute, ihm sein Lieblingsessen zu ermöglichen. Und besser als das Supermarkt-Sushi in Lake Paradise war es allemal.

Während er also Maki, Nigiri, Edamame und Gyozas aß, ging Aaron durch den Kopf, dass ja Lexis jüngerer Bruder Tommy hier in Omaha wohnte, durch den sie das Restaurant überhaupt erst kennengelernt hatte. Und er fragte sich, weshalb Lexi ihn gar nicht erwähnte oder vorschlug, ihn zum gemeinsamen Essen einzuladen. Nun, vielleicht wollte sie einfach Zeit mit ihm allein verbringen, oder aber sie wollte ihn ihrem Bruder nicht vorstellen. Weil es mit ihnen nichts Festes war oder weil er eben nun mal ein Bad Boy war.

Nein, das war völliger Unsinn! Immerhin hatte sie vor, ihn am nächsten Tag mit zu ihren Eltern zu nehmen. Davor graute es Aaron jetzt schon, am liebsten hätte er sich irgendwie aus der Affäre geschlichen, die Arbeit vorgeschoben oder eine Magenverstimmung ...

Aaaah, was war denn nur los mit ihm? Wieso war er so durcheinander? Weshalb machte er sich hunderttausend unnötige Gedanken, während er doch sonst immer so cool war? Brachte die Liebe etwa all das mit sich?

Und war das hier überhaupt Liebe?

Bis zum Ende des Essens blieb er still, erwähnte weder Tommy noch den morgigen Abend. Und er versuchte krampfhaft, nicht zu viel über die Maisfelder nachzudenken. Doch Lexi schien zu spüren, dass irgendwas nicht in Ordnung war.

«Ist alles okay, Aaron?»

Er sah sie an, wich aber ihrem direkten Blick aus. «Es geht mir gut. Ist bloß alles ein bisschen viel.»

«Ja, das kann ich verstehen. Wollen wir jetzt nach Hause fahren?»

Er nickte. «Ja, ich glaube, das ist wohl das Beste. Machen wir es uns bei dir bequem. Oder willst du mit ins Hotel?»

«Bei mir gibt es Tee, selbst gebackene Kekse und meine DVD-Sammlung mit über dreihundert Filmen, hab ich dir schon von der erzählt?»

Oh ja, ein Film wäre jetzt genau das Richtige. Einfach nur abschalten und nicht mehr reden oder nachdenken.

«Klingt perfekt», sagte er, und sie machten sich auf.

Auf dem Weg zurück nach Lake Paradise fuhren sie an etlichen Maisfeldern vorbei, die ins Licht der Abendsonne getaucht waren. Bei dem Anblick kam Aaron nun doch ins Nachdenken – und er fasste einen Entschluss.

Als sie bei Lexi angekommen waren und sie sich kurz entschuldigte, um ihre Mutter anzurufen und zu informieren, dass sie morgen zum Dinner kommen würden, nahm Aaron sein Smartphone in die Hand.

Er wählte eine Festnetznummer, da Hunter wohl der einzige Mensch war, den er kannte, der noch kein Handy besaß.

«Hallo?»

«Hunter? Hallo, hier ist Aaron.»

«Aaron, mein Kumpel, was kann ich für dich tun?»

«Ich hätte eine Bitte», begann er.

«Na, dann schieß mal los!»

42

Wie jeden Morgen saßen auch an diesem Mittwoch die drei Tratschtanten um acht Uhr im *Paradise Café*. Doch heute war etwas anders. Denn sie redeten nicht über hübsch gemachte Nägel, über irgendwelche Angebote im Supermarkt, darüber, dass man Nolan dringend einen Partner suchen musste, oder über den üblichen Kleinstadt-Tratsch. Seit Aaron Highmore zurück war, gab es eh schon weit mehr zu erzählen also sonst. Aber das, was sich heute in Windeseile verbreitete, war spannender als alles Vorherige.

«Der alte Highmore hat ihm alle seine Felder hinterlassen!», berichtete Delores.

«Wirklich alle?», fragte Sadie nach.

«So habe ich es gehört.»

«Und nicht nur das!», meinte Murielle. «Er soll ihm auch sein Haus mitsamt dem Grundstück vermacht haben.»

Sadie machte große Augen. «Heißt das etwa, dass Aaron nach Lake Paradise zieht?»

«Anzunehmen ist es», sagte Delores.

«Nein, ganz bestimmt nicht», war sich dagegen Murielle sicher. «Aaron hasst den Mais. Ich kann ihn mir nicht als Maisfarmer vorstellen.»

«Bisher hat er den Mais vielleicht gehasst», sagte Sadie, und das wussten sie ja auch aus sicherer Quelle, nämlich von Mathilda persönlich. «Aber da haben ihm auch noch nicht unzählige Hektar davon gehört.»

«Ich kann es noch gar nicht fassen», gab Delores von sich.

«Worum geht's, ihr Lieben?», fragte Nolan, der ein paar Worte im Vorbeigehen aufgeschnappt hatte.

«Um das Vermächtnis von Alfred Highmore. Aaron hat das Haus seines Großvaters und etliche Maisfelder geerbt», brachte Delores ihn auf den neuesten Stand.

«Ja? Na, das ist doch schön für ihn. Vielleicht bleibt er dann ja doch hier. Lexi würde sich freuen.»

«Oh, das glaub ich aber auch. Die beiden scheinen ja schon Zukunftspläne zu schmieden», meinte Sadie.

«Ach, wirklich?» Nolan war ganz Ohr. «Wie kommst du darauf?»

«Am Montag war Lexi mit im Hause Highmore», erzählte Murielle schnell, bevor Sadie es tun konnte. «Aaron hat sie seinem Vater vorgestellt, und sie haben zusammen diniert. Und heute Abend ist er bei den Dawsons eingeladen.»

«Wow! Glaubt ihr, es wird jetzt schon ernst mit den beiden? Sie kennen sich doch gerade mal seit ein paar Wochen.»

«Nun, das hat auch andere Männer nicht davon abgehalten, ihrer Angebeteten einen Antrag zu machen», erinnerte Delores ihn mit einem Lächeln im Gesicht, denn jeder wusste, dass ihr George damals nach nur vier Wochen um ihre Hand angehalten hatte.

«Außerdem kennen die beiden sich ja schon viel länger», kam es nun von Murielle. «Sie sind damals zusammen zur

Schule gegangen, und dann gab es da mal einen Vorfall mit einer Brotdose.»

«Mit einer Brotdose?» Nolan runzelte die Stirn.

«Ja, das war wirklich niedlich. Donna hat mir neulich davon erzählt. Also, als Lexi etwa zehn Jahre alt war, hat Donna ihr eine neue Brotdose gekauft, das war so eine pinke mit einem Einhorn drauf. Wie auch immer, in der Schulpause hat irgend so ein Rowdy sie Lexi weggenommen. Und nun rate mal, wer sie ihr ganz superheldenhaft zurückgebracht hat?»

«Aaron Coolman, dessen Superkraft es ist, in jeder Lebenslage cool zu bleiben?», fragte Nolan schmunzelnd.

«Haargenau, mein Lieber.»

«Das ist ja echt süß», fand auch er. Doch dann ging es plötzlich nicht mehr um Aaron und Lexi, sondern um einen aufgebrachten Gene Keller, der wie ein Irrer über den Platz lief und herumpöbelte.

Sofort rückten alle noch ein wenig näher ans Fenster und starrten auf das Geschehen.

«Was ist denn da nur los?», fragte Delores besorgt.

«Vielleicht hat er wieder Streit mit Savannah gehabt?», vermutete Sadie und machte sich gleich wieder Sorgen um ihre Nichte.

Derweil schwankte der sichtlich betrunkene Gene auf Buddy zu, der in der Nähe des Maismuseums stand und sein heutiges Gedicht verteilte. Buddy bekam es mit der Angst zu tun und rannte vor Gene davon, und Nolan, der anscheinend selbst auch mal den Helden spielen wollte, lief daraufhin wie der Blitz aus dem Café.

Zeitgleich mit Nolan kamen auch Jamie und Rupert herbeigeeilt, und sie alle versuchten mit aller Kraft, Gene von Buddy fernzuhalten. Rupert schaffte es schließlich, Gene davonzugeleiten, indem er behutsam auf ihn einredete und ihn in Richtung des Paradise Place schob, wo sich sein Haus befand.

«Herrje, was ist denn in *den* gefahren?» Sadie war ganz schockiert, und alle drei erwarteten sehnsüchtig Nolans Rückkehr ins Café, in der Hoffnung, dass er was wusste.

Nolan trat ein, hielt einen von Buddys gelben Zetteln in die Höhe und sagte: «Buddys Gedicht! Gene hat es auf sich bezogen und wollte ihm an die Gurgel.»

«Was steht denn nur drin in Buddys Gedicht?», fragte Delores, denn sie hatte das heutige noch nicht in die Finger bekommen, ebenso wenig wie Delores oder Murielle.

Nolan legte es ihnen auf den Tisch, und sie lasen.

Gestern war noch alles gut
Da hatte er noch allen Mut
Seinen Stolz und seine Ehre
Doch heute ist da nur noch Leere
Verlust tut weh
Ojemine
Sein großer Zeh
Steckt fest im Schnee

Stirnrunzeln in allen Gesichtern.

«Ich versteh kein Wort», sagte Murielle.

Auch Delores war wirklich überfragt. «Was soll dieses Gedicht uns denn nur sagen? Es hat seit Februar nicht mehr geschneit.»

Nolan half ihnen weiter. «Das Gedicht handelt von Buddys Vater. Heute ist es exakt dreißig Jahre her, dass dieser seine Familie verlassen hat, das hat Buddy mir gerade erzählt. Doch Gene war felsenfest der Überzeugung, dass es sich um ihn dreht. Er hat anscheinend seinen Job in der Fabrik verloren.»

Gene war seit über zehn Jahren in der Maisfabrik beschäftigt, die unter anderem Tortillas und Nacho-Chips herstellte, selbstverständlich gehörte sie ebenfalls Vincent Highmore.

«Oh nein! Armer Gene!», rief Delores aus.

«Arme Savannah», fand Sadie.

«Jetzt werden sie sich wahrscheinlich noch mehr streiten, vor allem wenn er keine Beschäftigung mehr hat und den ganzen Tag zu Hause ist», überlegte Murielle.

«Tja», sagte Nolan. «Vincent Highmore ist wohl doch nicht plötzlich zum Wohltäter mutiert, hm?»

Der gleiche Gedanke war auch Delores gerade gekommen. Dabei hatte sie wirklich angenommen, Vincent Highmore wäre dabei, sich zu ändern. Vera hatte so viel Positives berichtet. Aber wenn er weiterhin einfach so Leute feuerte, wie er es schon oftmals getan hatte, war dem wohl doch nicht so.

«Ich kann mich erinnern!», rief Sadie plötzlich.

«Woran denn?», wollte Murielle wissen.

«Na, wie er im Schnee feststeckte, Buddy senior. Es war an einem eisig kalten Januartag im Jahre 1992, dem Jahr, in dem er verschwand. Er war mit dem Fuß zwischen einen der Fahrradständer geraten. Sie mussten die Feuerwehr holen, um ihn da wieder rauszubekommen, und sein großer

Zeh war bereits blau, als sie ihn ins Krankenhaus brachten.»

Da konnte Nolan nur wieder einmal verdutzt dreinschauen. Buddys Gedichte hatten wirklich immer Tiefgang, wenn auch auf die skurrilste Art und Weise.

43

«Tausend Hektar sind 'ne ganze Menge», sagte Hunter, nachdem Aaron ihm von seinem Erbe erzählt hatte.

Er nickte und nahm einen Schluck frisch gepressten Orangensaft. «Das kannst du laut sagen.»

«Ich besitze gerade mal sechzig Hektar, und das ist schon eine Schweinearbeit, sag ich dir.»

«Kann ich mir vorstellen. Auch deshalb will ich die Felder auf keinen Fall behalten.»

«Und was hast du dann damit vor?» Hunter trennte ein Stück von seinem Spiegelei mit der Gabel ab und schob es sich in den Mund.

«Deswegen wollte ich dich treffen. Ich möchte nämlich gern wissen, was es für Möglichkeiten gibt. Ich meine, an wen, außer meinen Vater, könnte ich verkaufen? … Hunter?» Er folgte Hunters Blick, der ihm leider gar nicht mehr so richtig zuzuhören schien, da er schon wieder nur auf Sydney fokussiert war. Die kellnerte nämlich vormittags in *Jamie's Food Paradise*, weshalb Hunter zum Frühstücken natürlich diesen Ort vorgeschlagen hatte. Sie hatte auch ihren Tisch bedient, und beim Bestellen war Hunter noch einigermaßen cool geblieben, doch als Sydney ihm seinen

Teller mit Pancakes, Bacon und Spiegeleiern gebracht hatte, war er nervös geworden ohne Ende.

«Was?», fragte Hunter jetzt abwesend.

«Ich wollte wissen, ob dir jemand einfällt, der mir meine Maisfelder abkaufen würde.»

«Ach so … ich, ähm … Nee, ich glaube nicht. Außer du fragst deinen Dad.»

Aaron rollte die Augen. «Mensch, Hunter, das ist ja nicht länger mitanzusehen. Warum fragst du sie nicht endlich, ob sie mal mit dir ausgehen möchte?»

«Wen? Sydney?», flüsterte er mit weit aufgerissenen Augen, als wäre die Vorstellung völlig abwegig.

«Ja, Sydney.»

«Das wird sie ganz bestimmt nicht wollen.»

«Warum denn nicht?» Sie ist ja immerhin keine Lindsay, dachte Aaron, auch wenn er wusste, dass das gemein war. Aber Sydney war nun mal neben ihrer heißen Schwester das hässliche Entlein. «Weshalb habe ich dich denn so herausgeputzt, hm? Du bist nicht mehr der unscheinbare Kerl, du siehst jetzt echt fresh aus. Und das scheint auch Sydney zu finden, das hat man ihr angesehen, als sie vorhin bei uns am Tisch war.»

«Ehrlich?»

Aaron nickte. «Klar.» Ganz der Wahrheit entsprach das zwar nicht, doch das hier war wirklich nicht länger auszuhalten. Hunter verkaufte sich so unter Wert! Er war ein richtig feiner Kerl, auch wenn er vielleicht kein Dressman und auch nicht der Hellste war, aber Sydney könnte froh sein, ihn zu bekommen. Nun, wenn sie denn wollte.

Aaron winkte sie herbei, bestellte noch eine halbe Grapefruit und stieß Hunter unter dem Tisch ans Schienbein, bevor sie wieder weggehen würde.

Hunter räusperte sich. «Äh, Sydney?»

«Ja, Hunter?» Sie lächelte ihn an. Ein nettes Lächeln, fand Aaron. Ja, die beiden würden richtig gut zusammenpassen.

«Ich hätte da noch eine Frage», sagte Hunter.

«Wie kann ich dir helfen? Möchtest du auch eine halbe Grapefruit?»

«Nein, ich ... äh ... wollte nur wissen, wo eure Eier herkommen. Von einer Farm in der Gegend?»

Aaron stöhnte innerlich auf.

«Oh ja, von der Anderson-Farm. Es sind frische Bio-Eier.»

«Ah, sehr gut, danke.»

«Hast du sonst noch eine Frage?» Sydney lächelte Hunter weiter an und sah dabei fast erwartungsvoll aus. So, als würde sie sich erhoffen, dass er endlich aus sich herauskam.

Aaron trat Hunter jetzt so doll gegen das Bein, dass der zusammenzuckte und die Zähne zusammenbiss, um sich einen Schrei zu verkneifen.

«Alles okay?», fragte Sydney stirnrunzelnd.

«Ja, ich ...»

Hunter sah nicht Sydney, sondern ihn an, und Aaron nickte ihm zuversichtlich zu. Außerdem nahm er sich vor, dass er, wenn sein Freund jetzt nicht endlich mal selbst den Mut zusammensammeln würde, einschreiten würde.

Doch dann schaffte Hunter es doch noch allein.

«Sydney ...» Jetzt sah er endlich ihr ins Gesicht. «Ich habe mich gefragt, ob du vielleicht mal mit mir ins Autokino möchtest?»

«Ins Autokino? Oh, ich würde mich freuen.» Sie strahlte wie ein Honigkuchenpferd.

«Ja?», fragte Hunter ziemlich ungläubig.

«Ja, sehr gerne sogar. Gleich heute Abend? Sie zeigen *Verrückt nach Mary*.»

«Super. Ich hole dich um sieben ab?»

Sydney nickte überglücklich und tänzelte mit ihrem Tablett davon.

«Na, endlich!», entfuhr es Aaron.

Hunter strahlte ihn an. «Sie hat Ja gesagt.»

«Na, was hab ich dir gesagt? Wer es nicht versucht, wird es nie herausfinden.»

«Da hattest du wohl recht, alter Kumpel.»

«Das hast du gut gemacht, Hunter», lobte er ihn. «Wirklich gut.»

«Danke.»

«Können wir dann jetzt zurück zu meinem Problem kommen?»

«Welches Problem denn?»

«Na, die Maisfelder.»

«Aaaah. Ich werde mich mal umhören. Vielleicht ist der ein oder andere Farmer interessiert, dir etwas abzukaufen. Aber alles wird dir sicher keiner abnehmen.»

«Das macht nichts. Und wenn ich die tausend Hektar unter tausend Farmern aufteilen müsste, Hauptsache, ich bin sie los.»

Hunter sah ihn an. «Warum hasst du den Mais nur so sehr?»

«Weil ich schon mein ganzes Leben lang mit ihm konkurrieren muss.»

«Oh», war alles, was Hunter darauf zu sagen wusste.

Dann nahm er seinen knusprig gebratenen Bacon in die Hand, und Aaron aß seine Grapefruit.

Nach dem Frühstück fuhr Aaron ein Stück weit aufs Land hinaus, hielt irgendwo im Nirgendwo an und spazierte entlang der Felder, die er geerbt hatte. Er war sich nicht sicher, ob nun genau dieses Feld wirklich seinem Großvater oder doch eher seinem Vater gehörte, doch es machte kaum einen Unterschied.

Mais, wohin er sah. Ja, er wusste inzwischen, dass das Getreide an sich keine schlechte Sache war. Jonah hatte ihm neulich, nachdem er wieder einmal abfällig darüber gesprochen hatte, erklärt, dass der Mais nicht nur die Leute der Gegend versorgte, sondern dass er auch von großer Bedeutung für die Honigbienen war. Denn die Maispollen waren eine wichtige Nahrungsquelle für die vom Aussterben bedrohte Art. Das hatte ihm ein wenig zu denken gegeben. Dennoch konnte Aaron einfach nicht über seinen Schatten springen, auch jetzt noch nicht, nachdem der Mais ihn absurderweise reich gemacht hatte.

Da jetzt aber eh schon alles so verrückt war, beschloss er, etwas noch Verrückteres zu tun. Er ging durch den hohen Mais hindurch, tief hinein ins Feld, in die endlosen Weiten dieses Getreides, das so einen großen Teil seines Lebens ausmachte. Ob er wollte oder nicht. Er konnte ihm nicht entkommen, das war Aaron mittlerweile klar. Und vielleicht sollte er sein Schicksal deshalb einfach annehmen.

Damit meinte er nicht, dass er plötzlich Maisfarmer werden wollte wie Hunter, und auch nicht, dass sich sein Leben von nun an nur noch um den Mais drehen sollte wie das seines Vaters. Denn er hatte ganz bestimmt nicht vor, eine Fabrik zu bauen und Nachos herzustellen. Doch er konnte für eine ganze Weile aussorgen, vielleicht für den Rest seines Lebens. Wenn er die Felder verkaufte – und vielleicht auch noch das Haus –, dann hätte er eine gute Stange Geld gemacht und müsste sich ums Finanzielle keine Gedanken mehr machen. Er könnte das Apartment, in dem er zur Miete wohnte, kaufen. Oder er könnte sich sein eigenes Stadthaus in New York bauen, so eins, wie die Hemingways es ihn bauen ließen. Ja, darin konnte er dann wohnen. Allein.

Er musste an Lexi denken. Vielleicht würde sie ja mit ihm gehen, wenn er sie darum bat. Aber waren sie schon so weit? Und konnte er sie überhaupt um so etwas bitten? Andererseits hatte sie es ja auch getan! Sie hatte ihn gefragt, ob er herziehen würde, nach Lake Paradise. Doch es gab da einen riesengroßen Unterschied, denn auf ihn wartete in New York niemand, sie dagegen hatte hier Familie. Menschen, die sie liebte und ohne die sie nicht sein wollte. Allein der Gedanke, sie ihrem Grandpa wegzunehmen, war mies, und da würde sie natürlich niemals mitspielen.

Und Aaron würde es auch niemals von ihr erwarten.

Das Einzige, was also ginge, wäre, eine Fernbeziehung zu führen. Sie könnten sich schreiben, telefonieren, sich sehen, wenn er nach Lake Paradise kam, und vielleicht würde sie ihn ja auch mal in New York besuchen kommen. Das würde ihn wirklich freuen.

Als er weiter durch die Maispflanzen streifte, wurde Aaron bewusst, dass er sich verlaufen hatte. Er war schon viel zu weit von der Straße weg und hatte keinen Überblick mehr, wie lange er unterwegs gewesen war. Also machte er kehrt und hoffte, zum Auto zurückzufinden. Dabei dachte er an sein Glück, oder sein Unglück, wie auch immer man es betrachten mochte.

Irgendwann kam er am Rand des Feldes an und blieb unvermittelt stehen, weil er nicht weit entfernt zwei Rehe entdeckte. Er war überrascht, dass sie sich gar nicht von ihm stören ließen. Sie grasten friedlich vor sich hin und wirkten dabei ganz harmonisch miteinander. Aaron war sich direkt sicher, dass es sich um ein Pärchen handelte, und er fragte sich, warum es bei den Tieren so viel einfacher war.

Im Central Park hatte er oft ein Entenpaar beobachtet, das seit Jahren zusammen spazieren ging. Er hatte die beiden John und Yoko getauft. John war echt lieb, und immer, wenn Aaron den beiden ein paar Brotkrumen hinwarf, überließ er seiner Yoko den Vortritt. Aaron musste lächeln, als er an die beiden dachte, und in diesem Moment vermisste er New York ganz fürchterlich.

Vielleicht war es an der Zeit, nach Hause zu fahren.

Er hatte nach Lake Paradise kommen wollen, um sich einiger Dinge bewusst zu werden, und jetzt musste er zurück nach New York, um dasselbe zu tun. Wenn er zurück an der Upper West Side war und Lexi genauso sehr vermisste, wie er hier New York vermisste, dann würde er wissen, dass er ohne sie nicht konnte. Vielleicht war die Begegnung mit ihr aber auch nur ein weiterer Abstecher in seine Vergangenheit gewesen und hatte gar nicht viel zu bedeuten. Vielleicht bildete er sich all die Gefühle nur ein, weil diese Reise einfach auf verschiedenen Ebenen sehr emotional war.

Er würde es herausfinden müssen, und er wusste, das würde gar nicht so leicht sein.

Zurück in Lake Paradise kaufte er einen Donut in Herzform und brachte ihn Lexi in den Salon. Sie freute sich über die Überraschung und umarmte ihn zärtlich. Innerlich schmerzte es ihn, und Aaron fragte sich, wie er ihr nur sagen sollte, dass es Zeit war zu gehen.

Da betrat der Sheriff den Laden. Offensichtlich wollte er nach dem Rechten sehen, obwohl Aaron sich fragte, was in einem Tiersalon schon groß vorfallen könnte. Kam es etwa vor, dass Kunden nicht fürs Waschen ihrer Hunde bezahlen wollten? Oder dass sie Stunk machten, weil die Krallen ihres Meerschweinchens einen Millimeter zu viel abgeschnitten wurden? Dann aber sah er die Blicke, die Sheriff Wyatt der Besitzerin des Ladens zuwarf, und er wusste, warum er hier war. Dass die beiden sich mochten, sah sogar ein Blinder.

Während Wyatt und Trish heftig miteinander flirteten und Lexi ihm vom Bürgermeister und seiner geplanten Bimmelbahn erzählte, ging plötzlich ein Notruf beim Sheriff ein. Er nahm ihn entgegen und sprach in sein Funkgerät, dann sah er Aaron besorgt an.

«Es gibt Ärger im Haus deines Vaters», sagte er. «Willst du mitkommen?»

Aaron nickte, gab Lexi einen raschen Kuss und lief Wyatt hinterher.

44

Lexi saß bereits in ihrem Elternhaus am Küchentisch und half ihrer Mutter beim Kochen. Sie hatte Aaron eine Nachricht mit der Adresse geschickt und wartete darauf, von ihm zu hören, was passiert war und ob er überhaupt noch kommen würde.

«Und du weißt nicht im Geringsten, was da los war?», fragte ihre Mom und legte ihr ein Bund Petersilie hin, die sie klein schneiden sollte.

Lexi schüttelte den Kopf. «Es ging alles so schnell. Wyatt war bei uns im Salon, als der Notruf reinkam. Ich habe ein paar Wortfetzen mitbekommen, die aus seinem Funkgerät kamen. Es hat sich anscheinend irgendwas im Haus von Vincent Highmore ereignet. Doch was genau, das kann ich nicht sagen.»

«Was könnte das denn sein? Ein Einbruch oder ein Überfall?»

«Wollen wir mal nicht gleich vom Schlimmsten ausgehen. Aaron wird uns später schon erzählen, worum es ging.»

«Wenn er denn noch kommt.»

«Ja.» Sie sah zur Theke hinüber, wo ein Peach Pie bereitstand, um zum Nachtisch verspeist zu werden. Ihre Mom machte den besten Peach Pie überhaupt, und Lexi hoffte, dass er Aaron nicht entgehen würde.

«Hast du noch immer nichts von ihm gehört?», fragte ihre Mutter zum wiederholten Mal.

Lexi zog ihr Handy erneut aus der Hosentasche. «Nein, leider noch immer nichts.»

«Na, er wird sich schon melden. Und falls er nicht kommt, dann verschieben wir das gemeinsame Dinner einfach.»

«Okay», erwiderte Lexi, begann aber langsam doch, sich Sorgen zu machen.

Um Viertel nach sieben kam endlich der ersehnte Anruf.

«Lexi? Ich bin es. Ich bin hier endlich fertig und komme, so schnell ich kann, ja?»

«Ja, klar. Was ist denn passiert, Aaron? Geht es allen gut?»

«Mehr oder weniger. Ich erzähle dir alles, wenn ich bei dir bin. Bis gleich.»

Zehn Minuten später klingelte es an der Tür, und Lexi lief in den Flur, um zu öffnen. Sie war dankbar, dass ihre Mom ihr nicht folgte.

«Aaron!», sagte sie und fiel ihm erleichtert um den Hals. Wenn er noch in der Lage war, beim Essen mit ihren Eltern zu erscheinen, konnte die Sache nicht allzu dramatisch sein, oder? «Komm doch rein.»

Sie nahm ihm die Lederjacke ab und hängte sie an die Garderobe, die so aussah wie in den meisten Häusern von Mittfünfzigern, zumindest hier in Nebraska: dunkles Holz, massiv, rustikal – eigentlich wie die gesamte Einrichtung.

«Muss ich die Schuhe ausziehen?», fragte Aaron.

«Ja, ich bitte dich darum. Da sind meine Eltern penibel. Hier, nimm die Hausschuhe, der Boden ist ganz schön kalt.»

Sie sah, wie Aaron auf die hellbraunen Fliesen starrte und dabei noch immer ganz woanders wirkte.

«Aaron ... geht es dir gut?», fragte sie.

«Ja. Alles gut. Wirklich.» Er schlüpfte in die Pantoffeln ihres Dads und schenkte ihr ein Lächeln. «Es war nur wieder einer dieser völlig verrückten Tage.»

«Aber geht es deinem Vater auch gut?», wagte sie zu fragen.

«Ja, dank des Butlers.»

Stirnrunzelnd sah sie ihn an.

«Gene Keller ist ins Haus eingedrungen und wollte ihm an den Kragen.»

«Ach du Scheiße!», rutschte es Lexi heraus.

«Ja. Er hat meinen Vater für seine Entlassung verantwortlich gemacht, war stinksauer und wollte auf ihn einschlagen. Der Butler ging dazwischen und hat ganz schön was abbekommen. Jetzt hat er ein blaues Auge und eine gebrochene Nase.»

«Und dein Vater?»

«Der hat zum Glück nichts abgekriegt.»

«Na, zum Glück. Aber der arme Butler. Ist er in ein Krankenhaus gebracht worden?»

«Ja, auf direktem Weg.»

«Und Gene?»

«Der wurde verhaftet. Der Sheriff hat ihn mitgenommen.»

«Oje. Was für ein Dilemma. Ich muss gleich mal Savannah anrufen und fragen, ob ich irgendwas für sie tun kann. Aber zuerst stelle ich dir meinen Vater vor. Komm mit ins Wohnzimmer.»

Aaron folgte ihr zu ihrem Dad, der auf seinem Lieblingssessel saß und Sudokus ausfüllte.

«Dad? Darf ich dir Aaron Highmore vorstellen? Aaron, das ist mein Vater, Ian Dawson.»

«Es freut mich, Sie kennenzulernen, Mr. Dawson.»

Ihr Vater lachte, stand auf und schüttelte Aarons Hand. «Ach, warum denn so förmlich? Nenn mich Ian. Hier in Lake Paradise sprechen wir uns doch alle beim Vornamen an.»

«Okay, gerne. Ein schönes Haus haben Sie.»

«Vielen Dank. Ich habe nicht viel dazu beigetragen. Nun ja, bauen lassen hab ich es, aber für alles andere hat meine Frau gesorgt. Kennst du Donna schon?»

«Ja, ich habe sie neulich beim *Corn Festival* kennengelernt. Sie hat mir eine Maissuppe ausgegeben.»

«Ah, ihre berühmte Maissuppe. Wie hat sie dir geschmeckt?»

«Köstlich», antwortete Aaron, und ihr Dad lachte wieder, als würde er ihn genau durchschauen.

«Höre ich da etwa Aarons Stimme?», rief ihre Mom, die im nächsten Moment ins Zimmer trat. Sie trocknete sich die Hände an ihrer Kochschürze ab und begrüßte Aaron.

«Guten Abend, Mrs. Dawson … Donna. Bitte entschuldigen Sie die Verspätung.»

«Ach, die paar Minuten. Das macht doch nichts. Ich bin sowieso noch nicht mit dem Essen fertig.»

«Dann bin ich erleichtert.»

«Ich habe gehört, es hat einen kleinen Zwischenfall gegeben?»

«Ja, aber es ist alles geklärt, zum Glück.»

«Der arme Harrison», sagte ihre Mom.

Zuerst konnte Lexi mit dem Namen nichts anfangen, dachte sich dann aber, dass es wohl der Butler sein musste.

«Mom, woher weißt du denn schon davon?», fragte sie erstaunt.

«Sadie hat soeben eine Rund-SMS verschickt.»

Ach herrje. Na, das machte bestimmt einen super Eindruck, dass ihre Mutter gleich bei diesem Getratsche dabei war. Lexi sah zu Aaron hoch. Er lächelte jedoch nur.

«Harrison wird im Krankenhaus versorgt. Dem geht es bestimmt bald besser», versicherte er Donna.

«Na, wollen wir es hoffen.»

«Was ist denn passiert?», wollte nun auch ihr Vater wissen, und ihre Mutter informierte ihn bereitwillig.

«Gene Keller wollte Vincent Highmore an die Gurgel, der Butler hat ihn aufgehalten und sich selbst ein paar Hiebe eingefangen.»

«Ach du liebe Güte. Und Gene?»

«Den hat der Sheriff abgeführt», erzählte Aaron.

«Ich würde jetzt wirklich gern schnell Savannah anrufen, wenn das okay ist», meinte Lexi.

«Aber natürlich, Kind», sagte ihre Mom. «Aaron leistet sicher deinem Vater Gesellschaft.»

Aaron nickte ihr bestätigend zu, und sie eilte in den Flur und hoch in ihr früheres Kinderzimmer, das jetzt der Handarbeitsraum ihrer Mutter war. Dort wählte sie Savannahs Nummer, die ja die beste Freundin ihrer Schwester war und die Lexi schon ihr ganzes Leben lang kannte.

«Savannah, ich habe es gerade gehört. Wie geht es dir?», fragte sie.

«Ach, Lexi, es ist einfach nur schrecklich. Gene ist auf dem Polizeirevier. Wyatt hat angerufen und gesagt, dass er ihn die Nacht über in die Zelle stecken will, um ihn auszunüchtern. Er hat viel zu viel getrunken, er war so wütend …»

Ja, das konnte Lexi sich vorstellen. Der arme Kerl war ja auch einfach so gefeuert worden. Von Vincent Highmore. Genau wie ihr Dad. Und sie hatte wirklich geglaubt oder zumindest gehofft, dass der Mann sich ändern würde.

«Dabei hat Vincent Highmore überhaupt nichts mit seiner Entlassung zu tun», fuhr Savannah nun jedoch fort. «Der Vorarbeiter hat ihn rausgeworfen, weil Gene ihm andauernd Ärger bereitet hat. Er kam zu spät, hat ständig krank gemacht und sich mit Mitarbeitern angelegt … Er hat es verdient, das muss man ganz ehrlich sagen. Ich hoffe, die Nacht in der Zelle weckt ihn endlich auf.»

Lexi wusste von Helena, dass Savannah es schon seit einer ganzen Weile nicht leicht hatte mit Gene. Er schien so unzufrieden und ließ es an allen und jedem aus, besonders an Savannah. Handgreiflich war er zum Glück bisher nicht geworden – nun ja, bis heute.

«Es tut mir alles so leid», sagte Lexi. «Wenn ich irgendetwas tun kann, sag mir Bescheid.»

«Da wüsste ich im Moment nichts, aber danke dir.»

Lexi wusste da allerdings schon etwas. Und gleich nachdem sie aufgelegt hatte, rief sie ihre Schwester in Kansas City an und erzählte ihr, was passiert war.

«Du musst nach Lake Paradise kommen», bat sie. «Savannah braucht dich.»

«Ich komme, sobald ich kann», versprach Helena.

Nachdem sie sich verabschiedet hatten, konnte Lexi endlich wieder runtergehen und Aaron aus den Fängen ihres Vaters befreien, der ihn gerade über die Fischpreise auf New Yorks Märkten ausfragte.

Aaron sah ihr ein wenig hilfesuchend entgegen, als sie ins Zimmer trat. Und zum Glück rief ihre Mutter eine Minute darauf auch schon zum Essen.

Der Abend verlief gar nicht mal so schlimm wie angenommen. Ihre Eltern hielten sich wirklich zurück, was Lexi überraschte und freute. Sie blieben vage, fragten nur Allgemeines, zum Beispiel, wie die New Yorker Halloween feierten, ob es viele Touristen zu Strawberry Fields, dem Gedenkplatz John Lennons, führte und ob der Zoo im Central Park das ganze Jahr über geöffnet hatte. Sie wollten wissen, wie es Aaron im *Paradise Inn* gefiel, ob sich die Stadt in seinen Augen stark verändert hatte und wie lange er noch plante zu bleiben.

«Ich, äh ... Ich denke, dass meine Zeit hier leider bald rum sein wird – fürs Erste zumindest.» Mit diesen Worten sah er Lexi an, und ihr Herz machte einen kleinen Aussetzer.

Natürlich war ihr bewusst, dass Aaron zurückmusste, doch sie wollte einfach nicht, dass er ging. Und sie hoffte, er würde ganz bald zurückkommen.

«Wie schade», sagte ihre Mutter.

«Ja, das finde ich auch», ergänzte ihr Dad. «Ich finde, du passt gut hierher, mein Junge. Vor allem, weil meine Tochter dich sehr gern zu haben scheint.»

Lexi merkte, wie sie errötete.

«Ich habe Ihre Tochter auch sehr gern», erwiderte Aaron und nahm unterm Tisch ihre Hand, um sie zu drücken.

«Weißt du», fuhr ihr Dad fort, «sie hat noch nie einen jungen Mann mit zu uns nach Hause gebracht. Also jedenfalls nicht seit ...»

Alle wurden still. So still, dass es kaum erträglich war.

«Nun, wie schmecken dir denn die Kartoffeln?», fragte ihre Mom da zum Glück, und Lexi atmete aus.

«Die sind wirklich lecker.» Aaron lächelte. «Ich habe seit Jahren keine Petersilienkartoffeln mehr gegessen und hatte ganz vergessen, wie gerne ich sie immer mochte. Meine Mom hat die auch gern gegessen. Natürlich hat sie sie nicht selbst gekocht.»

Nein, natürlich nicht. Denn dazu hatten sie ja Vera gehabt.

Donna bekam einen wehmütigen Ausdruck. «Du bist deiner Mom übrigens wie aus dem Gesicht geschnitten, das habe ich neulich schon gedacht.» Sie wandte sich an ihren Mann. «Ian, ist Aaron Mathilda nicht wie aus dem Gesicht geschnitten?»

«Ja, du hast recht.» Ihr Dad nickte zustimmend. «Sie haben die gleichen Augen und auch das gleiche Lächeln.»

Lexi betrachtete Aaron. Ja, ihre Eltern hatten recht, das war ihr noch gar nicht aufgefallen. Aaron hatte die gleichen warmen Augen wie Mathilda. Nur das Lächeln, das war etwas ganz Besonderes, fand sie, einzigartig und nicht von dieser Welt. Er hatte es damit geschafft, sie aus ihrer Schwermütigkeit herauszuholen und ihr neue Lebensfreude zu schenken. Und egal, was auch passierte, allein dafür würde sie Aaron immer dankbar sein.

45

Lexi war froh darüber, wie es am vergangenen Abend gelaufen war. Aaron hatte zwar ein wenig abgelenkt gewirkt und auch ein bisschen reservierter als sonst, aber das war ja auch kein Wunder nach allem, was ihm in den vergangenen achtundvierzig Stunden widerfahren war. Zuerst hatte er erfahren, dass er ein Haus und eine riesige Fläche Maisfelder geerbt hatte, und dann war noch der Zwischenfall im Haus seines Vaters hinzugekommen. Nach dem Essen hatte Aaron ihr gesagt, dass er ins Hotel wolle, weil er Zeit für sich brauche, und Lexi hatte es verstanden. Sie wollte sowieso noch einmal mit Helena sprechen, die ihr beim zweiten Telefonat sagte, dass sie gleich am Freitag nach Schulschluss mit den Kindern losfahren würde.

Heute war nun bereits Donnerstag. Und Lexi wusste nicht warum, aber ihre Stimmung war getrübt.

Vielleicht lag es daran, dass ihre Tage mit Aaron gezählt waren. Und vielleicht auch daran, dass sie Angst hatte, er könnte nicht zurückkehren. Was Unsinn war, da er ja selbst gesagt hatte, er würde allein schon wegen seines Vaters öfter nach Lake Paradise kommen. Außerdem gab es da ja nun die Felder, die er sicher verkaufen wollte. So etwas ließ sich doch nicht per Mail von New York aus erledigen, oder?

Bevor Lexi zur Arbeit ging, schaute sie in Howies Supermarkt vorbei, um sich ein paar Schokoriegel zu holen, die waren heute einfach nötig.

Als sie vor dem Süßigkeiten-Regal stand und nach den erstbesten Riegeln griff, hörte sie plötzlich eine Stimme hinter sich.

«Lexi? Ich will wirklich keine Spielverderberin sein, aber ich glaube, es gibt da etwas, das du wissen solltest.»

Sie drehte sich um und sah Lindsay vor sich stehen, wunderschön wie immer, in einem rosa Jogginganzug, den sie sicher zum Yoga-Kurs getragen hatte, der seit einer Viertelstunde vorbei war.

«Oh. Worum geht es?», fragte sie, griff nach einem *Oh-Henry*-Riegel und wartete auf Lindsays Antwort. Worum konnte es schon gehen? Wollte sie ihr sagen, dass die *Hershey's*-Riegel bei Rupert billiger waren, oder sie auf die vielen Kalorien aufmerksam machen, die die Schokolade mit sich brachte?

«Um Aaron. Und Ashleigh.»

Von der einen auf die andere Sekunde blieb Lexi das Herz stehen. Aaron und Ashleigh? Was hatte das zu bedeuten?

«Was … ich verstehe nicht …» Sie stellte sich aufrecht und sah Lindsay direkt ins Gesicht.

«Ich finde, du solltest wissen, dass die beiden was miteinander hatten.»

«Sex, meinst du?», fragte sie, nur um ganz sicherzugehen. Obwohl das natürlich gar nicht nötig gewesen wäre.

Lindsay nickte.

«Okay. Danke, dass du so ehrlich bist und mir das erzählt hast», sagte sie wie ein Idiot, der sich auch noch bei demjenigen bedankt, der einem eine Kugel mitten ins Herz schießt. Dann legte sie die Riegel aufs nächstgelegene Regal – das mit der Maisstärke – und verließ so schnell sie konnte das Geschäft. Dabei warf sie einen Blick zur Kasse und war froh, dass dort statt Ashleigh nur die alte Judith Miller saß.

Draußen hatte Lexi Schwierigkeiten zu atmen. Sie musste sich zwingen, ein paarmal tief Luft zu holen. Dennoch breiteten sich Stiche in ihrem gesamten Brustkorb aus und verursachten ihr solche Schmerzen, dass sie sich vornüberbeugen, die Hände auf die Knie stützen und sich sagen musste, dass dies kein Herzinfarkt war. Eine Panikattacke vielleicht. Oder einfach nur ein gebrochenes Herz.

Doch bevor sie Aaron dafür verantwortlich machen konnte, musste sie erst einmal herausfinden, was an der Sache dran war. Klar, ihr war aufgefallen, wie Lindsay Aaron angesehen hatte. Zuerst hatte sie angenommen, dass sie vielleicht selbst auf ihn stand, doch jetzt ergab alles einen Sinn. Lindsay wusste mehr als Lexi und wollte es nicht länger geheim halten. So musste es doch sein, oder? Denn warum sollte sie sich das alles ausdenken? Das passte nicht zu ihr, und sie hätte auch keinen Grund dazu.

Sobald Lexi sich einigermaßen beruhigt hatte, ging sie, ganz langsam und darauf bedacht, immer weiterzuatmen, zum *Animal Paradise*. Sie öffnete die Tür und entdeckte Trish an der Vitrine, die sie gerade mit den lustigen Hunde- und Katzenspielzeugen dekorierte, die sie gestern neu reinbekommen hatten. Als ihre Freundin sich zu ihr umdrehte, sah sie ihr anscheinend sofort an, dass etwas nicht stimmte.

«Hey, Süße, was ist los?»

«Ich kann gerade nicht ... arbeiten. Hab etwas erfahren ... Muss herausfinden, ob es wahr ist.»

«Oje. Geht es um Aaron?»

Sie nickte nur.

«Okay, ich komme eine Weile allein klar. Mach dich nur auf und geh der Sache auf die Spur.»

«Danke. Ich mache es wieder gut.»

«Das musst du nicht. Dafür sind Freunde doch da.»

Wieder nickte Lexi, noch immer völlig benommen. Sie ging schon auf die Tür zu, machte dann aber noch mal kehrt und ließ sich von Trish in die Arme nehmen. Das hatte sie gerade so nötig.

«Oh, Süße, was immer es ist, ich hoffe, es ist nichts dran an der Sache.»

«Das hoffe ich auch», sagte sie, wusste es aber besser. Wusste bereits, dass es die Wahrheit war. Aaron hatte sie mit Ashleigh betrogen. Und Lexi fühlte sich wie der dümmste Mensch auf der Welt.

Natürlich bevorzugte Aaron jemanden wie Ashleigh. Sie war groß und megaschlank und sah aus wie ein Model, wahrscheinlich war sie genau der Typ Frau, mit dem Aaron in New York ausging. Dort, wo er ein Weiberheld war, der Junggeselle schlechthin.

Oh, wie sie sich gerade verfluchte, sich selbst und ihre Gefühle, die sie zugelassen hatte. Wie hatte sie sich nur öffnen können für jemanden wie ihn!

Wie hatte sie ihm nur ihr zerbrechliches Herz schenken können?

Mit dem Fahrrad fuhr Lexi zum Hotel, in der Hoffnung,

ihn dort anzutreffen. Es war zwölf Minuten vor zehn, als sie ankam.

Sie begrüßte Savannah, die ganz betrübt an der Rezeption saß. Unter ihrer Brille hatte sie geschwollene Augen, als hätte sie die ganze Nacht geweint. Lexi erkundigte sich nach ihrem Befinden und nach Gene, versuchte dabei, so gelassen wie möglich zu wirken, auch wenn es sie innerlich zerriss.

«Er wurde heute Morgen gegen Kaution rausgelassen», erzählte Savannah und strich sich dabei das braune Haar hinters Ohr. «Weder Vincent Highmore noch der Butler haben Anzeige erstattet, Gott sei Dank. Das bedeutet, dass Gene nur ein bisschen Wohltätigkeitsarbeit machen muss, die der Sheriff ihm aufgebrummt hat.»

«Oh. Kann der das einfach so entscheiden?»

«Er hatte dabei Bürgermeister Doyle auf seiner Seite. Die beiden wollten nicht so einfach hinnehmen, dass jemand hier in unserer schönen Stadt solch ein Verhalten an den Tag legt. Und sie haben ja recht.»

«Du Arme. Wie gesagt, wenn ich irgendetwas tun kann …»

«Du hast schon mehr als genug getan. Helena hat mir geschrieben, dass sie am Wochenende herkommt. Das habe ich doch sicher dir zu verdanken, oder?»

Lexi zuckte die Schultern. «Ich hab ihr gesagt, dass sie hier gebraucht wird.» Jetzt wahrscheinlich sogar mehr, als sie bisher angenommen hatte.

«Ich danke dir.» Savannah lächelte leicht. «Du willst sicher zu Aaron, oder? Er ist in Zimmer 9. Du kannst gerne hochgehen.»

«Ist er denn da?»

«Ich hab ihn vor einer halben Stunde vom Joggen zurückkommen sehen, ich denke also schon.»

Sie nickte Savannah dankend zu und stieg die Stufen in das obere Stockwerk hoch, wo sich die meisten Gästezimmer befanden. Nummer 9 war das vorletzte auf der linken Seite. Sie klopfte, und es dauerte nicht lange, da wurde die Tür geöffnet.

«Lexi! Welch Überraschung», sagte Aaron lächelnd. Er hatte anscheinend gerade geduscht, sein Haar war noch feucht. Als er ihren Gesichtsausdruck sah, verschwand sein Lächeln allerdings sofort.

«Wir müssen reden», sagte sie.

«Komm rein.» Er ließ sie eintreten und deutete auf den Stuhl am Schreibtisch, den einzigen im Zimmer. Als sie den Kopf schüttelte, fragte er: «Worum geht es?»

«Um Ashleigh.» Sie kam direkt zum Punkt.

«Scheiße.»

Bei Aarons Antwort begann Lexi zu weinen, obwohl sie es überhaupt nicht wollte. «Dann ist es also wahr?», fragte sie.

«Das kommt ganz darauf an, was du gehört hast.»

«Dass du mit ihr geschlafen hast, das hab ich gehört.»

«Von ihr selbst?»

«Nein. Aber das tut jetzt auch nichts zur Sache. Ich will nur wissen, ob es stimmt. Hast du mit Ashleigh geschlafen?»

«Nein, hab ich nicht!»

Sie beobachtete Aarons Gesichtszüge ganz genau, versuchte an ihnen abzulesen, ob er log. Doch sie kannte ihn viel zu wenig, um irgendwas mit Sicherheit sagen zu können.

«Bitte lüg mich nicht an», bat sie daher.

«Ich lüge nicht.»

«Und warum sollte mir dann eine bestimmte Person so etwas sagen?»

«Es war Lindsay, oder? Sie ist die Einzige, die weiß, dass Ashleigh mit bei mir im Hotel war.»

«Sie war bei dir … etwa hier im Zimmer? Hier? Habt ihr beide etwa in diesem Bett …» Voller Abscheu sah sie Aaron an, den Mann, den sie bis vor einer Stunde noch geglaubt hatte zu kennen. Vielleicht sogar zu lieben.

«Wir hatten keinen Sex, Lexi! Ich schwöre! Es war nach dem Maisfest. Wir waren beide angetrunken, sie ist mit mir mitgekommen, und wir haben ein bisschen rumgemacht. Geknutscht und so. Mehr ist ehrlich nicht gewesen.»

Seine Aussage machte es nicht wirklich besser.

«Nach dem Maisfest?», fragte sie dann jedoch verwirrt. Da waren Aaron und sie noch überhaupt nicht miteinander ausgegangen. Das war Wochen her!

«Ja, nach dem Maisfest, dem blöden Maisfest, auf das ich nur gegangen bin, um *dich* wiederzusehen! Lexi …» Er kam auf sie zu und nahm ihre Hand in seine. «Ich hatte doch nie vor, so lange in Lake Paradise zu bleiben. Und dann kamst du.»

Unter anderen Umständen hätte das, was er sagte, süß sein können. Doch es war nun mal, wie es war.

«Wenn du nur wegen mir aufs Maisfest gegangen bist, wieso bist du dann mit Ashleigh im Bett gelandet?», fragte sie und entriss ihm ihre Hand.

Er drehte sich einmal im Kreis, ließ einen wütenden, verzweifelten Ton heraus. «Weil ich verwirrt war. Weil das alles total neu für mich ist, Lexi. Bei mir waren vorher nie Gefühle im Spiel, wenn ich mich mit einer Frau getroffen hab.»

«Na, Glückwunsch, Aaron, du bist endlich erwachsen geworden», sagte sie sarkastisch, und sie wusste, dass sie gemein war, doch sie konnte gerade nichts fühlen als Enttäuschung.

«Das ist nicht fair, Lexi. Es ist überhaupt nichts passiert, und ich ...»

«Rummachen und knutschen nennst du nichts passiert?» Sie schrie ihn jetzt an.

«Das war doch aber vor *uns*! Bevor wir gedatet haben, bevor wir miteinander geschlafen haben. Lexi, ich hätte dich nie betrogen, das musst du mir glauben.»

«Es mir nicht zu sagen, fühlt sich aber genau so an. Die ganze Zeit über, immer wenn wir Ashleigh oder Lindsay begegnet sind, bin ich der Vollidiot gewesen. Sicher haben sie mich ausgelacht, weil ich so naiv war.»

Aaron ließ sich aufs Bett sacken. «Ich weiß nicht, was ich noch sagen soll, außer dass es nichts bedeutet hat. Sie hat mir nichts bedeutet, absolut gar nichts. *Du* bist diejenige, die mir etwas bedeutet.»

«Wenn ich dir das nur glauben könnte.» Lexi zwang sich, ihm ins Gesicht zu schauen. «Gibt es da noch mehr, was du vergessen hast, mir zu erzählen? Hast du noch mehr Geheimnisse?» Verzweifelt schüttelte sie den Kopf. «Ich wusste gleich, dass ich einem Typen aus der Großstadt nicht hätte trauen sollen.»

Jetzt wurde Aaron wütend. Er bekam einen knallroten

Kopf und sagte: «Nun tu doch bitte nicht so, als wenn ich hier der Böse wäre, der alle verarscht hat. Als ob dein ach so tolles Lake Paradise ein heiliger Ort wäre! Dabei hat hier jeder seine Geheimnisse. Ich meine, was ist mit Murielle? Niemand weiß, wer Wyatts Vater ist, oder? Und Jamie? Der hat eine heimliche Affäre mit Nolan und betrügt seine arme Frau, aber das geht in Ordnung, wie? Weißt du denn, ob dein Vater wirklich zum Angeln fährt, wenn er es sagt? Und ob deine Mutter ihm immer treu war?»

«Lass bloß meine Eltern aus dem Spiel», warnte sie ihn. Und dann dachte sie über die Dinge nach, die er gesagt hatte. Konnte es wirklich sein, dass Jamie was mit Nolan hatte? Sie hatte immer geglaubt, Nolan wäre der einzige schwule Stadtbewohner. Aber anscheinend war sie blind durchs Leben gelaufen.

«Okay, es tut mir leid, Lexi. Hier geht es ja um dich und mich und sonst um niemanden.»

«Doch. Um Ashleigh.»

Aaron seufzte schwer. «Ja, ich gebe es zu, in meinem alten Leben, in New York, da war ich keiner von der treuen Sorte, und ich habe ganz bestimmt nicht nach der Einen gesucht. Aber dann bist du wieder in mein Leben getreten, Lexi, und alles hat sich geändert. Was kann ich tun, um dir zu beweisen, dass ich ein neuer Mensch bin?»

Lexi sah Aaron fest in die Augen, und sie glaubte wirklich, Aufrichtigkeit darin zu entdecken. Doch es war schon zu viel kaputt, und es war nicht mehr zu reparieren.

«Menschen ändern sich nicht so einfach», sagte sie, ihre Stimme war jetzt ruhiger.

«Doch, tun sie. Sieh dir nur meinen Vater an.»

«Das ist etwas anderes, Aaron.»

Er erwiderte nichts, widersprach ihr nicht. Und dann ging sie aus dem Zimmer, weil sie seine Nähe nicht mehr ertragen konnte. Sie ging, und sie wusste nicht, ob sie ihn je wiedersehen wollte.

46

Er hatte es gewusst. Hatte gewusst, dass er sie verletzen würde. Deshalb wollte er ja gleich weg, bevor sich überhaupt irgendwas entwickelte zwischen ihnen. Doch er war geblieben, hatte so sehr versucht, alles richtig zu machen.

Und nun war es doch passiert.

Lexis ohnehin schon zerbrechliches Herz war in tausend Stücke zerschmettert – und alles wegen ihm!

Nun, im Grunde war es ja wegen Ashleigh – mit der überhaupt nichts vorgefallen war!

Oh, was sollte er nur tun?

Am besten reiste er so schnell wie möglich ab, bevor er es noch schlimmer machte. Doch konnte er Lexi einfach so zurücklassen? In ihrem Kummer? Ihrem Schmerz? Ihrer Enttäuschung? Sollte er nicht wenigstens versuchen, es wiedergutzumachen? Noch einmal mit ihr reden? Sich entschuldigen? Ihr bei der Ehre seiner verstorbenen Mutter schwören, dass er nicht mit Ashleigh geschlafen hatte, dass er nur Lexi mochte, so sehr mochte, und dass er nur mit ihr zusammen sein wollte?

Er musste sie doch wissen lassen, dass er wirklich vorhatte zurückzukommen, und diesmal nicht erst nach zwölf

Jahren, sondern schon ganz bald. Weil er, viel mehr noch, als sich um sein Erbe zu kümmern oder seinen Vater zu sehen, *sie* wiedersehen wollte.

Doch was sollte er machen? Wie konnte er es anstellen, dass sie ihn erhörte? Ihm wirklich zuhörte, ohne dabei wieder so unendlich gemeine Dinge zu sagen wie am Morgen?

Dabei hatte sie ja recht gehabt, mit allem, was sie ihm an den Kopf geworfen hatte. Und eigentlich hatte er es auch gar nicht verdient, dass sie ihm eine zweite Chance gab. Oder?

Oder?

Völlig verwirrt und überfordert streifte Aaron an diesem Nachmittag durch Lake Paradise. Machte in der *Tavern* halt und bestellte einen Bourbon. Kippte ihn runter und saß eine Weile allein da, verfluchte die Welt und sein ganzes beschissenes Leben. Ging dann weiter, oder vielmehr schlurfte weiter wie ein alter Trauersack, immer darauf bedacht, weder Ashleigh noch Lindsay und auch keiner der Tratschtanten zu begegnen. Nicht einmal Hunter oder Jonah wollte er sehen, er wollte einfach nur für sich sein, sich in seinem Elend suhlen und darüber nachdenken, was zu tun war. Wenn er überhaupt noch etwas tun konnte.

Auf einmal fühlte er sich schrecklich durstig, als wäre er am Austrocknen. Also beschloss er, in den Supermarkt zu gehen und sich eine Flasche Wasser zu kaufen. Natürlich ging er zu Rupert, da bei Howie Ashleigh an der Kasse saß. Ob sie das in diesem Moment tat, wusste er zwar nicht, doch er wollte nichts riskieren.

Dummerweise stieß er dann aber auf ein paar andere Personen, auf die er gern verzichtet hätte: die Tratschtante Sadie, die alte Dame aus dem Maismuseum und Lexis Mutter Donna. Die drei standen beim Gemüse, und Aaron schlich sich an ihnen vorbei auf seinem Weg zu den Getränken. Er nahm sich eine Flasche Wasser und wollte gerade schon unauffällig zur Kasse, als er die drei ausgerechnet über ihn reden hörte. Also blieb er stehen, versteckt hinter einem Turm Dosenravioli, und hörte zu.

«Ja, er war sehr nett und zuvorkommend», berichtete Donna gerade.

«Oh, ich erinnere mich noch, als meine Jenny ihren ersten Freund mit nach Hause gebracht hat. Der war ein Rüpel, ich sage es euch», erzählte die Museumstante, Edda, oder so ähnlich.

«Na ja, Aaron ist ja nicht Lexis erster Freund», meinte Donna. «Aber er ist der erste seit Keith.»

«Ach, guter Keith», sagte Sadie traurig.

«Ja. Er war der perfekte Schwiegersohn», ergänzte Donna. «Und genau wie Lexi werde ich nie darüber hinwegkommen, dass er sein Leben so früh verloren hat.»

«Es ist eine wahre Schande», fand auch Edda. «Die beiden hätten so glücklich miteinander werden können.»

«Ja, aber jetzt hat sie ja Aaron. Und überlegt mal, wie glücklich Mathilda darüber wäre, dass die beiden zueinandergefunden haben», meinte Sadie.

«Ja, darüber wäre sie wirklich glücklich», war auch Donna sich sicher.

«Wird Aaron denn jetzt hierbleiben, wo er doch Lexi hat und dazu noch das Haus vom alten Highmore?», erkundigte Edda sich.

«Das weiß ich nicht», sagte Lexis Mutter. «Ich hoffe es aber sehr. Ich habe Lexi lange nicht so strahlen gesehen.»

Aarons schlechtes Gewissen fraß ihn fast auf. Anscheinend wusste sie noch nichts von dem Streit. Lexi schien es ihr nicht erzählt zu haben.

«Oh, und stellt euch nur ihre gemeinsamen Kinder vor», hörte er Edda sagen, und da war Aaron plötzlich wieder voll da.

«Ja, die wären wirklich süß.» Sadie klang ganz verzückt.

«Oh ja, ich kann es kaum noch erwarten, kleine Enkelkinder zu haben», sagte Donna, und auch wenn er ihr Gesicht nicht sehen konnte, wusste Aaron, dass dieser Gedanke sie zum Strahlen brachte.

Mit einem Mal schlug sein Herz schneller, und er bekam Panik.

Kinder? Er und Lexi? Er wollte doch überhaupt keine Kinder! Und wieso planten die eigentlich schon seine komplette Zukunft, wenn er doch selbst nicht einmal wusste, wo er stand?

«Oooh! Und sie könnten in dem Haus wohnen, das er geerbt hat», sagte Edda jetzt. «Da gibt es genügend Zimmer für all die Enkelkinder.»

Jetzt wurde es Aaron zu viel. Und er machte schnell, dass er davonkam, denn plötzlich war alles ganz klar. Er musste nicht länger überlegen.

Das, was er wirklich tun musste, war abreisen. Er war schon viel zu lange geblieben.

Er fuhr zum Hotel, packte seine Siebensachen und buchte ein Flugticket für den nächsten Tag. Dann rief er Simon an, der sich freute, dass er morgen zurück in New York sein würde und endlich vor Ort an ihren gemeinsamen Projekten weiterarbeiten konnte.

Anschließend wartete Aaron ab, bis es sechs Uhr abends war, dann fuhr er los. Einen letzten Besuch wollte er Lexi abstatten. Er wartete vor ihrem Haus auf sie, und als er sie kommen sah, ging er ihr entgegen.

«Können wir bitte, bitte kurz miteinander reden?», fragte er.

Noch immer voller Enttäuschung sah sie ihn an, sagte aber kein Wort.

«Okay, dann rede nur ich. Aber hör mir wenigstens zu, ja?»

Sie seufzte schwer, dann sagte sie: «Okay, ich geb dir fünf Minuten. Komm mit rein.»

Sie ging voran, doch heute nicht wie sonst voller Schwung und mit wippendem Pferdeschwanz, sondern mit hängenden Schultern, als würde sie in Richtung Boden gezogen werden.

Aaron folgte ihr und trat ins Haus – zum wahrscheinlich letzten Mal. Als er den gewohnten Duft, eine Mischung aus Lavendel, Holz und Parfum, wahrnahm, wurde ihm schwer ums Herz. Wie viele einzigartige und unvergessliche Momente hatten sie in den letzten Tagen hier verbracht. Eine Sekunde lang spürte er sogar Tränen aufsteigen, schluckte sie aber schnell wieder herunter.

«Also?», fragte sie und lehnte sich an den Rahmen der Küchentür. Sie wollte anscheinend nicht einmal ihre Jacke ausziehen, wahrscheinlich um ihm nicht das Gefühl zu geben, dass er bleiben und es sich gemütlich machen durfte.

«Lexi, ich wollte dir nur sagen, dass es mir leidtut. Dass es mir aufrichtig leidtut. Du hast das alles nicht verdient, und es wird besser für dich sein, wenn ich weg bin. Das wollte ich dich nämlich wissen lassen, dass ich morgen früh zurückfliege.»

«Nach New York?», fragte sie unnötigerweise.

«Ja. Nach New York.»

«Okay», sagte sie. Dann liefen ihr auf einmal Tränen über die Wangen.

Er wusste gar nicht, wie er darauf reagieren sollte. Also trat er einen Schritt näher und legte ihr eine Hand auf den Arm. «Bitte nicht weinen, Lexi. Wir wussten doch beide, dass ich wieder zurückmuss.»

Sie nickte. «Ja. Ich wünschte nur, wir hätten uns im Guten getrennt.»

«Ja, das wünschte ich auch.» Er streichelte ihr über den Arm – und im nächsten Moment lagen ihre Lippen auf seinen. Sie küsste ihn, als würde es sie vor dem Ertrinken retten. Als wäre er alles, was sie brauchte.

Wie sehr wünschte Aaron, er könnte ihr all das geben, was sie verdiente.

Lexi zog ihn ins Schlafzimmer, und sie schliefen miteinander – ein letztes Mal, das ihm immer in Erinnerung bleiben würde.

Eine halbe Stunde später entschuldigte er sich, um auf die Toilette zu gehen. Und wie aus einer Eingebung heraus öffnete er das Zimmer neben dem Bad. Es war hellblau gestrichen, und darin befand sich ein Babybett, als würde es nur darauf warten, von einem kleinen Erdenmenschen bewohnt zu werden. Einem Baby für Lexi, einem Enkelkind für Donna.

In seinem Entschluss bestätigt, ging er zurück ins Schlafzimmer. Nur in Boxershorts stand er da und sah Lexi an, diese wundervolle Frau, der er gern so viel mehr geboten hätte. Dann hob er seine Jeans vom Boden auf und zog sie an.

Lexi kuschelte sich in die Decke. «Wann genau fliegst du denn morgen? Soll ich mit zum Flughafen kommen?», bot sie an.

Er nahm nun auch sein T-Shirt. «Lexi ... Machen wir nicht mehr draus, als es ist, okay?»

Sie schloss die Augen und öffnete sie kurz darauf wieder. «Warum bist du so, Aaron? Ich versteh es wirklich nicht.»

Er setzte sich zu ihr aufs Bett, in dem sie trotz der dicken Decke zitterte.

So weh es auch tat, er musste es einfach sagen und Klarheit schaffen. «Wir wissen doch beide, dass das mit uns nicht funktionieren kann, oder? Ich bin einfach kein Familienmensch, Lexi, ich dachte, das wüsstest du.»

«Das tue ich. Und ich will doch auch gar nicht mehr von dir, als du bereit bist, mir zu geben. Bitte vergiss, dass ich wegen Ashleigh so ausgetickt bin. Ich hatte mir so fest vorgenommen, die Sache mit uns locker anzugehen.»

Er lächelte sie traurig an. «Das kannst du nicht, Lexi, weißt du das denn nicht?»

«Oh doch, das kann ich, und ich werde es dir beweisen, ich ...»

«Du hast zwei Türen weiter ein vollständig eingerichtetes Kinderzimmer», sagte er. «Du sehnst dich nach einer eigenen Familie. Und ich bin leider nicht derjenige, der dir das geben kann. Es tut mir leid.» Mit diesen Worten erhob er sich und verließ den Raum. Bevor er doch noch anfangen würde zu weinen.

«Komm gut heim», rief sie ihm nach, und er konnte hören, wie schwer ihr jedes Wort fiel. Genauso sehr, wie ihm jeder Schritt schwerfiel. Doch irgendwann hatte er es geschafft und war raus aus dem Haus und wieder auf der Straße. Und er konnte endlich durchatmen.

Das war verdammt schwer gewesen, doch es war das Beste so. Für sie beide. Sie mussten beide das Leben führen, für das sie bestimmt waren. Und so leid es ihm tat, diese Leben könnten unterschiedlicher nicht sein.

47

Aaron weggehen zu sehen, war das Schwerste, was sie seit Keiths Tod hatte durchmachen müssen.

Nun, und ihr Baby zu verlieren.

Einige Wochen vor Keiths Tod hatten sie herausgefunden, dass Lexi schwanger war. Deshalb war er so besorgt gewesen und hatte sie gefragt, ob es wirklich okay wäre, wenn er einen Wanderausflug machen würde. Denn ihr ging es, wie wohl den meisten Schwangeren, zu der Zeit nicht sehr gut. Morgens war ihr übel, tagsüber war sie müde, und sie machte sich Gedanken, ob sie auf ihrer Hochzeit überhaupt fit sein und ob das maßgeschneiderte Kleid noch passen würde. Doch sie hatte ihm gesagt, er solle ruhig fahren, sie würde klarkommen. Sie hatte eh zu tun, wollte mit ihrer Mutter brunchen gehen, sich mit der Floristin treffen und das Babyzimmer weiter einrichten. Keith hatte schon das Bettchen aufgebaut, und gemeinsam hatten sie die Wände babyblau gestrichen, jetzt wollte Lexi noch ein paar Wandsticker aufkleben: Baby-Elefanten, Baby-Häschen und Baby-Enten. Sie hatte die Sticker in einem Laden entdeckt, in dem sie bereits ein paar Strampler gekauft hatte. Ja, die meisten Leute hätten wahrscheinlich gesagt, dass es viel zu früh war, jetzt schon das Kinderzimmer zu gestalten und die Babyausstattung zu kaufen, zumal ja die ersten zwölf Wochen noch nicht einmal rum waren, doch Lexi und Keith war das egal. Sie freuten sich unglaublich auf ihr erstes Kind, auch wenn sie noch kaum jemandem davon erzählten.

Lexi hatte es im Gespür, dass es ein Junge werden würde, und falls es doch ein Mädchen werden sollte, würden sie das Zimmer halt für ihr zweites Baby so lassen, wie es war. Es gab immerhin noch ein weiteres, das sie dann eben rosa streichen würden.

Keiths Tod hatte alles zunichtegemacht. Lexis Traum von einer heilen Familie. Doch sie wollte stark sein, für ihr Baby und sich selbst – weil Keith es so gewollt hätte. Aber dann, am sechsten Tag, den sie ohne ihren Seelenverwandten verbringen musste, wachte sie von einem Mittagsschlaf blutend und mit Schmerzen auf. Ihre Mutter, die in der Küche saß und sie kaum eine Minute aus den Augen ließ, kam sofort herbeigelaufen, als sie nach ihr rief. Sie fuhr Lexi ins Krankenhaus, doch es war nichts mehr zu retten. Keith war tot, und das Baby war es ebenso.

Lexi fühlte sich wie der einsamste Mensch der Welt.

Und dann war Aaron in ihr Leben getreten. Aaron, der ihre Dunkelheit erhellt hatte. Wie sollte sie jetzt – ohne ihn – je wieder Licht sehen?

Einfach alle Menschen, die sie liebte, verließen sie. Das Schicksal hatte ihr bereits so viel genommen, und doch hatte sie wieder angefangen zu glauben, dass es endlich einmal auf ihrer Seite war.

Tja, so falsch konnte man liegen.

Am Freitag meldete Lexi sich krank. Sie rief im Salon an und sagte Trish, dass es ihr nicht gut gehe.

«Ah, bestimmt dieser Magen-Darm-Infekt, der gerade rumgeht.»

«Ja, wahrscheinlich», erwiderte Lexi, weil sie ihrer Freundin nicht erzählen wollte, was wirklich los war. Nämlich, dass sie auf Aaron reingefallen war, vor dem sie anfangs jeder gewarnt hatte. Weil er doch dieser Weiberheld war, was sich sogar bis ins tiefste Nebraska herumgesprochen hatte.

Wieso hatte sie nicht einfach auf die Tratschtanten gehört? Denn sie hatten ja recht gehabt. Aaron war ein Weiberheld, er hatte es selbst zugegeben. Und er wollte nichts Ernstes, keine eigene Familie, das hatte er ihr gesagt, bevor er sie zurückließ in dem Bett, in dem sie sich ein letztes Mal geliebt hatten.

Dabei hatte Lexi es gar nicht vorgehabt, sie hatte ihn nicht einmal mehr angucken wollen, nachdem sie herausgefunden hatte, dass er und Ashleigh intim miteinander gewesen waren.

Und noch immer wusste sie nicht, ob sie Aaron glauben konnte, dass da nichts weiter vorgefallen war. Nun ja, *er* nannte es «nichts weiter vorgefallen». Lexi fand Küsse schon innig genug und «Rummachen», wie Aaron es ausgedrückt hatte, noch viel schlimmer. Doch sie waren zu dem Zeitpunkt noch nicht zusammen gewesen, falls sie es denn je wirklich waren, und ohnehin war es jetzt nicht mehr von Bedeutung.

Gerade war überhaupt nichts mehr von Bedeutung.

Nachdem Lexi eine gefühlte Ewigkeit geweint und dabei auf die Lilien gestarrt hatte, die Aaron ihr geschenkt hatte, beschloss sie, dass sie dringend aus dem Haus musste, bevor sie noch im Selbstmitleid ertrank. Sie brauchte jemanden zum Reden. Am Abend würde zwar Helena ankommen, doch sicher würde sie erst mal von ihrer Mom und von Savannah in Anspruch genommen werden. Wer wusste schon, wann sie Zeit für Lexi haben würde?

Der einzige Mensch, der ihr also einfiel, zu dem sie gehen und sich ausweinen konnte, ohne dass er ihr sagte: «Das hättest du dir aber denken können, dass einer wie Aaron sich nicht festlegen will», war ihr Grandpa Murphy. Und so fuhr sie mit dem Rad raus zum See.

Ihr Grandpa saß mit ein paar anderen Bewohnern im Garten, dick eingemummelt in eine Wolldecke, obwohl sie an diesem Oktobertag noch siebzehn Grad hatten. Die anderen spielten Schach, Dame oder Mühle, Murphy starrte nur vor sich hin. Als er Lexi kommen sah, lächelte er jedoch.

«Hallo, Gramps», sagte sie und gab ihm einen Kuss auf die Wange. «Wie geht es dir?»

Keine Antwort, natürlich nicht.

«Hättest du Lust, mich auf einen Spaziergang zu begleiten?»

Lexi glaubte, ein Leuchten in seinen Augen zu erkennen.

«Denken Sie daran, dass es um zwölf Uhr Mittagessen gibt?», erinnerte sie die Pflegerin, die mit draußen saß und ein Auge auf alle hatte.

«Ja, klar», erwiderte Lexi und sah auf ihre Armbanduhr. Viertel nach elf. Wenigstens hatten sie Zeit, um bis zum Steg und zurück zu spazieren.

Der Steg … Jener Ort, an dem Aaron und sie sich zum ersten Mal allein begegnet waren nach seiner Rückkehr. Der Ort, an dem er sie weinen gesehen hatte. Das hatte er ihr später erzählt, und auch, dass er sie an dem Abend am liebsten schon in den Arm genommen hätte. Der Abend, an dem er ihr, mehr im Spaß, gesagt hatte, dass alle Gerüchte außer einem Unwahrheiten waren.

Jetzt wusste sie ganz sicher, welches das eine wahre war.

Lexi seufzte schwer. Oh, Aaron, ich hätte es wirklich gleich wissen müssen, dachte sie.

Sie fuhr ihren Grandpa in seinem Rollstuhl bis zur Mitte des Stegs und stellte die Bremse fest. Dann setzte sie sich zu seinen Füßen hin und ließ die Beine übers Wasser baumeln. Als sie auf den See hinaussah und die zwei Schwäne entdeckte, kamen ihr die Tränen.

«Er ist weg, Grandpa. Aaron ist wieder weg.»

Auch wenn sie keine dummen Weisheiten von irgendwem hören wollte, hätte sie sich in diesem Moment doch gewünscht, Grandpa Murphy könnte reden und ihr sagen, dass alles gut werden würde.

Denn gerade bezweifelte sie das sehr.

«Er musste zurück nach New York», fuhr sie fort. «Zuvor haben wir uns gestritten. Nun ja, wir haben uns irgendwie auch wieder vertragen, aber es war trotzdem kein sehr liebevoller Abschied.» Sie wischte sich die Tränen weg. «Ich glaube, es hat einfach nicht sein sollen, wir beide passen nun mal nicht zusammen. Ich meine, er mag ja noch nicht mal Mais, das konnte doch gar nicht gutgehen, oder?» Sie lachte ein kleines, bitteres und sehr trauriges Lachen.

Dann sah sie ihren Grandpa an. Er sah ebenfalls traurig aus.

«Du willst sicher wissen, ob er wieder zurückkommt nach Lake Paradise, hm? Nun, leider weiß ich das selbst nicht.» Sie zuckte die Schultern – und wusste gar nichts mehr.

«Es ist Zeit zu gehen, Gramps. Dein Mittagessen wartet.»

Lexi stand auf und schob ihren Grandpa zurück. Sie sagte noch den Zeichenkurs für heute ab, da sie den einfach nicht gepackt hätte, dann fuhr sie zurück nach Hause. Und hatte keinen blassen Schimmer, wie sie den Rest des Tages rumbringen sollte.

48

Delores sah mitleidig zu Lexi hinüber, die zusammen mit ihrer Schwester Helena am hinteren Ecktisch saß. Diese war zu Besuch in Lake Paradise, was Delores sehr freute. Sie hatte Helena immer gern gemocht, als junges Mädchen hatte sie ihr für ein paar Dollar den Rasen gemäht, und ab und zu hatte Delores sie hereingebeten, einfach um sich ein wenig mit ihr zu unterhalten. Helena hatte sich über ein Glas erfrischende Limonade gefreut, und Delores sich darüber, ein Kind im Haus zu haben, wenn auch nur für ein paar Minuten.

Inzwischen hatte Helena selbst Kinder, einen kleinen Jungen und ein Mädchen, die sie beide mit nach Lake Paradise gebracht hatte. Gestern hatte Delores die drei aus Ruperts Supermarkt kommen gesehen, die Hände voll mit Ein-Liter-Eiscremepackungen, Schokolade, Chips und anderen Knabbersachen. Als sie Helena lachend gefragt hatte, wofür das denn alles sei, hatte diese geantwortet: «Ach, das ist nur ein bisschen Trostfutter, um Lexi aufzumuntern. Wir wollen einen Filmabend machen, unsere Mom und Savannah sind auch mit dabei. Wenn du magst, bist du herzlich eingeladen.»

«Oh, das ist ja nett. Aber futtert ihr nur allein, ich habe

meinem George versprochen, heute Abend Domino mit ihm zu spielen.»

«Das klingt doch auch gut. Grüß George bitte von mir.»

«Das werde ich machen», hatte Delores geantwortet, und nun merkte sie, dass sie es vergessen hatte.

Doch das war im Moment nicht von Bedeutung. Viel wichtiger war jetzt Lexi, der es sichtlich schlecht ging. Sie schien sich weder geschminkt noch die Haare gekämmt zu haben, sie trug Leggings und einen alten Schlabberpulli, und Delores hatte gehört, dass Lexi seit Aarons Weggang nicht gearbeitet hatte.

Es schien fast so schlimm wie damals zu sein, als sie Keith verloren hatte. Nein, vielleicht sogar noch schlimmer, denn diesmal machte sie sich nicht einmal die Mühe, sich aufrecht zu halten und irgendwie weiterzumachen. Während sie damals alles versucht hatte, um sich von ihrem Kummer abzulenken und zum Beispiel auch bei der Einrichtung des Maismuseums geholfen hatte, hing sie jetzt nur schlaff auf ihrem Stuhl und starrte auf den Muffin vor ihrer Nase, den sie noch nicht einmal angerührt hatte.

«Armes Ding», sagte Sadie. «Wenn ich nur wüsste, wie man ihr helfen kann.»

«Sie hätte gleich auf uns hören sollen», flüsterte Murielle. «Alles, was wir über Aaron gehört hatten … es scheint ja doch der Wahrheit entsprochen zu haben.»

«Na ja, der Banküberfall nicht», widersprach Sadie.

«Und die Tattoos auch nicht», fügte Delores hinzu. «Zumindest hab ich keine gesehen.»

«Na, du hast ja aber auch nicht alles von ihm gesehen, im Gegensatz zu Lexi», meinte Murielle.

«Pssst! Nachher hört sie uns noch», sagte Sadie.

«Dann kommt, lasst uns nach draußen gehen, da können wir in Ruhe weiterreden. Der Gottesdienst fängt ja erst in einer halben Stunde an.»

Sie bezahlten und verließen zu dritt das Café, während Nolan Lexi mit einem bedauernden Blick bedachte. Auch er hätte ihr wirklich das wahre Glück gewünscht.

«Mensch, das kann doch keiner mitansehen, wie das arme Kind leidet», sagte Murielle, sobald sie draußen waren.

Delores warf einen Blick nach drinnen, wo Helena jetzt näher an Lexi herangerückt war und einen Arm um ihre Schulter legte.

«Was genau ist denn eigentlich passiert?», wollte Delores wissen.

Sadie sah sie stirnrunzelnd an. «Na, Aaron hat sie verlassen, das weißt du doch.»

«Ja, aber warum hat er sie verlassen? Es muss doch irgendeinen Grund gegeben haben.»

«Ich glaube ja, er wollte mal ausprobieren, wie es mit einem Mädchen aus der Kleinstadt ist, und als er genug hatte, ist er halt wieder zurück nach New York geflogen», war Murielles Theorie.

«Das kann ich mir nicht vorstellen», meinte Sadie. «Die beiden haben so glücklich gewirkt. Und Donna hat mir auch erzählt, dass er ein wahrer Gentleman war, als er bei ihnen zu Gast war. Nett und zuvorkommend hat sie ihn genannt.»

«Ja, aber einige Männer verstellen sich auch nur und sagen das, was die Leute hören wollen. Und dabei führen sie arme junge Frauen hinters Licht», sagte Murielle, von der nicht einmal Sadie und Delores wussten, was ihr selbst widerfahren war.

«Also, ich habe keinen blassen Schimmer, ob zwischen Lexi und Aaron irgendwas vorgefallen ist. Donna hat nichts erzählt, und Savannah oder Vera auch nicht.» Sadie hasste es, nicht auf dem Laufenden zu sein. «Aber vielleicht weiß Buddy ja etwas. Worum ging es noch mal Freitag in seinem Gedicht?»

«Wieso Freitag?», fragte Delores.

«Na, weil das der Tag von Aarons Weggang war.»

«Hmmm ... es ging schon wieder um irgendwas mit kalten Füßen», sagte Murielle. «Warte mal, ich glaube, ich hab es noch in der Handtasche.» Sie kramte ein wenig in ihrem übergroßen Shopper herum. «Hier ist es!» Sie hielt es ihren Freundinnen hin, und sie alle lasen es noch einmal.

Der Supermarkt, ein Schreckensort
Da laufen alle Männer fort
Drei Frauen reden, ein Mann hört zu
Danach lässt es ihm keine Ruh
Kalte Füße gibt es oft
Und nichts bleibt wie erhofft

«Herrje! Ich glaube, es geht darin gar nicht wieder um seinen Vater und dessen eingefrorene Füße», sagte Sadie mit Schrecken. «Ich denke, ich weiß, was los war!»

«Ja, und was?», fragte Murielle neugierig.

«Er muss uns gehört haben! Im Supermarkt! Aaron muss mitangehört haben, wie Donna, Edda und ich über seine und Lexis Zukunft gesprochen haben.»

«Was genau meinst du damit?», wollte Delores wissen. «Worüber habt ihr denn geredet?»

Sadie überlegte, rief sich die Unterhaltung in Erinnerung. «Über Babys, und dass sie doch eine Familie gründen und zusammen im Haus vom alten Highmore wohnen könnten. Dass sie ein wunderschönes Brautpaar abgeben würden, und …»

«Um Himmels willen, Sadie!», rief Murielle. «Und da kommst du jetzt erst drauf?»

«Ja, irgendwie schon», entgegnete sie entschuldigend.

«Also, wenn es – zumindest teilweise – deine Schuld war, dass Aaron weg ist, weil er, wie Buddy behauptet, wegen eures Geredes kalte Füße bekommen hat, dann müssen wir es wiedergutmachen. Wir müssen irgendwas unternehmen!», beschloss Murielle.

«Ja, und was?», fragte Sadie.

In dem Moment trat Lexi aus dem Café. Sie sah beinahe noch ein wenig gebrochener aus. Während Helena die drei Freundinnen anlächelte, schien Lexi sie nicht einmal zu bemerken.

Murielle sah den beiden hinterher. «Irgendwas wird uns schon einfallen. Ladys, wir haben eine Mission! Wer hat eine Idee?»

49

Aaron war zurück in New York.

Nie war ihm ein Flug so lang vorgekommen, und auch in sein Apartment zu treten, hatte sich komisch angefühlt. Doch er wusste, er hatte keine Wahl. Lake Paradise war einfach nicht sein Schicksal, das Kleinstadtleben sowieso nicht, und von Lexi blieb nichts als eine schöne Erinnerung, an die er von Zeit zu Zeit denken würde, wenn er sich nach Geborgenheit und Wärme sehnte.

Doch New York war nun mal sein Zuhause, und das würde es auch immer bleiben. Die Tage vergingen, und er gewöhnte sich wieder ein.

Am Donnerstag befand er sich gerade auf der Baustelle in Greenwich Village, als Simon eintrudelte.

«Wie kommt ihr voran?», fragte er.

«Ganz gut», antwortete Aaron. «Wir müssen noch ein paar Balken anpassen, um das Fundament zu stärken, aber sonst läuft alles wie geplant.» Bei diesen Worten musste er sogleich an Hunter denken, in dessen Scheune er ja mitgeholfen hatte, die Balken zu richten.

Hunter. An seinem letzten Abend hatte Aaron sich von ihm verabschiedet und noch ein Bier mit ihm getrunken,

Jonah war auch mit von der Partie gewesen. Und während Jonah nur von seinem Baby und Hunter von Sydney geschwärmt hatte, war Aaron ganz elendig zumute gewesen. Er hatte drei Bier weggekippt und war dann zurück ins Hotel gegangen. Am nächsten Morgen war er auf dem Weg zum Airport noch kurz bei seinem Vater vorbeigefahren, der schon immer ein Frühaufsteher gewesen war. Aaron hatte ihm gesagt, dass er aus beruflichen Gründen zurück nach New York müsse und dass er bald zurückkommen würde, um sich um sein Erbe zu kümmern.

Doch wann «bald» sein würde, wusste er noch nicht. Denn er wusste ja auch noch nicht, wie lange es dauern würde, um über Lexi hinwegzukommen.

Lexi. Am Tag seines Rückflugs hatte sie ihm abends eine Nachricht geschickt und gefragt, ob er gut in New York angekommen sei. Er hatte dies bejaht und ihr geschrieben, dass die Zeit mit ihr schön gewesen war, sie jetzt aber beide wieder ihre eigenen Wege gehen sollten.

Natürlich wusste er, dass das für Lexi bedeutete, in ein Leben zurückzukehren, in dem sie getrauert und sich sehr einsam gefühlt hatte. Das hatte er zumindest dem Gespräch mit ihren Eltern entnommen. Doch er war nach wie vor der Ansicht, dass sie ohne ihn besser dran war. Zumindest auf lange Sicht. Weil er nämlich, auch wenn er einen kurzen Abstecher in ihre Welt gemacht hatte, noch immer der Typ war, der sich nicht festlegen, der nicht sesshaft werden wollte. Der nicht lieben konnte, weil er es nie gelernt hatte. Und auch wenn die Dinge heute ein wenig anders lagen, er sich seinem Vater angenähert und wahre Gefühle für eine Frau entwickelt hatte, so reichte das doch nicht aus. Wie sollte er wissen, ob er nicht wieder rückfällig und ihm alles zu viel werden würde?

Hier in New York war er glücklich, hier fühlte er sich wohl. Frei. Ungebunden. Hier konnte er machen, was er wollte. Im Central Park sitzen oder Thailändisch essen gehen, wann immer ihm danach war. Hier musste er nicht darauf hoffen, dass *Jamie's Food Paradise* irgendwann mal thailändische Woche hatte. Er konnte jederzeit bei *Sushi of Gari 46* essen und war nicht auf mieses Supermarktsushi angewiesen. Er konnte sich persönlich um seine Bauprojekte kümmern. Und er konnte ausgehen, wann und mit so vielen Frauen, wie er wollte.

Nur hatte er dazu gar keine Lust.

Seit knapp einer Woche war er zurück, und doch hatte er noch kein einziges Date gehabt. Weil immer wieder Lexi sich in seine Gedanken schlich.

«Die Hemingways lassen fragen, ob wir das Haus nun doch schon zum Januar hin bezugsfertig bekommen», sagte Simon und riss Aaron aus seinen Gedanken.

«Zum Januar? Das wird aber sehr knapp. Geplant war doch der 1. März.»

«Ja, aber du weißt doch, wie das ist. Die Zeit rennt uns davon. Die Leute haben immer Angst, irgendwas zu verpassen.»

Aaron schloss die Augen. Ja, wenn man nicht achtgab, war es gut möglich, dass man die allerschönsten Dinge im Leben verpasste.

In der Mittagspause schaute Aaron auf sein Handy, immer in der Hoffnung, eine Nachricht von Lexi zu entdecken.

Doch sie schrieb nicht, und sie rief auch nicht an. Sie hatte es begriffen – im Gegensatz zu seinem Herzen. Das schien nämlich einfach nicht bereit zu sein loszulassen.

Aber auch wenn er keine Nachricht von Lexi hatte, so gab es doch Neuigkeiten aus Lake Paradise. Jonah schrieb, dass der Reverend einen Zahn gezogen bekommen hatte und sich die Taufe dadurch um zwei Wochen auf den 30. Oktober verschieben würde.

Ich will ehrlich sein, Jonah, ich glaube nicht, dass ich es schaffen werde.

Nachdem Aaron zurückgeschrieben hatte, biss er in sein *Subway*-Sandwich. Heute hatte er sogar mal Maiskörner mit drauf genommen.

Du treulose Tomate. Du solltest doch Patenonkel sein!

Sorry, aber ich glaube nicht, dass das mein Ding ist.

Schon okay. Irgendwie hab ich es mir bereits gedacht. Dann fragen wir eben Mays Bruder Josh.

Tut mir ehrlich leid.

Alles gut, ich kann es ja verstehen. Du willst Lexi nicht über den Weg laufen.

Wie geht es ihr?

Aaron war selbst überrascht, dass er sich traute, nach Lexi zu fragen.

Nicht so gut, wie du dir sicher denken kannst.

Sofort hatte Aaron wieder einen Kloß im Hals. Das hatte er nicht gewollt. Er hatte sie wirklich nicht verletzen wollen.

Wie gerne würde er sie jetzt in seine Arme schließen und ihr sagen, dass es ihm leidtat. Doch sie war dort, und er war hier. Und es hatte sich nichts an ihrer Lage geändert und auch nichts an seinen Vorstellungen von seinem zukünftigen Leben.

Oder doch?

Es gab Momente, da glaubte er fast, dass er es doch könnte. Ein neues Leben beginnen. Aber dann verflog der Moment wieder, und er war froh, aus der Sache raus zu sein. Das alles brachte doch viel zu viel Verantwortung mit sich, mehr, als er tragen konnte.

Er schrieb Jonah zurück.

Grüß sie gerne von mir, wenn sie dir mal über den Weg läuft.

Denkst du echt, das ist eine gute Idee?

Warum nicht? Wir sind als Freunde auseinandergegangen.

Glaubst du das wirklich?

Nun ja, als Freunde vielleicht nicht gerade, aber doch auch nicht als Feinde, dachte Aaron.

Okay, dann lass es halt. Ich muss jetzt hier weitermachen, bin auf der Baustelle.

Alles klar, lass dich nicht aufhalten.

Aaron warf den Rest seines Sandwiches in den Müll und hätte sein Handy am liebsten gleich hinterhergeschleudert. Er war plötzlich so wütend auf sich selbst. Und er verabscheute sich für seine Feigheit.

Nach der Arbeit ging er auf direktem Weg nach Hause. Unterwegs rief ihn sein Kumpel Faruk an und fragte, ob er Lust auf ein Doppeldate habe. Er hätte da zwei Frauen kennengelernt, mit denen sie sicher eine Menge Spaß haben könnten.

«Sorry, bin müde», gab Aaron zur Antwort.

«Müde?», fragte Faruk, und Aaron konnte quasi seine gerunzelte Stirn sehen.

«Ja, einfach müde.» Er wünschte seinem Kumpel aber viel Spaß und beendete das Telefonat.

Während er sein Wohngebäude betrat, wurde ihm bewusst, dass er nicht gelogen hatte. Er fühlte sich wirklich müde, nicht körperlich, sondern seelisch. Und während er den Briefkasten öffnete, fragte er sich, ob das vielleicht Lake Paradise mit ihm gemacht hatte.

Er nahm die Post mit nach oben ins Dachgeschoss, schloss seine Tür auf und sah sich in seinem Penthouse-Apartment um. Plötzlich kam es ihm so leer und unpersönlich vor. Dafür, dass er Architekt war, hatte er nicht wirklich viel daraus gemacht. Klar, es war alles modern eingerichtet, eher spartanisch, weil er noch nie der materielle Typ gewesen war. Aber wenn er jetzt an Lexis Haus dachte, in dem überall Fotos von ihrer Familie, ihre selbst gezeichneten Bilder und besondere Erinnerungsstücke anzufinden waren, kam ihm sein Zuhause irgendwie lieblos vor.

Sein Zuhause. Das Komische war, dass es sich überhaupt nicht mehr so anfühlte.

Er seufzte, machte sich einen frischen Ingwertee und wünschte, er hätte dazu ein Stück von Donnas leckerem Peach Pie, der wirklich unglaublich gut gewesen war. Stattdessen griff er nach einem Müsliriegel, setzte sich auf die schwarze Couch und sah die Post durch. Überwiegend waren es Einladungen zu irgendwelchen Halloween-Partys. Er wunderte sich, dass in diesem digitalen Zeitalter noch so viele mit der Post kamen. Gedankenverloren öffnete er die erste Einladung, dann die zweite und warf schließlich den ganzen Stapel lustlos auf den gläsernen Couchtisch. Ihm war nicht nach Halloween und erst recht nicht danach, sich zu verkleiden. Wahrscheinlich würde er es dieses Jahr einfach ausfallen lassen.

Als er sich vorbeugte und nach seiner Tasse griff, fiel ihm ein Brief zwischen den anderen ins Auge, bei dem es sich um keine Einladung zu handeln schien. Es war ein schlichter weißer Umschlag, und als er genauer hinsah, konnte er als Absender Lake Paradise herauslugen sehen.

Sofort nahm er den Brief in die Hand. Hoffte so sehr, er wäre von Lexi, doch der volle Absender lautete:

Sadie Becker
Ice Cream Paradise
57 *Paradise Boulevard*
Lake Paradise NE88990
USA

Ein Brief von Sadie? Was konnte sie von ihm wollen? Mit Spannung öffnete Aaron den Umschlag.

50

Lexi saß mit einigen der alten Damen im Freizeitraum, der freitagnachmittags in einen Kunstraum umgewandelt wurde, und starrte vor sich hin.

«Geht es ihr gut?», hörte sie jemanden flüstern.

Jemand anderes flüsterte zurück: «Sie scheint Liebeskummer zu haben.»

Lexi seufzte, sah auf, lächelte zur Beruhigung aller einmal in die Runde und widmete sich dann ihrer eigenen Zeichnung. Heute arbeiteten sie nicht nach Vorlage, wie es meistens der Fall war, stattdessen hatte Lexi allen zur Aufgabe gegeben, ein großes Herz zu zeichnen und darin alles, was sie glücklich machte.

Sie selbst hatte bisher eine Musiknote, einen Stapel Bücher, einen Fernseher, eine Schokoladentafel, einen Strauß weißer Lilien, ihre Eltern, ihren Grandpa in seinem Rollstuhl, Trish, Tommy und Helena mit ihren Kindern gezeichnet.

Es war schön gewesen, ihre Schwester für eine kurze Weile wieder hier zu haben. Helena hatte sie so lieb umsorgt und ihr versprochen, dass es nicht das Ende war. Das Leben würde immer irgendwie weitergehen. Und wenn

Aaron nicht der Richtige war, dann sollte es nicht sein, und es war besser, dass es vorbei war, bevor sie zu viele Gefühle in die Beziehung gesteckt hatte. Irgendwann würde ganz bestimmt ihr wahrer Märchenprinz herbeikommen und sie umhauen. Falls Aaron aber doch der Eine für sie gewesen sein sollte, dann würde das Schicksal ihn zu ihr zurückführen.

«Denn das Schicksal führt immer zusammen, was zusammengehört», war Helena sich sicher.

Lexi war sich da weniger sicher. Denn Aaron war weg, und seit einer Woche hatte sie nichts von ihm gehört. Kein Anruf, keine Nachricht, kein Rauchzeichen, keine Flaschenpost, keine Brieftaube. Er schien sie bereits vergessen zu haben, und es wunderte sie nicht einmal. Er war halt auf der Suche nach etwas anderem. Nach jemandem wie Ashleigh.

Erneut seufzte sie, diesmal lauter als beabsichtigt.

«Geht es dir gut, Lexi?», erkundigte sich ausgerechnet Mona.

«Es wird schon wieder», sagte sie und stand auf, um sich die Zeichnungen ihrer Kursteilnehmer anzusehen.

Mona nickte und ließ sie einen Blick auf ihr Bild werfen. Die ehemalige Lehrerin hatte einige Matheformeln, ein Buch, eine Torte und ein paar Vögel in ihr Herz gezeichnet. Keine Menschen bisher. Das machte Lexi wirklich traurig, und zum ersten Mal fragte sie sich, was Mona wohl in der Vergangenheit passiert war, dass sie heute niemanden hatte, der sie besuchte. Vielleicht hatte sie auch ihre wahre Liebe verloren? Vielleicht war auch ihr das Herz gebrochen worden, und deshalb war sie so ein Miesepeter?

Als sie ihre Runde beendet hatte, machte Lexi bei ihrem

eigenen Bild weiter. Sie zeichnete einen Teller Sushi, und dann zeichnete sie Aaron. Denn er war nun mal jemand, der sie glücklich machte. Gemacht hatte.

Oh, wäre er doch nur nicht fortgegangen! Oder überhaupt nie nach Lake Paradise zurückgekehrt, dann wäre ihr all der Kummer erspart geblieben.

Nach dem Kunstkurs ging Lexi noch zu Grandpa Murphy aufs Zimmer, um sich von ihm zu verabschieden. Doch er machte gerade ein Nickerchen, und sie wollte ihn ruhig schlafen lassen, bis er zum Dinner gerufen wurde.

Auf dem Gang stieß sie auf Miss Eliza, die auf einem Stuhl saß und vor sich hin lächelte, und setzte sich dazu.

«Wie geht es Ihnen, Miss Eliza?», fragte sie.

Miss Eliza war neben Vincent Highmore wohl die einzige Bewohnerin von Lake Paradise, die von allen so förmlich angesprochen wurde. Warum, wusste Lexi gar nicht so genau, es war halt schon immer so gewesen. Womöglich hatte es etwas damit zu tun, dass die Frau sehr wohlhabend war und dass sie in dieser prächtigen Villa im Kolonialstil gewohnt hatte, die sich als überhaupt einziges Wohnhaus direkt am Stadtplatz befand. Vielleicht gab es aber auch gar keinen bestimmten Grund.

Die alte Dame lächelte weiter, starrte nur vor sich hin, und Lexi glaubte schon, sie würde sie überhaupt nicht wahrnehmen, doch dann sagte sie: «Mir geht es gut, danke. Ich muss gerade an meinen Liebsten denken. Sein Name war Robert.»

«Oh, wie schön», erwiderte Lexi und wartete, ob da noch was kommen würde.

Und tatsächlich fuhr Miss Eliza fort: «Es ist viele Jahre her … Ich lebte mit meiner Familie auf einer Farm, mein Mann und meine Kinder waren für ein paar Tage zu einer Landwirtschaftsausstellung gefahren, und ich blieb allein zurück. Da hielt plötzlich ein Wagen vor unserem Hof, ein Mann stieg aus und fragte nach dem Weg.» Die Augen der alten Dame strahlten, als sie weitererzählte. «Er war Fotograf, wollte die Brücken der Gegend fotografieren. Und wir haben uns ineinander verliebt.»

Lexi war mulmig zumute. Denn sie fand es schon sehr merkwürdig, was Miss Eliza ihr da erzählte. Weil die Frau, soweit sie wusste, nie verheiratet gewesen war. Und auch, weil ihr bei näherer Überlegung die Geschichte sehr bekannt vorkam.

«Robert blieb ein paar Tage bei mir, es war die schönste Zeit meines Lebens. Doch meine Familie für ihn verlassen, das konnte ich einfach nicht. Erst nach dem Tod meines Mannes habe ich Robert ausfindig gemacht. Leider war auch er bereits verstorben», sagte Miss Eliza, und dabei kullerte ihr eine Träne die Wange hinunter.

Lexi nahm ihre Hand. Weil Miss Eliza ihr so unendlich leidtat. Zumal die Geschichte, die sie ihr erzählt hatte, nicht einmal ihre eigene war. Sie stammte aus *Die Brücken am Fluss*, Lexi hatte den Film schon einige Male gesehen. Ob Miss Eliza wirklich glaubte, dass ihr das selbst widerfahren war, während sie doch all die Jahre ganz allein in dem riesigen Haus verbracht hatte?

Miss Eliza sah sie traurig an. Und Lexi fragte sich, ob wenigstens sie, wenn sie alt war, eine Liebesgeschichte haben würde, die es zu erzählen wert war.

Nach der Arbeit holte sich Lexi bei Halle eine Pizza zum Mitnehmen, weil ihr zurzeit einfach nicht nach Kochen war, sie aber wusste, dass sie trotz allem etwas essen musste.

Als sie mit ihrer Pizza Funghi aus der Pizzeria trat, stieß sie beinahe mit Ashleigh zusammen.

«Oh, sorry», sagte sie und gab acht, dass sie den Pizzakarton nicht fallen ließ.

«Kein Problem. Eigentlich hab ich hier auf dich gewartet. Ich … wollte dir nämlich etwas sagen.»

Lexi sah Ashleigh erwartungsvoll an.

«Also, ich weiß von Lindsay, dass sie dir von Aaron und mir erzählt hat …»

Lexis Herz schlug schneller.

«Sei Lindsay bitte nicht böse, sie wollte nur das Richtige tun.»

Lexi konnte nichts weiter machen als nicken.

«Sie hatte angenommen, zwischen uns wäre mehr vorgefallen, und er hätte dich betrogen. Aber, Lexi, als das passiert ist, wart ihr beide noch gar nicht zusammen», stellte Ashleigh klar.

«Ja, ich weiß.»

«Gut. Und es ist auch überhaupt nichts weiter vorgefallen. Wir haben uns nur geküsst, das ist wirklich alles, das musst du mir glauben.»

Konnte sie das? Aaron hatte ihr immerhin gesagt, dass er und Ashleigh auch «rumgemacht» hätten.

«Na ja, Aaron meinte, es wäre schon noch ein bisschen mehr gewesen», brachte sie also mit Mühe hervor.

Ashleigh zog die Augenbrauen zusammen und schüttelte den Kopf. «Aaron kann sich doch an gar nichts mehr erinnern, er war viel zu betrunken. Wir haben geknutscht, dann hat er sich aufs Bett fallen lassen und ist eingeschlafen.»

«Wirklich?»

«Ja, wirklich. Und er hat im Schlaf ständig deinen Namen gemurmelt.»

Lexi machte große Augen. Das hatte er? Dann hatte sie sich also nicht nur eingebildet, dass es bereits zu dem Zeitpunkt zwischen ihnen gefunkt hatte? Deshalb war das Ganze ja überhaupt nur so niederschmetternd für sie gewesen!

«Danke, Ashleigh, du weißt gar nicht, wie sehr du mir gerade geholfen hast.» Sie fiel der jungen Frau um den Hals und lächelte glücklich.

«Keine Ursache», erwiderte Ashleigh.

An diesem Abend aß Lexi wieder mit richtig Appetit, sie schlief tief und fest, und sie konnte Aaron endlich einfach nur vermissen, ohne diesen fiesen Beigeschmack.

Jetzt lag es an Aaron. Und daran, wie viel sie ihm bedeutete. Was sie empfand, hatte sie ihn ja mehr als deutlich wissen lassen.

51

Aaron saß im Flieger und hielt den Brief in der Hand. Las ihn erneut und konnte sich ein Lächeln nicht verkneifen.

Lieber Aaron,
wir – Murielle, Delores und ich – müssen dir einfach schreiben. Denn wie es aussieht, hat es ein Riesenmissverständnis gegeben. Inzwischen haben wir erfahren, dass du mitbekommen hast, wie Donna, Edda und ich uns im Supermarkt über Lexi und dich unterhalten haben. Doch bitte sei dir sicher, das war nur dummes Gerede, nicht mehr und nicht weniger. Es hat keinesfalls bedeutet, dass Donna sich wirklich schon Enkelkinder wünscht oder dass irgendwer erwartet, dass ihr beiden bald heiratet – oder überhaupt jemals. Wir Tratschtanten haben halt nicht viel, was uns bei Laune hält, und wenn es in unserer kleinen Stadt mal etwas Neues gibt, dann reden wir eben drüber.
Bitte entschuldige!
Wir wollten dich nicht verschrecken. Bitte lass es nicht an Lexi aus. Sie war endlich wieder so glücklich, hat

an deiner Seite gestrahlt wie lange nicht mehr. Sie liebt dich wirklich, lass dir das von drei weisen alten Frauen sagen, und solch eine Zuneigung erfährt man nicht sehr oft im Leben. Also, lass die Gelegenheit nicht verstreichen – denn man lebt nur einmal.
Mit den herzlichsten Grüßen
Delores, Murielle und Sadie

Man lebte nur einmal. Und man sollte seine Chancen nutzen, das hatte Aaron endlich begriffen, nachdem er den Brief zum ersten Mal gelesen hatte.

Er hatte sich nicht gleich entschieden, sondern wollte wenigstens noch eine Nacht drüber schlafen. Doch am nächsten Morgen sah er klarer denn je. Ihm wurde endlich bewusst, warum er jeder blond gelockten Frau im Central Park hinterhersah, weshalb er schon viermal Sushi gegessen hatte, seit er zurück war, wieso er nur noch Love Songs hörte und warum er immer wieder an die gemeinsame Zeit mit Lexi zurückdenken musste.

Er liebte sie!

Ja, er liebte sie. Zum ersten Mal in seinem Leben war er in eine Frau wirklich verliebt, wollte sie an seiner Seite haben – und zwar nicht nur auf der anderen Seite des Bettes, sondern immer. Wenn er morgens aufwachte, wenn er seinen Frühstückskaffee trank, wenn er abends von der Arbeit kam und wenn er sich schlafen legte. Auf Partys, an Feiertagen, im Kino, im Restaurant oder beim Spaziergang im Park. Er wollte mit ihr reden, wenn er betrübt war, mit ihr lachen, wenn er fröhlich war, ihr von seinen Träumen erzählen und sie küssen, immer wieder küssen.

Wie sehr ihm ihre Lippen jetzt schon fehlten, und das Gefühl von Wärme, wenn sie einander ganz nah waren.

Er liebte Lexi, das hatte er insgeheim die ganze Zeit gewusst, es nur nicht richtig verstanden. Erst Sadies Brief hatte es ihm vor Augen geführt. Und nun *fühlte* er es endlich: Er konnte, nein, er wollte nicht mehr ohne Lexi sein.

Doch bevor er zurück nach Lake Paradise flog, musste Aaron noch ein paar Sachen erledigen. Er wollte ein wenig vorarbeiten und den Bauarbeitern genügend Anweisungen geben, dass sie ein paar Tage ohne ihn auskommen konnten. Und er wollte noch etwas besorgen. Er hoffte so, dass es Lexi zeigen würde, wie ernst er es meinte.

Als er nun am Samstag vor Halloween in Omaha landete und den Flugmodus seines Handys ausschaltete, entdeckte er sogleich eine Nachricht von Simon, der mit ihm schimpfte, weil er ihn schon wieder allein ließ.

Ich komme ja zurück. Habe nur etwas Wichtiges zu erledigen.

Mit dieser Nachricht versuchte er Simon zu beruhigen. Und es war auch keine Lüge. Denn natürlich würde er auch wieder zurück nach New York fliegen. Er hatte immerhin einige Projekte am Laufen, die seiner Aufmerksamkeit bedurften. Und er würde auch sein Apartment behalten.

Doch er würde hin und wieder heimkehren, heim nach Lake Paradise, wo Lexi lebte und hoffentlich auf ihn warten und sich auf ihn freuen würde. Er wollte es wagen, eine Fernbeziehung einzugehen, und sie würden ja sehen, wohin es führte. Er wollte alles auf eine Karte setzen. Wenn Lexi ihn noch wollte.

Wenn Lexi ihn noch wollte.

52

«Hat er sich bei dir gemeldet?», fragte Donna, mit der Lexi zusammen in der Küche stand und Kekse für Halloween backte. Es war Samstagnachmittag, gerade stach Lexi mit der Kürbisform Teig aus und legte ihn auf das Blech. Dabei war sie ausgelassen wie lange nicht mehr. Aus dem Radio ertönte *I Do* von Colbie Caillat, und sie tanzte dazu und sang mit.

«Nein, leider nicht», antwortete sie ihrer Mutter.

«Oh. Ich dachte nur ... Weil du heute so fröhlich bist.»

Ja, auch Lexi wünschte sich, der Grund für ihre Fröhlichkeit wäre, dass Aaron sich gemeldet hätte, doch dem war leider nicht so. Dennoch fühlte sie sich viel leichter als bei seinem Abschied vor drei Wochen, und sie hatte allen Grund dazu, wie sie fand.

«Nein, nein. Ich fühle mich nur besser. Habe das Gefühl, dass die Zukunft mir wieder offensteht.»

«Ja?» Ihre Mom lächelte sie an und nahm dann ein fertiges Blech aus dem Ofen.

«Ja.» Lexi nahm ihrerseits ein Blech mit noch ungebackenen Plätzchen und schob es hinein. Dann griff sie zu der Hexen-Ausstechform. «Außerdem habe ich etwas erfahren, das ... das die Dinge ein wenig leichter für mich macht.»

«Die Sache mit Ashleigh?», fragte ihre Mom.

Lexi verdrehte die Augen. In dieser Stadt war aber auch kein Geheimnis sicher. «Es ist überhaupt nichts vorgefallen zwischen den beiden.»

«Ja, ich weiß. Das hat Lindsay uns schon erzählt. Und auch, dass es ihr leidtut, weil sie dazu beigetragen hat, euch auseinanderzubringen.»

Ja, Lindsay war auch schon zu Lexi gekommen und hatte sich bei ihr entschuldigt. Und Lexi hatte ihr verziehen.

«Ach, weißt du, Mom, im Grunde war es gar nicht Lindsays Schuld. Sie hat vielleicht etwas ins Rollen gebracht, aber es gab da noch andere Probleme zwischen uns.»

Ihre Mutter nickte und nahm mit einem Pfannenwender die heißen Kekse vom Blech. «Sag mal, weißt du eigentlich, wie lange ein Brief von hier nach New York braucht?»

Erschrocken starrte Lexi ihre Mutter an.

«Mom! Weshalb fragst du mich das? Was hast du angestellt?»

«Gar nichts», erwiderte ihre Mutter mit Unschuldsmiene, doch Lexi sah ihr ganz genau an, dass sie was verheimlichte.

«Hast du Aaron etwa einen Brief geschrieben?»

«Ich nicht, nein.»

«Mom! Nun rück schon raus mit der Sprache!»

«Nun ja, ich glaube, ich muss dir da etwas beichten ...»

Lexi setzte sich auf einen der Küchenstühle. «Dann mal los!»

«Neulich ... Also vor gut drei Wochen, da haben Sadie, Edda und ich uns in Ruperts Supermarkt unterhalten ... und Aaron hat es wohl irgendwie mitbekommen.»

«Was heißt das, *irgendwie mitbekommen*?»

«Nun, anscheinend hat er alles mitangehört», gestand ihre Mom.

Oje, Lexi schwante Schlimmes. «Und worüber habt ihr gesprochen?»

«Nun ja, über … über euch.»

Lexi riss die Augen auf, denn sie konnte sich dieses Gespräch ziemlich gut vorstellen.

«Was genau habt ihr gesagt?»

«Dass eure Kinder sicher süß sein werden und dass ihr ein hübsches Brautpaar abgeben werdet.»

Ach, du liebe Güte!!!

«Würdet oder werdet?»

«Was macht denn das für einen Unterschied?», fragte ihre Mutter verwirrt.

«Na, einen großen! *Würdet* bedeutet, es könnte so kommen, *werdet* heißt, dass es schon feststeht.»

«Ehrlich gesagt weiß ich das jetzt gar nicht mehr. Also … Doch es könnte sein, dass wir *werdet* gesagt haben.»

«Oh, Mom! Heißt das, er hat wegen euch die Flucht ergriffen?» Jetzt machte alles Sinn! Dass Aaron an ihrem letzten gemeinsamen Abend so seltsam gewesen war und ihr gesagt hatte, dass er nicht bereit war, eine Familie zu gründen.

«Es tut mir ehrlich leid. Und Edda und Sadie ebenso.»

«Aber wieso erfahre ich davon eigentlich erst jetzt? In dieser verfluchten Stadt weiß doch sonst immer jeder alles!»

«Nun ja, wer aufmerksam gewesen ist, hat es aus Buddys Gedicht am Freitag vor drei Wochen herauslesen können», meinte ihre Mom.

Lexi rief sich die Gedichte der letzten Wochen ins Gedächtnis. Ja, irgendwas war da mal gewesen mit Supermarkt und kalten Füßen. Aber da hatte man doch gleich angenommen, es ginge wieder um Buddys verschollenen Vater und seinen eingefrorenen Zeh!

Herrje, hätte sie gewusst, wovon das Gedicht wirklich handelte ... Dann hätte sie rein gar nichts tun können.

Oder?

Nun, sie könnte Aaron natürlich auch jetzt noch anrufen oder sogar nach New York fliegen und die Sache richtigstellen. Doch anscheinend hatte das schon jemand anderes getan.

«Mom, wer hat Aaron einen Brief geschrieben?», wagte sie also zu fragen.

«Das war Sadie. Zusammen mit Delores und Murielle.»

«Oh, warum denn nur?»

«Na, weil sie es wiedergutmachen wollte. Das wollen wir alle.»

«Ach, und wieso bist du dir so sicher, dass ihr die Sache damit nicht nur noch schlimmer gemacht habt?» Immerhin hatte sie bis jetzt noch nichts von Aaron gehört.

«Ich weiß es nicht.» Ihre Mutter zog sich einen Stuhl heran, setzte sich neben sie und legte eine Hand auf die ihre. «Wir mussten es wenigstens versuchen, Liebes.»

Lexi nickte. Doch die ausgelassene Stimmung war verflogen.

Nachdem alle Kekse aus dem Ofen waren und Lexi die Kürbisse mit orangefarbener und die Hexen mit schwarzer Glasur verziert hatte, fragte ihre Mom, ob sie auch so großen Hunger habe.

«Eigentlich nicht. Ich hab schon so viele von den Keksen genascht, dass mir ganz schlecht ist.»

«Bei Jamie gibt es aber nur noch bis morgen die leckere spanische Paella, und da essen wir schon auf der Feier von Jonah und May.» Morgen fand nämlich endlich die Taufe des kleinen Aaron statt. «Heute ist also unsere letzte Chance, sie noch zu probieren. Hast du nicht Lust, uns zwei Portionen zu holen, während ich hier klar Schiff mache?»

«Na gut», sagte sie. Paella klang ja echt lecker, und vielleicht sollte sie neben dem ganzen Süßzeugs wirklich mal etwas Richtiges essen.

«Für deinen Vater brauchst du nichts mitzubringen, der hat schon angekündigt, dass Bertram heute seinen neuen Grill ausprobiert und er dort versorgt wird.» Ian hatte sich bereits vor Stunden zum Kartenspielen mit dem Bürgermeister und dem Pastor aufgemacht, da er keine Lust aufs Keksebacken hatte.

Lexi zog sich also ihre Jacke an und marschierte los. In *Jamie's Food Paradise* stieß sie auf Nolan, der an der Theke saß und sich mit Jamie unterhielt, während er eine Cola trank. An einem der Tische saßen Delores und George, die ihr zuwinkten.

«Zweimal Paella zum Mitnehmen, bitte», sagte sie zu Jamie, der die Bestellung gleich in die Küche durchgab.

«Wie geht's dir, Süße?», fragte Nolan.

«Ach, ganz okay, danke der Nachfrage. Und wie geht es dir?» Sie fragte sich immer noch, ob wohl an Aarons Behauptung etwas dran war und Nolan und Jamie wirklich etwas miteinander hatten. Allerdings hatte Lexi die Sache für sich behalten und würde es auch weiterhin tun, denn

Tratsch konnte so einiges anrichten, wie sie in letzter Zeit ja leider selbst erfahren musste.

«Alles super.» Nolan strahlte irgendwie.

«Das freut mich. Hast du schon die Paella probiert?»

«Nein, denn ich bin Pescetarier, wusstest du das nicht?»

Sie schüttelte den Kopf. «Was genau bedeutet das noch mal?» Sie blickte bei diesem ganzen Veganer-Ovo-Lacto-Vegetarier-Frutarier-Gerede nicht mehr durch.

«Das heißt, ich esse Fisch, aber kein Fleisch.»

«Ach so.» *Wieder was dazugelernt*, dachte Lexi.

«Als was gehst du denn zur großen Halloween-Feier?», wollte Nolan jetzt von ihr wissen. Doch ihr war natürlich klar: Eigentlich wollte er nur, dass sie ihn fragte, als was *er* ging. Er war nämlich in Lake Paradise der Champion in Sachen Kostüme. Im letzten Jahr war er als Feuerwehrmann gegangen, im Jahr davor als Polizist. Und er sah jedes Mal täuschend echt aus, weil er genau wusste, wie er an die Verkleidung rankam.

«Ich denke, ich werde mich gar nicht verkleiden», antwortete sie.

«Ach, komm, das geht doch nicht. Jeder wird sich verkleiden!»

Ja, da hatte er recht. Denn Halloween war *das* Highlight im Oktober, es würde wieder eine Parade geben und jede Menge Schnickschnack auf dem Stadtplatz. Auch das beste Kostüm und der größte Kürbis würden ausgezeichnet werden.

«Na, vielleicht setze ich mir einfach einen Hexenhut auf und halte einen Besen in der Hand oder so», sagte sie.

«Lexi, Lexi, Lexi, das gefällt mir aber gar nicht.»

Sie zuckte die Achseln. «Als was gehst du denn dieses Jahr? Als Cowboy oder Indianer?» Dann hätte er bald alle Village People durch.

Nolan lachte. «Nein! Ich gehe als Vogelscheuche. Die aus *Der Zauberer von Oz*. Und eigentlich dachte ich, dass ich dich vielleicht überreden könnte, als Dorothy zu gehen.»

«Sorry, Nolan, aber ich hab nicht mal rote Schuhe. Vielleicht im nächsten Jahr, okay?»

«Na gut.» Nolan sah betrübt aus, und Lexi überlegte gerade, wen sie ihm denn stattdessen als Dorothy vorschlagen könnte, als sie eine Stimme hinter sich hörte.

«Na, gibt es diese Woche endlich Kambodschanisch?»

Ihr Herz machte einen Hüpfer. Mit einem breiten Lächeln im Gesicht drehte sie sich um. «Nein, leider nicht. Diese Woche gibt es eine spanische Spezialität, und nächste Woche eine türkische.»

«So ein Mist. Dann bin ich ja ganz umsonst zurückgekommen.» Aaron grinste sie frech an.

Lexi sah kurz zu Nolan, der sie anlächelte und ihr dann einen Stupser in Aarons Richtung gab.

Sie ging auf ihn zu. «Du bist zurück», stellte sie glücklich fest.

«Ja, das bin ich. Jedoch nicht wirklich wegen des Essens, sondern weil ich dir etwas geben wollte.»

Er holte etwas hinter seinem Rücken hervor und reichte es ihr. Es war eine pinke Brotdose mit einem Einhorn darauf, sie sah nicht haargenau so aus wie die von damals, war aber ziemlich nah dran.

«Du schenkst mir eine Brotdose?», fragte sie mit Tränen in den Augen.

«Sieh dir das an!», hörte sie Delores zu George sagen.

Aaron nahm ihre freie Hand. «Ich dachte mir, vielleicht kann ich ein bisschen was wiedergutmachen und wieder dein Held sein», sagte er.

«Du hast nie aufgehört, mein Held zu sein», entgegnete Lexi und küsste ihn, voller Sehnsucht und Erleichterung. Und alle im Restaurant begannen zu klatschen.

Als sie sich endlich voneinander lösten, rief Jamie ihr zu, dass ihr Essen bereitstand.

«Machst du mir noch eine dritte Portion fertig?», bat sie ihn. Dann sagte sie zu Aaron: «Ich hoffe, du hast Lust auf Paella und Kekse in Kürbisform? Davon haben meine Mom und ich heute nämlich jede Menge für die Halloween-Feier am Montag gebacken.»

«Halloween wird hier auch so groß gefeiert?»

«Aber klar. Wenn du dann noch da bist, können wir uns zusammen die Parade ansehen oder sogar beim Kostümwettbewerb mitmachen, wenn du willst.»

«Hey, ich dachte, du willst dich nicht verkleiden?», fragte Nolan empört.

«Halt den Mund, Nolan», zischte sie ihm zu. Dann sah sie Aaron erwartungsvoll an.

Und Aaron lächelte und sagte: «Ich werde ganz sicher noch hier sein.»

Epilog

Halloween in Lake Paradise. Murielle, Sadie und Delores saßen im *Paradise Café* und sprachen über ihre Kostüme.

«Abigail und ich verkleiden uns als Katzen», erzählte Murielle aufgeregt, denn es war Tradition, dass die drei sich erst am Halloween-Morgen verrieten, als wer oder was sie am Nachmittag zum Fest gingen. «Ich habe uns die Kostüme selbst genäht.»

«Oh, da bin ich gespannt», sagte Sadie, die schon jetzt in ihrem *Mary-Poppins*-Kostüm steckte, da sie ja wie immer direkt nach dem Frühstück die Eisdiele öffnen musste. Sie wandte sich an Delores. «Und als was gehen du und George?»

Delores lächelte. «Wir sind dieses Jahr Rotkäppchen und der Wolf.»

«Oh! Dann hoffe ich nur, dass *du* das Rotkäppchen bist und nicht George», lachte Murielle, und die anderen stimmten mit ein. Auch Nolan, der gerade an den Tisch trat und gratis Halloween-Kekse verteilte.

«Wisst ihr schon, als was Lexi und Aaron gehen?», fragte er und hoffte, sie wussten es noch nicht.

«Ich weiß es von Donna», sagte Sadie.

«Pssst! Nicht sagen! Wisst ihr anderen es schon?», fragte er.

Murielle und Delores schüttelten die Köpfe.

«Sie gehen als Elvis und Priscilla Presley», verriet er ihnen.

«Oh, das finde ich toll. Bestimmt gewinnen sie damit den Kostümwettbewerb», sagte Delores.

«Das kann gut sein.» Murielle nickte. «Und mein Wyatt hat beste Chancen auf den Preis für den größten Kürbis.»

«Seit wann pflanzt Wyatt denn Kürbisse an?», fragte Sadie.

«Seit er in die Paradise Lane gezogen ist. Er hat im hinteren Garten ein kleines Gewächshaus», gab Murielle preis.

Oh, dachte Delores. Manchmal gab es in dieser Stadt also doch noch geheime Dinge, die ans Tageslicht kamen. «Dann wünsche ich ihm viel Erfolg», sagte sie.

«Danke. Hoffentlich wird er nicht ausgerechnet während der Preisverleihung zu einem Einsatz gerufen», meinte Murielle.

«Ach, was soll denn schon passieren?», fragte Nolan, und er hatte recht. Seit dem Vorfall mit Gene Keller war nichts Schlimmes mehr geschehen, und Gene hatte sich zum Glück wieder beruhigt.

«Na, denkt an die Tüte Maisflips, die aus dem Museum gestohlen wurde», sagte Sadie.

«Eklig. Waren die nicht längst abgelaufen?» Nolan verzog das Gesicht.

Sadie zuckte die Achseln. «Vielleicht war es ja der Bürgermeister selbst, weil er für ein bisschen Publicity sorgen wollte.»

Das wäre gut möglich, denn der Diebstahl der Maisflips hatte es auf Seite eins der *Paradise Gazette* geschafft.

In dem Moment betraten Lexi und Aaron das Café und bestellten zwei Latte Macchiato mit Kürbisgeschmack. Nolan bereitete sie ihnen persönlich zu, gab extra viel orangefarbenes Kürbispulver obendrauf und wünschte ihnen viel Spaß bei der Halloween-Feier. Viel Glück für den Wettbewerb wünschte er aber nicht, denn er hatte noch immer die Hoffnung, selbst wieder als Sieger hervorzugehen. Mit Trish als Dorothy an seiner Seite konnte da doch gar nichts schiefgehen.

«Danke, dir auch viel Spaß!», sagte Lexi und strahlte dabei wie der hellste erleuchtete Kürbis. Dann nahm sie den heißen Becher Kaffee in die eine Hand und hielt die andere Aaron hin, der sie ergriff.

«Sind sie nicht ein schönes Paar?», fragte Delores, als die beiden aus dem Café waren.

Alle drei Tratschtanten und auch Nolan sahen ihnen durchs Fenster nach.

«Ja, ein wunderschönes Paar», stimmte Sadie zu. «Und ich bin wirklich froh, dass wir ein bisschen was dazu beigetragen haben.» Aaron hatte ihr nach seiner Rückkehr einen Strauß Blumen überreicht und ihr für den Brief gedankt.

Murielle nickte. Dann deutete sie zu Buddy, der heute zusammen mit seiner Mutter das Gedicht verteilte. Sie waren wieder im Partnerlook, beide trugen einen orangefarbenen Jogginganzug und einen Haarreif mit einem wackelnden Kürbis auf dem Kopf. Sogar das Gedicht schien heute ausnahmsweise mal auf einem orangefarbenen Zettel geschrieben zu stehen.

«Passt nur auf, am Ende machen die beiden noch das Rennen», sagte Murielle.

Sadie lachte, dann fragte sie: «Wollen wir uns aufmachen, Ladys? Es liegt eine Menge Arbeit vor uns.» Und damit meinte sie nicht nur diesen Tag, die Kostüme und alles andere, was Halloween mit sich brachte, sondern vor allem auch all die Menschen, die ihre Hilfe benötigten.

Denn wenn man einmal angefangen hatte, Liebende zusammenzubringen, konnte man gar nicht genug davon bekommen. Und es gab da noch so einige Lake-Paradise-Bewohner, denen man ein wenig auf die Sprünge helfen musste ...

Lexis Playlist

What I Wouldn't Do – A Fine Frenzy
You're Somebody Else – Flora Cash
My Little Corner of the World – Yo La Tengo
Talking to the Moon – Bruno Mars
Memories – Maroon 5
Shallow – Lady Gaga & Bradley Cooper
Feel Again – OneRepublic
Borderlines – Hollow Coves
Say I Am – Gavin DeGraw
Hello Sunshine – Super Furry Animals
Sunrise – Norah Jones
Sleepy Little Town – The White Buffalo
Count Me In – Early Winters
I'm Gonna Be (500 Miles) – Sleeping at Last
Don't Stop Believin' – Journey
Nights in White Satin – The Moody Blues
Halo – Beyoncé
I Do – Colbie Caillat
Home – Phillip Phillips
The Greatest – Lana Del Rey

Rezepte aus Lake Paradise

Lydias Maiskrapfen

ZUTATEN FÜR CA. 40 STÜCK

250 g Maisstärke
200 g Weizenmehl
1 TL Salz
Pfeffer nach Belieben
Cayennepfeffer nach Belieben
2 TL Backpulver
500 ml Milch oder pflanzlicher Ersatz
3 EL Olivenöl
1 kleine Zwiebel
150 g Maiskörner aus der Dose
2 TL gehackter Schnittlauch (frisch oder TK)
1 Liter Raps- oder Sonnenblumenöl

Maisstärke, Weizenmehl, Salz, Pfeffer, Cayennepfeffer, Backpulver, Milch und Olivenöl zu einem gleichmäßigen Teig verrühren. Die geschälte und klein gehackte Zwiebel, die abgetropften Maiskörner und den Schnittlauch unterheben.

Das Frittieröl in einem Topf erhitzen, mit einem Esslöffel Teig hineingeben. Sobald der Teig oben schwimmt, mit einer Schaumkelle die Krapfen wenden und herausnehmen, wenn sie goldbraun sind. Auf Küchenpapier abtropfen lassen und warm genießen.

Lexis Maissuppe

ZUTATEN FÜR 4 PERSONEN

1 kleine rote Zwiebel
1 Knoblauchzehe
1 EL Olivenöl
1 kleine rote Paprika
100 g Zuckererbsenschoten
150 g Shiitakepilze (frisch oder getrocknet)
200 g Minimaiskolben (frisch oder aus dem Glas)
1 gehäufter TL gelbe Currypaste (aus dem Glas)
1 gehäufter TL Gemüsebrühe (Pulver)
400 ml Kokosmilch
600 ml Wasser
Salz

Zwiebel grob würfeln, mit der klein gehackten Knoblauchzehe in einen Topf geben und in dem Olivenöl anbraten. Paprika in Streifen schneiden, Zuckererbsenschoten und Minimaiskolben einmal schräg halbieren, Shiitakepilze vierteln (getrocknete zuvor eine Stunde in heißem Wasser einweichen), alles in den Topf geben und zwei, drei Minuten anschmoren. Die Currypaste und das Gemüsebrühepulver hinzugeben, alles umrühren, dann die Kokosmilch und zuletzt das Wasser hinzugeben. Alles bei mittlerer Hitze 10–15 Minuten köcheln lassen. Mit Salz abschmecken und in kleinen Suppenschüsseln servieren.

Als Toppings passen gut geröstete Tofuwürfel, frischer klein gehackter Koriander oder Basilikumblätter.

Donnas Peach Pie

ZUTATEN FÜR EINEN KUCHEN

FÜR DEN TEIG

375 g Mehl
100 g Zucker
1 Prise Salz
225 g kalte Butter oder Margarine
2–3 EL kaltes Wasser

FÜR DIE FÜLLUNG

1 kg Pfirsiche (frisch oder aus der Dose)
100 g Zucker
3 EL Maisstärke
1 TL Zimt

Ein wenig Milch oder pflanzliche Alternative
2 EL brauner Zucker

Mehl, Zucker und Salz in eine Rührschüssel geben und vermischen. Die Butter / Margarine stückchenweise hinzugeben und zu einem Teig verarbeiten. So viel kaltes Wasser hinzufügen, dass der Teig geschmeidig, aber fest ist. In Frischhaltefolie einwickeln und für eine halbe Stunde in den Kühlschrank legen.

Frische Pfirsiche enthäuten und entsteinen bzw. Pfirsichhälften aus der Dose abtropfen lassen. In grobe Würfel schneiden und zusammen mit dem Zucker, der Maisstärke und dem Zimt in einer extra Schüssel vermengen.

Den Teig aus dem Kühlschrank nehmen und halbieren. Beide Hälften auf einer bemehlten Unterfläche ausrollen. Die eine Hälfte in eine eingefettete Pie- oder Kuchenform (26–28 cm Durchmesser) legen, sodass die Ränder bis hoch zum Rand gehen. Den Boden einige Male mit einer Gabel einstechen. Die Pfirsichfüllung hineingeben. Die zweite ausgerollte Teighälfte in Streifen schneiden und in einem Gitternetz über die Füllung legen. Die Enden andrücken und überschüssigen Teig abschneiden.

Im vorgeheizten Ofen auf mittlerer Schiene bei 180 Grad Umluft in 40–45 Minuten goldbraun backen.

Donnas Tipp: Warm mit einer Kugel Vanilleeis genießen.

Danke

Ein neuer Verlag, eine neue Buchreihe, ein neuer Lebensabschnitt. Zuallererst möchte ich den wunderbaren Menschen bei Rowohlt danken, dass sie mich so herzlich bei sich aufgenommen haben.

Ein großes Dankeschön gilt meiner neuen Lektorin Ditta Friedrich, dafür, dass sie mich zwar mit unglaublich guten Verbesserungsvorschlägen unterstützt, mich aber meinem Schreibstil treu bleiben lässt – Ditta, ich glaube, uns ist hier ein wirklich wundervolles Buch gelungen, und ich freue mich schon auf weitere gemeinsame Ausflüge nach Lake Paradise.

Danke wie immer auch an Anoukh Foerg, die weltbeste Agentin, die von Anfang an mehr in mir gesehen hat als alle anderen – Anoukh, meine Dankbarkeit ist unendlich.

Danke an meine Familie, die inzwischen so gut versteht, wann ich allein sein muss und vollkommene Ruhe brauche, um ganz in meiner eigenen (Bücher-)Welt zu leben – ich komme immer wieder gerne zu euch zurück und liebe euch von Herzen.

Danke auch an meine Autorenkolleginnen, die mir stets mit guten Tipps zur Seite stehen, allen voran Roberta Gregorio und Anne Sanders. Außerdem ein Dankeschön an Maria Dürig, Britta Dubber, Jana Voosen und Angela Kuepper – ihr wisst, warum.

Ein herzlicher Dank auch an die Buchhändler und Buchhändlerinnen, die meine Bücher immer wieder in ihr Sortiment aufnehmen und oftmals so hübsch platzieren.

Und zu guter Letzt möchte ich natürlich meinen lieben treuen Lesern und Leserinnen und den wunderbaren Buchbloggern und Buchbloggerinnen danken, dafür, dass sie mich nun schon seit so vielen Jahren so tatkräftig unterstützen – ihr seid die besten Follower, die man sich als Autorin wünschen kann.

Leseprobe

MANUELA INUSA

LAKE PARADISE

Wo Herzen sich begegnen

ROMAN

Rowohlt Taschenbuch Verlag

I

Es war ein wunderschöner sonniger Frühlingsmorgen in Lake Paradise, Nebraska, einem Viertausend-Einwohner-Städtchen mitten im Nirgendwo. Auf dem Stadtplatz blühten bereits die ersten Krokusse und Tulpen, Primeln und Narzissen, Hyazinthen und Stiefmütterchen. Der Rasen war satt und grün, hin und wieder hoppelte ein kleines Häschen vorbei, und der Duft nach Neubeginn lag in der Luft. Wenn man ein Stück raus Richtung See fuhr, konnte man bereits die ersten Entenküken des Jahres neben ihren Müttern auf der glatten Wasseroberfläche schwimmen sehen. Touristen wie Einheimische genossen bei einem Spaziergang die immer wärmer werdenden Sonnenstrahlen und die gute Laune, die all das mit sich brachte.

Wie an jedem Morgen um acht saßen auch an diesem Mittwochmorgen drei ältere Damen im einzigen Café der Stadt, dem *Paradise Café*, und tauschten sich über den neuesten Tratsch aus. Die drei waren keinesfalls gehässige Plaudertaschen, die nur darauf aus waren, die anderen Bewohner ihres Heimatortes bloßzustellen, nein, sie waren einfach gern informiert und gaben ihre Erkenntnisse an jeden weiter, der sie erfahren wollte.

«Was darf ich euch heute bringen?», frage Nolan, der immer gut gelaunte Inhaber des Cafés. Passend zum Wetter trug er ein gelbes Hemd und eine grün-gelb gestreifte Fliege – anscheinend sein neuestes Fashion-Statement, denn er war überhaupt nie mehr ohne Fliege unterwegs.

«Bring mir bitte einen Caffè Latte und einen Marmor-Muffin, mein Guter, ja?», bat Murielle, die gerade ihre fünfjährige Enkelin in den Kindergarten gebracht hatte und später noch ein paar Stunden in der örtlichen Bibliothek aushelfen würde. Denn obwohl sie bereits das Rentenalter erreicht hatte, war das faule Herumsitzen nichts für sie, und sie brauchte immer etwas zu tun.

«Ich nehme einen Vanille-Macchiato und einen Kirsch-Muffin», sagte Sadie, die als die Jüngste der drei noch einen Ganztagsjob hatte. Sie war Inhaberin des *Ice Cream Paradise*, das neben köstlichem Eis auch vorzügliche Milchshakes anbot. Da sie den Laden aber täglich erst um zehn Uhr öffnete, blieb ihr glücklicherweise jeden Morgen genug Zeit, mit ihren Freundinnen beisammenzusitzen und sich auf den neuesten Stand zu bringen, was die Bewohner und Geschehnisse von Lake Paradise anbelangte.

«Und ich hätte zu meinem Milchkaffee gerne irgendwas Frühlingshaftes», sagte Delores, die Älteste der drei und auch die Zurückhaltendste. Sie war seit Jahren im Ruhestand und einfach froh, noch am Leben teilnehmen zu dürfen. Und George, ihr ausgesprochen gutherziger Mann, bestärkte sie stets darin, morgens ins Café zu gehen, um ihre Freundinnen zu treffen, da er wusste, wie viel es ihr bedeutete. Den restlichen Tag verbrachten die beiden dann zusammen.

«Ich hätte einen Zitronen-Mohn-Muffin da, dekoriert mit einer hübschen gelben Blume aus Zuckerguss», schlug Nolan ihr vor.

«Oh ja, den nehme ich.»

«Das hört sich aber gut an, Nolan. Streich meinen Marmor-Muffin, ich nehme auch so einen», entschied Murielle sich um.

Nolan korrigierte auf seinem Block die Bestellung und sah Sadie fragend an.

«Ich bleibe bei meinem Kirsch-Muffin, danke. Heute ist Mittwoch, da esse ich immer einen Kirsch-Muffin.»

Interessant, dachte Nolan, das war ihm noch gar nicht aufgefallen, er würde mal darauf achten. Er fand es nämlich wichtig, immer für seine Gäste da zu sein, und in den zweieinhalb Jahren, die er das Café nun führte, glaubte er, die meisten von ihnen schon besser zu kennen, als es ein Café-Besitzer in der Großstadt je gekonnt hätte. Die meisten Kunden waren ein offenes Buch, und was er selbst nicht mitbekam, hörte er von anderen. In Lake Paradise war kein Geheimnis sicher, oder zumindest fast keins. Und doch mochte er diesen Ort, sehr sogar. Als er im Sommer 2020 hergekommen war, um seine kranke Großtante Alma zu besuchen, die auch erst im Jahr zuvor hergezogen war, hatte er sich sofort verliebt – und beschlossen zu bleiben. Denn wer einmal nach Lake Paradise kam, wollte nicht wieder weg. Das war eine Tatsache, genau wie die, dass die Tulpen und Narzissen auf dem Stadtplatz in jedem Frühling wieder blühten. Und man konnte und sollte sich nicht dagegen wehren, denn Lake Paradise mit seinen endlosen Maisfeldern, seinem idyllischen See, seinen Festen und Paraden, seinem malerischen Stadtbild und seinen skurrilen, aber dennoch liebenswerten Menschen war nun mal die schönste Kleinstadt Nebraskas – und nach Meinung der meisten Einwohner sogar weit darüber hinaus.

2

Als die Tür geöffnet wurde, sah Savannah von ihrem Buch auf. Mit einem Lächeln begrüßte sie die neuen Gäste, die soeben das Hotel betraten.

«Guten Tag. Sie müssen die Hoovers sein.»

«Die sind wir», antwortete die junge Mutter, die ein wenig gestresst wirkte. Sie hielt ein kleines Mädchen an der Hand und ein Baby auf dem Arm. Ihr Mann folgte ihr schwer bepackt mit einigen Koffern und Taschen und schien ziemlich aus der Puste zu sein. Sein Gesicht war knallrot angelaufen.

«Willkommen im *Paradise Inn*!», sagte Savannah und eilte um den Empfangstresen herum, um den Leuten etwas von ihrem Gepäck abzunehmen.

«Danke», sagten beide gleichzeitig. Mr. Hoover gab Savannah einen Koffer, und Mrs. Hoover reichte ihr den Rucksack, den sie an einem Riemen um die Schulter hängen hatte. Dann setzte die Frau das Baby auf den Tresen, was andere Hotelinhaber vielleicht nicht so prickelnd gefunden hätten, doch Savannah machte es nichts aus, ganz im Gegenteil. Sie liebte Kinder, konnte es selbst kaum erwarten, welche zu haben, und sie freute sich immer, in ihrer Nähe zu sein.

«Du bist ja ein süßer Fratz», sagte sie, nachdem sie das

Gepäck neben dem Empfang abgestellt und sich zurück hinter den Tresen begeben hatte. «Wie heißt du denn?» Sie sah das Baby an, als könne es ihr antworten, doch das übernahm dann die Mutter. Der Vater hatte sich erschöpft in einen der Sessel gesetzt und wischte sich mit einem Taschentuch die Stirn ab.

«Der Kleine hier heißt Luther, und das ist Marjorie», gab Mrs. Hoover preis, und Savannah zuckte innerlich zusammen. Sie fragte sich immer, wie Menschen ihren Kindern heutzutage noch solche altmodischen Namen geben konnten. Wahrscheinlich waren Luther und Marjorie nach ihren Groß- oder gar Urgroßeltern benannt – etwas, das Savannah ihren Kindern bestimmt nicht antun würde. Ihre Großeltern mütterlicherseits hießen Herbert und Gertrude, sie waren deutscher Herkunft. Wie so viele Einwohner von Lake Paradise hatte Savannah deutsche Wurzeln, auch wenn sie selbst noch nie in Deutschland gewesen war, oder irgendwo sonst im Ausland. Als Pastorentochter war sie als Kind so gut wie nie verreist, denn ihr Vater musste natürlich bei jedem sonntäglichen Gottesdienst anwesend sein. Als sie dann mit zweiundzwanzig geheiratet hatte, war sie sich sicher gewesen, dass sich das nun ändern würde. Sie hatte von exotischen Reisen und tollen Ausflügen zusammen mit ihrem Liebsten geträumt, doch wie mit vielem anderen war sie auch in dieser Hinsicht enttäuscht worden.

Inzwischen machte ihr das jedoch überhaupt nichts mehr aus, denn sie führte diese kleine Pension, in der sie bereits Reisende aus fast allen der fünfzig US-Staaten beherbergt hatte und dazu sogar einige aus fernen Ländern. Diese hatten ihr wundervolle Geschichten erzählt von ihren Heimatstädten, von den Roadtrips, die sie machten, und von den Orten, die sie als Nächstes besuchen wollten. Ein bisschen nahm es Savannah das Fernweh, und manchmal fühlte es sich sogar an, als wäre sie dabei gewesen. Sie war dankbar für jede einzelne Story.

Manche Gäste mochten auch nichts über sich erzählen, und das war ebenfalls okay. Die Hoovers gehörten zu diesen Menschen, das konnte Savannah auf den ersten Blick erkennen, also stellte sie keine Fragen, sondern versuchte ihnen lediglich einen Ort der Ruhe und Erholung zu schenken.

«Du siehst ja aus wie eine Prinzessin in deinem hübschen rosa Kleidchen», sagte sie zu der kleinen Marjorie, die nicht älter als vier sein konnte. Dann bat sie Mrs. Hoover um ihren Ausweis und ihre Kreditkarte.

«Einen Moment», sagte diese und versuchte, alles aus der Handtasche zu kramen, während sie weiterhin das Baby festhielt, damit es nicht vom Tresen fiel.

Savannah tippte die üblichen Angaben in den Laptop. «Vielen Dank, Mrs. Hoover. Ihr Zimmer ist gleich hier in der unteren Etage, es ist die Nummer 3.» Sie deutete zum Gang hinter den Sesseln, wo Mr. Hoover noch immer erschöpft verweilte. «Wie gewünscht, habe ich ein Gitterbettchen hineingestellt. Wenn Sie möchten, bieten wir ab siebzehn Uhr ein Abendessen an, es gibt aber auch einige sehr gute Restaurants im Ortszentrum. Waren Sie schon einmal in Lake Paradise?»

Mrs. Hoover schüttelte den Kopf und versuchte den kleinen Luther zu beruhigen, der jetzt zu quengeln begann. Schließlich nahm sie ihn vom Tresen und setzte ihn seinem Vater auf den Schoß, dann kam sie wieder zurück zu

Savannah. «Nein, das ist unser erstes Mal. Mein Mann war der Meinung, wir sollten einen Roadtrip durch den Mittleren Westen machen. Mit zwei Kleinkindern!» Die Frau sah nicht sehr angetan aus.

Savannah ging nicht darauf ein, es war nicht ihre Aufgabe zu urteilen. «Ich hoffe, Sie haben einen schönen Aufenthalt. In Lake Paradise gibt es viel zu sehen und zu erleben für die Kinder. Zum Baden im See ist es noch zu kalt, aber es gibt einen großen Spielplatz an der Südseite, und die Bimmelbahn wird den beiden bestimmt ebenfalls gefallen.»

«Ja, danke. Können wir jetzt aufs Zimmer? Luther muss seinen Mittagsschlaf machen.»

«Aber natürlich. Folgen Sie mir.»

Savannah nahm den Schlüssel vom Haken, schnappte sich so viel Gepäck, wie sie tragen konnte, und ging voran.

Zehn Minuten später waren die Hoovers in ihrem Zimmer und ruhten sich aus, und Savannah stand wieder am Empfang. Sie goss sich eine selbst gemachte Limonade ein und sah aus dem großen Fenster, durch das man direkt auf den See blicken konnte. Sie liebte diesen Ort und hätte sich für ihr kleines Hotel keinen schöneren wünschen können. Das *Paradise Inn* war das einzige Hotel der Stadt, und als sie vor sechseinhalb Jahren erfahren hatte, dass es zum Verkauf stand, weil die Mastersons nach Florida ziehen und dort ihren Ruhestand genießen wollten, hatte sie sofort ein Angebot gemacht. Das Erbe ihrer Großeltern väterlicherseits hatte ihr wahrlich geholfen, den Rest konnte sie sich von der Bank leihen. Es hatte ein halbes Jahr gedauert und sie einiges an Schweiß gekostet, die alte Pension in ein modernes, aber dennoch gemütliches Hotel umzuwandeln, doch es hatte sich gelohnt. Mehr als das. Das *Paradise Inn* war zu einer Oase der Geborgenheit geworden, und in den vergangenen sechs Jahren hatten ihr schon viele Gäste gesagt, wie schön sie es hier fanden und dass sie auf jeden Fall zurückkommen würden.

Savannahs Handy klingelte. Es war Helena, ihre beste Freundin seit Grundschultagen. Helena war nach der Highschool aufs College in St. Louis gegangen, hatte dort ihre große Liebe Parker kennengelernt und war mit ihm in seine Heimatstadt Kansas City gezogen. Die beiden hatten zwei bezaubernde Kinder, ein Mädchen namens Leslie und einen Jungen namens Matthew (gute Namen, wie Savannah fand), und lebten ein glückliches Familienleben. Leider sah sie ihre Freundin dadurch nur noch selten. Helena kam lediglich ein paarmal im Jahr nach Lake Paradise, um ihre Familie zu besuchen. Und Savannah schaffte es wegen des Hotels leider auch nicht sehr oft nach Kansas City, das immerhin vier Autostunden entfernt lag. Seit der Eröffnung war sie gerade zweimal dort gewesen, obwohl sie sich immer vornahm, öfter zu fahren. Aber so war das Leben. Ihr Mann Gene hielt nichts davon, wenn sie allein wegfuhr, besonders über Nacht, und das *Paradise Inn* konnte auch nicht lange ohne sie auskommen. Es hatte seine Zeit gebraucht, bis Savannah einen engagierten und vertrauenswürdigen Mitarbeiter gefunden hatte, dem sie ihr Hotel ruhigen Gewissens anvertrauen konnte. Doch dann hatte der Himmel ihr Miles geschickt. Miles war ein sechsunddreißigjähriger verheirateter Stadtbewohner, mit dem auch der eifersüchtige Gene einverstanden gewesen war. Er war der Sohn von

Moesha, der Floristin im Ort, und hatte eine Ausbildung als Hotelfachmann in Omaha gemacht. Da er Frau und Kinder hatte, richtete Savannah sich bezüglich der Arbeitszeiten nach ihm. Meistens übernahm er die Nachtschicht, die von neun Uhr abends bis sechs Uhr morgens ging, damit er sich nachmittags um die drei Töchter kümmern konnte, wenn seine Frau Sonya in der Kindernotaufnahme in Hamilton arbeitete. Savannah hatte ihn schon oft gefragt, ob ihm die paar Stunden Schlaf, die er fand, wenn seine drei Kinder in der Schule beziehungsweise im Kindergarten waren, wirklich reichten, doch jedes Mal antwortete er, dass ihm der wenige Schlaf nichts ausmache, solange er nur für seine Familie da sein konnte. Wenn er so etwas sagte, wurde es Savannah immer warm ums Herz, gleichzeitig war sie aber traurig, weil ihre eigene Zeit voranzuschreiten schien, ohne dass sie Aussicht auf eine eigene Familie hatte. Immerhin war sie schon zweiunddreißig, die Uhr tickte. Sie wünschte nur, Gene würde das verstehen.

Savannah ging ans Handy. «Helena, wie schön, von dir zu hören.» Als sie vor die Tür trat, wehte ihr eine Frühlingsbrise entgegen, und die Sonne schien ihr ins Gesicht. Für einen Moment schloss sie die Augen.

«Hey, Savannah, wie geht es dir? Ich habe gerade eine Viertelstunde und dachte, ich ruf mal durch.»

Sie öffnete die Augen wieder und lächelte. «Das ist ja lieb. Mir geht es bestens, und wie geht es dir?»

«Ich bin im Stress, wie immer. Parker ist auf Geschäftsreise in Wichita, Leslie ist bei den Pfadfinderinnen und Mattie beim Fußballtraining.»

«Oh, und wo bist du?»

«Ich stehe am Spielfeldrand und juble meinem Jungen zu. Eine der anderen Mütter wollte mir gerade wieder ausführlich von irgendwelchen Rezepten erzählen, die sie ausprobiert hat. Als ob ich Zeit hätte, mich stundenlang in die Küche zu stellen, um einen Schmorbraten mit Kastaniensauce oder ein Soufflé mit selbst eingekochtem Himbeerkompott zuzubereiten.»

Savannah konnte Helena quasi durchs Telefon die Augen rollen sehen und musste lachen. «Aha, ich bin also nur Mittel zum Zweck, hm?»

«Nein, nein, du bist gerade der einzige Mensch, der mich nicht in den Wahnsinn treibt, und ich vermisse dich ganz schrecklich.»

«Ich vermisse dich auch. Wann kommst du denn mal wieder nach Lake Paradise?»

«Meine Mom fragt auch schon immer, und es stimmt ja, es ist wirklich schon wieder eine ganze Weile her, es muss zu Weihnachten gewesen sein. Nur leider ist es nicht immer so leicht, einfach mal nach Hause zu fahren, ich ... Los, Mattie, hau ihn rein!», hörte Savannah ihre Freundin plötzlich schreien und hielt das Handy schnell einen halben Meter von sich.

«Und? Hat er ihn reingehauen?», fragte sie ihre Freundin kurz darauf.

«Nein. Pfosten. Leider.»

«Wie schade.»

«Ja. Na, wie auch immer, wo waren wir? Ach ja, Lake Paradise. Ich komme, so bald es mir möglich ist, ja?»

«Okay. Ich wollte dir auch noch was anderes vorschlagen. Wenn Parker mal nicht auf Geschäftsreise ist und du es irgendwie einrichten kannst, dann könnten wir beide doch mal ein Frauenwochenende machen. Wellness oder so, wie klingt das?»

«Oh, das klingt nach dem Himmel auf Erden. Aber ich glaube, das wird in den nächsten fünf bis zehn Jahren nichts. Die sind doch hier alle aufgeschmissen ohne mich.»

Enttäuschung machte sich in Savannah breit, es wäre zu schön gewesen.

«War nur so eine Idee ...» Sie sah zwei Enten dabei zu, wie sie den Spazierweg zum See entlangwatschelten, nebeneinanderher wie jeden Tag.

«Würde denn Gene das überhaupt mitmachen?», fragte Helena misstrauisch.

«Das würde er einfach müssen», antwortete Savannah, obwohl sie wusste, dass ihre Freundin recht hatte. Es war eine dumme Idee gewesen.

«Irgendwann machen wir das bestimmt mal, ja? Und bis dahin versuche ich, so oft wie möglich nach Lake Paradise zu kommen. Ich melde mich, wenn ich Näheres weiß, okay?»

«Okay.»

«So, das Spiel ist vorbei, ich muss leider Schluss machen. Wir hören voneinander?»

«Tun wir doch immer.» Sie lächelte und drückte den roten Button ihres Handys. Die Stille des Sees hatte sie wieder.

3

Um kurz vor neun traf Miles ein, und Savannah konnte Feierabend machen. Sie informierte ihn über die neuen Gäste und sagte ihm wie beinahe jeden Abend, dass er sie jederzeit erreichen könne, falls es irgendein Problem geben sollte. Miles lächelte wie immer und nahm es ihr nicht übel. Sie war eben besorgt, und das bedeutete ja nicht, dass sie ihm nicht vertraute, ihr lag nun einmal viel an ihrem Hotel, da wollte sie auf Nummer sicher gehen, dass alles in Ordnung war.

«Bis morgen früh dann», rief sie Miles noch zu, als sie schon fast zur Tür raus war, und Miles rief zurück: «Hab einen schönen Abend, und entspann mal ein bisschen!»

Ja, das würde sie versuchen, auch wenn es nicht einfach war. Denn obwohl sie nur ein kleines Hotel mit zehn Zimmern führte, war es immerhin das einzige der Stadt, und wenn Savannah ehrlich sein sollte, war sie ständig besorgt. Dass ein Gast den Schlüssel verlor und nicht ins Zimmer konnte, dass die Dusche kein Warmwasser mehr hergab, dass jemand krank wurde und man einen Arzt rufen musste, dass ihre Köchin Alice wieder einmal vergaß, den Herd auszustellen, und die Küche abbrannte, wie es bereits zweimal beinahe geschehen war, oder dass irgendetwas anderes passierte und sie nicht da war, weil sie seelenruhig zu Hause in ihrem Bett lag und schlief.

Am liebsten wäre Savannah rund um die Uhr im Hotel geblieben, doch dass das für eine glückliche Ehe eher hinderlich war, musste sogar sie einsehen. Obwohl ... In letzter Zeit wusste sie nicht einmal, ob es Gene etwas ausgemacht hätte.

Sie fuhr mit dem Fahrrad in den Ortskern und parkte es vor Howies Supermarkt, der sich auf der Westseite des Stadtplatzes direkt neben dem Maismuseum befand. Gegenüber auf der Ostseite gab es noch einen, der von Rupert betrieben wurde, aber schon um acht schloss. Howie hatte bis um zehn geöffnet, was Savannah oftmals hilfreich war, denn wenn sie Gene zum Einkaufen schickte, befand sich danach nicht viel mehr als Bier und Salami im Kühlschrank. Sie nahm sich also einen Einkaufskorb und legte Eier, Käse, ein paar Bananen, Tomaten und einen Salatkopf, eine Packung Toastbrot, ein Glas Erdnussbutter und eine Tüte von Genes Lieblingschips hinein. An der Kasse fragte Ashleigh, ob sie alles gefunden habe, und sie nickte.

«Ja, danke.»

«Du siehst müde aus», meinte die hübsche junge Kassiererin, die zudem die aktuelle Maisprinzessin war und die überhaupt nicht müde aussah – ganz im Gegenteil. Ihre Wangen waren rosig, ihr braunes, zu einem Bob geschnittenes Haar glänzte, und ihre warmen dunklen Augen strahlten.

«Das liegt wohl daran, dass ich müde bin», sagte Savannah und lächelte leicht.

«Du solltest weniger arbeiten.»

«Ja, das sollte ich wohl.»

Ashleigh nickte und nannte ihr den zu zahlenden Betrag. Dann entschuldigte sie sich dafür, dass der Junge, der normalerweise die Einkäufe eintütete, bereits nach Hause gegangen war.

«Das ist kein Problem», erwiderte Savannah, sie holte zwei Baumwollbeutel aus der Handtasche und packte die Sachen einfach selbst ein. Dann machte sie, dass sie nach Hause kam.

«Hast du auch Bier geholt?», gab Gene statt einer Begrüßung von sich, als er sie mit den beiden Taschen hereinkommen sah. Anstatt ihr eine abzunehmen, lugte er nur hinein und schien enttäuscht.

«Nein, ich war heute mit dem Fahrrad unterwegs, da kann ich nicht so viel aufladen.»

«Na toll, dann muss ich wohl selbst noch mal los.»

«Ist denn kein Bier mehr da? Heute Morgen standen doch noch zwei Dosen im Kühlschrank.»

Gene sah sie an, als wenn sie etwas total Unsinniges gesagt hätte. «Na, die sind schon alle.»

«Oh. Ja, dann musst du wohl wirklich selbst noch mal los.»

Er seufzte, machte aber keine Anstalten zu gehen. Stattdessen sah er ihr dabei zu, wie sie die Einkäufe auspackte.

«Wie war denn dein Tag?», fragte sie, in der Hoffnung auf eine vernünftige Konversation.

Gene zuckte die Achseln. Und Savannah fiel auf, dass er müffelte, was bedeutete, dass er wohl wieder einmal die

Dusche hatte ausfallen lassen. Sein Haar sah fettig aus, und er hatte einen Senffleck auf dem T-Shirt. «Wie immer.»

Wie immer. Das hieß dann wohl, er hatte sich halbherzig um einen neuen Job bemüht und den Rest des Tages vor dem Fernseher verbracht. Vielleicht auch in der *Paradise Tavern*, wo er sich gerne mit Freunden traf und ein Football- oder Baseballspiel ansah oder wo er einfach nur ein Bier nach dem anderen trank.

Savannah wartete eine Minute ab. Doch es kam nichts seinerseits. Kein «Wie war denn dein Tag?» oder «Ich hab dich vermisst», kein «Schön, dass du da bist». Natürlich nicht. Dass Gene solche Dinge gesagt hatte, schien in einem anderen Leben gewesen zu sein.

«Willst du dich nicht nach meinem Tag erkundigen?», wagte Savannah zu fragen, obwohl sie schon ahnte, dass es nicht die beste Idee war.

Gene sah sie ein wenig genervt an. «Und wie war dein Tag?», fragte er dann aber doch.

Sie versuchte, seinen Unterton zu überhören und den Ausdruck auf seinem Gesicht zu ignorieren. «Der war schön. Ich habe heute Gäste aus Mississippi und auch welche aus Texas in Empfang genommen. Es waren ein paar wirklich süße Kinder dabei.»

Gene stöhnte. «Willst du mir jetzt wieder mit diesem Thema kommen?»

«Mit welchem Thema?»

«Das weißt du genau.»

«Kinder, meinst du?»

«Genau!»

«Ich hab doch nur von meinen Gästen erzählt.» Jetzt

stöhnte auch Savannah, allerdings nur innerlich. «Aber wenn wir schon beim Thema sind: Ja, ich fände es gut, wenn wir endlich mal darüber reden könnten.»

«Tun wir das nicht ständig?», fragte Gene, und Savannah konnte sehen, dass *er* innerlich zu brodeln begann. Sie wusste, sie sollte das Thema beiseiteschieben, wenigstens für heute Abend, wo sie eh schon erschöpft war. Doch sie konnte einfach nicht.

«Ja, das tun wir. Trotzdem habe ich nicht das Gefühl, als ob wir irgendwie weiterkommen würden.» Sie drehte sich zu ihm um. «Gene, du weißt, wie sehr ich mir Kinder wünsche, und ich habe es satt, dich ständig daran erinnern zu müssen, was du mir versprochen hast.» Nämlich, dass sie eine Familie gründen und ein glückliches Leben führen würden, mit Kindern, ein paar Haustieren vielleicht und einem hübschen Garten, in dem sie alle Zeit zusammen verbringen konnten. Das hatte er ihr am Tag ihrer Hochzeit vor zehn Jahren versprochen, allerdings schien er seine Meinung diesbezüglich komplett geändert zu haben. Anscheinend wollte er sie nicht mehr glücklich machen, ihr ihre Wünsche nicht mehr erfüllen. Nicht der Mann sein, den sie damals in ihm gesehen hatte.

«Ich habe keine Arbeit, Savannah! Das ist ja wohl der bescheuertste Zeitpunkt überhaupt, oder?»

«Dann such dir doch endlich Arbeit!», sagte sie lauter als beabsichtigt. «Du sitzt seit sechs Monaten auf deinem faulen Hintern herum und tust absolut überhaupt nichts für unsere Familie.»

«Welche Familie denn? Da sind doch nur du und ich, und du bist überhaupt nie da!»

«Ist das dein Ernst, Gene?», erwiderte sie aufgebracht. Wenn sie nicht so viel arbeiten würde, würden sie überhaupt nicht über die Runden kommen. Nur dank ihr konnte Gene sich all das verdammte Bier kaufen!

«'ne tolle Mutter wärst du. Den ganzen Tag abwesend, weil dir dein Hotel wichtiger ist als alles andere», fauchte er gehässig.

Ihr traten Tränen in die Augen. «Dann überleg doch mal, warum ich lieber im Hotel bin als hier bei dir», entgegnete sie, jetzt vollkommen ruhig. Und verletzt.

Gene nahm die Packung Toastbrot, die noch auf dem Tisch lag, und warf sie wütend auf den Boden.

«Du kannst mich mal, Savannah. Ich muss mir das echt nicht geben. Ich geh Bier holen.» Und mit diesen Worten war er raus aus dem Haus. Savannah blieb traurig und allein in der Küche zurück.